KB058566

1990 서울 年代記

오디세이아 서울 1

이문열 장편소설

오디세이아 서울

1

ODYSSEIA SEOUL

RHK
알에이치코리아

작가의 말

또 한 권의 미덥지 못한 책을 세상에 보탠다. 언제나 그렇지만 한 권의 책을 묶을 때마다 나는 부끄러움과 두려움으로 자취 없이 사라져버리고 싶은 충동을 느낀다.

따라서 내 책의 서문은 종종 구차한 변명과 서둘러 하는 약속으로 채워지고 만다. 성의와 열정을 다 바치지 못한 데 대한 변명, 그리고 그 때문에 일쑤 과장되고 마는 다음 작품에 대한 각오와 다짐, 언제까지 이 괴로운 악순환이 계속되어야 하나.

진심을 밝히면 나는 이 책을 포기하고 싶은 유혹까지 느꼈었다. 종래와는 다른 소설적 구조와 서술방식으로 드러냈던 내 문학적 야심의 참담한 시신을 보는 것 같은 느낌 때문이었다. 그런 이 책이 세상에 나가게 된 것은 순전히 출판사와 평소 내 작품을 눈여겨봐 준 여러분의 격려 덕분이다. 거의 강요에 가까운 그 분들의 격려가 없었더라면 이 책은 영영 묶이지 않거나, 묶이더라도 여러

해 뒤가 되었을 것이다. 하지만 여기까지 온 이상 하는 수 없다. 결국 나는 이 못미더운 생산을 홀로 책임지지 않으면 안 된다. 다시 한번 매를 지고 독자와 선후배 및 동도(同道) 앞에 선다.

1993년 2월 초순
이문열

차례

출항의 노래

나는 지금 나를 낳아준 땅과 사람들로부터 멀리 떠나 낯선 바다를 떠돌고 있다. 아직 속속들이 그 맛을 보지는 못했지만, 아마도 한동안은 더 떠돌게 될 이 바다는 퍽이나 거칠고 위험스러워 보인다. 게다가 지금 나는 앞으로 닿게 될 섬들과 거기서 나를 기다리는 일들에 대해 전혀 아는 바 없다.

　따라서 나의 항해는 아주 오랜 옛날 오디세우스란 어떤 씩씩한 희랍 사내가 겪었던 그것과 비슷해질 공산이 크다. 한 눈먼 음유시인(吟遊詩人)이 그 사내의 고난과 모험을 읊고 거기에 붙인 제목을 내 항해일지(航海日誌)의 제목으로 빌려 쓰는 것은 바로 그런 까닭에서다.

　눈알 푸르고 터럭 곱슬곱슬한 이들이 일쑤 저들 문학의 원류

가운데 하나로 치는 그 기나긴 노래는, 하기야 항해 그 자체에만 온전히 바쳐져 있지는 않다. 합처 스물넷이나 되는 장에서 항해의 고난과 모험을 노래한 것은 다 해야 아홉 장뿐이고, 나머지 열다섯 장은 거의가 분노에 찬 복수의 준비와 그 피비린내 나는 실천을 그려내고 있기 때문이다.

그 희랍 사내에 대한 이해도 곧 간단하지는 않다. 세월에 따라 점점 부풀어나던 해석은 우리 세기에 와서는 그의 진정한 모습이 어떤 것인지 갈피 잡기조차 어려울 지경이 되었다. 어떤 영국의 석학은 그를 '방랑자요 정치가, 파괴자요 수호자, 관능주의자면서 금욕주의자, 군인이면서 철학자, 실용주의자이면서 이상주의자, 입법자이면서 재담가로서 완전히 입체적인 인물'로 해석했다.

하지만 어느 때 어느 곳에서든 변하지 않는 통설은 있는 법이다. 어쨌든 그 노래는 항해를 바탕으로 하는 편력담이며, 그 사내는 무엇보다도 항해자, 방랑자라는 정의가 그것이다. 그리고 내가 여기서 의지하는 것도 실은 바로 그러한 통설의 정의다.

듣기로 그 희랍 사내가 그토록 길고 괴로운 항해를 해야 했던 것은 신(神)들의 저주에 따른 것이었다고 한다. 그의 부하들이 태양신의 소들을 잡아먹고, 그 자신은 해신(海神)의 아들을 눈멀게 해 신들의 노여움을 산 탓이었다.

그러나 그가 저주에서 벗어나 마침내는 그리워하던 땅과 집과 피붙이들에게로 돌아갈 수 있게 된 것 또한 신들의 총애와 조력 덕분이었다. 사랑하는 아내와 아들을 괴롭히고 자신이 애써 쌓아

둔 낟알과 고기를 함부로 먹어치우던 뻔뻔스러운 자들에게 통쾌하게 복수할 수 있었던 것, 그리하여 그의 왕국과 이전에 누리던 모든 것을 회복하는 데는 지혜의 여신이 한몫을 단단히 하고 있다.

하지만 이 부분에 이르면 나는 그 굉장한 희랍 사내와는 공통점이 없다. 아무리 물활론(物活論)을 비틀고 튀긴다해도 나와 신들 사이에는 그 같은 관계를 설정하기 어렵다.

왜냐하면 나는 적극적으로 신들의 노여움을 살 만한 처지가 되지 못할 뿐만 아니라, 그들의 총애를 끌어내기에는 더욱 마땅치 못한 처지이기 때문이다. 그런데다 그 희랍 사내의 까마득한 후손이 되는 한 위대한 영혼은 이전의 노래에다 다시 배나 되는 후일담을 보태면서 말했다.

"그는 모든 것으로부터 스스로 해방된 사람이고, 모든 인연의 줄을 끊어버린 사람이다. ……그는 모든 것을 소모하는 능력을 키워 마침내 죽음이 찾아왔을 때는 완전히 비어버린 그를 발견하게 하고, 그로부터는 아무것도 빼앗아갈 게 없다는 것을 죽음이 깨닫게 하려고 합니다. 또한 그는 삶에 대한 욕구를 북돋우기 위해 죽음에 대한 생각을 자극제로 앞에 두고, 계획과 체제를 초월하여 자유롭게 모든 형태의 삶을 시도하기를 요구하고 있는 것입니다."

이쯤 되면 그 희랍 사내와 나는 더욱 멀어진다. 나는 인식하고 사유하되 행동할 수는 없으며, 존재하되 살아 숨쉬며 누리는 형태를 지니지는 못했기 때문이다. 어쩌면 내 안에도 신은 깃들어 있고, 또 그 신은 내게 해방과 구원을 호소하고 있는지도 모르지만, 현재의 존재 형태로는 그런 일에 무력할 수밖에 없는 게 바로 나다. 요컨대 나는 사람이 아니다. 사람이 아닐뿐더러 동물도, 생물도 아니다.

'당신은 몽블랑을 아시는가'라고 누가 묻는다면 여러분 중 대부분은 먼저 눈 덮인 알프스의 한 봉우리를 떠올릴 것이다. 그 몽블랑은 프랑스와 이탈리아의 접경에 있으며 이탈리아어로는 몬테비앙코로 불린다는 걸 알면 상식으로는 괜찮은 편이고 해발 4천8백 미터가 넘는 데다 알프스산맥에서 가장 높은 봉우리라는 걸 알면 작은 어휘사전의 수준은 된다. 거기다가 그 봉우리가 화강암질의 몽블랑 산군(山群)에 속하며 이탈리아 쪽은 비탈이 매우 가파르고 프랑스 쪽은 비교적 완만하다는 것, 빙하가 발달하여 여러 개의 이름난 빙하가 있으며 그 눈 녹은 물은 생수(生水)로서 널리 팔리고 있다는 것, 18세기에 이르러서야 그 산기슭 샤모니란 도시의 두 등반가에 의해 정상이 정복되었고 지금 그 샤모니는 국제적인 관광지가 되어 있다는 것 따위가 보태지면 이미 상식을 넘어 웬만한 백과사전 수준의 지식이 된다.

그렇지만 내가 묻고 있는 것은 그 몽블랑이 아니다. 나는 지금 내 고향을 밝히기 위해 한 필기구 제조회사를 끌어내려 하고 있을 뿐이다. 지난 세기말에 세워진, 이제는 세계가 다 알아주는 독일의 필기구 회사 몽블랑.

원래 만년필로 이름을 얻은 그 회사는 1960년대에 들면서 볼

펜과 샤프펜슬도 생산하기 시작했는데 나는 바로 거기서 1990년에 제작된 볼펜이다. 몸통이 좀 굵고 우툴두툴한 은장(銀裝)제품으로 모델번호는 1644, 제품번호는 DB 258064.

그런데 내가 여기까지 스스로를 밝히고 나면 여러분들 중에서는 반드시 이렇게 물어올 분이 계실 것이다. 볼펜에게도 의식이 있고 기억과 사유의 능력이 있는가. 있다고 쳐도 볼펜이 어떻게 그 내용을 표현하고 또 이렇게 사람들에게 전달까지 할 수 있는가라고.

지극히 상식적인 입장에서 보면 당연히 나올 수 있는 물음이다. 지난 시대의 물활론자를 빼면 생명 없는 물질에게 의식이 있다는 데 선뜻 동의할 사람은 많지 않을 것이다. 더군다나 그 물질이 인간적인 지식을 바탕 삼아 인식하고 사유한다면 까다로운 논리의 사람들은 틀림없이 고개를 설레설레 내저을 것이다.

하기야 물질에게 의식이 있는가 없는가는 누구도 자신 있게 단언할 수 있는 문제가 아니다. 그러나 그것이 사유하고 표현할 능력이 있다고 우기기에는 아무래도 무리가 있는데, 그때에도 길이 전혀 없지는 않다. 바로 문학이란 융통성 많은 논리의 세계와 소설이란 표현양식이다.

동물들과 나무들이 심지어는 바위와 냇물까지도 생각하고 말하는 것은 문학 속에서는 그리 드문 일이 아니다. 특히 소설은 그런 기법(技法)을 우의(寓意) 또는 의인화(擬人化)라 부르며 즐겨 사용하는데, 잘은 모르지만 이 땅에도 그 방면으로는 오랜 전통이 있는 걸로 안다. 고려왕조 후기에 한때 번성했던 이른바 '가전체(假傳體) 소설'이 그 한 유형이다.

따라서 내가 소설이란 표현양식을 빌리는 한, 한낱 볼펜에 지나지 않음에도 불구하고 나는 얼마든지 내가 하고자 하는 얘기를 펼쳐나갈 수가 있다. 논리의 양해는 앞서의 전통들이 되풀이 구해 두었고, 그런 기법에 대해 별다른 항의 없이 흘러가 버린 숱한 세월은 묵시의 동의로 간주해도 좋을 것이기 때문이다.

하지만 여러분들 중에는 아무래도 그런 어거지는 용서할 수 없다는 결의를 가지신 분도 있을 줄 안다. 볼펜 따위가 감히 — 이렇게 나오면 해결은 둘 중 하나를 선택하는 길밖에 없다. 곧 내가 이 이야기를 포기하든가 여러분이 듣기를 거부하는 것이다. 그러나 나의 이 이야기는 진작부터 예고되었고, 또 그 예고는 이미 널리 알려져 공적인 약속의 형태까지 띠게 되었으므로 나는 내 멋대로 그만둘 수가 없게 되었다. 결국 길은 하나, 도저히 용서할 수 없다는 분이 내 얘기를 거부하는 것이다. 다시 말해 그런 분은 이 소설을 읽지 않으면 된다.

누구에게든, 무엇에게든 자신의 내력을 깊이 있게 안다는 것은 우주의 내력을 아는 것만큼이나 어려운 일이다. 한 알의 모래 속에 우주가 있다는 말은 결코 과장이거나 상징적인 비유일 수만은 없다.

나의 내력도 그런 점에서는 마찬가지다. 나를 구성하는 철과 은과 구리와 주석, 아연 같은 광물질은 그 기원을 거슬러 올라가면 아득히 우주의 생성에 이를 것이고, 광석에 섞여 있던 그것들이 정제되어 순수한 금속으로 되는 과정은 광공업 및 야금술(冶金術)의 발달사와 연관이 깊다.

일회용으로 다 쓴 뒤에는 교체해야 하는 심(芯) 뚜껑과 몸체 일부에 소량으로 사용된 합성수지의 내력을 알기 위해서는 적어도 고생물학(古生物學)과 석유화학 공업에 대한 접근이 있어야 할 테고, 그 밖에 내 몸 곳곳에서 활용된 정교한 용접과 도금, 연마의 기술까지 설명하기 위해서는 공업사(工業史) 전반이 얘기되어야 할지 모른다.

내가 지금과 같은 외형을 가지게 된 내력을 밝히는 일도 그리 만만하지는 않다. 어째서 내 몸통은 유선형으로 만들어졌고 그 지름 12밀리미터는 어떤 경위를 거쳐 결정되었는가. 스프링은 왜 꼭 그 위치에 있어야 하며 나를 옷깃이나 양복 윗도리 주머니에 고정시키는 장치의 문양이나 형태는 또 무엇 때문에 지금처럼 되었는가. 내 심의 몸통은 재래식 만년필의 잉크 튜브와 비교해 어떤 장단점이 있고, 그 끝에 있는 강철 구슬은 만년필의 펜촉과 어떠한 기능의 차이를 가지는가. 내 몸의 모든 크고 작은 돌기, 음각(陰刻), 굴곡은 미학(美學)과 실용(實用)의 충돌을 얼마만큼의 비율로 조화시킨 것인가. 이런 것들이 충분하게 설명되려면 아마도 인류의 도구 발달사와 미술사(美術史) 전반이 이해되어야 할 것이다.

따라서 내 내력을 깊이 있게 밝히는 일은 너무도 장황할 뿐만 아니라 가능하지도 않고, 또 꼭 그래야 할 필요도 없을 성싶다. 듣는 이를 덜 지루하게 하고 내가 참으로 하고 싶은 얘기로 곧장 넘어가기 위해서는 오히려 내 내력을 간단하게 요약하고 다음으로 넘어가는 기술이 더 필요한 것이다. 되도록 짧게 줄여 말한다면 내 이력은 이렇다. 세계 곳곳에 흩어져서 나는 철광석과 합성수지 원료에서 뽑혀져 나온 내 몸의 구성 물질들은 몽블랑회사의 제품 생산 계획에 따라 대략 1987년에서 1988년 사이에 독일의 생산 공장으로 입하되었다.

여기서 내가 '대략'이라고 말한 것은 그 재료들 가운데 어떤 것은 이미 부품의 형태로 훨씬 전부터 그 공장 창고에서 대기하고 있었고, 또 어떤 것은 기한 뒤에 추가로 공급되기도 했기 때문이다. 그리고 그다음은 구태여 자세하게 들려줄 까닭이 없는, 한 고급 볼펜의 제조공정이다. 세상 여기저기서 생산되는 다른 볼펜들과 차이점이 있다면 그 나라에 특유한 마이스터 제도의 엄격성과 요즘 같은 자동화 시대에는 좀 예외적일 만큼 개별적인 수공(手工)이 투입된 점과 필기구 제조회사로서 백 년 가까운 세월을 보내는 동안 축적된 그 방면의 경험과 기술이 잘 활용되고 있다는 정도일까.

하지만 내가 짧게 줄여 말했다고 해서 그 모든 과정이 순탄했으리라고 함부로 단정 지어서는 아니 된다. 지금에 와서 돌이켜보면 나는 오히려 누구보다 멀고 험한 길을 지나왔다는 느낌이다. 나의 금속 부분은 자연 속에서의 몽롱한 무명(無名)에서 벗어나기 위해 먼저 몸이 천 조각 만 조각 부서지는 고통을 맛보아야 했고, 이어 수천 도의 열에 몇 번이나 시달려야 했으며, 때로는 공업용 금강석에 모질게 깎이고 때로는 독한 화공약품에 시달려야 했다. 나의 합성수지 부분이 받은 고난도 결코 금속 부분보다 적지는 않다. 가열, 압축, 연마(鍊磨), 약품처리……. 외부적인 형태뿐만 아니라 심지어는 물질적 존재 형식인 분자구조까지를 바꾸어놓는 그러한 공정의 고통스러움은 당해보지 않고는 쉽게 말할 일이 못 된다.

사람들 식으로 말하자면 내 생일은 1990년 6월 3일이다. 먼저 각기 다른 라인에서 여러 개의 부품으로 만들어진 나는 그날에야 조립을 마쳐 비로소 한 개체로 특정되었고, 원래 내 몸통 뚜껑에 미리 새겨져 있던 제품번호도 그날에 이르러서야 내 전체를 대표하는 수치가 되었다. 몽블랑 볼펜 DB 258064.

한 개체로서의 나와 사람들과의 교감이 처음 이루어진 것도 그날이었다. 부품으로 흩어져 있을 때도 생산라인의 공원들이나 기술자 관리직 요원 같은 사람들이 우리 앞에서 자신의 감정을 표현하는 수가 있었으나 그것은 특정된 개체를 향한 것이라기보다는 혼잣말에 가까운 것이었다. 그런데 그날 완제품인 나를 포장한 한나라는 아가씨는 달랐다. 고급스러운 비로드갑에 고정되어 누운 내 몸 위로 독어 영어 불어 일어로 된 제품설명서를 넣다 말고 문득 갑째 들어 내게 가볍게 입맞춤을 하며 축복과 작별의 인사를 함께 했다.

'참 예쁘게 빠진 제품이네. 잘 가거라. 이제 떠나면 너는 다시 이 고향으로 돌아오기는 어려울 거야. 그러나 세상 어디를 떠돌더라도 유용하게 쓰여지기를, 부디 가치 있는 존재로 오래오래 지속되기를.'

그녀가 남다르게 다감해서인지 아니면 그날 특별히 다감할 까닭이 있어서인지 나는 잘 알지 못한다. 아직 그 공장에서 일한 지 오래되지 않아 대량생산과 자동화에 따른 감정의 황폐화가 덜 진행된 아가씨로 추측해 볼 수도 있지만 그녀와 함께 있는 시간이 워낙 짧아 그쪽도 자신은 없다. 그러나 어쨌든 나는 그녀가 나를 한 인식주체로 대해 준 것에 감격했다. 처음 겪는 일이라 더욱 그랬을 테지만, 그 유별난 감격은 곧 그만한 이해력이 되어 그녀의 말 한마디 한마디를 의미 깊게 만들었다.

그렇다. 나 같은 존재들의 이러한 출발은 항용 편도(片道)이다. 우리에게 돌아가는 길은 거의 없다. 드물게 우리들 중 몇몇이 고향으로 돌아가는 수가 있지만 그것은 어찌해 볼 수 없는 불량품으로서의 우울한 귀향이고, 그 뒤는 쓰라린 폐기처분이거나 분해되어 생산공정에 재투입됨으로써 모처럼 부여받은 개체로서의 존재는 스러지고 만다.

떠나온 시간에 대해서는 모든 존재가 불회귀성(不回歸性), 곧 되돌아갈 수 없음을 운명으로 받아들여야 한다. 이러한 시간 앞에서의 속절없음은 존재의 유한성을 상징하기도 하고 보다 고급한 허무와 비감(悲感)의 원인이 된다.

그러나 공간에 관한 한 사태는 그리 비극적은 아니다. 떠나온 곳으로의 되돌아감을 막는 것은 아무것도 없고 오히려 그 회귀성은 자연스러운 법칙에 가깝다. 움직임을 위해서는 대개 외부 에너지의 개입이 필요한 물질에도 그 되돌아가려는 속성은 하나의 공식화가 가능할 정도이며, 스스로 움직일 수 있는 존재들에게는 그 필연성이 떨어지는 대로 귀소(歸巢)본능이라는 게 인정된다.

그런데 어떤 존재들에게는 그 당연한 회귀성도 부인되는 수가 있다. 그럴 때 그 존재는 외로움과 그리움에 바탕한 비감에 빠져들게 되는데, 특히 사람에게는 그런 감정이 예술적 정서의 중요한 원천이 되기도 한다.

한번 떠나온 곳으로는 되돌아갈 수 없는 내 운명이란 걸 그녀가 상기시키자 나도 당연히 비감에 빠졌다. 나중에 앓게 될 향수가 앞질러 고통으로 다가왔고, 낯선 땅 낯선 존재들 사이를 떠돌면서 시달려야 할 외로움과 그리움이 벌써 내 가슴을 저리게 했다. 내게 눈물이 있었다면 틀림없이 그 한나라는 아가씨의 손등에 몇 방울쯤은 떨어뜨렸을 것이다.

그러나 그녀의 축복은 그러한 비감을 억누르기에 충분할 만큼 격려와 위로가 되었다. '유용하게'와 '가치 있게'라는 말에서 비롯된 낙관적인 상상 덕분이었다. 나는 먼저 어느 인품 그윽한 철학자의 필기구가 되어 그의 고귀한 사유를 기록하게 되는 나를 상상해 보았다. 비상한 과학자의 실험실에 함께 있으면서 그의 놀라운 발명이나 발견의 기록 도구가 되는 순간도 상상해 보았고, 빼어난 시인이나 예술가의 동반자가 되어 그의 번득이는 예술적 영감을 문자로 정착시키는 상상도 해보았다.

상상으로는 무언들 못 하겠는가. 나는 또 역량 있는 정치가의 필기구가 되어 중요한 정치적 결정에 서명했고, 저명한 경제인의 손안에서 엄청난 규모의 투자계획을 최종적으로 확정하기도 했다. 그 밖에도 내가 할 수 있는 즐거운 상상은 수없이 많았다.

나는 사람들이 땅 위에서 맡은 기능과 그것들을 통해 창조하는 가치들에 대해 특별한 기호(嗜好)나 편견을 갖고 있지는 않다. 그들이 하는 일이 무엇이든 그 일로 산출되는 결과가 어떤 형태이든, 그것이 조금이라도 그들 자신을 위해 필요로 하는 것이라면 기꺼이 그들을 돕고 보람을 함께 할 용의가 있다. 아니, 정색을 해야 하는 그런 일들만이 아니라 해로울 것도 이로울 것도 없이 되풀이되는 그들의 희비극에 한 소도구(小道具)로 쓰인대도 나는 서운해할 게 없다.

예를 들면 어느 다감한 청년의 손에 들어가, 우리가 보기에는 평범하기 짝이 없는 한 소녀를 향해 그가 피워올리는 엄청난 열정을 대변해 준들 안 될 게 무엇이겠는가. 설령 그게 가망 없는 열정이고, 끝내는 비극적인 결말을 맺는다 한들, 요란스러운 그 진행과정에서 한 죄없는 소녀를 다소간 성가시게 하고, 내막을 아는 몇몇 구경꾼에게는 이따금 쓴웃음을 짓게 만든다 한들.

그러는 사이 포장과 분류가 끝나고 나는 비슷한 시기에 제조된 다른 아흔아홉 명의 동급 제품들과 함께 보다 큰 상자에 넣어져 다른 등급의 제품이 담긴 여러 개의 상자들과 함께 회사의 수

송트럭에 실렸다. 실리는 동안에 들은 바로 우리들의 행선지는 프랑스라는 것이었다. 고향 땅에 남게 되는 드문 행운은 역시 우리들 차지가 못 되었다.

그 뒤 하루 밤 하루 낮 자동차와 기차를 번갈아 타고 우리가 이른 곳은 파리였다. 우리가 마지막으로 이른 곳이 파리란 것을 알게 된 순간 나는 솔직히 기대에 부풀었다. 내가 그동안 익히 들어온 독일어에 비하면 어딘가 경망스러운 느낌을 주는 말을 쓰는 사람들의 나라 수도지만 그 파리에 대해서는 나도 들은 바가 많았다. '꽃의 도시'라고도 하고 '빛의 도시'라고도 불리는 곳. 지난 날 수많은 예술의 영웅들이 마음의 고향으로 삼았으며 메로빙거 왕조 이래의 제도(帝都)인 동시에 불꽃같은 혁명들의 온상이었던 땅. 나를 만들어준 사람들이 으뜸으로 치는 문호(文豪)의 말을 빌릴 것도 없이 거리거리 골목골목 마다가 바로 역사로 펼쳐지는 도시 — 그곳에서 내 남은 날들이 채워지리라는 데 어찌 마음 설레지 않겠는가.

하지만 유감스럽게도 내 그런 기대는 터무니없는 것이었음이 곧 밝혀졌다. 여전히 상자 속에 갇힌 채 자동차에 실려 파리 시가지를 가로지른 나는 어디가 어딘지 모를 거리와 골목들을 거쳐 한 우중충한 창고에 갇히고 만 까닭이었다.

그다음 파리에서의 내 날들도 그리 유쾌하지는 못했다. 몇 달이고 기약 없이 기다리다가 그 창고를 나설 때는 이제 시련도 끝인가 싶었으나, 옮겨진 곳을 알고 보니 그게 아니었다. 뜻밖에도 드골공항의 면세품 상점으로 옮겨진 것이었다.

일반적으로 공항의 면세품 상점은 그 도시에서 떠나는 사람들을 위해 열린다. 다시 말해 나는 파리에 남게 될 확률이 거의 없어지고 만 셈이었다. 거기다가 더욱 나쁜 것은 함께 간 동급의 여러 제품들 중에서 하필이면 내가 뽑혀 진열대 위에 오르게 된 일이었다. 고객들은 진열대에서 상품을 고르지만 점원이 내주는 것은 대개 포장되어 대기 중인 같은 종류의 다른 상품이기 때문에 내가 필기구로서의 내 몫을 하게 되는 날은 뒤로 밀릴 수밖에 없었다.

그동안의 기다림에 지친 나머지 어찌 됐건 어서 세상으로 나가보고 싶다는 생각에 조급할 대로 조급해져 있던 내게는 여간 실망스러운 일이 아니었다. 길게 얘기할 것도 없이, 나는 그 마지막 항구에서 다시 두 달이나 더 기다림 속에 헛된 세월을 보내야 했다. 정말이지 내가 어떻게 그때의 지루함과 짜증스러움과 막막함을 견뎌낼 수 있었는지는 지금에 와서 돌이켜보아도 용하기 짝이 없다.

내가 누워 있던 그 진열대에는 우리 몽블랑 친구들만 있었던 것은 아니었다. 파커니, 셰퍼니 하는 미국 상표를 붙인 친구들도 있고, 파이로튼가 제브란가 하는 일본 상표를 붙인 친구들도 끼어 있었다. 요컨대 세계에서 이름깨나 알려진 회사의 제품들이 몰려 있는 고급 필기구 매장(賣場)이었던 셈이다.

하지만 같은 깃털을 가진 새는 저희끼리 모인다던가. 내가 기다림의 초조함과 무료함, 울적함을 달래기 위해 말을 주고받게 되는 것은 아무래도 그런 외국 친구들보다는 우리 몽블랑의 친구들이었다. 그중에서도 바로 내 곁에 자리했던 금장(金裝)만년필은 내가 그곳을 떠나는 순간까지 좋은 말동무가 되어 주었다. 진열대에 나온 지 벌써 일 년에 가깝다는 그 친구는 그동안 보고 들은 게 많을 뿐만 아니라 성격도 진중해 여러 가지로 내게 도움이 되었다.

세상 물정을 잘 모르는 내가 앞뒤 없는 출발의 열정에만 휘몰려 안달을 부려대면 그는 허연 노인처럼 지긋한 말투로 달래주곤 했다.

"너무 조급해하지 말게. 타자기다 워드프로세서다, 컴퓨터다, 숨가쁘게 돌아가는 세상에 우리 같은 전근대적인 필기구가 어떻게 날개 돋친 듯 팔리기를 바랄 수가 있겠나? 주판(籌板)보다야 낫겠지만 이나마의 우리 시대도 조만간에 끝나고 말 거네. 그래도 자네 쪽은 우리 쪽보다는 유리하지. 잉크를 보충해야 하고 펜촉을 갈아대고, 펜촉의 특성 때문에 글씨를 써나가는 방향에까지 신경을 써줘야 하는 우리같이 거추장스러운 필기구를 참고 써줄 사람은 이미 많지 않네. 때로는 우리가 벌써 골동품이 되어가고 있는 게 아닌가 하는 의심까지 든다구. 격식을 갖춰야 하는 거창한 서명이나, 호사가들의 의고취미(擬古趣味)를 빼면 이제 쓰이는 데는 드물지. 그런 현상을 잘 드러내고 있는 게 저기 두 자리 건너 친구야. 몸통이 순금으로 된 3천5백 달러짜리 우리 왕자님 말이야. 실용이라면 어떻게 그 많은 순금을 쓰고, 관세 붙이면 웬만한 승용차도 살 만한 정가를 매길 수 있겠나? 아마도 흥청대는 중동의 왕족이나 아시아의 졸부들에게 골동품 삼아 사 가라는 뜻이겠지. 어쨌거나 자네는 아직 우리들 만년필 신세와는 머니 조용히 기다려보게. 오래잖아 찾을 사람이 있을 걸세."

우리보다 나중에 그 진열대에 얹혔으면서도, 그리고 품질에서도 외양에서도 상표의 지명도에 있어서도 우리보다 결코 나은 데가 없는 것 같은데도, 먼저 선택되어 해해거리며 떠나는 일본 친구들 때문에 심사가 틀어져 있을 때도 그는 점잖게 타일렀다.

"공연히 심통 부리지 말게. 속내 모르는 이들에게는 자칫하면 천박한 질투로 비치겠네. 지금은 어찌해 볼 수 없는 그들의 시대야. 이제는 이쪽에서 부메랑효과를 들먹이기가 무색할 만큼 그들의 제품은 전 세계에서 위세를 떨치고 있네. 하지만 언젠가는 그들의 시대도 가겠지. 오히려 그들의 지나친 번성이야말로 그들의 위험이 될 수도 있어. 현대의 카르타고쯤으로 여기고 담담히 바라볼 수 있도록 하게. 게다가 방금 떠난 그 친구들은 결국 우리와 운명을 같이할 동류가 아닌가? 연민을 품을지언정 당분간의 예외적인 행운을 시기하지는 않도록 하게."

또 내가 무턱대고 나를 만든 사람들과 비슷한 외양을 지닌 고객들에게만 기대의 눈길을 보낼 때는 이렇게 충고했다.

"그렇게 살갗 흰 사람들만 바라보지 말게. 그들은 이미 오래 풍요를 누려온 족속들이고, 또 오래 누려본 자들은 살림살이에 규모가 있는 법이지. 그들은 여간해서는 기분에만 치우쳐 지갑을 여는 법이 없네. 보나 마나 지금 저들이 찾고 있는 것은 디자인에서만 이국 취향을 풍기는, 기껏해야 몇 달러짜리 기념품일 뿐이네.

차라리 검거나 누렇거나 간에 색깔 있는 사람들 쪽을 기다려보게. 씀씀이는 아무래도 그쪽 졸부들이지. 게다가 그들에게는 지나간 비참한 시절에 품게 된, 이쪽의 유명상표에 대한 한 같은 향수도 있고……."

그런데 마치 그 말이 무슨 예언이나 한 듯 그로부터 열흘도 안 돼 나는 정말로 노란 얼굴의 고객에게 선택받아 마침내 이 낯선 바다로 출항하게 되었다.

내 출발의 날은…… 아, 벌써 그리움의 날이 되어가고 있는가. 여러 가지로 유별난 데가 있었다. 공항은 아침부터 울적한 겨울비에 젖어 있었고 구내방송은 세계 곳곳의 기상이변으로 오전 중에만도 벌써 다섯 번이나 결항 및 연착의 안내를 여러 나라 말로 되풀이했다. 경찰도 그날따라 전에 없이 수선을 피웠다. 인터폴의 협조 요청이 있었다고도 하고 테러범에 대한 정보가 있었다고도 하는데, 어쨌거나 두엇씩 사복으로 짝지어 다니며 탑승구 근처의 대기실은 말할 것도 없고 화장실 구석구석까지 쑤시고 다녔다.

하지만 그 나머지는 또 여느 때와 별반 다를 게 없는 공항 출국 쪽의 하루였다. 제 땅과 일상(日常)을 떠나는, 혹은 제 땅과 일상으로 돌아가는 이들의 긴장과 해이, 무관심과 호기심, 기대와 무력감이 적당히 뒤엉킨 분위기도 그렇고 그들을 상대로 하염없는 기다림의 시간을 죽여가야 하는 우리도 그랬다.

그런데 오후 세 시 무렵 해서 마치 예고 없던 폭풍처럼 그 사람이 나타났다. 내 신중한 친구가 암시한 바 있는 그 노란 사람이.

내가 보기에 그 사람은 애초부터 우리 문구류를 목표로 하고 면세점에 들어선 것은 아니었다. 실제로도 그가 맨 처음 발길을 머문 것은 보석과 고급 액세서리가 진열된 건너편 판매대였다. 그것도 거의 십 분 가까이나 거기 붙어 서서 이것저것을 살피며 정가표를 꼼꼼히 확인하는 바람에 그때까지는 나도 그가 내게 운명의 사람이 될 줄은 전혀 짐작조차 하지 못했다. 그래서 그보다는 오히려 그 얼마 전부터 우리 진열대를 기웃거리는 인도인 일가족 쪽에 기대를 걸고 있는데 갑자기 그 남자가 우리 진열대 쪽으로 성큼 다가왔다.

약간 술기운이 있어서인지 가까이서 본 그 남자의 얼굴은 노랗기보다는 불그스레했다. 동양인이라 얼른 짐작은 안 가도 마흔은 넘어 뵈는 얼굴이었다. 지극히 상식적으로 보면 술기운 있는 중년의 동양인과 나 같은 턱없이 고급한 필기구 사이에는 아득한 심연이 가로놓여 있다고 할 수도 있으리라. 그런데 그 동양인은 보기 좋게 그런 상식을 거부해 버렸다.

그가 내 쪽을 살피기 시작한 지 한 일 분이나 되었을까. 문득 그의 눈길에 순간적인 결의의 빛이 서리더니 우리 코너를 맡고 있는 미셸 양에게 나를 손가락질하며 시비하듯 물었다.

"하우 머치?"

거칠긴 해도 많이 써먹어 익숙해진 발음이었다. 콧잔등에 검은 깨를 뒤집어쓴 듯한 미셸 양이 내 가격을 미화(美貨)와 불화(佛貨)

로 번갈아 알려주었다. 유럽에서 흔히 듣게 되는 다분히 의도적인 영국식 발음의 영어였다. 그러나 그 남자는 물음과 동시에 벌써 주머니에서 돈을 꺼내고 있었다. 백 달러짜리 두 장과 이십 달러짜리 십 달러짜리에 일 달러짜리와 동전까지 모두 나오는 걸로 보아 그에게 남은 현금 전부인 듯했다.

그가 낸 돈은 겨우 몇 달러의 거스름밖에 없을 정도로 내 정가와 들어맞았다. 여러 가지로 미루어 나는 기능이나 품질 또는 효용성에서 구입된 것이라기보다는 우연히 나의 정가와 그의 호주머니에 남은 미화 현금의 액수가 일치해서 선택된 것 같았다. 본국에 돌아간다고 해서 남은 달러가 휴지로 변하는 일은 없을 듯한데, 구매동기 치고는 얼른 이해가 안 가는 구매동기였다.

그러나 알 수 없는 일은 그 뒤에 한 번 더 있었다. 미셸 양이 언제나 해오던 대로 비로드 케이스에 제품설명서 및 보증서와 함께 든 새 물건을 꺼내와 포장하려 하자 그가 성난 듯한 표정으로 손을 저었다.

"노, 노."

그리고 의아해 쳐다보는 그녀에게 행동으로 자신의 짧은 영어를 보충하듯 나를 양복 안주머니에 꽂은 뒤 어색한 웃음을 지었다. 겨우 그의 뜻을 알아차린 그녀가 고개를 끄덕이자 그대로 돌아서는 그에게는 어딘가 무사하게 한탕을 한 범죄자 같은 데가 있었다.

나를 새로운 세계로 인도할 사람이 한국이라는 걸 안 것은 그가 나를 감추듯 양복 안주머니에 꽂을 때였다. 그 주머니 위쪽 안 감에 김왕흥(金旺興)이라는 이름 석 자가 한자로 새겨져 있어 나는 그가 한국인임을 쉽게 짐작할 수 있었다. 중국인들도 비슷한 형태의 이름을 가졌지만 김씨 성은 그들에게서 보지 못했을 뿐 아니라, 노골적인 기복(祈福)의 뜻을 가진 이름이 왠지 그런 짐작을 낳게 한 것이었다.

나를 선택한 사람이 한국사람이고 따라서 내가 가야 할 곳이 한국 땅으로 결정되었음을 알게 된 순간 나는 적이 실망이 되었다. 다 같이 색깔 있는 피부를 가진 사람들의 나라라 해도 세상에는 더 그럴듯한 나라가 얼마든지 있는데 하는 게 그때의 솔직한 내 심경이었다. 지루한 기다림의 날을 보내면서 내가 한 상상 중에는 고색창연한 이슬람의 성지(聖地)도 있고, 만리장성과 소항(蘇杭)의 절경도 있었다. 국화와 칼의 나라며 명상과 내세(來世)의 나라를 꿈꾼 적도 있고, 극단하게는 에스키모의 이글루나 남태평양의 야자수 그늘에서 내 고단한 떠돌기가 끝나는 망상에 빠지기도 했다.

하기야 내게도 한국이 전혀 모르는 나라는 아니었다. 나를 만든 나라의 사람들은 전부터도 한국과 그 나라 사람들에게 별난 관심을 가지고 있었다. 자기들과 마찬가지로 딴 나라 사람들에 의해 국토와 민족이 분단된 나라였기 때문이다. 자기들이야 한 짓이 있어 그 벌로 그리되었다면 이유라도 되지만 그 나라 사람들은 아무 짓도 한 게 없이, 순전히 힘없고 어리석다는 이유만으로 그 꼴을 당한 데다, 한때는 같은 민족 간에 죽이고 죽는 전쟁까지 치러 더욱 측은하게 느꼈는지도 모를 일이었다.

그러다가 근년 들어 한국은 또 다른 각도에서 그들의 관심을 끌었다. 세계가 다 같이 가지게 된 관심으로, 올림픽이 그 거대한 선전 무대가 된 한국의 만만찮은 경제성장을 향한 것이었다. 그때 한국은 하늘로 솟아오르는 용에 비유되었고, 뒤진 나라들에게는 부러움의 대상이, 그리고 앞선 나라들에게는 또 다른 일본으로 경계의 대상이 되기도 했다.

하지만 한국의 날은 너무 짧았다. 세계를 떠들썩하게 한 그 올림픽이 있고 채 1년도 안 돼 한국인은 너무 빨리 샴페인병을 터뜨렸다는 말이 나돌기 시작하더니 곧 '떠오르던 아시아의 용'은 '떨어지는 지렁이'로 변해 갔다. 한국경제는 거품경제란 말이 공공연히 떠돌고 급기야는 중남미처럼 되어간다는 진단까지 나오게 되었다.

거기다가 나를 만든 나라 사람들은 벌써 작년에 어물쩍 해치워 버린 통일이 한국에서는 아직 싹수가 노란 상태며, 어쩌면 한국은 세계에서 단 하나뿐인 분단국으로 이 세기를 넘길지도 모른다는 예측이 나오자 그 성가는 더욱 형편없이 떨어져 갔다.

내가 한국에 대해 아무런 동경을 품지 못하게 된 것은 아마도 내가 한 존재로서 개체를 부여받게 된 시기와 관련이 있어 보인다. 내가 세상을 인식하기 시작했을 때는 이미 그 비장함도 애련함도 없는 추락이 한참이나 진행된 뒤였기 때문이다. 내가 받은 '타자(他

者)로부터의 신호'는 언제나 한국의 성취를 수상쩍어 하거나 부인하고 싶어 하는 어떤 것이었다.

하지만 적응력, 특히 단념할 줄 아는 지혜로도 풀이될 수 있는 정신적인 적응력은 모든 존재에게 미덕(美德)일 수 있다. 나의 꿈과 바람이 어떤 것이었건 이미 가야 할 곳이 결정되었고 또 내 스스로는 그 결정에 무력할 수밖에 없는 이상, 나는 내가 일찍부터 길러온 단념할 줄 아는 지혜에 의지하기로 했다.

그래, 내 가리라. 운명에 끌려가는 괴로움보다는 스스로 걷는 자의 기쁨과 설렘을 안고 떠나리라. 우리 세기에 들어와서야, 그리고 한핏줄의 위대한 영혼(니코스 카잔차키스)을 만나서야, 자신의 왕국과 궁전과 처자가, 소유와 애욕과 집착이 결국은 한 감옥에 지나지 않음을 깨닫고 다시 항해를 떠난 저 씩씩한 희랍 사내(오디세우스)처럼, 신(神)들조차도 이제는 더 어찌해 볼 수 없는 그 의지의 사내처럼.

세상의 모든 것은, 유일하며 가장 닮아 있는 것들조차도 실은 완전히 독창적이다. 하지만 유일한 그 모든 것은 또한 언제나 같은 무게의 의미를 갖는다. 형상에서 다르든 질료(質料)에서 다르든, 모든 존재는 신 앞에서는 하나같이 등가(等價)의 창조물일 뿐이다.

내가 일찍이 이상으로 그려보지 않고 동경으로 꿈꾸어보지 않았다고 해서 한국의 산과 들이, 물과 하늘과 바람이 반드시 세계의 다른 어떤 곳보다 못 하리라고 주장할 수 있겠는가. 그곳에서 사람들이 이룩한 것도 그렇다. 내가 익숙해 있는 문화와 풍속이 살갗 흰 사람들의 그것이라 해서 살갗 누런 사람들의 문화와 풍속이 보다 열등한 것이라고 단언할 권리가 어떻게 있을 리 있는가.

그것도 정신적인 적응의 하나인지 모르지만, 오히려 모든 게 움직일 수 없는 형국으로 굳어지자 새삼스레 이는 호기심도 있었다. 내가 열에 아홉은 그곳으로 종생(終生)하게 될 땅과 그 땅에 뿌리 박고 사는 사람들에 대한 내 지식의 확인을 위해서였다.

듣기로, 예부터 그 땅의 강과 산은 비단에 수를 놓은 것처럼 아름답다는 말이 있었다. 그래서 어떤 중국인은 그 땅에 태어나 그 아름다움을 누리게 되는 걸 다음 세상에 거는 원(願)으로 삼았다고 한다. 나는 그게 정말인지 알고 싶었다. 그 땅에 대한 좋지 못한 지정학적(地政學的) 평가도 들은 게 있다. 대륙세력과 해양세력을 잇는 다리 같은 반도여서 그 어느 쪽이 강성하든 압박과 수탈의 대상이 되게 돼 있다는 말이 그것이다. 또한 그 말의 옳고 그름도 확인하고 싶었다.

나는 들었다. 그 땅 사람들은 흥이 남다르고 놀기를 좋아해 이웃나라의 오래된 사서(史書)에도 그 기록이 남겨졌다고. 한때 그들을 힘으로 눌러 다스린 적이 있는 또 다른 이웃민족은 '조선놈은 끼닛거리만 있으면 놀러 간다'라며 그들의 그런 특성을 비웃었다고. 그리고 또 다른 쪽에서는 방금 그들을 서서히 목 죄어 가고 있는 경제 파탄의 원인을 그러한 특성에서 찾으려고도 한다. 나는 그런 기록과 만들이 어느 정도 진실인지 살펴보고자 했다.

나는 또 들었다. 그들은 자아가 너무 강하고 개인적인 성취욕이

지나쳐 그것들은 종종 공격성으로 표출되곤 한다고. 그 바람에 단결력이 약하고 집단으로서의 성취에 아주 서툴다고. 나 아니면 안되고, 무엇이든 내 방식 외에 답이 못 된다고 믿기 때문에 합의를 끌어내기 어려우며, 다수에게 승복하는 데 익숙하지 않다고. 통일하자면서 내부적으로는 오히려 그 통일 때문에 더 심하게 분열하고 있는 것도 그런 특성과 무관하지 않다고. 나는 그 같은 말들도 그들을 비하시키려는 그저 악의에 찬 험구인지, 아니면 그들이 진정으로 고쳐나가야 할 결점인지 관찰해보고 싶었다.

그 밖에도 나에게는 그 땅의 빈약한 자원, 넓지도 기름지지도 못한 경지, 고르지 못한 강우량 같은 것이며, 거기 사는 사람들의 터무니없는 허세 부리기, 어두운 숫자 개념, 명분론(名分論)에의 앞뒤 없는 집착과 이념에 대한 과잉반응 따위의 확인하지 못한 수많은 정보가 있었다. 나는 그 모든 것을 확실한 지식으로 바꾸고 싶었다. 나 같은 존재에게 그런 지식들이 어떤 쓸모와 효능을 가지게 될지는 잘 모르지만 어쨌든 모든 지식은 선(善)이다.

가슴 없는 섬

앞으로 떠돌게 될 바다가 결코 아름답지도 평온하지도 못하리란 예감을 내가 처음으로 갖게 된 것은 그 사람 김왕홍 씨의 속주머니에 꽂혀 진열대를 떠난 지 채 5분도 안 되어서였다. 볼일 급한 사람처럼 화장실로 뛰어든 김왕홍 씨가 변기에 앉은 채 나를 꺼내 만지작거리다가 갑자기 무슨 중대한 결심이라도 한 사람처럼 나를 양복 바깥 윗주머니에 꽂았는데 그게 바로 그 같은 내 예감의 근거가 되었다.

그가 나를 살 때 케이스도 보증서도 포장도 마다하며 훔친 물건 감추듯 하던 것도 실은 매우 이상했었다. 그런데 이제는 또 무슨 중대한 결심을 하는 사람처럼 나를 꺼내 남에게 보이는 자리로 옮기니 아무래도 그가 꼭 그래야 하는 이유를 더듬어보지 않을 수 없었다.

이 사람은 도덕적으로 퍽 건강한 사회에 사는 모양이로구나. 내가 언뜻 생각해낸 이유는 그랬다. 내 가격이 3백 달러에 가까운 고액이라는 것, 따라서 어떤 사회에서는 사치품으로 간주될 수도 있다는 것 따위에 근거한 추측이었다. 하지만 이내 내 생각은 바뀌었다. 어쨌든 그는 나를 샀다.

그리고 나를 감추었는데 그것은 도덕적인 각성이라기보다는 나를 산 일 때문에 받을 불이익이 두려워서였을 뿐인 것 같다. 자신의 경제력을 제 뜻대로 운용할 수 없는 사회도 걱정이지만 그 억제장치가 기껏 두려움뿐이라면 그런 사회는 더욱 곤란하다. 봐라, 그는 벌써 그 두려움에 진 자신을 화내고 있지 않느냐, 버젓이 양복 윗주머니에 꽂고 맞설 채비를 하고 있지 않느냐.

그다음 내 예감을 더욱 짙게 해준 것은 김왕흥 씨의 일행이었다. 아무래도 혼자 외국을 돌아다니기에는 무리해 보이는 외국어 회화 솜씨나 휴대용 손가방조차 없는 걸로 보아 대강 짐작한 대로 김왕흥 씨에게는 일행이 있었는데, 그들이 또 묘했다.

"김 사장. 여기요, 여기."

김왕흥 씨가 시답잖게 볼일을 마치고 자신의 탑승구 대기실 쪽으로 다가가자 구석진 의자에 앉아 있던 어떤 사내가 손짓을 해보이며 그렇게 소리쳤다. 김왕흥 씨보다는 몇 살 아래로 보이는 한국사람이었다. 그러자 그 곁에 옹기종기 모여 있던 네댓 명이 저마다 한마디씩 하며 김왕흥 씨를 맞아들였다.

"어딜 갔더랬소? 화장실 간다는 사람이 하두 오래 안 나타나기에 김형욱이 신세라도 난 줄 알고 걱정했지."

"어디 엉덩이 큰 백말이 꼬시기라도 합디까?"

"비엔나공항에서 박 사장한테 데이지도 않았심미까? 각설이 단대목에 실수한따꼬. 막판에……."

그런데 우선 알 수 없는 것은 그 일행의 구성과 성격이었다. 나이도 이십 대부터 육십 대까지 대중이 없었고, 그들이 주는 인상도 공통성이 거의 없었다. 관광여행단인가 싶었지만 그럴 가능성도 별로 많아 보이지는 않았다. 꼭 안 될 거야 없다 해도 다섯 명짜리 관광단이라니. 학술여행단은 그들의 말투나 행동거지로 보아 비슷한 데가 너무 없었고, 사업차로 보기에는 인상부터가 아니었다.

하지만 내가 그런 걸 시시콜콜히 따져보고 있을 시간은 길지 못했다. 그때껏 한마디도 않고 뾰족한 얼굴의 중년이 여럿의 말끝에 한마디 보탠 게 사단이었다.

"김 사장, 그만큼 사들이고도 아직 더 살 게 있습디까?"

별로 친하지 않은 사람들이 오래 떼 지어 여행하다 보면 반드시 그룹 중에서 숙적(宿敵) 관계가 생겨난다. 일행 중에서 그 둘만 서로 간 매사가 마땅찮고, 작은 농담에도 중대한 모욕이라도 받은 사람처럼 반응한다. 언제나 관찰하는 눈으로 서로를 살피며, 따라서 서로의 약점이나 실수를 가장 잘 알아보는 것도 그들이다. 그런데 김왕홍 씨와 이 사람이 바로 그런 사이인 듯했다. 어찌 보면 가벼운 농담으로 넘겨버릴 수도 있는 말을 김왕홍 씨는 깐죽거림으로만 받아들였다.

"장 사장 말버릇도 참, 내가 사긴 뭘 그리 많이 샀다구."

그렇게 뻬딱하게 받아놓고 왼 고개를 틀더니 무슨 생각이 났던지 갑자기 나를 쑥 뽑아 장 사장이라는 사람 코앞에 디밀면서 시비하듯 말했다.

"주머니에 딸라 몇 푼 남았길래 볼펜 하나 샀소. 일일이 보고 안하고 사서 미안하외다."

장 사장이라는 사람도 상대편의 말투에 예민해져 있기는 김왕흥 씨나 마찬가지였다. 제 한 말은 잊고 발칵 성을 냈다.

"김 사장, 정말 나한테 무슨 유감 있소? 남 다하는 농담 한마디 거들었다고 시비는 왜 시비요? 잘못하면 눈 찌르겠네."

서로 오가는 말뽄새를 보니 이미 여러 번 그렇게 투닥거린 적이 있는 모양이었다. 그들을 제외한 나머지 사람들의 얼굴에 짜증스러운 표정이 떠오르는 것도 그런 일이 한두 번은 넘는다는 걸 짐작할 수 있게 해주었다. 그때 일행 중에서 비교적 김왕흥 씨와 가까이 지내는 사이인 듯한 점퍼 차림의 중년이 나를 낚아채며 과장스레 말했다.

"히야 — 이거 볼펜이라도 그냥 볼펜은 아닌 것 같은데……. 파카 아냐? 파카."

그러다가 나를 살피며 내 몸통에 쓰인 상호를 더듬더듬 읽어갔다.

"몬트 브란스? 몬트 블란크?"

제 딴에는 분위기를 부드럽게 만든다고 해본 짓인 듯했지만, 결과적으로는 분위기를 더 험하게 만드는 꼴이 되고 말았다.

"그거 몽블랑이란 불란서제예요. 파커보다 더 고급이라구요."

일행 중에 유일한 이십 대 후반의 젊은이가 남의 국적을 바꿔가며 그렇게 아는 체를 하자 장 사장이 비웃음을 섞어 받았다.

"그럼 그렇지. 찔리는 데가 있으니까 별거 아닌 소리에 노발대발이지."

그러자 김왕흥 씨의 얼굴이 금세 시뻘게졌다. 나는 사람 많은 곳에서 한바탕 주먹다짐이라도 벌어지게 되면 어쩌나 걱정이 되었지만, 두 사람 모두 한심하기는 해도 그렇게까지는 안 갔다.

"스위스에 가자마자 시계점부터 찾아가 롤렉스 금딱지 은딱지 타령하던 사람은 그런 소리 못 할걸. 그 사람한테는 이따위 볼펜 값이야 푼돈일 테니까."

금방 고함이라도 지를 것 같던 김왕흥 씨가 그런 빈정거림으로 후퇴했고, 장 사장도 가시 돋친 응수 정도로 끝냈다.

"살이 박혀도 단단히 박혔군. 김포공항 떠날 때부터 사사건건 시비더니 막판까지로군. 그만둡시다. 피차 돌아간 뒤에는 꼭 다시 만나야 할 사람들도 아니잖소?"

그때 점퍼차림이 나를 김왕흥 씨에게 돌려주며 눈을 찡긋하고는 다시 장 사장을 보며 빙글거렸다.

"이거 큰일이네. 공연히 나와 돈 쓰고 좋은 골프친구 하나만 잃게 됐잖아? 불편한 여행 길어지다 보니 신경들이 날카로워진 게요. 모두 털어버리슈."

　반드시 그 말이 효과를 본 것 같지는 않았지만, 어쨌든 두 사람의 시비는 그걸로 끝났다. 다시 김왕홍 씨의 양복 윗주머니에 꽂혀 그동안의 시비에서 알게 된 걸 종합해 보니 그들은 머릿수가 적기는 해도 관광단인 듯했다. 골프장 같은 데서 어슷비슷 알게 된 사람들이 어떤 계기로 의기투합해서 외국 바람을 쐬기로 했는데 일반 관광팀에 끼자니 뭔가 체신이 없어 보여 자기들 다섯에 여행사의 안내 하나만 붙여 떠난 모양이었다. 거의 틀림없어 보이는 짐작으로는 미스터 황이라는 젊은이가 여행사 직원이었다.

　내가 그들의 나라에 좋지 않은 예감을 품게 된 까닭은 그들이 한결같이 사장이라는 데 있었다. 내가 알기로 사장이란 자본의 축적을 성공적으로 이룩한 경제주체요 많건 적건 한무리의 종업원을 이끄는 인격주체이며, 또 대개는 생산을 총괄하는 경영주체였다.

　그런데 그들의 소비행태는 어떻게 회사를 차릴 자본을 축적할 수가 있었던지가 의심스러울 정도로 근검절약과는 멀었고, 지식은 물론 인품에 있어서도 여러 사람을 이끌 만한 수준은 못 되었다. 또 연말연시 같은 중요한 때에 다섯씩 떼를 지어 한가로운 관광여행을 다닌 걸로 미루어보면 결코 능력 있고 효율적인 경영주체도 못 될 듯했다. 그런데 그들이 번성을 누릴 수 있는 나라라면 문제가 있어도 많이 있을 나라 같았다.

　거기다가 비행기에 오른 뒤 그들을 통해 짐작할 수 있는 그 나라 사람들의 몇 가지 특징적인 의식은 내 앞날에 대한 상상을 한층 어둡게 했다. 그 첫 번째가 남을 돌아보지 않는 점으로, 그것은 비행기가 이륙하기도 전에 벌써 그 일단을 드러냈다.

마침 그 비행기는 한국항공사의 것이어서 그 하루 전의 한국 일간지가 기내 서비스로 나왔는데, 스튜어디스가 한 아름씩 안고 나온 신문은 어찌 된 셈인지 좌석의 삼분의 일도 지나기 전에 동이 나버리는 것이었다. 알고 보니 김왕홍 씨 일행만 해도 나란히 앉은 여섯 사람이 똑같은 신문을 각기 하나씩 뽑는 식이라 신문마다 좌석 수만큼 준비하지 않는 한 뒷좌석 사람들에게는 돌아가려야 돌아갈 수가 없었다.

그다음으로 드러나는 그들의 부정적인 의식은 정치 과잉이었다. 신문을 펼쳐든 그들은 1면을 훑어보기 바쁘게 무슨 약속이나 한 듯 정치면에 머리를 처박았다. 내가 유심히 관찰한 바로는 김왕홍 씨 일행 여섯뿐만 아니라 신문을 펼쳐든 한국사람들 대부분이 그런 것 같았다. 원래가 정치는 여러 가지로 사람들의 삶에 실제적인 영향을 끼치는 분야이고, 특히 한국에서는 그것이 다른 모든 분야에 거의 지배적인 영향력을 가지고 있다는 말을 들은 적은 있지만, 내가 보기에는 아무래도 지나친 관심이었다.

하지만 나에게 충격에 가까운 놀라움을 준 것은 그런 관심 그 자체보다 신문을 제대로 다 읽지도 않고 쏟아내기 시작하는 그들의 정치 평이었다. 마침 그날의 정치면 머리기사는 집권여당의 차기 대권주자를 정하는 문제에 관한 것이었는데, 먼저 분통을 터뜨린 것은 다혈질인 점퍼차림이었다.

"이거 준다는 거야, 만다는 거야? 구경하기에도 영 천 불이 나네. 미적미적, 우물우물 물태우 하는 짓, 뭐가 하나 시원한 구석이 없어."

"무슨 딴 꿍꿍이가 있는 거 아냐? 물태우, 물태우 하지만 양잿물도 물이라구. 영심이 아무래도 양잿물 마시구 자빠지지."

김왕홍 씨가 그렇게 받았다. 그때 내가 먼저 놀란 것은 그들이 제 집에서 부리는 아이놈을 나무라듯 하는 게 다름 아닌 현직 대통령과 여당 최고대표위원이란 점이었다.

민주주의란 말이 세상에 선뵌 지는 벌써 2천 년이 넘었고, 세계의 정치판이 역사의 창고 깊숙한 곳에서 그걸 다시 찾아내 무슨 만능의 부적(符籍)처럼 이마빼기에 붙이고 시도 때도 없이 그 신통한 효능을 우려먹은 지도 그럭저럭 두 세기가 넘었다. 내게는 그 민주주의가 한물가서 추해진 창녀같이 느껴질 때가 있다. 젊어 한때는 매력으로 빛나는 홍등가(紅燈街)의 여왕이었으나 이놈 저놈이 함부로 끼고 자며 짓주물러 놓은 바람에 이제는 엉덩잇짓밖에 볼 게 없어진 늙은 창녀 말이다.

내 생각으로 민주주의가 그 꼴이 난 것은 민주란 말이 가지는 정치적 최음(催淫)효과와 그 의미의 가변성(可變性) 내지는 가소성(可塑性) 때문일 것이다. 처녀보다는 창녀란 소리를 들으면 더 쉽게 성욕을 느끼고 화사한 대리석은 어찌해 볼 엄두조차 내지 못하면서도 진흙덩이를 보면 공연히 주물러보고 싶어지듯, 민주란 말은 힘없는 민초들을 턱없이 정치적인 흥분에 빠져들게 하는 데가 있으며 또 머리깨나 굴리는 권력추구자들에게는 우물떡 주물떡 저희 쓰기에만 편리한 물건을 만들고 싶은 유혹을 일으키는 데가 있다. 두 놈이 똑같은 민주를 외쳐대는데도 가만히 내용을 따져보면 하늘과 땅 같은 차이가 나는 것은 바로 그 때문이다.

그 예를 들어보자면 끝이 없다. 아테네의 구닥다리 민주와 근대에 들어 돈푼깨나 거머쥔 소시민들의 민주가 다른 것은 물론이거니와, 비슷한 시기에 들어서도 블랑키의 민주와 로베스피에르의 민주가 다르고, 링컨과 바쿠닌과 마르크스의 민주가 각기 다르다. 같은 마르크스의 민주가 새끼를 쳐도 레닌의 민주와 스탈린의 민주가 꼭 같지는 않았으며 짐작대로 트로츠키의 민주 또한 저희끼리 피탈까지 본 걸로 미루어 조금은 달랐을 것 같다.

그 민주 가운데서도 유별나게 싸구려 자유만을 소리소리 외쳐대는 민주가 있다. 나는 너의 정강이를 걷어찰 수 있다. 그러나 너도 또한 그러는 내 콧등을 후려 깔 자유가 있다. 이런 식인데, 쉽게 말하자면 니 뺑(너 한 주먹) 내 뺑(내 한 주먹) 하는 자유로 남는 것은 멍든 정강이와 깨진 콧등밖에 없을 텐데도 그거 어떻게 좀 제한하자고 나섰다가는 큰일이 난다. 그런데 지금 한국에 한창 유행하는 자유가 그런 것 같았다. 김왕흥 씨 일행은 그런 원칙에 의거해 언론의 자유를 철저히 누리고 있었다.

"그러다가는 육신(여섯 가지 병신)에서 칠신되지. 뭐라도 보태면 될까? 후계자에게는 망신?"

"그게 어디 망신으로 끝날 일이야? 정치적으로 영심이는 아예 골루 갈 거라구. 골루."

내가 듣기로 그 대통령은 민주에 걸신 든 그 나라에서 민주화의 실천자로 인상 지어지기를 바라며 역사에서도 그렇게 기록되기를 바라는 이라 한다.

그 민주에 그 같은 언론자유도 포함되어 있는 것이라면, 그때의 김왕홍 씨 일행은 국가원수의 민주화 의지를 잘 받드는 모범적인 국민일 수도 있겠다.

그렇지만 내가 그들의 아래위 없는 험구를 자유나 민주의 문제로만 이해하려 든 것은 아무래도 성급했던 성싶다. 갑자기 김왕홍 씨의 숙적이 그들 둘의 얘기에 끼어듦으로써 분위기는 또 다른 형태로 변했다.

"그 사람은 벌써부터 끝장난 사람 아뇨? 삼당 합당할 때. 나는 그 사람 키가 그렇게 작은 줄 그때 처음 알았다구요. 한 자는 더 작아 보이더라니까요."

장 사장이 아무래도 입이 근질거려 못 참겠다는 듯 그렇게 말하자 짐작대로 김왕홍 씨가 대뜸 빈정거림으로 받았다.

"아 참, 장 사장이 여기 계셨지. 하지만 아닌데. 어버이 다이쥬(대중) 선생만 우러르는 그 눈에 우리 영심이 합당하지 않았다고 뭐, 더 크게 보일까."

그렇게 하여 이번에는 전혀 다른 종류의 시비가 시작되었다. 김왕홍 씨도 장 사장과의 시비에서 뜻밖으로 완강한 지지자의 태도를 드러내어 조금 전까지도 빈정거리던 두 사람을 위해 전력을 다했고, 쇼핑 시비 때는 곧잘 참던 장 사장도 자신이 지지하는 사람을 위해서는 조금도 밀리려 들지 않았다.

그런데 내가 얼른 이해할 수 없는 일은 그들의 지지방식이었다. 논리적으로 보면 지지는 비교와 선택이란 순서를 거쳐서 이루어진다. 곧 여러 경쟁자들을 서로 비교한 뒤 선택하여 지지를 보내는 게 순서이다. 그러나 그들은 그 순서가 바뀌어 있는 것 같았다. 먼저 선택해 놓고 그다음에 그 선택의 정당성을 부여하기 위해 비교하는 식으로 그것은 그만큼 그들의 정치적인 선택이 논리와는 멀다는 뜻이기도 하다.

내가 듣기로 정치에 대한 무관심층은 적당히 두터운 게 오히려 그 나라의 정치안정에 도움이 된다고 한다. 뒤집어 말하면 정치 과잉, 특히 정치에 대한 대중의 지나친 관심은 그 나라의 정치안정을 해칠 수도 있다는 뜻도 되는데, 이제 내가 가고 있는 곳은 그 정치 과잉조차도 논리가 아니라 감정에 바탕한 질 낮은 것이었다. 앞으로 내가 헤쳐가야 할 바다는 거친 바다다. 거칠고 위험스러운 바다다……. 거기다가 내게 더욱 한심한 기분이 들게 한 것은 그러한 감정의 기본적인 동기였다.

"에이그, 김 사장 장 사장 또 붙었구만. 하필 그 얘기는 또 왜 나와가지구……. 그만들 하슈. 그러잖아도 김 사장 장 사장 출신 지역이 어딘지 다 알구 있으니까."

머리가 허옇게 세어 실제보다 훨씬 더 나이가 들어 뵈는 사람이 혀를 끌끌 차며 두 사람을 말렸다. 일행 중에서 유일하게 심한 사투리를 쓰는 마흔 이쪽저쪽의 남자는 김왕홍 씨에게 노골적으로 짜증까지 냈다.

"형님, 고마 치우소. 해봤자 뻔할 뻔 자지. 장사 하루 이틀 하능교?"

그 바람에 이번 시비도 흐지부지되고 말았지만 대강 눈치로 때려잡아 앞뒤로 맞춰보고 나니 절로 한숨이 나왔다.

하기야 내 나라 독일에도 지역감정은 있고 불란서도 알퐁스 도데란 작가는 멋모르고 지역감정을 건드렸다가 죽을 때까지 그 지방 사람들이 아침마다 그가 사는 곳을 향해 내뱉는 저주에 시달렸다고 한다. 에잇, 도데놈, 빌어먹어라.

길게 보면 인디언 빼고는 제 땅 아니기가 모두 마찬가지인 미국도 예외는 아니라고 들었다. 북부의 아이들은 링컨의 게티스버그 연설문을 암송교재로 삼고, 남부의 아이들은 재닛 리의 항복권유문을 그 대신으로 쓴다든가. 남부에서 태어났으나 북부에서 북부인의 '아메리칸드림'을 형상화해 성공한 마크 트웨인도 일생 고향에 대한 부채감에서 벗어나지 못했다는 말이 있다. 그런데 내가 김왕홍 씨와 장 사장에게서 느낀 지역감정은 그렇게 일반화하기 어려운 데가 있었다. 너무 성급한 판단인지도 모르지만 좀 과장하면 어떤 살기 같은 것까지 느껴질 정도였다.

턱없는 정치 과잉에다 그 정치 과잉이 바탕을 두는 것은 논리가 아니라 감정이고, 감정도 가장 원시적인 지역감정에 기초하고 있다는 것이 나로서는 좀 아연하지 않을 수 없었다. 그러나 내가 가고 있는 땅 사람들의 특징적인 의식은 경제 쪽에서도 있었다. 김왕홍 씨와 장 사장의 시비가 가라앉고 비행기가 제 고도를 잡았을 무렵이었다. 일행에게는 김 회장이라고 불리는 머리 허연 노인이 점퍼차림을 보고 속삭이듯 물었다.

"이 사장은 태일(太一)에 걸린 것 없소?"

"두어 개 걸려 있었는데 이번에 출국하기 전에 뺐어요. 김 회장님은 아직도 걸린 게 있습니까?"

점퍼차림이 그렇게 되물었다. 김 회장이 한숨과 함께 후회스러운 듯 대답했다.

"나도 그때 빼는 건데 거기 아직 세 개나 남아 있소. 근데 말야, 아무래도 그거 아부나인데……."

그러자 점퍼차림이 알 수 없다는 듯 물었다.

"아부나이라니요? 태일, 거기 탄탄한 곳 아닙니까? 세계가 다 알아주는 현대자동차에 부품 납입하는 곳에 아부나이라면 우리 중소기업 어디 성한 데가 있겠어요?"

한 개 두 개란 것이 아마 어느 정도의 단위인지 알 수는 없지만 아마도 그들은 중소기업체에 사채를 주고 있는 듯했다. 드디어 화제가 경제로 넘어가 나는 속으로 은근히 안도하면서 주의를 기울여 그들의 대화에 귀를 모았다. 경제문제가 되면 적어도 정치 때의 격앙은 없을 것 같았다.

"아까 이거 보지 않았소?"

김 회장이 괴로운 한숨에 이어 앞 좌석 뒤에 함부로 구겨져 꽂힌 신문을 눈짓으로 가리켰다.

　"신문요? 경제란에는 뭐 별것 없던데."

　"거 못 봤소? 한쪽 귀퉁이에 현대자동차 노사 쟁의신고가 있지 않았소."

　"그거야 봤지요. 하지만 늘 있는 일 아닙니까? 연말이고 하니 몇 푼 더 받겠다고 나선 걸 못 주겠다 버티다가 일이 조금 꼬인 거겠죠, 뭘."

　"그게 아니란 말이오. 서울 떠나기 사흘 전인가, 거기서 이사급으로 일하는 친구한테 들었는데 심각합니다. 분식결산을 해서 그렇지 올해는 자동차도 적자가 뻔한데 연말 상여금을 1백50퍼센트나 달라고 나선 거요. 기존의 상여금 6백 퍼센트에다 추가로 말이오……."

　그러자 점퍼차림이 처음 대수롭잖아하던 것과는 달리 다혈질의 특색을 나타냈다. 금세 낯빛이 벌겋게 변하며 물었다.

　"뭐라구요? 그럼 적자로 돌아서는 회사에 보너스를 연 7백50퍼센트나 내놓으라는 겁니까?"

　"적자인지 아닌지야 우리가 알 수 없지만 문제는 있어요. 거기 노조 사람들 총액기준으로 하면 한 달 평균 1백20만 원이 넘는다지 아마. 그런데 정작 더 큰 일이 난 건 거기에 목을 매달고 있는 중소납품 업체들이오. 이 사장도 태일 좀 알지요? 그 태일 사람들 어땠어요? 내 알기로는 평균임금 50만 원을 넘지 않은 것 같던데,

이제 바로 그 사람들이 죽어나게 생겼소. 그 회사도 그래. 별일 없을 때야 그럭저럭 남의 돈 떼먹지 않을 정도는 되지만 오래는 못 견딜걸. 두어 달 납품이 안 돼도 내려앉고 말 거요."

김 회장은 나이에 걸맞게 노회했다. 태일이란 중소기업이 망하면 자기 돈이 떼이게 됐다는 게 현대자동차의 쟁의를 못마땅하게 보는 이유일 테지만 시치미 딱 떼고 태일 걱정만 늘어놓았다. 오히려 제 성을 못 삭여 목에 핏대를 세우고 천방지축 떠드는 것은 점퍼 이 사장 쪽이었다.

"나쁜 XX들. 같은 노동자이면서, 그래 달에 120만 원씩이나 받아 처먹는 자식들이 연말 보너스 더 받아 처먹자고 50만 원도 못 받는 동료 노동자들의 밥통을 걷어찬단 말이요? 이건 그냥……."

"그래도 그쪽 노동자한테 물어보시우. 할 말 없는가. 우리들이 선구자다. 우리들이 이만큼 올려놓으면 언젠가는 너희들도 우리 비슷하게 받게 될 것이다. 우리의 투쟁을 지원하라. 또 있지. 이 썩어빠진 놈의 나라에는 일 안 하고도 한 달에 몇천만 원씩 벌어들이는 졸부들도 있다. 그런데 열심히 일한 우리가 120만 원 받는 게 뭐 많으냐? 시답잖은 것들이 부장, 차장 하며 150만 원 200만 원한다. 그들보다 우리는 80만 원 30만 원 적다. 그래도 우리가 많이 받는 것이냐? 뭐, 그런 주장만 해도 그럭저럭 먹혀들어 갈 거요. 특히 약한 자 못 가진 자 소외된 계층이라면 무조건 그편이 되어야 한다고 생각하는 얼치기 지식인들이나 80년대 대학에서 사회주의 하나는 착실하게 맛보고 나온 신출내기 기자들한테는 말이요."

"아니 그래도 그렇지. 120만 원이고 200만 원이고 줄 게 있어야 주지. 그런 놈들은 시범 케이스로다 몇 놈 끌어내다…… 그건 그냥 노동자가 아니라구요. 김일성한테 가면 훈장 받을 놈, 바로 빨갱이라구요."

점퍼차림이 더 볼 것도 없다는 듯 그렇게 단언하자 잠시 대화가 끊어졌다. 나는 그가 내뱉는 말의 의미보다도 그 표정과 어조에 섬뜩해졌다. 정말 총이라도 쥐어주면 무슨 일을 낼 것 같은 데가 있었다. 따져보면 그의 논리도 놀랍기는 마찬가지였다. 단순한 노동쟁의 신고에 흥분해 예전에는 한번 그 혐의를 받으면 목숨까지 오락가락했다는 그 빨갱이로 몰아대고 있으니 그 나라는 어떤 시대에 살고 있는지 의심스러웠다. 오히려 느긋한 것은 나이든 쪽이었다.

"그렇게 막말하지 마시오. 젊은 애들 들으면 이상하게 생각하겠소. 요새 한국에서 가장 눈물겨운 코미디가 반공 강연 아니겠소."

그래도 점퍼차림은 여전히 펄펄 뛰었다. 가진 자와 없는 자가 사이 좋은 일은 드물다. 나도 내 나라에 있을 때 더러 그런 대립을 지켜본 적이 있다. 그러나 이처럼 살의까지 품는 격한 감정의 대립은 적어도 직접으로 보고 들은 바는 없다. 거칠고 위험스러운 바다다. 현재의 나로서는 어느 편이 옳고 어느 편이 그른지 잘 알 수는 없지만 점퍼차림이 보이는 그 격렬한 반응이나 '너무 그러지 마슈. 아직은 파업을 한 것도 아니고 쟁의신고 한 단계니까 뭐. 거기 노동자들이라고 눈코 없겠소. 연말 되고 하니 그냥 넘기기 심심해 한번 해보다가 그리된 거겠지' 하며 느긋한 반응을 보이기는 해도 속으로는 점퍼차림 이상의 울화를 삭이고 있는 듯한 김 회장 쪽의 비아냥거림으로 보아서 노조활동에 대한 그들의 반감은 거의 극에 이르고 있는 듯 짐작되었다. 저들의 반대편에 있는 사람들은 어떤 사람들일까? 나는 갑자기 그것이 궁금해졌다.

내 처지로 보아 그들을 볼 수 있는 기회는 거의 없을 듯하지만 짐작으로는 그들도 온전하게 정의를 확보하고 있는 사람들 같지는 않았다. 너무 두리뭉실한 논법인지는 몰라도 외손뼉이 울 리 있는가. 내가 그런 생각을 하고 있을 때 둘의 논의는 그들 의식의 또 다른 특징을 보여주고 있었다.

"우리 거룩하신 민주화 대통령 각하는 뭘 하고 계시는지. 경제에는 등신이라더니 이건 뭐 등신이 아니라 아예 킬러잖아 킬러. 민주화 좋아하네."

점퍼차림이 갑자기 울화의 방향을 다른 곳으로 돌렸다. 불똥은 어느새 경제에서 정치로 넘어간 것이었다. 그것도 내게는 적지 아니 이상했다.

어떤 나라에서든 정치와 경제는 긴밀한 관계를 가지게 마련이다. 그러나 이들의 나라에서는 그 정도가 아니라 완전히 한 덩어리인 모양이었다. 정치와 경제가 그런 식으로 덩어리 된 나라치고 잘된 나라를 나는 아직 본 적이 없다. 어떤 의미에서는 정치와 경제를 가장 철저하게 합일시킨 게 소비에트 러시아고 동구가 아니었던가. 방향은 다르지만 중남미의 여러 나라도 양쪽의 가치를 혼동

하여 한 덩어리로 만들어놓기는 그 다음쯤 된다. 정도가 어떤지는 아직 정확히 알 수 없지만 이들의 나라도 실제가 그렇다면…… 거친 바다다. 위험스러운 바다다. 내가 지금 가고 있는 곳은.

그 밖에 그 비행기에서 본 그들 의식의 특징을 보여주는 것들은 많았다. 그러나 대개 그들의 대화를 엿듣고 가늠하게 된 것이라 여기서 더 늘어놓는 짓은 그만두는 게 좋겠다. 자칫하면 내 얘기가 별것 아닌 사람들의 지루한 대화록이 되고 말 수도 있으니까. 거기다가 과연 그들에게 대표성이 있는지도 문제였다. 어쩌면 나는 한국사람들을 대표할 만한 사람들의 의식을 관찰하고 있는 것이 아니라 별난 사람들의 별난 이야기만 듣고 있는지도 모르기 때문이었다.

몇 개의 표본을 관찰해 그걸로 그 집단 전체의 특성을 분석하는 표본조사는 현장에 가서 전체를 다 조사할 수 없을 때는 유용하고 효율적인 방식이다. 하지만 나는 지금 바로 그들의 땅으로 간다. 직접 보고 알 수 있는 곳으로, 따라서 이제 그들의 의식 그 자체를 엿보는 일을 그만두고 다시 행태로 넘어가 보자. 이번에는 다수 한국사람들이 참여해 어떤 대표성을 가질 수도 있는 행태이다.

"어, 이거 금연석이잖아? 우리는 모두 담배를 태우는데 금연석을 끊으면 어떻게 해."

얘기하느라고 오래 담배 태우기를 잊었다는 듯 김왕흥 씨가 문득 담배를 꺼내 불을 붙이려다 말고 미스터 황을 바라보았다. 이제는 여행도 막판이라 드러나게 뻣뻣해진 그 여행사 안내원이 심드렁하게 받았다.

"말했잖아요. 금연석밖에 없다고. 꼭 우리 비행기(칼 항공)를 고집하시는 바람에 그럴 수밖에 없었다구요."

그때 곁에 있던 장 사장이 미스터 황을 편들었다.

"이게 좋지 뭘. 담배는 저쪽 흡연석 통로로 가서 태우면 되는 거고. 자리에 앉았을 땐 공기 맑아 좋고. ……나는 일부러라도 금연석을 끊는데."

매사에 의견이 안 맞는 그들이었지만 이번에는 김왕흥 씨도 생각이 같은 모양이었다. 더는 미스터 황을 추궁하지 않고 담배와 라이터를 챙겨 든 채 비행기 꼬리 쪽에 있는 흡연석으로 갔다.

흡연석에 이르니 김왕흥 씨 말고도 먼저 온 여러 사람이 통로를 서성거리며 담배를 태우고 있었다. 대개는 동양인들이었다.

동양인이라 하지만 정확히 어느 나라 사람인지 알 수 없어 김왕흥 씨는 그들에게 어색한 웃음을 보내고는 흡연석 뒤쪽 화장실 출입구 쪽에 기대섰다. 먼저 거기서 담배를 태우고 있던 사람이 재떨이로 쓰던 종이컵을 김왕흥 씨에게 스스럼없이 내밀며 한국어로 말했다.

"이거 쓰세요. 여긴 재떨이가 없으니까."

"고맙습니다."

김왕흥 씨는 그가 한국사람이라는 게 반가워서인지, 필요 이상 고마워하는 표정으로 물 깔린 바닥에 벌써 담배꽁초 세 개가 떠 있는 종이컵을 받았다.

김왕흥 씨가 벽에 기대 맛있게 담배를 빨아들이고 있는데, 또한 사람이 재가 길게 붙은 담배를 들고 다가왔다. 한국사람 비슷해도 말없이 눈짓으로만 양해를 구하는 게 중국인이나 일본인인 듯했다. 그 뜻을 알아차린 김왕흥 씨가 종이컵을 내밀자 그가 거기에 재를 털며 자연스레 김왕흥 씨에게 붙어섰다. 그러고 보니 그렇게 자연스레 모인 두셋씩의 흡연 단은 여럿 있었다. 대개는 동양인들로 서로 말이 안 통해서인지 어색한 눈웃음만 주고받으며 담배만 피워대니 금세 흡연석의 통로 부근은 안개라도 낀 듯 연기가 자욱해졌다. 그때 제복차림을 한 젊은 승무원 하나가 화장실 쪽으로 가다가 그들을 보고 짜증을 감추지 않았다.

"담배는 좌석에 가서 피우세요."

그는 거침없이 한국말로 차갑게 내뱉었다. 쭈뼛쭈뼛하던 사람 하나가 역시 한국말로 대답했다.

"좌석권이 금연석이라서요."

그러자 그 승무원은 거기 있는 여러 사람을 돌아보며 누구에게 라고 할 것 없이 싸잡아 말했다.

"담배를 피우시면 흡연석을 끊으셔야죠. 금연석을 끊어놓고 여기와서 이러시면 어떡해요? 참, 외국인들 보기에 부끄러워서."

그 승무원은 거기 있는 모두가 틀림없이 한국사람이라고 믿고 있는 것 같았다. 나도 그게 이상했다. 어떻게 김왕흥 씨를 비롯한 모든 사람이 한국사람이라는 걸 알았을까.

마치 내 의문을 대변이라도 하듯 어떤 성미 급한 사람이 물었다.

　"이봐요, 승무원. 우린 말 한마디 안 했는데 어떻게 우리가 모두 한국사람이란 걸 알았소?"

　그러자 승무원은 다분히 경멸 섞인 목소리로 받았다.

　"그거야 척 하면 삼천리죠. 금연석 끊어놓고 흡연석 통로에 모여 시끄럽게 떠들며 굴뚝같이 피워대는 사람, 한국사람 말고는 없다구요. 제발 다음에는 흡연석 끊으세요."

　"표가 없으니 그렇지. 그래도 우리는 우리나라 비행기 타려고 그랬는데."

　개중에 하나가 그런 구실을 내세워보았으나 그 승무원은 차갑기만 했다.

　"그럴 땐 차라리 다른 항공을 이용해 주세요. 우리 흡연석이 이 모양으로 항상 혼잡하고 불편해서 외국인들이 기피하면 그게 그거니까요."

　그리고는 대답도 기다리지 않고 지나가 버렸다. 그러자 거기 있던 대여섯 사람들이 저마다 한마디씩 했다.

　"그 자식, 그거 되게 재네. 기장(機長)쯤 되면 따귀치고 안 덤비겠어?"

　"한국사람, 한국사람…… 저는 뭐, 조선놈 아닌가?"

　"그래도 우리는 국산품 애용한답시고 불편한 걸 참고 저희 비행기 타 줬는데."

　그러다가 이내 대한항공 성토회로 변했다.

"건방진 새끼들이야."

"외국인들한텐 그저 굽신굽신하면서, 우리만 보면 일제 때 버스 차장처럼 잰단 말이야. 그뿐이야? 외국놈들한테는 40~50퍼센트 디스카운트해주면서 우리한테는 30퍼센트도 안 해준다더만."

그러는 그들 중 어느 누구도 담배를 끄거나 무안해하는 기색을 보이는 사람은 없었다.

이미 말했듯, 그 비행기 안에서 있었던 뒷일은 더 이야기하지 않기로 한다. 그러나 함께 보낸 시간이 자그마치 열서너 시간이나 되어 그동안 자연스럽게 알게 된 그들 다섯의 간단한 신상 명세를 정리해 두는 게 좋겠다.

자신의 말이나 다른 사람의 입을 통해 들은 것으로 종합해 보면, 김 회장이라는 이는 허옇게 센 머리와는 달리 이제 갓 환갑을 지났고, 출신은 그야말로 옛날 복덕방인 부동산업자였던 것 같다. 그의 주된 수입원은 부동산 임대업인 듯하지만, 이제는 여유자금이 생겨도 새로운 부동산에 투자하지는 않고 주로 채권이나 주식 따위 유가증권에다 사채놀이로 돈 모양이었다. 그의 재산 대부분을 차지하는 부동산의 경기가 내려앉아 약간 의기소침해 있기는 해도 아직은 지난 시대에 벌어둔 여유로 느긋해 하는 데가 있었다.

우리 김왕홍 씨의 단짝인 점퍼차림의 이 사장은 전력에 대해서는 전혀 듣지 못했다.

그러나 넷 중에서 유일하게 젊었을 때 고생한 이야기가 별로 없는 걸로 보아 부모를 잘 만난 사람 같고, 따라서 그의 재산도 대부분은 자신이 이룩했다기보다는 이전된 부(富)에 힘입은 듯했다. 지금 가지고 있는 업체가 주유소 따위 주로 안정된 수입의 대리점들인 점도 그런 추측을 뒷받침해 주었다.

김왕홍 씨의 숙적인 장 사장은 오랫동안 세무서에 몸담고 있었던 모양인데, 무슨 일로 밀려난 뒤로는 세무사로 일하고 있는 사람이었다. 그러나 지금 그가 누리고 있는 경제적인 여유는 세무사로서 번 것이라기보다는 세무서의 관리로 있던 시절에 이리저리 긁어모은 것 같았다. 자신은 틈 있을 때마다 세무사로서의 식견과 재능을 자랑했지만 사무실 같은 건 없고 전에 몇 번 굵직한 기업의 세금관리를 도와준 적은 있었던 것 같았다. 지금도 하고 있는 것은 튼튼한 자금을 바탕으로 돈 되는 일이면 무엇이든 한다는 일종의 프리랜서로 보였다.

또 한 사람 말수가 적은 박 사장이란 이도 출신이나 과거를 알 수 없기는 이 사장과 비슷했다. 하지만 그가 과거나 출신을 구체적으로 드러내지 않는 이유는 이 사장과 전혀 다른 듯했다. 다시 말해 이 사장은 넉넉하게 보낸 젊은 시절이라 이렇다 할 얘깃거리가 없는 반면에, 박 사장은 너무나도 그 시절이 혹독해 다시 되뇌기도 싫은 것 같은 느낌이었다. 하고 있는 일은 무슨 가든이라는 큰 식당과 이오니안가 페니키안가 하는 고급 룸살롱을 경영하는 것인데, 일행과는 어딘가 잘 어울리지 않는 데가 있었다.

우리 김왕홍 씨는 나중에 다시 자세히 살펴볼 기회가 있겠지만, 우선 알 수 있는 것만 정리해 보면 다음과 같다. 자신은 이따금 한국의 섬유산업 어쩌고 하며 거창하게 떠들어도 실은 어떤 큰 직물공장의 불량제품(속칭 로스)을 불하받아 그걸 필요로 하는 중소매상에게 넘겨주는 장사로 한몫을 잡은 사람이었다. 지금은 한국의 전체적인 섬유경기의 하락과 더불어 전 같은 재미를 보지는 못하지만 지난 10여 년 동안의 여유를 이리저리 굴려 본업의 침체를 보충하고 있는 듯했다.

그들의 주고받는 이야기로 미루어 그들이 떼지어 낯선 곳을 여행할 만큼 친분을 기르게 된 곳은 주로 골프장과 사우나탕에서였다. 예전부터 알고 있던 사람은 김왕홍 씨와 이 사장 정도였고 나머지는 어슷비슷 알다가 우연한 기회에 뜻이 맞아 같이 나선 듯했다. 이를테면 장 사장과 두엇은 전에 세무 관련 일로 관계를 시작했고, 박 사장과 나머지 사람들은 처음 손님과 고객으로 만났다는 식이었다.

그들의 이번 여행에 대해서는 조금은 듣게 되었는데, 짐작대로 골프장에서의 제의가 발단이 된 듯하고 명목은 어디까지나 관광이 아니고 사업차였다. 다섯 다 출입국 신고서에는 산업계 시찰이란 여행목적을 적어넣었고, 여행 중에도 이따금 외국의 공장이나 업체를 방문한 적도 있었다. 주로 수입하면 한몫 볼 듯한 품목을 생산하는 공장이나 업체였던 모양인데 어디서도 상담(商談)의 수준에 이르지 못했음이 분명했다. 명색이 산업화를 지향하는 나라에서 제 것 팔아 이익 남기겠다는 사람은 없고 남의 것 사들여 수지 맞추겠다는 사람들뿐이니, 만약 이들에게 어떤 대표성이 인정될 수 있다면 한국이라는 나라도 알쪼였다.

잡담도 하고, 기내(機內) 영화도 보고, 잠도 자고, 낭비적이기 짝이 없는 기내식(機內食)도 두어 번 받고 하는 사이에 지루한 열네 시간이 흘러가 비행기가 김포공항 상공에 이른 것은 이튿날 오후 늦게였다.

"그것참 이상하단 말야. 떠날 때는 굉장히 큰 공항이라고 했는데 인제 보니 이건 오막살이잖아."

비행기 창 밖을 내다보며 장 사장이 혼잣말처럼 중얼거렸다.

"김포공항 작은 줄 이제 알았나?"

김 회장이 언제나처럼 느긋한 목소리로 그렇게 말했고,

'이건 미국의 시골 읍내 비행장밖에 안 된다구요' 하며 이 사장이 적지 않은 여행 경력을 과시했다.

그런데 비행기에서 내리기 전에 나는 다시 한번 이 나라 사람들의 한 특성을 본 듯했다. 비행기가 아직 착지(着地)하지도 않았는데 벌떡벌떡 일어나서 짐들을 챙기더니 착지하고 나서는 아예 통로로 짐을 들고 나서는 것이었다.

무엇이 그리 바쁜지 모르지만 비행기가 활주로를 벗어나고 이동복도가 비행기에 닿을 때까지의 꽤 긴 시간을 좌석에 그대로 지긋이 앉아 있는 것은 대부분 외국인이었다. 그 지루한 열네 시간도 참아놓고 마지막 몇 분이 왜 그리 급한지 내게는 영 알 수 없는 노릇이었다.

그들의 까닭 모를 막판의 서두름은 짐을 찾는 곳에서도 잘 드러났다. 보름 이상 함께 여행한 사이고, 대개는 돌아가서도 다시 만날 사람들이면서도 그들은 다른 일행이 짐을 찾을 때까지를 기다려주지 못했다.

"어차피 오늘은 서로 만나 얘기할 틈도 없으니까 다음에 봅시다."

먼저 짐을 찾은 박 사장이 세관 검사대 쪽으로 걸어가면서 그렇게 말했고 컨베이어에 붙어서서 자기 짐을 기다리던 김 회장도 당연한 듯 받았다.

"맞아요. 다음 수요일에 장원 씨씨에서 부킹하는 거나 잊지 마쇼. 그러면 어차피 만날 테니까. 귀국 간담회는 그때 합시다."

다른 사람들도 별 이의가 없는 듯했다. 그렇게 그들 일행은 제대로 인사조차 나누지 않고 짐을 찾는 대로 뿔뿔이 흩어져 갔다.

수요일이라면 주중(週中)인데 골프 부킹에 다섯 사람 모두가 다 이의가 없는 것도 내게는 이상했다. 이들의 예외성을 감안한다 하더라도, 그렇게까지 상례화(常例化)되어 있다면 문제가 아닐 수 없었다.

이윽고 김왕흥 씨 짐이 나와 우리도 세관으로 갔다. 귀국하는 사람들로 검사대마다 줄이 늘어서 김왕흥 씨는 잠깐 걸음을 멈추고 가장 짧은 줄을 찾았다. 멀지 않은 곳에 대여섯 사람밖에 남지 않은 줄이 눈에 띄었다. 그런데 알 수 없는 것은 김왕흥 씨의 선택이었다. 그 맨 뒤에 선 사람이 일행 중 하나인 박 사장인 걸 알아보자 딴 줄 뒤에 붙어서는 것이었다.

김왕흥 씨가 짧은 줄을 두고 굳이 여남은 명이나 늘어선 줄에 붙어선 게 이상해 그 줄을 살피던 나는 이내 까닭을 알아차렸다. 그 줄에는 일행 중에 아무도 끼어 있지 않았다. 짐작으로는 외국에서 산 물품을 서로에게 보여주는 게 싫어서인 듯했다.

세관의 검사대가 주는 인상도 내게는 좀 낯선 데가 있었다. 견문이 없어 세상을 널리 다녀보지 못했지만 내국인 검사대를 맡은 세관원이 내게는 꼭 무슨 수사관 같은 느낌이었다. 국제적인 밀수업자나 마약 단이 잠입한다는 정보가 있었던가도 싶었으나 그게 아님은 김왕흥 씨 앞에 선 고객의 불평에서 곧 드러났다.

"새끼들, 이게 뭐야? 이건 모두를 밀수꾼 취급이잖아? 외국인들한테는 그저 사근사근 나긋나긋 무사통과면서 우리는 빽 하면 가방 밑바닥까지 홀랑 까뒤집으려고 덤비잖아?"

그런 불만은 김왕흥 씨에게도 마찬가지인 듯했다. 세관원을 내려보는 눈길이 곱지 않았다.

그러나 내가 세밀히 관찰한 바로는 세관원들이 다소간 까다롭기는 해도 반드시 엄격한 것은 아닌 듯했다. 검사대 근처에서 심심찮게 벌어지는 실랑이 때문이었다. 먼저 내게 별나게 비치는 것은 고가품의 영치결정이 날 때마다 순순히 승복하고 나서는 사람이 거의 없다는 점이었다. 대부분은 검사대 곁에 붙어서서 다음 수작을 벌이는데 내용은 두 종류였다. 하나는 은근히 자신의 위세를 과시하는 것이었고 다른 하나는 음성적인 거래의 제의인 듯했다. 그걸로 보아 반드시 모든 게 원칙대로 엄격하게 시행되는 것이 아니라 그 둘 중에 하나로 통하는 수가 더러 있는 모양이었다.

이윽고 김왕홍 씨의 차례가 왔다. 김왕홍 씨는 큰 짐가방이 둘이었는데 애초부터 외국에서 산 물건은 한 가방에 모아두고 있었다. 전자오르간 워크맨 따위의 일제 전자상품이 주종이었다.

"이런 것 우리나라에도 다 있지 않아요? 옛날처럼 되팔아 돈 되는 것도 아닌데, 국산도 좋아졌고……."

세관원은 그렇게 건성으로 말하며 가방을 뒤적이다가 다시 김왕홍 씨를 쏘아보며 물었다.

"이런 것들 말고 값진 것 산 거 없어요? 보석이라든가 고급시계라든가."

"없어요."

김왕홍 씨가 단호하게 대답했다. 그러자 세관원이 김왕홍 씨가 어깨에 걸치고 있는 무비카메라를 가리키며 말했다.

"이것 나갈 때 신고하신 건가요?"

"네."

김왕홍 씨가 그렇게 대답했다. 그러나 목소리에는 왠지 묘한 떨림이 있었다.

"이것 최신형인데 전에 국내에서 사셨어요? 국내에서 사셨으면 꽤 비쌌을 텐데."

세관원이 빈정거리듯 그렇게 말해 놓고 다시 김왕홍 씨의 반지를 가리켰다.

"이건 신고하고 가셨나요? 몇 캐럿은 되겠는데."

"아, 이거 모조품입니다. 하도 디자인이 세련되었기에."

김왕흥 씨가 다시 그렇게 대답했으나 내가 듣기에도 그 목소리에는 힘이 빠져 있었다.

"안 되겠어요. 알아봐야겠어요."

세관원이 별 표정 없이 그렇게 받아놓고 다시 짐을 뒤적거리다가 허름한 비닐봉지에 넣어둔 액세서리 주머니를 찾아내었다. 포장도 허술하고 상표도 없어 얼른 보기에는 값싼 모조품 같았다.

"이것 자수정인 것 같은데 얼마 주셨어요?"

세관원이 그중에서 목걸이 하나를 꺼내 들고 그렇게 물었다.

"그거 인조 모조품입니다. 딸 주려고요."

"그럼 이 진주도 모조품이겠네요."

세관원이 다른 목걸이 하나를 집어 들고 말했다.

"그거 모두 한군데서 산 겁니다. 마땅히 선물할 것도 없고 해서 개당 50달러 미만짜리라구요."

김왕흥 씨가 더 밀려서는 안 되겠다는 듯 힘주어 맞섰다. 그러나 그 세관원의 표정에는 그런 김왕흥 씨의 말을 믿는 구석이 조금도 없어 보였다. 다시 김왕흥 씨의 양복주머니에 꽂힌 나를 가리키며 물었다.

"이 만년필은 신고됐나요?"

드디어 김왕흥 씨가 화를 내었다. 나를 쑥 뽑아 앞으로 내밀며 시비조로 말했다.

"이거 드골공항 면세품점에서 몇 푼 안 남은 딸라 털어 하나 산 볼펜이라구요, 볼펜. 푼돈 긁어 산 볼펜 가지고……."

"몽블랑 은장, 푼돈으로는 어림없을 텐데요."

세관원은 한눈에 나를 알아보았다. 그리고는 이제 다 알겠다는 듯 갑자기 쌀쌀맞게 말했다.

"지금 선생님 말씀대로라도 합계가 벌써 5백 불을 넘어요. 아무래도 관세를 무셔야겠어요. 또 저 무비카메라도 확인해 봐야 겠고."

그 바람에 김왕홍 씨의 공항 세관 통과는 한 시간이나 걸렸다. 김왕홍 씨는 친척이다 친구다 하며 한국에서는 힘깨나 쓰는 듯한 사람들의 이름을 들이대기도 하고 방범위원이니 청소년 선도위원 따위 자신의 미덥잖은 직함을 늘어놓기도 했다.

그러다가 마지막에는 뇌물거래를 제안하기도 했지만 다행히도 그 젊은 세관원은 내 칙칙한 예측과는 먼 사람이었다. 김왕홍 씨는 끝내는 외국에서 산 것으로 판명이 난 일제 신형 무비카메라와 보석 목걸이를 영치시키고 어두울 무렵에서야 공항을 빠져나올 수 있었다.

그런데 내가 다시 한번 놀란 것은 공항 출구에서였다. 출구 앞의 대기실이 비좁을 만큼 빽빽하게 마중 나온 사람들 때문이었다.

나는 처음 그날이 무슨 특별한 날이거나 외국에서 유명한 손님이 오기 때문에 사람들이 몰려나온 걸로 알았다.

그러나 출구에서 나오는 사람마다 서넛씩 붙어서며 반가워하는 품이 꼭 그런 것은 아니고, 오히려 대개는 그날 도착하기로 된 사람의 가족인 것 같았다.

내가 본 중에서 아주 심한 경우에는 여남은 명이나 되는 건장한 남자들이 나와 줄지어 섰다가 나오는 이를 맞기도 했다.

벌써 어둠살이 깔릴 때이고 시간도 일과가 끝난 뒤이기는 하지만, 공항이란 대개 도시 중심가에서 한 시간 가까이 떨어진 곳이란 점을 상기하면 조금은 기이한 느낌이 안 들 수가 없었다. 모르기는 하나 그 사람들은 일과를 다 마치지도 않고 출발했을 것이기 때문이었다. 이 땅 사람들의 일과는 그리도 느슨한 것인가. 아니면 그렇게도 일없는 사람들이 많은가.

마중 나온 사람이 많기로는 김왕홍 씨도 마찬가지였다. 그가 출구를 나서자 패션모델 같은 차림의 젊은 아가씨 하나와 모피로 몸을 두른 중년여자, 그리고 고등학생쯤으로 보이는 소년이 아빠, 여보 하며 반갑게 매달렸고, 뒤이어 30대 남자가 사장님, 사장님 하며 가방을 받아들었다. 식구들대로 다 나온 모양인데, 얼핏 보아서는 멀리 떠났다가 오랜만에 돌아온 가장을 맞는 단란한 일가였다.

짐을 공항 앞 보도 쪽에 끌어다 놓은 운전기사가 주차장으로 차를 몰러 간 사이 나는 잠시 감회에 젖어 주위를 둘러보았다. 내가 앞으로 떠돌게 될 바다와의 첫 대면인 셈이었다. 원래가 도시 곁에 세웠는지 세운 뒤에 도시가 그 가까이로 팽창해 왔는지는 잘 알 수 없지만 공항은 이상하리만큼 도시 한가운데 선 느낌을 주었다. 거기다가 새것이란 느낌은 젊은 것, 살아 있는 것이란 느낌으로 연결되어 첫인상으로는 그다지 나쁘지 않았다.

하지만 그런 첫인상도 잠시였고, 나는 다시 그동안 품어온 이 땅에 대한 좋지 못한 선입견으로 되 끌려 들어가야 했다. 한 기사(김왕흥 씨 일가는 운전사를 그렇게 불렀다)가 공항주차장에서 끌고 온 김왕흥 씨의 자가용 승용차 때문이었다. 공항의 밝은 외등(外燈) 빛이 반사되어서인지 번쩍거리기는 어찌 그리 번쩍거리고 크기는 왜 그리 크게 느껴지던지.

따지고 보면 김왕흥 씨의 자가용인 그랜저 2.4가 크기 때문에 시비를 걸 이유는 별로 없다. 배기량 2천4백cc는 미국 기준으로는 중형밖에 안 될 것이고, 덩치도 그보다 큰 차종은 얼마든지 있다. 오히려 그 승용차가 유난스레 커 보였던 까닭에는 내 좀스러운 안목 탓이 더 클지도 모른다. 내가 태어난 독일이나 지난번 기항지였던 불란서에서는 대개가 소형인데다, 배기량 1천cc가 안 되는 사인승(四人乘)도 흔해 김왕흥 씨의 차가 실제 이상 크게 보였을 수도 있다.

그럼에도 불구하고 나는 그 차에 압도당하고 말았다. 어쩌면 나는 그때 그 차의 감탄스러운 관리상태와 치장까지를 그 크기에다 가산한 것이나 아닌지. 왁스를 입히고 먼지 한 점 없이 닦아 번쩍이는 차체에, 셋씩이나 솟은 길고 짧은 안테나는 차라리 삼엄하다는 편이 옳았다. 나는 문득 김왕흥 씨에 관한 그때까지의 내 정보가 모두 엉터리일지도 모른다는 의심까지 들었다. 이 사람은 대수롭잖은 사업가로 위장하고 유럽을 순방하며 첩보활동을 마치고 돌아가는 한국 정보기관의 핵심 인물 중의 하나일 수도 있다…….

차 안도 나를 압도하기에는 넉넉했다. 운전석과 조수석 가운데 설치된 전화기와 소형 TV 수상기도 그렇지만 제왕의 의자처럼 자주색 비로드 덮개를 씌우고도 다시 모피 깔개가 얹힌 좌석이며, 금빛으로 번쩍이는 화장지 케이스와 생화인지 조화인지 구분이 안 가는 화사한 꽃다발이 놓인 뒤 트렁크 쪽 창틀, 어디서 나는지도 모르게 차 속을 가득 채우는 향내 같은 것들이 한가지로 차 주인의 예사롭지 않은 신분을 암시하는 듯했다.

차에 오르고 나서 곧 열심히 창밖을 내다보며 정보를 종합하지 않았더라면 나는 아마도 필요 이상으로 오래 엉뚱한 착각에 주눅들어 있어야 했을 것이다. 그러나 공항주차장에 대 있거나 지나가는 승용차의 태반이 김왕흥 씨의 것 못지않게 잘 관리된 중형차 이상이라는 것, 소형차가 있어도 내가 독일이나 프랑스에서 본 것들과는 급수가 다르다는 것 따위가 차츰 한국의 자동차문화를 이해하게 해주면서 그 엉뚱한 주눅에서 나를 풀어주었다. 김왕흥 씨의 승용차는 개인적인 신분의 특수성을 나타내는 게 아니라 한국 자동차문화의 특수성을 나타내고 있을 뿐이다…….

자동차가 크고 호화롭게 치장되었다고 해서 나쁘게 말할 이유는 없다. 또 어떤 나라에 그런 자동차들이 많다고 해서 걱정하는 것도 주제넘기 짝이 없는 것이다. 그 나라가 자본주의를 기본적인 구조로 삼고 있는 한 사유재산의 자유로운 처분은 하나의 권리일 수도 있으며, 그 권리에 따라 누구든 힘만 되면 크고 좋은 자동차를 살 수 있다. 그런 사람이 많다고 걱정할 게 무엇인가. 그것은 오히려 그 나라의 풍요를 과시하는 게 아니겠는가. 더구나 그 자동차가 그 나라에서 생산되었다면 그걸 두루 소비해주는 것은 미덕일 수도 있다.

하지만 김왕흥 씨의 차에 올라 공항로로 접어드는 내 심경은 그 같은 상식에 쉽게 동의할 수 없었다. 내가 물 건너 저쪽에서 들은 한국에 관한 정보 때문이었다. 듣기로 한국의 비싼 찻값, 기름값, 보험료, 세금으로 따져보면 중형차의 경우 손수 운전을 하더라도 줄잡아 한 달에 3백 달러 가까이(20만 원) 든다고 한다. 거기다가 5년 만에 차를 간다 해도 감가상각(減價償却)이 또 최소한 1백 달러 이상이 덧붙어 결국 자가용 승용차로 날아가는 돈은 적어도 한 달에 4백 달러(30만 원)가 된다. 한 달에 4백 달러라면 일 년에는 5천 달러에 가까운 돈이다. 그런데 한국의 국민소득이 바로 그 5천 달러라고 들었으니 이 땅에 살게 될 내가 어찌 걱정하지 않겠는가. 주먹구구로 해도 자동차 한 대가 한 사람의 국민소득을 먹어치우고 있는데 그게 이 사회의 풍요를 반영하느니, 어쩌고 하며 많을수록 좋다는 식의 헛소리에 맞장구를 치란 말인가.

공항에서 시내로 들어가는 길은 단조롭긴 해도 널찍하게 잘 닦여 있었다.

밤이라서 그 물이 맑은지 흐린지는 알 수 없으나 벌써 밝혀진

가로등과 도시의 불빛으로 공항로가 끼고 가는 한강의 야경도 볼 만했다.

다리를 실용품이 아니고 예술품쯤으로 여기는 어떤 불란서사람은 한강의 대교들을 '그저 시멘트와 철근의 덩어리'라고 혹평했지만 내게는 그것도 꼭 그렇지만은 않았다. 불과 몇십 년 전에 잿더미에서 일어난 나라가 그만한 다리를 열몇 개나 놓았다는 게 되레 감탄스러울 지경이었다.

그렇게 한 30분이나 달렸을까. 나는 다시 한번 자동차로 해서 놀라지 않을 수 없었다. 이번에는 그 크기가 아니라 숫자 때문이었다. 짐작으로는 도심으로 접어드는 길목인 것 같은데 갑자기 차들이 밀리어 거북이걸음이 되었고 도심에서 빠져나오는 맞은편 차선은 아예 정체되어 움직이지를 못했다.

어느 나라든 대도시는 교통난이 있게 마련이다. 그러나 그날 내가 겪은 서울의 교통난은 실로 유별난 데가 있었다. 앞서 본 대로 태반이 중형 이상인 승용차들이 버얼겋게 정지등을 빛내며 밀려 있는데 탄 사람은 대개가 운전자 하나뿐인 게 우선 나를 한심한 느낌에 빠지게 만들었다.

"이거 안 되겠는걸. 강변도로로 빠져보는 게 어때."

김왕흥 씨가 그렇게 말하자 운전기사가 갑자기 차내 라디오에 스위치를 넣으며 대답했다.

"거기도 별수 없을걸요. 이 시간엔 어디나 매한가지일 겁니다."

채널을 이미 교통방송에 맞춰두었던지 라디오에서는 이내 교통정보가 흘러나왔다. 맨 정체와 혼잡만을 알려주는 내용이었다. 적어도 그 정보대로라면 그 시각 서울은 거대한 주차장이 돼 있음이 틀림없었다.

"이거, 떠난 지 스무날도 안 됐는데 훨씬 더해진 것 같애."

"하루에 몇천 대씩 빠져나오니 보름이면 달라질 만도 하죠."

김왕흥 씨의 아내 되는 여자가 승용차는 자기들만 탈 자격이 있다는 듯 입을 비쭉이며 받았다.

서울이 그대로 거대한 주차장이 된 것 같다는 내 느낌은 시내로 들어갈수록 더 실감이 났다. 그런데 알 수 없는 것은 서울의 도로점유율이 세계의 다른 큰 도시들에 비해 그리 많이 낮지는 않아 보인다는 점이었다. 그렇다고 자동차 대수가 특출나게 많다는 말도 나는 듣지 못했다. 하지만 교통의 정체와 혼잡은, 모르긴 해도 세계의 그 어떤 대도시에 뒤질 것 같지 않았다.

나는 그 때문에 생긴 의문을 풀기 위해 한동안 주의를 온통 차창 밖으로만 쏟았다. 견디다 못해 올림픽 도로를 벗어난 차가 이 길 저 길 좀 막힌 곳을 찾아 헤매다가 그럭저럭 국립묘지 앞에 이르렀을 무렵 해서야 그런 현상의 원인이 몇 갈래로 가닥 잡혀 왔다.

그 첫째는 잦은 병목이었다. 배짱 좋은 건물도 많고 고집 센 땅주인도 많았지만, 웬 놈의 공사는 또 그리 잦은지, 짐작으로는 지하철 따로 파고, 수도관 따로 파고, 전화선 따로 파고, 전기선 따로 묻고, 하수관 따로 묻고 하는 식인 것 같았다. 알프스 쪽 어떤 동네는 몇 년에 한 번씩 공사하는 해를 정해 그때 일제히 팔 것은 파고 묻을 것은 묻고 갈 것은 갈고 고칠 것은 고친다는데, 돈 모자라고 기술 모자라고 계획성 없어 도시계획 한꺼번에 뒷손 안 가게 할 처지가 못 된다면 그 동네 사람들 궁리라도 본뜨는 게 어떨지 싶었다.

그다음은 주로 운전자들 스스로가 만들어낸 원인들이었다. 이곳 사람들 성급한 건 이미 비행기 안에서 알았지만 그 성급함에다 규칙을 존중할 줄 모르는 특성까지 겹치니, 이건 뭐 도로가 아니라 교통위반 시합장 같았다.

1킬로미터 주행에 평균 세 번 이상 차선들을 바꾸는 것 같은데, 틈만 나면 차선위반이요 더 신나면 중앙선 침범이었다. 깜박이등은 왜 달고 있는지 시도 때도 없이 끼어들기요. 당하는 쪽은 또 그걸 못 참아 클랙슨에 상향등까지 동원하니, 뛰뛰빵빵 번쩍번쩍 얼이 다 빠져나갈 지경이었다.

운전자들의 이해 못할 호전성도 내게는 새롭기 그지없었다. 곡예 운전하듯 들고나고 하다 보면 접촉사고 같은 게 나게 마련인데 그때는 어김없이 삿대질에 욕설로 맞붙어 때로는 차보다 사람이 더 부서질까 걱정스러웠다. 모든 운전자는 인상 험하게 짓고 소리만 크게 지르면 자신의 과실쯤은 상대에게 떠넘길 수 있다고 굳게 믿는 것 같았다.

하지만 그날의 절정은 아무래도 어느 신호등 고장 난 사거리에서의 얽힘일 것이다. 마침 김왕홍 씨의 차가 신호대기를 하고 있을 때 신호등이 고장 난 모양인데, 가까이 있던 전경이 수신호를 하러 달려오는 사이 제멋대로 진입한 차들 때문에 그 사거리는 금세 소란스럽기 짝이 없는 주차장처럼 뒤엉키고 말았다.

빵빵, 너 때문이야. 그것도 벌어진 틈이라고 박아넣어욧. 너 때문이야. 이 새끼 눈깔이 뻤어. 너 때문이야. 이거 못 빼겠어욧. 너 때문이야. 너 때문이야…….

그 소동이 벌어지고 있는 동안에는 여러 날 만에 다시 만난 부부간 부녀간 부자간 대화도 끊겼다.

저마다 덩달아 짜증이 나 차창 밖의 무지하고 천박한 저들에게 비난이나 욕설을 퍼부어댈 뿐이었다. 그러다가 곱상한 전경이 위협반 애원반으로 30분 가까이나 땀을 뺀 뒤에야 길이 열리자 비로소 그들 가족들 사이의 화제로 돌아갔다.

"아빠 제 선물 뭘 사오셨어요?"

김왕흥 씨의 딸이 그때까지 겨우 참았다는 듯 물었다. 짤막한 가죽스커트와 긴 부츠, 손바닥만 한 귀고리와 진한 화장 따위로 나는 그녀가 패션모델쯤 되는 줄 알았으나 그동안 들은 얘기로는 여대생인 모양이었다. 김왕흥 씨가 갑자기 화가 난다는 듯 말했다.

"진주목걸이였는데 뺏겼다. 세관원 그 자식 어찌나 빡빡하게 구는지. 양식진주라도 빛이 깨끗해 6백 딸라 주고 샀는데 귀신같이 알아보고…… 모레쯤 가서 찾아주마."

"에계, 겨우 6백 달러짜리 갖구?"

"2천 딸라 준 비데오카메라 하구. 소니 최신형인데, 이리 되구 보니 결국 싼 게 비지떡 되구 말았다."

"아빠, 그 비디오카메라 나 줘요. 목걸이는 엄마 주구. 세금 물어 봤자지 뭐. 그래두 물건은 믿을 수 있잖아요?"

그제서야 어지간한 김왕흥 씨도 딸을 못마땅한 듯 쏘아보았다. 살 때야 2천 달러였지만 세금 다 물면 몇백만 원이 될지 모르는 물건을 쉽게 선물로 내놓으라 조르는 딸을 그가 어떻게 나무라는지를 보려 하는데 그의 아들이 눈치 없이 끼어들었다.

"아빠, 제 아이와는 어찌 됐어요?"

"그건 있다. 대형 야마한지 무슨 키보든지 하는 것도 관세는 톡톡히 물었지만 가지고 나왔고……. 그런데 너희들 왜 그러냐? 워크맨은 국산도 쓸 만한 게 얼마든지 있다면서?"

김왕흥 씨가 우선 너부터, 하는 투로 고교 2년생인 아들을 나무랐다. 그러나 아들은 막내라 그런지 아버지의 말을 조금도 어렵게 받아들이지 않았다.

"아빠 모르는 소리 마세요. 일제는 우선 디자인부터 다르다구요. 보기부터 쌈박하잖아요? 소리두 국산은 저리 가라예요. 우리 반 애들 중에도 그거 가진 애가 얼마나 많은데……."

그 말에 김왕흥 씨가 문득 정색을 했다. 드디어 몇 마디 제대로 꾸짖을 작정인 듯했다.

그러나 이번에는 그의 아내가 주의를 딴 데로 돌리게 만들었다.

"학교는 알아보셨어요?"

얼핏 듣기에는 지나가는 말 같아도 막내아들의 곤경을 구해 주려는 뜻에서는 아닌 게 분명했다. 남편을 빠안히 올려보며 대답을 기다리는 게 정작 중요한 것은 그것이었는데, 지금껏 참았다는 표정이었다. 김왕홍 씨가 무엇 때문인지 갑자기 더듬거렸다.

"그쪽은 아무래도 안 되겠더라고. 그쪽 아니라도 그렇지, 여기서 떨어진 놈 돈으로 우겨 졸업장 가져와 본들 무얼 해? 요새는 외국졸업장이 오히려 더 값이 안 나간다더군. 시시한 대학 졸업장은 돌아오면 창피만 산다는 거야. 그럴듯한 데는 들어가 봤자 지가 졸업하기 어렵고……."

그러는 김왕홍 씨의 얼굴이 전에 없이 침울해졌다. 그의 아내가 대뜸 뾰족해진 목소리로 따지듯 맞받았다.

"또 그 소리예요? 학위 따고 못 따고는 제 할 일이고, 넣어주기나 해봐야 할 거 아니에요? 삼풍(아파트) 명숙이네나 효성 경자네도 애들 잘만 다니더라. 좀 더 있어 봐요. 외국 석사 박사 처억하니 받아오면 누가 개들 전문학교도 못 간 애들인지 알겠어요?"

"이건 또 애매한 사람 타박이군. 왜 내가 대학 들어가지 말랬소? 지가 못 들어간 걸 나더라 어떡하란 말이오? 부모 되고 나 이상 어떻게 더 해? 일류 선생만 뽑아다가 일 년 내내 족집게 과외로 우겼으면 됐지. 그것도 재수를…… 집안에서 새는 쪽박 들에 나간다고 안 새겠소? 개 일은 이제 그만 잊어버립시다. 이번 후기 안 되면 전문학교라도 보내는 거지……."

나로서는 그들 부부의 애기가 통 무슨 소린지 알 수가 없었다. 그걸 좀 더 알아듣기 좋게 해준 것이 김왕홍 씨의 아내였다.

"안 돼요, 그건. 애를 전문학교에다 어떻게 보내요. 우리 체면도 있지. 애 보세요. 예체능계라도 대학에 터억 넣어두니 4학년인데 벌써 여기저기서 혼인말이라구요. 내년 졸업 때 그럴듯하게 독창회나 한번 하면 싸 말아갈 사람은 줄을 섰어요. 전문학교 졸업시키고 집에 처박아두었으면 그게 어디 될 법이나 한 일이겠어요.”

“엄만 또 그 얘기유? 내가 어때서? 우리 대학 성악과는 그래도 명문이우. 난 당당히 시험 쳐서 들어갔고.”

김왕흥 씨의 딸이 눈을 할끔거리며 끼어들었다.

나는 거기까지 듣고 나서야 겨우 대학입시에 떨어진 김왕흥 씨의 큰아들을 외국에 유학 보내기 위한 의논인지 알 수 있었다. 그러나 내용은 알 수 있어도 그런 논리가 가능한 게 나로서는 도무지 이해할 수 없었다. 사람의 삶에서 대학이 그 정도의 의미밖에 가지지 못하고 한 젊은이의 장래가 그런 식으로 결정되어도 되는 것인지.

어느 나라든 좋은 대학에 가기 위해서는 많건 적건 어려움이 있게 마련이고, 나는 그 어려움이 반드시 자라는 청소년에게 해롭다고 생각하지는 않는다. 나는 오히려 대학입시야말로 이 시대의 청소년들이 성년으로 가기 위해서는 반드시 겪어야 할 통과의례(通過儀禮)로서의 중요성까지 승인하고 있다.

문명의 발달에 따라 성년으로 진입하는 데 필요한 통과의례는 옛날의 혹독함과 엄격함을 많이 상실하였고, 때로는 장기간에 걸친 배움과 습득의 과정으로 대치되었다. 하지만 어떠한 경우에도 그것이 온전히 폐지된 적은 없는데 현대에서는 대학이 바로 그러한 의례의 집전자(執典者)로 보여진다. 국민개병제도(國民皆兵制度)가 위세를 떨칠 때는 병영도 그 기능을 수행한 적이 있으나, 병력 자원이 남아돌아 평화 시에는 국가가 일부의 젊은이들에게만 선택적으로 징집권을 행사하고 상비군은 대개 직업군인들로 충당하는 오늘날에 있어서는 병영의 그러한 기능이 많이 퇴색되었다.

하기야 나라에 따라서는 그 같은 통과의례의 양식이 다르다. 어떤 나라에서는 입문과정인 대학입시에다 중점을 두고, 어떤 나라에서는 입시는 그리 힘들지 않은 반면 입학 뒤의 수련과정에 중점을 둔다. 하지만 후자의 경우에도 입시는 나름의 경쟁과 비교에 따르는 어려움에서 완전히 벗어나지는 못한다.

내가 보기에 한국은 바로 입문과정인 입시 그 자체에 통과의례의 무게를 한꺼번에 실어버리는 형태인 듯하다. 그 바람에 대학입시는 그 어느 나라보다 치열한 경쟁을 거쳐야 하고, 한국의 입시생은 그와 다른 제도를 가진 나라의 젊은이들이 대학 4년 동안에 치러야 할 고통과 땀을 입시에서 일시불로 지불해야 한다. 그것이 이 나라 사람들에게는 흔히 지옥으로 표현되는 대학입시의 진상인 듯하다.

한국의 대학이 그 같은 선택을 할 수밖에 없었던 데는 그럴 만한 까닭이 있어서였을 것이다. 무엇을 얼마나 공부했느냐보다는 어디서 누구와 공부했느냐를 더 중시하는 일종의 명분(名分) 지향적인 사고가 원인이 되었을 수도 있고, 학연(學緣)을 혈연이나 지연의 수준으로 끌어올려 그걸로 사회의 가치 배분까지 간섭하려는 파벌주의도 한몫했을 수 있다. 오랫동안 독서인(讀書人)을 우대한 신분사회에서 살아온 까닭에 전통적인 신분질서가 무너져도 학력(學力) 아닌 학벌에 집착하게 된 게 원인이 되었을 수도 있으며, 그 밖에도 여러 가지 사회심리학적 원인도 있을 것이다.

그런데 참으로 알 수 없는 것은 뒤이은 그들 부부의 자기나라 입시제도에 대한 험구와 비난이었다. 아무래도 오랫만에 돌아온 남편이라 더는 몰아세울 수 없다고 여겼던지 김왕흥 씨의 아내가 난데없이 정부를 타박하고 나섰다.

"도대체 이눔의 정부는 뭣 하는 거야? 맨날 교육제도 개선하면서 몇십 년이 지나도록 입시문제 하나 해결못하고……."

"엄만 우리 기섭이가 아무 대학이나 원서만 내면 쑥쑥 들어갈 수 있으면 좋겠지?"

"그건 왜 안 된대니? 들으니까, 얘. 외국에서는 대학에 들어간 뒤가 진짜 공부라더라. 그런데 우린 이게 뭐니? 대학에 들어갈 때까지는 머리가 터져라 공부하다가도 대학만 들어가면 대강대강…… 그래도 졸업장은 쥐어주니 그런 애들이 사회에 나와봤자 뭐 하겠어?"

나는 처음 그런 김왕흥 씨의 아내가 꽤나 논리적이라고 생각했다. 뭐랄까, 이 여자는 비교제도론적(比較制度論的) 접근을 하고 있다. 아마도 한국이란 나라는 무엇을 얼마나 공부했느냐를 중시하는 제도가 있다는 걸 모르는 모양이구나. 하지만 아니었다. 김왕흥 씨의 딸이 조금 전 여럿 앞에서 무안당한 걸 앙갚음이나 하듯 빈정거림을 섞어 대답했다.

"졸업정원제, 벌써 잊었우? 그게 바루 엄마가 말하는 거였다구요. 그래서 막 집어넣으니까 잘 됩디까? 공연한 데모꾼만 더 늘렸지."

"제대루 안 하니까 그렇지. 졸업정원제가 어떻게 내가 말하는 거와 같아."

"대학교 한 3백 개 더 지어 지원자만 몽땅 받아주었으면 그게 바로 엄마가 말한 거라구요. 그렇지만 그 많은 대학 지을 돈은 어디서 나오죠?"

그러자 김왕흥 씨의 아내는 금세 논의의 방향을 바꾸었다.

"그때 전교조(全敎組) 그 사람들 그렇게 구박하지 않는 건데. 어쨌든 그 사람들 입시문제 해결하겠다고 그랬잖아?"

"잘두 하겠다."

이번에는 김왕흥 씨가 비틀어진 표정으로 아내의 말을 막고 나섰다.

"왜 못 해요? 선생님들이 직접 나서서 하겠다는데."

"제 자식 못났다는 소린 않구 별 요행수를 다 바라네. 교육이 어디 선생들만 하는 거야? 아무리 선생들이 나선다 해도 좋은 대학 나온 놈들만 찾는 기업은 어쩔 거야? 누가 뭐래도 제 자식만은 좋은 대학 보내야겠다고 설치는 부모는 어쩔 거야? 내 사위는 일류대학 안 나오면 안 된다고 짓 까부는 장모들은 어쩌고, 내 며느리는 머리 좋은 명문대 출신이어야 한다고 고집하는 시어머니들은 또 어쩔 거야? 그걸 전교조가 모조리 태평양에 쓸어 넣어?"

그럴 때 김왕흥 씨도 제법 사회일반의 의식이란 걸 살필 줄 아는 사람 같았다. 하지만 그의 조리(條理)도 자신이 싫어하는 집단을 비판할 때뿐이었고, 일반론으로 돌아가서는 그도 곧 아내와 한편이 되어 '그거 하나 해결 못 하는' '무능하고 썩어빠진' 정부를 욕하거나 꿈 같은 제도 타령만 했다.

가는 듯 마는 듯하면서도 그럭저럭 차가 김왕흥 씨네 집에 이른 것은 밤 여덟 시가 훨씬 넘어서였다. 그날이 무슨 특별한 날이었는지도 모르지만, 김포공항에서 방배동 산기슭까지 오는 데 꼬박 두 시간 하고도 십여 분이 더 걸린 셈이었다. 차에서 내려 대문께로 접어들면서 나는 다시 한번 놀라지 않을 수 없었다. 그때껏 내가 품어온 상상에 비해 그의 집이 너무도 어마어마해서였다.

솔직히 말해 그동안 내가 짐작한 김왕흥 씨의 재산 정도는 그저 한국의 중상류(中上流)쯤이었다. 내가 가진 물 건너 저쪽으로의 안목으로 상상한 그의 집도 그저 좀 넓은 아파트거나 그리 대단할 것 없는 단독주택 정도였다. 그런데 대문 앞에 내리고 보니 그게 아니었다. 경사진 지형을 이용해 지은 차고와 성벽을 연상케 하는 엄청난 담이 먼저 나를 기죽게 만들었다.

내가 사람을 너무 작게 보았다…… 그런 기분은 집안으로 들어갈수록 심해졌다. 한마디로 규모도 자재도 한결같이 한국의 중상류라면 저쪽 동네 중산층의 주택 정도겠지 싶던 내 추측을 비웃는 듯했다. 틀림없이 한국에서 나는 것은 아닌 듯한 대리석이 깔린 거실에 들어섰을 때는 다시 한번 공항에서처럼 은근히 주눅까지 들기 시작했다. 어쩌면 김왕흥 씨는 별로 알려지지 않은 한국의 부호일는지도 모른다…….

하지만 거실에 앉아 찬찬히 주위를 둘러보게 되면서 나는 조금씩 자신을 되찾아갔다. 우선 내 원래의 추측을 뒷받침해 준 것은 번들거리고 값져 보이는 가구나 장식에 비해 문화적인 장치가 너무도 걸맞지 않다는 점이었다. 예컨대 그림이나 조각 같은 것들인데, 도대체 호화로운 실내설비에 비해 너무도 작품다운 것이 없었다. 여기서 작품답다는 것은 꼭 대가의 진품을 말하는 것은 아니다. 복사품이면 복사품인 대로, 아마추어의 작품이면 아마추어의 작품인 대로 분위기에 어울리는 게 있는 법인데 그런 게 거의 없었다. 거기다가 몇 개 있는 것도 있어야 할 자리에 있지 않았다.

그다음에 나를 자신 있게 해준 것은 김왕흥 씨의 서가였다. 그들 내외의 학력은 제쳐놓고라도 대학생 재수생 고등학생이 있는 집에 서가라고는 거실에 놓인 번들번들한 장식장이 전부인데 그 안에 든 것도 장식장만큼이나 번들번들한 금박글씨의 전집류뿐이었다. 겨우 쓸만하댔자 브리태니커 한질인데 그것도 보아하니 영문판이라 그 집 식구들 중에는 그리 유용하게 쓸 수 있는 사람이 없을 듯싶었다.

그러고 보니 밤이라 자세히 살펴보지는 못했지만 정원도 건물의 규모나 내부설비에 비해서는 너무 좁고 제대로 돌봐지지 않았던 것 같은 기억이 난다. 아마도 서너 해 전 그 집을 지을 때는 왕창 돈 들여 좋다는 나무는 다 심고 조경도 한다고 했는데 뒷손질이 제대로 되지 않아 그 지경이 난 듯했다.

그 모든 것을 종합한 내 결론은 원래의 추측이 대강은 맞았다는 것이었다. 원래 중산층이란 정신면에서도 일정한 내용을 가지는 개념이다. 한국에 중산층이란 게 있는지는 모르지만 적어도 김왕홍 씨 일가는 아니었다. 재산 정도로만 중상류라고 분류할 수 있을 뿐 중산층으로 불러주기에는 정신적인 부분이 너무 비어 있었다.

그날 밤 내가 이것저것 눈치로 때려잡은 바로는, 아직은 상당한 그들의 재산도 그리 미더운 것은 못 되는 듯했다. 선물 분배가 끝나고 그런 여행에서 돌아온 가장과 식구들 간에 흔히 있는 얘기들이 한 시간 남짓 오간 뒤의 일이었다.

아이들이 각기 제 방으로 돌아가고 둘만 남기 바쁘게 한 여사(나는 그때서야 김왕홍 씨의 아내가 한씨인 걸 알았다)가 한숨 섞어 말했다.

"전화로두 말했지만요, 당신 그거 어쩔 거예요."

"뭘 말야?"

"증권 말예요. 작년 재작년 데지도 않았어요? 있는 돈 없는 돈 죄다 쓸어 넣더니…… 벌써 8천 까졌다구요. 현금 조금 있던 거 그대로 다 말려 죽이겠어요."

"곧 오를 거야. 외국자본이 쏟아져 들어오면."

김왕홍 씨가 아내에게라기보다는 스스로를 위로하듯 과장된 자신으로 받았다.

"외국돈, 외국돈 하지만 그 사람들이라구 어디 눈이 멀었겠어요? 실물경제가 안 좋다잖아요, 실물경제가. 그런데 그 사람들이 미쳤다구 돈 보따리 싸 들고 오겠어요?"

한 여사가 주부답지 않은 용어까지 써가며 걱정을 늘어놓았다. 김왕흥 씨는 걱정이 안 되어서가 아니라 걱정하기 싫다는 투로 자신의 믿음을 고집했다.

"그래두 우리 증권이 워낙 싸다구. 좀 기다려봐. 이번에는 지난번 본전까지 나올 거야."

"아무리 싸면 뭘 해요? 공장 문 닫으면 휴짓조각 되는 게 증권 아니에요? 나두 다 들은 게 있다구요. 경자 알죠? 걔 남편이 대학교수 아녜요, 경제학 교수. 걔 남편이 그러는데 한국경제 이제는 간 거래요. 그냥 간 거뿐만 아니라 올 날도 감감하다나요. 모두 속 차리고 안 굶어 죽을 단도리들이나 잘해 놓으래요."

"대학교수란 친구들 얘기 맞는 거 하나 없드라. 잘 될 때는 언제 뭐 그 사람들이 잘 되겠다 그래서 잘 됐나? 더구나 증권을 누가 알아? 내 들으니까 아무것도 없는 사막에다 미친개 한 마리 풀어놓구 그게 어디루 갈지를 알아맞히는 게 증권 값 오르내리는 거 알아맞히기보다 더 쉽다드라."

말은 그렇게 해도 김왕흥 씨 역시 걱정스러운 표정은 떨쳐버리지 못했다. 문제는 그걸루 그치지 않는 듯했다. 그 뒤 그들 부부의 얘기를 귀담아들으니 여기저기 사둔 부동산도 말이 아니었다.

특히 돈 될 줄 알고 사둔 농지(農地)는 무슨 조치인가로 값이 폭락해 반값에 내놔도 돌아보는 사람조차 없다는 게 한 여사의 푸념이었다. 김왕흥 씨가 없는 사이에 거래처 부도도 한 건 있었다.

"양 사장은 행방을 감췄고 회사는 노조가 점거하구 있더라구요."

부도가 난 게 자신의 잘못인 듯 마지막에야 그 일을 조심스레 전한 한 여사가 그렇게 현재 상황을 덧붙이자 김왕흥 씨가 대뜸 받아 소리쳤다.

"그 새끼, 그거 가짜야, 가짜라구. 뒷구멍으로 얼마나 알찬 놈인데. 보나 마나 공장 하기 귀찮아 계획적으로 저지른 부돌 거야. 이 김왕흥이가 누군데 한 달도 안 돼 부도날 놈한테 돈질하겠어?"

그러는 게 꼭 제 돈을 떼일 까닭이 없다는 투였으나 그 역시 한 번 해보는 소리 같았다.

하지만 내가 보기에 그 집의 더 큰 문제는 구성원들 자신이었다. 차 안에서 그들 부부가 걱정하던 큰아들은 생각보다 훨씬 심각했다. 재수해서 떨어진 것까지는 나도 들어 알고 있었으나 정작 걱정할 일은 낙방보다 그의 전반적인 정신상태였다. 후기 대학입시가 열흘도 남지 않았는데 맏아들은 12시가 되어서야 술이 벌겋게 되어 돌아왔다. 그것도 아버지가 짧지 않은 해외여행에서 돌아온 날이니 다른 것은 보지 않아도 알쬤었다. 한 여사가 치마폭으로 감싸듯 해 제 방으로 처박아 넣었기 망정이지 아니면 한차례 작지 않은 소동이 벌어질 뻔했다.

한 여사의 말과는 달리 딸의 상태도 그리 낙관적인 건 아닌 듯했다. 11시쯤이나 되었을까. 어떤 남자에게 걸려온 전화를 받아 거의 쌍소리까지 하면서 말다툼을 하고는 수화기를 내던진 채 훌쩍거리는 게 걸려도 고약한 놈팽이에게 걸린 것 같았다.

비교적 성해 뵈는 게 고등학교에 다니는 막내아들인데 그러나 그 녀석도 썩 기대할 만하지는 못했다. 공부를 한답시고 열두 시가까이 책상에 앉아 있는데 벌써 귀에 꽂고 있는 아이완가 뭔가 하는 일제 녹음기 이어폰에서 들리는 게 무슨 소린지 손발을 잠시도 쉬지 않고 건들거렸다. 김왕홍 씨가 잠자리에 들기 전 녀석의 방을 들렀을 때 본 모습이었다.

그 집안에서 겉보기에 가장 흠 없는 사람은 김왕홍 씨의 아내 되는 한 여사였다. 그날 저녁 이후의 정보까지 종합해 보면 한 여사는 그 집의 정신 같았다. 학벌이야 비록 야간부라도 대학물을 먹은 적이 있는 김왕홍 씨 쪽이 높았지만 배움의 질은 여고를 나온 한 여사가 한길 위였다. 그녀가 나온 여고는 연합고사로 평준화되기 전의 명문이었고, 그녀는 또 거기서도 성적이 우수한 편에 속했다.

한 여사는 그 학교 동창들과 긴밀한 관계를 맺고 있었는데, 그녀들은 이미 '여고(女高)'였던 시절에 다녀놓고도 굳이 모교를 '고녀(高女)'로 불러 '뺑뺑이 돌려 들어온 어중이떠중이' 후배들과 '치열한 경쟁을 당당히 치러 이긴' 자신들을 구분하곤 했다. 전화 통화 같은 걸로 짐작해서는 실제 사회에서 그녀들이 차지하고 있는 자리도 만만찮아 보였다. 벌써 차관 부인이 된 사람도 있고 재벌 맏며느리, 무슨 재단 이 사장도 있었으며 공부를 계속해 석사 박사 대학교수에 여류명사가 된 사람도 더러 있었다.

그런데 가만히 살펴보면 그녀들이 사람을 평가하는 기준, 특히 자기들 또래의 여자를 재는 자는 특이했다. 무엇을 얼마나 공부했느냐는 물론 아니었고 어디서 누구와 공부했느냐도 아니었다. 그녀들의 일차적인 기준은 평가할 상대편 여자가 나온 고등학교였다.

"그 여자 그거 후래빠(플래퍼)들만 다니던 SN 나왔다며? 그런데 이게 뭐야? 그래두 대학은 제법 들어갔네. 그다음은 외국유학이라. 애, 알쪼다, 알쪼. 뭐 미국 가서 학생 백 명도 안 되는 시골 대학에서 그럭저럭 학위나 챙긴 거겠지. 그것두 선생이라구 그 밑에 배우는 애들이 불쌍하다, 애."

상당히 알려진 여류학자라도 출신여고가 자기들과 다르면 그 순간에 '돈으로 우겨 학위나 딴 돌대가리'로 판정이 났다. 동창이라고 해도 기준이 이상하기는 마찬가지였다.

"애, 너 들었니? 맹추 숙란이. 걔 남편이 이번에 차관 됐대더라. 참 사람팔자 알 수 없다더니…… 너 기억나? 이학년 때 영작(英作) 시간. 걔, 전화가 왔다는 걸 '컴 인 텔레폰'으로 한 애 아니니? 대학 두 그때 보결루 억지로 붙었는데 시집 하나는 잘 가 가지고……."

"경희 이번에 박사학위 받는다더라. 그것두 애, Y 대학에서. 이건 진짜 박사야, 정교수도 되구. 걘 정말 얼굴 못생긴 덕 톡톡히 본다. 학교 다닐 때 성적 생각해 봐. 솔직히 뭐 공부했다 할 거 있었니? 이십 등 밖에 돌던 애 아니니? 걔가 만약 얼굴이 반반해 집적거리는 사내녀석들이 많았다구 생각해 봐. 어디 뭐가 됐겠어? '호박 우라까이'란 별명 기억나지? '추레오파트라'두. 바로 그거야. 그 얼굴 덕 본 거라구."

모든 게 그런 식이었다. 적어도 그녀들에 따르면 인생은 고등학교로 결정 나고 거기서 한번 정해진 순위는 일생 바뀌어서는 안 되었다. 특히 그런 생각은 어려운 집안 형편 때문에 좋은 성적으로 여고를 졸업하고도 끝내 대학 문턱을 넘어보지 못한 한 여사가 심했는데 그녀는 그 기준을 남편인 김왕홍 씨에게까지 적용했다.

그녀가 남편을 대단하게 여기지 않는 것은 그가 시시한 대학을 나와서가 아니라 졸업한 고등학교가 서울에서도 이름난 '깡패학교'라는 데 있는 것 같았다. 김왕홍 씨는 그것을 어느 정도 인정하는지, 자기 학력을 잘 얘기하지 않아도 아내가 K 고녀 출신이라는 것을 기회만 닿으면 은근히 자랑했다.

그렇지만 한 여사가 그 집의 정신을 장악하게 된 것은 반드시 그런 학력문제 때문만은 아닌 듯했다. 실제에 있어서도 조리라 할까 지성이라 할까, 어쨌든 이성의 작용이 필요한 곳에서는 한 여사를 넘어서는 정신이 그 집안에 없어 보였다.

거기다가 그런 한 여사의 발언권을 더욱 높여준 것은 김왕홍 씨가 그동안 함께 살아오면서 드러낸 여러 약점들이었다. 젊어 한때는 경제적인 무능으로 한 여사를 고생시켰고, 한몫 잡아 살만하게 된 뒤로는 또 그런 중년남자들이 저지르기 쉬운 잘못들로 속 깨나 썩인 듯했다.

그럼에도 불구하고 나는 김왕흥 씨네 집을 가슴 없는 섬이라 고 이름 지었는데, 솔직히 고백하면 그것은 바로 한 여사 때문이 었다. 문제 많은 그 집 아이들이나 김왕흥 씨는 제쳐놓고 오히려 그 집안의 조리와 지성의 원천인 그녀를 근거로 그런 이름을 붙 인 게 얼른 듣기에는 이상할지도 모르겠다. 하지만 내게는 나름 의 까닭이 있다.

차에 오른 지 얼마 안 돼서부터 나는 줄곧 그들 가족 모두에 게서 어떤 정신적인 결함 같은 걸 느껴왔다. 그들의 대화를 들으 면 반드시 지적(知的)으로 열등한 것도 아니고 논리가 잘못된 것 도 별로 없는 듯한데 어쨌든 무언가가 빠져 있다는 느낌이 바로 그것이었다. 그런데 한 여사를 자세히 관찰하게 되면서부터 나는 그러한 그들 일가의 정신적인 결함 또한 그녀로부터 비롯되고 있 음을 깨달았다.

예민한 사람들은 이미 그동안에도 그들에게서 빠진 게 무엇인 지를 짐작했겠지만 그 밤에 있었던 일로 한 번 더 짚어보자. 그날 밤 김왕흥 씨 부부가 거실에서 안방으로 자리를 옮긴 뒤의 일이었 다. 김왕흥 씨가 그리 늙은 것도 아닌데다 짧지 않은 여행 뒤라 질 척한 방사라도 예상했지만 생각 밖으로 그들 부부는 서둘지 않았 다. 시차 때문에 잠이 오지 않는다며 김왕흥 씨가 텔레비전을 켰 고 한 여사도 별 불만 없는 얼굴로 그 곁에 붙어 앉아 화면에 눈

길을 주었다. 화면에서는 먹고 바르고 걸치는 것들의 선전이 한참
이더니 곧 특집이 시작되었다. 나도 한국 방송 대하기는 처음이라
김왕홍 씨가 벗어놓은 윗도리에 꽂힌 채 가만히 화면을 살펴보았
다. 한창 문제가 되고 있는 과소비의 실태에 대한 고발인 듯했다.
한국에 저런 거리가 있는가 싶을 정도로 프랑스풍의 거리가 나오
고 화려한 의류점 간판이 클로즈업되다가 이내 카메라는 상점 안
의 상품들에게로 초점이 맞춰졌다. 한 젊은 리포터가 나와 해설
을 시작했다.

그곳은 강남의 어떤 수입의류 상가인 듯한데 먼저 내가 아연했
던 것은 카메라의 거침없는 활약이었다. 상점이라 주거(住居)의 개
념은 없겠지만 그래도 용무가 다른 손님을 거절할 수 있을 법한데
카메라는 조금도 거침이 없었다. 상품은 말할 것도 없고 주인이며
점원, 손님 할 것 없이 마구 화면으로 끌어냈고 심할 때는 상점 측
에서 명확히 거부하는데도 막무가내였다.

나는 처음 저 상점들이 무슨 대단한 밀수품이라도 취급하고 있
는 줄 알았다. 상점주인은 밀수범이고 점원과 손님도 공범이나 종
범관계라 경찰이 체포하는 광경을 포착하는 줄 알았다. 그렇지 않
고서야 어떻게 저리 막무가내로 영업을 방해하고 개인의 초상권
을 침해할 수 있는가 싶었으나 그게 아니었다. 그들은 수입개방 조
치에 따라 합법적으로 물건을 들여온 이들이고 그 물건들을 필요
로 하는 고객들일 뿐이었다.

"여기는 주로 이탈리아의 유명상품을 취급하는 수입의류 백화

점입니다. 간판부터가 이곳이 어딘지도 모르게 한글 한 자 없는 이탈리아 표기이고 듣기로는 이 건물의 외벽타일도 수입대리석이라 합니다."

잔뜩 뒤틀린 목소리가 상점 설명부터 시작했다. 내게는 그 뒤틀림 자체가 무슨 준엄한 논고 같았다.

"자, 그럼 여기서는 어떤 상품들이 얼마의 가격으로 팔리는지 알아보기로 하겠습니다. 먼저 저 모피코트……."

리포터는 그렇게 말해 놓고 미리 모아둔 것인 듯한 모피코트 쪽으로 갔다. 그리고 쭈뼛거리며 따라오는 점원에게 물어볼 것도 없다는 듯 정가표를 들쳐 읽었다.

"4백60만 원, 도시 봉급생활자의 너덧 달 치 월급에 해당됩니다."

"그건 세일 전 정가예요."

점원 아가씨가 그렇게 정정을 요구했으나 리포터는 자신의 논지를 펴나가기에 바빴다.

"지금은 전 같지가 않아 할인판매 중이라 합니다만 어쨌든 이 가격으로도 팔린 적이 있었을 것입니다. 전에 이 가격으로 한 번도 팔지 못했습니까?"

그렇게 되묻자 공연히 주눅이 든 점원 아가씨가 우물거리며 대답했다.

"그건 아니지만……."

"그럼 이 숙녀용 정장 한 벌을 보겠습니다. 아래위가 따로 정가표가 붙어 있군요. 네, 스커트는 62만 원, 블라우스는 1백15만 원이군요."

리포터는 애써 아무거나 잡히는 대로 보고 있는 척했지만 내가 보기에는 미리 보아둔 것이거나 최소한 그 코너가 가장 고가품이 많다는 정도의 정보는 가지고 시작한 듯했다. 10만 원짜리 팬티가 나오고 30만 원짜리 스카프가 나왔다.

나는 사실 과소비의 실태를 진단한다기에 은근한 기대와 흐뭇함으로 그 프로를 대했다. 이들에게도 반성과 자기점검의 문화가 있구나. 너무 늦지 않은 때에. 물 건너 코 큰 사람들 공연히 찧고 까불어대도 이게 바로 이 사람들의 저력이야. 몇 년 전 그쪽 사람들을 놀라게 한 그 저력. 그러면 그렇지. 아무렴 내가 살아갈 땅인데.

그런데 프로가 진행될수록 나는 어리둥절해졌다. 뒤이어 나온 것은 한 세트에 몇천만 원 간다는 고급 외제가구, 그리고 다시 한 대에 일억이 넘는다는 외제 승용차 판매실태였는데 공연히 사람 약만 올릴 뿐 이 땅이 당면하고 있는 과소비문제의 해결에는 큰 도움이 되지 않을 것 같은 내용들이기 때문이었다.

쉬운 대로 우선 모피코트 문제만 놓고 따져보자. 그 점원도 증언했지만 그런 물건은 날마다, 장장이 팔려나가는 게 아니다. 게다가 그런 물건은 또 거리거리 골목골목마다에서 내다 파는 게 아니다. 전문상가에 큰 백화점까지 쳐도 그런 걸 파는 데는 전국을 통틀어 몇백을 넘지 않고, 그 코너마다 한 달에 한 벌씩 팔더라도 일 년에 기껏 몇천 벌이다. 그런데 그 옷을 입을 수 있는 인구는 얼마나 되는가. 이 나라 인구 절반인 2천만이 여자이고 여자의 절반인 1천만은 그 옷을 입을 수 있는 연령이다. 1천만에 5천 벌이라 해도 소수로 표현하면 0.0005. 이 나라 정신병자의 수치보다 훨씬 적다. 그런데 그 같은 경제적 정신병자들만 잡고 떠들어 어쩌자는 말인가.

오히려 정신 바른 사람들이 이 몇 년 사이에 자신도 모르게 감염된 과소비 증상을 차분히 진단하고 처방하는 일이 더 급하고 필요한 일이 아니겠는가.

자칫하면 이러한 기획은 과소비의 책임을 몇몇 정신병자들에게만 덮어씌움으로써 일반 대중에게 대량의 면죄부를 나눠주는 꼴이 되고 만다. 얼굴도 모르고 어디 있는지도 알 수 없는 몇몇 졸부를 희생양으로 삼는 한판의 푸닥거리, 뻔뻔스러운 마녀(魔女) 사냥으로 끝날 수도 있다……

그런데 한 여사가 바로 그 같은 내 우려를 현실로 만들었다.

"그저 저런 것들은 거리로 끌어내 조리돌림을 해야 해요. 아님 여의도 광장에 끌어내다 목을 매달든지……"

한 여사의 목소리는 자신의 무죄함과 결백함에 대한 믿음으로 거의 쳇소리에 가까웠다. 아니, 그 이상 그 믿음은 하나의 지엄한 권리가 되어 세상의 죄많은 자들에게 그대로 가차 없는 선고를 내리는 것 같았다. 김왕흥 씨가 맞장구를 쳤다.

"그러게 말이야. 꼭 길게 살아봐야 별 볼일도 없는 것들이 안전도(安全度) 찾고 어쩌고 하며 외제 차 타더라. 그런 것들은 그저 돈부터 다 뺏어버려야 돼. 법으루다가……."

물론 나는 그 부부가 왜 그토록 기세등등한지를 알 수 있었다. 한 여사 쪽으로 보면 자신은 적어도 4백60만 원짜리 모피코트를 사 입은 적이 없다는 것이 근거일 테고, 김왕홍 씨로 보면 억대 외제 차를 탄 적이 없다는 게 그 근거였을 것이다.

그러나 나는 그들 부부가 주고받은 그 몇 마디를 다 듣기도 전에 마음속으로 곤혹스레 중얼거렸다.

'아아, 이 가슴 없는 섬.'

나의 그 같은 탄식은 먼저 그들의 터무니없이 민감하면서도 무조건적인 피암시성(被暗示性)에서 비롯되었다. 아무리 현대의 의식이 '타자(他者)로부터의 신호'에 민감한 게 특징이고, 그중에서도 거대 매스컴에서 발신되는 것은 거의 지배적인 영향을 끼친다곤 하지만 그들의 의식에는 너무도 거름장치가 없었다. 옳건 그르건 매스컴이 잡은 방향이 곧 그들 상식과 의견의 방향이 되는 한심한 영혼이 있다더니 바로 김왕홍 씨 부부가 그들인 듯했다.

그다음 내가 그들의 정신을 전보다 낮춰 보게 된 것은 문제의 핵심인 과소비와의 관련에서였다. 확실히 그들 부부는 상식 이상으로 비싼 외제 모피코트나 외제 고급승용차를 사들인 적은 없었지만 그렇다고 이 땅의 과소비에 책임이 없는 층은 결코 아니었다. 텔레비전의 기획이 잘못돼 운 좋게 그들에게까지 면죄부(免罪符)가 돌아간 것일 뿐, 실제의 그들은 무죄하지도 결백하지도 못했다.

이미 들어설 때부터 암시한 바 있지만 내가 보기에는 그들의 집 안 구석구석에서 묻어나는 것은 바로 과소비의 혐의였다. 거실바닥을 덮고 있는 수입 대리석과 양탄자는 과연 온당한 소비였을까. 화장실과 주방에서 번들거리는 외제 타일, 외제 변기, 수입 주방기구는 꼭 그곳에 필요했던 자재였을까? 한 여사가 공항에 걸치고 나온 모피코트도 TV에서 나온 것만큼 비싸지는 않겠지만 남의 사치를 욕할 수 있을 만큼 검소하지는 못했다. 내가 알기로는 김왕홍 씨의 해외여행도 생산이나 축적과는 무관한 것이었으며 그 여행 중의 불요불급한 쇼핑도 본질적으로는 외제 차 구입과 큰 차이가 날 것 같지 않았다.

방금 과소비를 규탄하고 있는 중의 행태만 해도 그렇다. 얼굴도 없고 어디 있는지도 모르는 그 '졸부'들을 놓고 한바탕 찧고 까분 한 여사는 그래도 속이 풀리지 않는다는 듯 화장지 상자를 당겨 한 움큼의 화장지에 세차게 코를 풀어 제쳤고, 김왕홍 씨는 멀쩡한 얼굴로 입생로랑 한 개비를 꺼내 불을 붙였다.

이론상으로는 세균의 감염을 완전히 막기 위해서는 화장지 열두 겹이 필요하다. 들리는 소문으로는 물 건너 살갗 흰 사람들이 만든 담배가 더 건강에 좋다고 한다. 어쩌면 김왕홍 씨 부부는 위생과 건강을 위해 당연한 소비를 하고 있는지도 모르지만. 글쎄, 본인의 콧물 속에 본인이 그토록 완벽하게 막아야 할 세균이 있을 리 없는 이상 그 '열두 겹' 이론을 꼭 지켜야 할까. 근거 없는 소문이나 기분만으로 특별히 맛이 나을 것도 없는 외제담배를 자랑처럼 피워도 되는 것일까.

사실 과소비문제는 화장지 소비 하나만으로도 사천만 한국인이 공동정범(共同正犯)이라는 걸 넉넉히 증명할 수 있다. 인구에 비례해 세계에서 가장 펄프 생산이 많은 나라는 스웨덴일 것이다. 그런데도 그 나라에서는 일류호텔이 아니면 변기 곁의 화장지는 대개 검은 재생지이고, 주부들의 사회봉사 활동 중에서 중요한 것 중의 하나는 폐지수집 활동이라고 들었다. 그러나 이 나라는 제지에 필요한 펄프를 거의 전량 수입에 의지하면서도 화장지 하나는 고급주택가에서 달동네까지 흔전만전이다. 게다가 폐지수집은 제대로 안 돼 그것조차 태반은 수입에 의존한다고 한다.

그러면서도 과소비문제가 나오면 자신만은 죄없는 게 이 나라 사람들이다. 애꿎은 '졸부'만 갖은 악담을 다 듣고, 책임 범위가 좀 넓어져도 '어쨌든 가진 놈들'로 끝나고 만다. 하지만 그런 이 나라의 특성을 알게 된 것은 훨씬 뒤의 일이고 그날 밤은 그게 김왕흥씨 일가의 특성 내지 그들이 속한 계층만의 특성인 줄 알았다. 가슴 없는 섬. 자신에게는 무한정 관대하고 이웃에게는 한없이 가혹하다. 자신은 되돌아보는 법이 없고 남은 머리끝부터 발톱 밑까지 살펴 비난한다…….

사람들은 흔히 그 같은 심성이 무지에서 나오는 것이라고 오해하지만 내가 보기에는 타성과 마비에서 온 듯했다. 그리고 타성과 마비란 무지보다는 지성과 연관된 개념이어서 나는 그 집의 정신인 한 여사에게 그 같은 심성의 원천 같다는 혐의를 걸게 된 것이다. 나중에 그것이 김왕홍 씨 일가나 그들 계층만의 특성이 아니라 이미 이 나라의 보편적인 심성이 되었음을 알게 된 뒤에는 거기에 맞게 혐의가 옮겨가지만.

그런데 여기까지 얘기를 해오다 보니 한 가지 문제가 생겼다. 얘기를 들어오신 분들 중에는 최근 들어 간간 이런 항의 비슷한 질문을 해오는 분이 더러 계시기 때문이다.

"너는 한낱 볼펜에 지나지 않는다. 원래 너에게는 의식주체가 될 자격이 없었다. 그러나 네가 소설의 기법 운운하며 어거지를 대기에 우리는 그 자격을 인정하고 네 이야기에 귀를 기울였다. 하지만 아무리 소설의 양식을 빌렸다 하더라도 거기에는 또 그 나름의 현실성과 필연성이 있어야 할 것이다. 이른바 리얼리티 같은 것 말이다. 그런데 너는 아무래도 그게 모자라 보인다. 무엇보다도 너는 도대체 너무 유식하다. 한낱 볼펜인 주제에, 그것도 외국의 공장에서 만들어진 지 2년밖에 안 되고 이 나라에 온 지는 이제 한 달밖에 안 되는 주제에 마치 동서고금 모르는 것 없다는 듯 설쳐대도 되는 것이냐?"

사실 그 말을 듣고 보니 뜨끔한 구석이 없는 것도 아니다.

아무리 의식주체가 될 수 있다 하더라도 지식의 문제는 또 다른 것이다. 세상에 볼펜을 대상으로 삼는 전문 교육기관이 없는 이상 내게 배움이 있을 리 없고, 개별적인 존재로 승인받은 지도 오래지 않은 이 마당에 그리 폭넓은 체험이나 견문이 내게 있을 턱도 없다. 있어봤자 오다가다 주워들은 얘기가 전부인데 그것만으로 지금껏 떠들어 왔다면 고까울 법도 하다.

그렇지만 따지고 보면 소설의 리얼리티라는 것 또한 말 그 자체처럼 엄밀하고 정확한 것은 아니다. 내가 보기에 그것은 한 지향을 나타내고 있을 뿐 실질을 설명하는 말은 아닌 듯하다. 다시 말해 소설의 리얼리티는 결국 소설가가 선택한 리얼리티고 필요에 따라 짜 맞춰진 리얼리티 같다는 뜻이다.

나는 바로 그 선택과 짜 맞춤이라는, 소설적 리얼리티 개념의 융통성 안에서 내가 설 자리를 찾고자 한다.

하지만 그래도 용서하기 어려울 만큼 내가 아는 척 설쳐댔다면 그 부분에 대해선 정중하고 솔직하게 사과할 용의도 있다.

여러분 미안하다. 볼펜인 주제에 너무 유식해 미안하다.

거
인
들
의 숲

김왕흥 씨가 그의 사무실에 첫 출근을 한 것은 귀국 사흘째 되던 날이었다. 하루를 꼬박 방안에 틀어박혀 별 신통할 것도 없는 그들 일가의 사생활을 살피면서도 나는 속으로 줄곧 그게 이상했다. 김왕흥 씨가 가진 업체가 어떤 것인지 모르지만 그렇게 여러 날을 비워도 되는 것인지. 이미 해외여행으로 스무날 가까이 비운 것만 해도 무리해 보이는데 다시 별일도 없이 하루를 더 비우니 내 상식으로는 그럴 수밖에 없었다.

　하기야 귀국 다음 날 오전에도 사업에 관한 것인 듯한 전화 몇 통이 있기는 했었다. 그러나 그들이 누리는 경제적 여유에 비해 아무래도 경영이 너무 수월한 것 같았다.

　출근길도 그랬다. 그날도 업체에 나가지 않으려는가 보다 싶을 정도로 느지막한 아침에다 이것저것 다 챙기고 집을 나설 때는 벌써 아홉 시 반이 넘어 있었다. 그러나 내게 더욱 뜻밖이었던 것은 김왕홍 씨의 사무실이었다. 김왕홍 씨는 이름만 대면 모두가 다 잘 알 어떤 재래시장 부근의 상가건물에 사무실을 가지고 있었다. 주차장도 갖춰지지 않은 구식의 우중충한 건물이어서인지 그 앞에서 내린 김왕홍 씨는 엘리베이터도 없는 그 구식건물의 층계를 터덜터덜 걸어 올라갔다.

사무실은 4층에 있었다. 원래는 그곳도 상가용(商街用)으로 지었으나 입주하는 상인들이 없어 사무실로 돌린 것 같았다. 김왕홍 씨는 거기에 들어선 잡다한 사무실들을 지나 복도 끝 쪽 가까이에 있는 자기 사무실로 갔다. 전면의 유리는 모두 푸른색으로 선팅을 해 안이 들여다보이지 않게 만든 방이었다.

은근한 기대를 가지고 집을 나섰던 나는 그 방에 들어서면서부터 적이 실망했다. 그래도 사무실 하나는 번듯할 줄 알았는데 영 아니었다. 방은 대여섯 평이나 될까, 바닥은 그 흔한 모노륨도 깔리지 않은 시멘트 바닥이었고 방 안에 있는 집기도 초라하기 이를 데 없었다. 정면으로 전화가 놓인 중고등학생용 책상 하나가 놓여 있고 좀 떨어져 벽 쪽으로 다시 작은 철제책상이 하나 놓여 있는데 정면의 책상이 김왕홍 씨의 것인 듯했다. 그 밖에는 철제책상 곁에 놓인 구식 캐비닛 하나와 옷걸이, 그리고 오래된 석유난로가 그 사무실 집기의 전부였다.

철제책상에 앉아 있던 스무 살 남짓한 아가씨가 전화로 누군가

와 잡담을 하고 있다가 김왕흥 씨가 들어오자 화들짝 놀라며 전화를 끊었다. 아마도 그 사무실에 유일한 직원인 듯했다. 나는 처음 그곳이 바로 김왕흥 씨의 일터 전부라고는 생각지 않았다. 어딘가 따로 사업체가 있거나 아니면 지방에라도 공장 같은 게 있는 줄 알았다.

하지만 아니었다. 한 시간도 안 돼 나는 그게 김왕흥 씨가 말한 '사업체' 전부라는 걸 알 수 있었다.

"전화 온 것 없었어?"

김왕흥 씨가 윗도리를 벗어 캐비닛 곁에 있는 옷걸이에 걸면서 물었다. 스무날 가까이나 사무실을 비웠던 사람 같은 데는 전혀 없었다.

"신촌 뽀빠이 이 사장한테서 사장님 돌아오셨느냐는 문의가 있었어요."

아가씨가 그렇게 대답하고는 문득 생각났다는 듯 물었다.

"여행은 어떠셨어요?"

"그저 그랬어."

김왕흥 씨가 심드렁하게 대답하고는 자기 책상 위에 놓였던 조간 신문을 집어 들었다. 이미 집에서 한차례 훑고 나온 것이라 그런지 이번에도 건성건성으로 넘어갈 뿐이었다.

갑자기 전화벨이 울리고 전화를 받은 아가씨가 송수화기를 김왕흥 씨에게 건넸다. 송수화기를 받아든 김왕흥 씨가 과장된 인사를 한참이나 주고받다가 상담인 듯싶은 이야기로 들어갔다.

"그거 재고가 2천 야드나 되는지 몰라. 어쨌든 공장에 전화 걸어 맞춰보지 뭐. 하지만 물건은 좋아요. 정단(正緞)이나 다름없다니까."

상담은 대개 그런 식으로 진행되었다. 그러나 때로는 내용을 달리하는 상담도 있었다.

"그거 정말 물건 되는 거야? 좋아, 책임진다니까 내가 한번 받지. 하지만 일주일이야. 일주일 넘기면 서로 곤란해진다구."

그럴 때는 물건을 사고 파는 게 아니라 무슨 급전(急錢) 같은 것을 대고 짧은 기간에 짭짤한 수익을 올리는 듯했다.

두어 시간쯤 있으면서 살펴보니 대개 김왕흥 씨가 하는 장사의 윤곽이 잡혔다.

김왕흥 씨가 하는 장사는 어떤 직물회사에서 단물(短物)과 수출로스를 받아서 필요로 하는 사람에게 넘기는 것이었다. 단물이란 말하자면 자투리베로 베의 길이가 30야드 미만으로 잘린 천을 말하고, 수출로스는 무언가 얼른 눈에 띄지 않는 작은 흠 때문에 수출을 할 수 없게 된 불량품을 가리키는 말이었다.

단물은 흠은 전혀 없으나 길이 때문에 제품을 대량생산하는 데는 맞지 않았다. 따라서 동일제품의 생산이 열 벌을 넘지 않는 의류제조업자나, 같은 천을 한꺼번에 많이 쓸 필요가 없는 봉제업계에서 주로 사 갔다. 수출로스도 내국인들이 보기에는 정품처럼 보이지만 어쨌든 신용 있는 업체가 함부로 쓸 물건은 아니었다. 싸구려로 만들어 덤핑으로 넘기는 업체나 옷의 안감 따위로 쓰려는 곳에서 싼 맛에 사갔다.

몇 년 전 직물의 생산이 독과점 형태였던 때까지만 해도 그러한 단물과 로스를 얻어낸다는 자체가 몇억을 호가하는 큰 이권이었고, 수입도 대단했던 모양이었다. 그러나 섬유경기 자체가 별로 시원찮고 독과점 구조가 무너진 요즘 들어서는 장사가 옛날 같을 수 없었다. 그래서 김왕홍 씨는 날염(捺染)에도 손대 보고 제품 쪽도 기웃거려 보았지만 어느 쪽도 그리 신통하지는 못했던 듯했다. 그 대신 재미 볼 때 모아둔 돈으로 이것저것 시장 안에서 돈 되는 일이면 무엇이든 하는데 그 대표적인 게 급전의 형태로 현금을 빌려줘 그럭저럭 살만한 수입은 맞춰가는 중이었다.

이를테면 부도가 예상되는 의류회사에서 이미 확보해 둔 원단을 시급하게 현금으로 처분하고 싶을 때나 하청을 받은 봉제공장이 하청을 준 의류제조업체가 대준 원단을 팔아먹고 날라버리려 할 때 그 원단의 가격은 정상 거래의 절반 이하로 떨어지는 수도 있었다. 그럴 때 넉넉한 자금에 의지해 그 물건들을 받아두면 톡톡히 재미를 보게 되는데 이미 그것은 장사라기보다는 금융업, 특히 사채놀이에 가까운 것이 되고 만다. 또 아직은 어느 정도 독과점성을 유지하는 물건을 대량으로 빼낼 길은 뚫어두었으나 자금 동원 능력이 없는 시장 근처의 브로커들도 가끔 한 건씩 올려주었다. 그때 돈을 대고 수익을 나누는 식인데, 그 또한 이미 시장에서의 장사와는 성격이 많이 달랐다.

그런데 재미있는 것은 김왕홍 씨의 거래방식이었다. 일상적인 거래도 모두가 눈에 보이지 않는 권리로만 왔다 갔다 하는 게 내게는 인상적이다 못해 신기하기까지 했다. 그날 있었던 거래 한 건만 살펴보자.

김왕흥 씨의 상담은 대개가 전화로 모든 게 마무리 져졌다. 물건을 사는 쪽도 전화로 흥정과 주문을 했고 파는 쪽도 전화 통화로 거래 대부분을 끝냈다. 전화가 끝나면 남는 절차는 대금을 가져와 출고증과 바꾸는 것인데 어떤 때는 그것마저도 생략되는 경우가 있었다. 대금은 외상이 되고 출고증은 김왕흥 씨가 섬유업체 창고계에 하는 전화로 갈음되기 때문이었다.

좋게 말하면 김왕흥 씨가 거래하고 있는 것은 증권화된 물품이라고도 할 수 있지만 나는 왠지 그가 그런 고급하고 현대화된 기교의 상거래를 하고 있다는 기분은 들지 않았다. 오히려 그 정도의 투자와 노력으로 짧은 기간 안에 경제적인 상류층이 될 수 있을 만큼 많은 이윤을 남길 수 있다는 데서 한국의 산업구조, 특히 유통구조의 난맥을 한눈에 보았다는 느낌까지 들었다.

적어도 그것들을 상품으로 취급하는 시장이 따로이 형성될 정도라면 자투리건 로스건 어쨌든 그것은 생산품이다. 그런데 생산자가 그것을 정상적인 유통경로로 내보내지 않고 특정 업자에게 넘기는 것은 효율적인 경영이 아니다. 정품이 아닌 생산품을 취급하는 부서를 만들어 그 부분의 이윤도 생산업체가 흡수하거나 그럴 정도의 물량이 되지 못할 때는 공개적인 입찰을 통해 정상의 유통구조에 넘기는 편이 옳다. 그럼에도 불구하고 그같이 왜곡된 유통구조가 만들어진 것은 상품화되어서는 안 될 것을 상품으로 내놓았거나, 누군가 중간관리층에서 그 이권을 빼돌려 즐기고 있다는 뜻이 된다.

내가 김왕흥 씨의 영업방식에서 느끼는 기이함은 무엇보다도 그같이 출발부터 왜곡된 유통구조 탓이었을 것이다. 거기다가 과세 근거를 남기지 않으려는 고안과 그릇된 상관습(商慣習)이 겹쳐 내가 훔쳐본 그런 형태의 거래가 생겨난 듯했다.

김왕흥 씨의 영업은 대략 열 시쯤부터 시작돼서 열두 시가 되기 전에 끝났다. 내가 그날 본 것은 다섯 번의 전화와 출고증을 받으러 구매자 쪽에서 온 남녀 한 사람씩의 방문이 그 영업내용의 전부였다. 오고 가는 현금 단위의 엄청남에 비하면 뜻밖으로 단순하고 허술한 거래였다.

열두 시가 넘어서도 전화는 여기저기서 왔지만 그것은 이미 장사와는 관계가 없어 보였다. 그런 전화로 처음 온 것은 점심 의논이었다. 같은 상가에서 비슷한 장사를 하거나 이런저런 거래로 어떻게 자주 어울리게 되는 사람들이 점심메뉴를 놓고 의논들을 해왔다.

어디는 보신탕을 잘하니까, 어디는 추어탕을 먹을 만하고, 어디는 로스구이가 기막히며, 어디는 수육이 아주 괜찮다는 둥 하면서 전화가 오는데 그들이 들먹이는 지명은 서울 시내에 그치는 것이 아니라 심할 때는 춘천 수원 하면서 인근 도시까지 나왔다. 김왕흥 씨도 그들 못지않게 열심인 것이 거기서도 무슨 중요한 상담이라도 있는 듯한 예감을 주었다.

한 번의 수정을 거쳐 그들이 모이기로 결정한 것은 김왕홍 씨의 사무실에서 승용차로 한 시간 가까이나 가야 하는 변두리의 어떤 설렁탕집이었다. 거리로는 그렇게까지는 안 될 것 같은데 시간이 많이 걸린 것은 차가 밀린 탓이었다. 때가 점심시간이니 서울에는 김왕홍 씨 네 패거리 말고도 그렇게 식도락 원정을 가는 사람들이 많은 것 같았다.

하도 힘들게 찾아간 곳이라 내 딴에는 대단한 식당인 줄 짐작했는데, 차가 선 곳은 뜻밖에도 허술한 한옥이었다. 그러나 집 앞뒤로 빽빽이 대 있는 승용차들로 보아 음식솜씨 하나는 소문나 있는 집인 듯했다. 한 시가 조금 넘어 도착했는데도 방마다 사람들이 들어차 와실거렸다.

미리 전화로 약속된 대로 김왕홍 씨가 이 사장을 찾자 심부름하는 아주머니가 한쪽 구석진 방으로 안내했다. 가보니 이 사장은 지난번 함께 여행을 했던 바로 그 이 사장이었다.

"아이구, 김 사장 어서 오슈, 여긴 벌써 한판 붙었소."

"이거 작년에 보구 첨이네. 그래 여행 재미 많이 봤소?"

"왕년에 언 놈 외국 안 나가본 놈이 있나? 고마 퍼뜩 웃통 벗고 여다 끼에 앉으소. 작년에 까엔(까진) 거 복구부터 좀 하고 보자."

이 사장과 함께 벌써 화투판을 벌이고 있던 낯선 사람 셋이 저마다 한마디씩 아는 체를 했다. 전부터 자주 어울리는 사인 듯 화툿장을 쥔 채 엉덩이 한번 들썩하는 사람이 없었다. 김왕홍 씨도 그들의 무람없음을 별로 탓하는 기색이 아니었다. 웃옷을 벗어 걸고 지갑을 꺼내는 게 그도 화투판에 끼어들 생각인 듯했다.

그때 미닫이가 열리며 먼저 온 사람들이 주문한 음식이 들어왔다. 처녑, 혀, 염통 하는 식으로 소의 각 부위가 골고루 썰려 덮인 큰 수육쟁반이었다.

"밥 먹고 합시다."

때마침 화투목을 섞고 있던 사람이 받침으로 쓰던 군용담요에 화투목을 놓으며 말했다. 점심이 좀 늦은 편이어서인지, 화투판이 제대로 불붙지 않아서인지 다른 사람들도 두말없이 상머리에 붙어앉았다.

"맞다. 우선 곱창부터 채워놓고 보자. 오랜만에 멤바가 다 모였으이, 화토사 이따가 쫀쫀하게 한판 붙으믄 되는 기고……."

사투리를 쓰는 우락부락하게 생긴 쪽이 나무젓가락을 쪼개며 왕성한 식욕을 드러내자, 나머지 사람들도 질세라 가세했다. 몇 마디 안부 인사를 나누기도 전에 넓은 수육쟁반이 바닥을 드러냈다.

"한 쟁반으로 안 될따. 돈이사 백말 타고 물 건너 유람갔다 온 사람이 둘이나 있으이 거다서 낼 게고……. 보소, 아주무이! 여기 수육 특대로 하나……."

사투리가 다시 넉살 좋게 수육 한 접시를 더 시켰다.

대화다운 대화가 시작된 것은 두 번째 수육접시가 들어와 젓갈질들이 좀 뜸해진 다음이었다. 와이셔츠에 조끼를 걸쳐 그 자리에서 가장 단정한 느낌을 주는 사람이 김왕홍 씨를 보며 예절 바르게 물었다.

"그래, 무슨 좋은 아이템 눈에 띄는 게 있습디까?"

"별루…… 워낙 발 빠른 사람들이 많아 놔서요. 내다 팔 것도, 사들일 것도 통……."

상대편이 진지하게 물어오자 김왕흥 씨가 드러나게 어색해하며 그렇게 우물거렸다. 사투리가 다 안다는 듯 떠들어댔다.

"장 사장도 사람이 저래 순진하다카이. 그럼 여기 김 사장 이 사장 다 참말로 사업차 나간 줄 알았던가베."

"워낙 국내경기가 말이 아니니까…… 한번 바깥쪽에서 뚫어볼 만도 하잖아요? 아이템만 잘 고르면 수입 쪽도 재미가 짭짤하다던데."

"치우소 고마. 아이템은 무신 놈의 아이템. 다 글코 그런 기지. 그냥 놀러 나갈라 카이 쪼매 싱거워 해본 소리 가주(가지)고."

사투리가 코웃음까지 섞어가며 조끼 장 사장의 고지식함을 빈정댔다. 그래도 장 사장은 예절을 잃지 않고 김왕흥 씨와 이 사장을 번갈아 보며 물었다.

"두 분, 정말로 뭐 해볼 만한 거 못 찾으셨어요?"

"참, 남의 말 몬 알아듣네. 그라문 그거 오파상(商) 연다는 긴데, 솔직히 김 사장 이 사장이나 우리나 그럴 제배가 어디 돼요? 입이 든나, 신용장 한 장 지대로 읽을 눈이 있나?"

사투리가 또 눈치 없이 장 사장을 타박하고 나섰다. 아무리 터놓고 지내는 사이라 해도 너무 지나치다 싶은데, 드디어 김왕흥 씨가 받아쳤다.

"안 사장, 왜 그러슈? 안 사장도 데려가고 싶었지만 이유가 있었단 말이요, 이유가. 여기 이 사장은 다른 사람들하고도 서로 아는 사이지만 안 사장은 그렇지도 못하잖소?"

그걸로 보아 사투리 안 사장이 왜 그리 삐딱하게 나오는지 대개 짐작이 갔다. 지난번 해외여행에 끼여주지 않은 것에 심사가 틀어져 있었던 것 같았다.

그러나 안 사장은 시치미를 뗴었다.

"그거는 또 뭔 소리고? 내가 뭐라 캤는데?"

"영어 모르기야 안 사장도 마찬가지 아뇨? 그리고 오파상이라는 게 꼭 영어 잘하는 사람들만 할 수 있는 장사도 아니고……."

"양놈하고 하는 장사에 양말 모리고 우째 하노? 그 소리 했는데 뭐가 틀리능 게 있는강."

안 사장이 한 번 더 그렇게 뻗댔으나 아무도 믿어주는 눈치가 없었다. 이 사장은 한술 더 떠 새삼 미안해하는 기색까지 보이며 변명하듯 김왕홍 씨를 거들었다.

"그 사람들 전에 여러 번 만난 적 있는 나도 솔직히 어색합디다. 게다가 여행도 형편없었다구요. 돈만 쓰고 구경을 제대로 했나. 막말로 백말이라두 한번 제대로 타봤나…… 김 사장 몰아댈 거 하나도 없어요. 되레 안 사장 봐준 거라구 생각하쇼."

하지만 그게 오히려 안 사장의 심사를 긁어놓은 꼴이 되고 말았다. 안 사장이 발칵 성까지 내며 두 사람의 짐작을 부인했다.

"아이 참말로 와 이라노? 돈 잘 벌고 유식한 두 사람 잘난 꼴프 팀하고 조를 짜 잘 놀고 왔다는데 내 배 아플 끼 뭣고? 내가 언제 델꼬 가달라꼬 매달린 적이 있나? 안 그런교? 오늘 내가 어디 그 일로 입이나 달싹 합디까?"

그렇게 다른 사람들에게 확인까지 받고도 모자란다는 듯 격한 어조로 덧붙였다.

"내 바로 말해 주까요? 사실 밸이 꼴린 기 있다면 수입 어쩌고, 아이템 어쩌고 하는 그 따우 소리들이라. 왜 떠나기 전 월궁에서 우리 모도 한잔할 때, 김 사장하고 이 사장 취해 꺼떡거리며 떠벌린 거 말이라."

"우리가 별거 아닌 거 가지고 너무 거들먹거렸다면 미안합니다. 하지만 그 때문이라면 더 이상한데요. 나간 김에 좋은 게 있는지 한번 알아보겠다는 거였는데 안 사장이 왜 밸이 틀어져요?"

김왕흥 씨가 깐깐하게 받았다. 말리려던 다른 사람들도 그 까닭이 궁금하다는 듯 주춤하며 안 사장을 쳐다보았다.

"아무리 장사꾼이 돈만 된다 카믄 몬할 끼 없다 카지마는 이노무 새끼들 너무하잖나 이 말이라. 이거는 김 사장 이 사장 보고 하는 소리 아이께는 성내지 말고 들어보소. 요새 코메디언들 캐 쌌지마는 참말로, 이게 뭡니까, 라. 돈만 된다 카믄 빙신이, 칠띠기 다 나서서 수입, 수입, 캐대이 이누무 나라 이거 우째 될라꼬 이래 는지 모르겠다 카이. 글마들 그거 돈 된다 카믄 문딩이도 수입하고 원자폭탄도 수입해다 터줄끼라. 세상에 횟감 도미 수입이 무신 소리고, 김치 간장 수입은 또 뭔 소리고? 그래가주고 나라 팍삭 망화뿌고 지 혼자 돈 벌어 뭐 할라는공? 과소비 과소비 캐쌌지만 그것도 답은 딱 하나라. 고런 야마리 까진 것들 몽지리 헬리콥타에 실어다가 여의도 광장 일만 피트 상공에서 한 놈씩 밀었뿌믄 과소비문제는 지절로 해결이라카이. 사 처먹고 사 처입고 사 처바르는 것들 손보는 거는 그다음 일이라꼬."

안 사장이 뒤틀린 속을 턱없는 공분(公憤)으로 바꾸어 그렇게 거품을 뿜어댔다.

안 사장이 군이 개인적인 감정이 아니라는데야 김왕흥 씨도 더 따지기 어려운 듯했다. 다른 사람들은 안 사장이 공분을 앞세우는 데는 기가 죽는지 마구잡이 논리에도 불구하고 건성으로 맞장구를 쳤다.

"그건 그래. 너무 심하다구. 정말 어쩌려구 이러는지들 몰라."

"아무리 수입 개방이라지만 그래도 사들일 게 있고 안 사들일 게 있지."

그러자 그런 시도를 한 적이 있는 김왕흥 씨와 이 사장만 죄지은 사람 꼴이 되고 말았다. 그게 속상한지 이 사장이 문득 반론을 폈다.

"수입이라고 그렇게 무조건 싸잡아 욕해서는 안 되지. 꼭 필요한 수입도 얼마든지 있으니까. 부가가치를 높여 수출할 수 있는 원자재도 있고, 생산설비도 있고……."

마치 자기들이 이번 여행에서 찾아본 것은 그런 품목이었다고 변명하는 듯한 말투였다. 안 사장이 기세 좋게 받았다.

"그거야 설비 있고 자본 넉넉한 재벌들이 하는 소리고요……
쪼매난 구멍가게 같은 오파상이야 뻔한 거 아이요? 나는 글마들
보고 하는 소리라."

그때 장 사장이라는 사람이 조심스레 안 사장의 기세에 제동
을 걸었다.

"재벌이라구요? 안 사장 뭐 잘못 알고 하는 소리 아뇨? 아마 지
금 이 나라 수입 굵직한 건 대부분은 그 사람들 솜씨일 텐데요. 이
사장이 말한 그런 품목은 그야말로 잔칫상 웃기 같은 기고…….
양주 만드는 회사가 고급 양주 들여오고, 화장품회사가 비싼 외
제화장품 들여온다던데. 전자제품회사도 그렇고, 그걸로 국제적
자를 때우기도 한다는 말 못 들었소?"

"거참 이상타. 그러문 그저 지(제) 살 지가 파먹는 긴데, 당장이
사 달겠지만, 나중에는 우짤라꼬……."

안 사장은 뜻밖에도 그쪽으로는 어두웠던지 조금 기세가 숙
여졌다. 이 사장이 장 사장의 지원을 고마워하며 그의 뒤를 받쳐
주었다.

"핑계야 있지. 기술제휴다, 기술이전이다, 어쩌구 하며 요란을
떨지만, 실은 그게 단순한 수입품장사에 그칠 때가 많답니다. 수
입가의 두어 배씩 정가를 매겨도 날개 돋친 듯 팔리는데 나중 생
각할 거 있겠어요? 당장 배부르면 됐지."

"맞아요. 생각 같아서는 국내 생산라인 다 걷어내고 그 장사만

하고 싶을 거요. 세계에서 제일 비싼 자본에 노동자들 속 썩이지, 판촉 힘들지, 아프터 서비스 귀찮지…… 하지만, 뭐 재벌이 다 그렇다는 건 아니고……."

김왕흥 씨가 심술궂게 보탰다. 안 사장은 덤벙대는 데가 있는 만큼이나 단순한 데가 있는 사람인 것 같았다. 발단이 무엇이었는지도 잊고 공분의 방향을 금세 재벌들에게로 돌렸다.

"참말로 글타카믄, 헬리콥타에 태울 놈들은 글마들 아이가? 여의도 광장 상공 일만 피트에서 떨괐뿔(떨어트려 버릴)……."

그렇게 거품을 뿜는데 곰탕이 들어왔다. 짙고 뽀얀 국물이며, 곁들인 겉절이며, 장아찌 접시의 정갈함이 우선 눈으로 보기에도 먹음직스러웠다. 누가 권하고 자시고 할 것도 없이 모두 수저를 집어들어 그때까지의 화제는 잠시 맥이 빠졌다. 그러나 내용은 여전히 수입 많이 하는 재벌을 성토하는 것이었다.

나는 그들의 대화를 들으면서 입국 첫날의 김왕흥 씨네 안방을 떠올렸다. 어디서든 문제가 무엇이라는 것은 잘 인식되어 있다. 잘못되어 있는 것은 해결방식이다. 이들은 항상 해결의 방식을 찾는게 아니라, 중세의 어느 미신적인 시골마을처럼 마녀(魔女)부터 찾고 있다. 마을이 겪고 있는 온갖 재난과 불행의 유일하고도 포괄적인 원인인…….

그들이 찾아낸 마녀가 진정한 원인의 일부일 수도 있다. 그러나 그 마녀를 태워 죽인다고 해서 마을의 재난과 불행이 사라질 리는 없다. 또 다른 마녀를 찾는다. 마찬가지다. 그런 식으로 해결하려 든다면, 마지막 남은 두 사람 중에서 한 사람이 다른 한 사람을 마녀로 처형해도 마을의 재난과 불행은 여전히 남아 있을 것이다.

메뉴를 선택하는 데 좀 요란을 떨었고 식당에 가는 데 한 시간이나 걸린 게 약간은 거창했으나 그들이 먹은 음식 자체는 그리 사치한 것도 나무랄 만한 것도 아니었다. 나중 계산 때 안 것이지만, 곰탕이 한 그릇에 4천 원씩 수육이 한 접시에 2만 원씩 해서 한 사람당 만 원 남짓했기 때문이었다. 보아하니 오랜만에 만난 듯하고, 또 그날은 귀국환영회 같은 의미도 있는 것 같아, 만약 그들이 김왕홍 씨와 비슷한 정도의 재산가들이라면 먹는 것에는 오히려 소탈하다고 표현해 주어도 좋을 듯했다.

그들이 음식을 대하는 태도도 특별히 밉살맞지는 않았다. 무엇이든 달게 맛있게 먹고 남기는 걸 아까워하는 품이 제법 기특한 데마저 있었다. 그렇다고 꼴사납게 식탐(食貪)을 내보이는 일도 없고 식탁에서의 예절도 기본을 크게 벗어나는 법은 없었다.

하지만 식사가 끝나고 얼마 되지 않아 내 마음속에서 상당히 호전되어 가던 그들의 인상을 구겨놓을 일이 다시 일어났다. 화투판을 새로 벌이기 전에 소변을 보러 나갔던 장 사장이 돌아와 무슨 큰 범죄의 현장이나 보고 온 사람처럼 말했다.

"한 기사 거 대단하네. 이 사장네 박 기사, 안 사장네 김 기사도."

"뭔데?"

막 화투판을 펼치던 안 사장이 물었다.

"내 오다 보니까 말이요, 대단하더라구, 그 사람들. 저쪽 문간방을 차지하고 앉았는데 상 한번 푸짐합디다. 우리보다는 한길 위인 꼬리곰탕에 육회 한 접시와 술병까지 있더라구요."

"뭐야? 운전수들이 술을……."

김왕홍 씨가 그같이 받자 장 사장이 문제는 그게 아니라는 듯 깐깐한 목소리로 일깨워주었다.

"반주 몇 잔이야 별일도 아니겠죠. 걱정은 씀씀이지. 저럴 때는 동전 하나라도 아껴서 모아야 하는 거 아뇨."

그러자 모두 그거라는 듯 저마다 한마디씩 받았다.

"그만한 사람도 없으이 쓰기사 쓰지마는 우리 김 기사 참말로 걱정이라. 아렌가 그아렌가, 지 딴에는 우는 소리라고 하는데 뭐, 카페서 카드로 50만 원짜리를 꺼(그)었다 카든강. 고향 촌놈들 만나 폼 잡다가 그래됐다 카는데 하도 기가 막혀서……."

"말도 마슈. 지난 여름에는 말이요, 기사도 휴가 주고 우리 식구들은 비행기로 강릉엘 간 적이 있소. 애들도 이제는 텐트 치기 귀찮아하고 해서 호텔 예약을 해두고. 그런데 그 이튿날 경포대 해수욕장에서 누굴 만났는지 아슈? 바로 우리 박 기사였다고. 렌터칸지 뭔지 모르지만 납작한 에스페로에 계집애까지 하나 달고……. 영락없이 재벌 2세 같더라니까."

"우리 한 기사도 그런 거라면 누구에게도 안 질걸. 여편네 친정 피붙이라고 그냥 보고 있으려니 속이 뒤틀려서 원. 보너스, 휴가비 쪼개 합치면 나한테 받아 가는 것만도 한 달에 백만 원 가까운

데 하는 게 고작 저 입치레 옷치레뿐이라니까. 벌써 4년이 되도록 지하실 단칸방도 못 면하고 있어요. 그것도 집세 오를 때마다 우리 여편네한테 얼마씩 얻어가는 눈치야."

"평생 남의 운전수밖에 못할 사람들이야."

나는 그때까지만 해도 그들에게서 특별한 파탄을 찾아내지 못했다. 오히려 절약하고 검소했던 그들의 젊은 날을 상상하고 지금 그들의 누림에 대해 어떤 권리까지 인정할 용의가 있었다.

하지만 밥상을 치우기 바쁘게 다시 벌어진 화투판 때문에 나는 이내 그들에게 내심으로 품어왔던 의심을 되살리지 않을 수 없었다.

"자, 이제 밥도 묵었고 하이, 쫀쫀하게 한판 붙어 보입시다."

안 사장이 화툿목을 간추리며 그렇게 나오자 아무도 이의 없이 군용담요 모퉁이에 붙어 앉았다. 짐작으로는 그런 화투놀이가 특별한 게 아니라, 그럴 때마다 으레 있는 행사 같은 것인 듯했다. 아직 김왕홍 씨의 하루 장사가 끝났다는 것을 몰랐을 때라 그랬지만, 어쨌든 해가 쨍쨍한 낮 두 시에 화투판을 벌이는 것부터가 나로서는 도무지 이해 안 되는 일이었다.

그런데 그보다 더욱 알 수 없는 것은 그 화투판의 규모였다. 고스톱을 치는데 일점에 만 원짜리여서 십만 원짜리 자기앞수표가 보통 주고받는 것이고, 만 원짜리는 잔돈이었다. 나는 처음 그들이 대단한 노름을 시작하는 줄 알았다.

하지만 아니었다. 아무리 살펴도 그들에게는 대단한 노름을 하는 사람들치고는 도무지 심각한 구석이 없었다. 금세 열중해지기도 하고 더러는 신경질도 부렸지만 전문 도박꾼으로서의 특징적인 모습은 전혀 보이지 않았다. 기껏해야 판돈이 좀 클 뿐인 놀이에 불과했다.

거인들이다. 거인들이다 — 나는 그들의 큰 배포와 여유에 대뜸 그런 느낌을 받았다. 내 그런 느낌이 크게 틀리지 않았음은 이내 밝혀졌다. 점수 계산하는 법이 이상해서 한판 호되게 덮어쓰면 20만 원, 30만 원이 될 때도 있는데, 잃는 사람도 따는 사람도 그걸 돈 문제로 받아들이는 것 같지 않았다.

한쪽은 이겼다는 것에 히히덕거리고 다른 쪽은 졌다는 것에 신경질을 낼 뿐이었다.

그래도 나는 한동안이나 걱정스레 그 화투판을 지켜보았다. 도박의 속성상 판은 커지게 마련이고, 그래서 판돈이 몇 배만 불어나면 그들에게도 꽤나 심각한 도박판이 될 것으로 보았기 때문이었다.

하지만 내 예상은 멋지게 빗나가고 말았다. 과연 그들은 거인이었다. 판은 커지지도 않고 작아지지도 않은 채 이어졌다. 그러다가 화투판을 벌인 지 한 시간쯤 됐을까, 장 사장이란 사람이 별 표정없이 화투장을 놓으며 말했다.

"자 이제 그만합시다. 슬슬 일어나 봐야지. 이 구석방에서 무슨 큰 판 벌일 것도 아니고……."

그러자 다른 사람들도 별 이의 없이 판돈을 거두고 웃옷들을 걸쳤다. 서로 주고받은 돈이 적지 않은데도 그럴 때 있게 마련인 본전 시비도 없고 잃은 사람의 특권인 '몇 판만 더'도 행사되지 않았다. 안 사장만 험한 입으로 두어 마디 투덜거릴 뿐이었다.

"나는 어디 뭐 오뉴월 개X이가? 우째 앉기만 앉으면 까지노. 어허이, 이거 4천 원이나 까졌네."

나는 처음 그게 무슨 소린지 알 수가 없었다. 왜냐하면 그들 단위에는 애초에 천 원짜리가 없었기 때문이었다. 그러다가 우리 김왕홍 씨의 말을 듣고서야 비로소 그 액수를 이해할 수 있었다.

"안 사장은 그래도 성적이 좋구만. 나는 7천 원 터졌소."

내가 본 바로 김왕홍 씨는 지갑에 제법 두툼하게 들어 있던 만 원짜리와 오십만 원짜리 자기앞수표 한 장이 나와서 만 원짜리 몇 장으로 줄어들었다. 어림잡아 70만 원은 될 만한 액수였다. 도박죄에 걸릴까 걱정이 되어서 그러는지도 모르지만, 그들에게는 판돈의 액수를 백 분의 일로 줄여서 말하는 관행이 있는 듯했다.

화투판을 털고 일어난 그들이 점심값을 치를 때 나는 다시 한 번 작은 혼란을 느껴야 했다. 그들은 한 시간 정도의 화투판에서 몇십만 원을 주고받고 했으면서도 점심값 6만 원에 대해서는 한차례 제법 안색까지 바꿀 정도의 승강이를 벌였다. 판돈을 주고받을 때의 호탕함과는 거리가 멀어 어찌 보면 그들의 지출은 나름의 엄격한 절도를 가지고 있는 것 같기도 했다.

그 혼란은 그들의 다음 행선지까지 이어졌다. 설렁탕집을 나온 그들이 별 특별한 의견조정 없이도 시장 가까운 곳의 어떤 사우나탕으로 몰려갔는데, 거기서는 당연한 듯 입장료를 각자 부담으로 했다. 소문으로만 들은 한국사람들의 행태와는 전혀 다른 것으로 내게는 그 또한 지출의 절도 내지 어떤 합리성으로만 비쳤다.

하지만 한눈에도 대중목욕탕과는 달라 뵈는, 고급스러운 실내 장식의 탈의실로 들어서면서 나는 자신도 모르게 중얼거렸다.

'이들은 이 사회의 거인들인지도 모른다. 하지만 병들었거나 불구(不具)인 거인들이다…….'

그제서야 그들이 경제활동으로서의 일과를 이미 끝내고 휴식과 향락의 일과를 시작했다는 걸 알아차리게 됨으로써 나온 우려 섞인 중얼거림이었다. 나중에 알게 된 것이지만 그들의 구성성분 역시 지난번의 여행단과 매우 비슷했다. 김왕홍 씨와 이 사장 안 사장은 셋 다 같은 업종에 종사하는 사람들이었고 다른 하나는 그 상가건물의 주인이었으며 나머지는 그 건물 근처에서 크게 성인 디스코테크를 경영하는 사람이었다.

그들이 어울리게 된 동기도 지난번 여행의 동반자들과 비슷한 듯했다. 생산보다는 소비에, 일보다는 즐김 쪽에 더 비중이 있는 동아리의 어울림 같았기 때문이었다. 다만 지난번이 그래도 최소한의 예의를 갖춰야 하는, 다소간 사교적인 성격이 있는 어울림이라면 이번은 흉허물없고 거의 일상적인 만남이라는 게 다를 뿐이었다.

산업사회로 발전하다 보면 드물게 노동시간과 노동량은 적고 수입 많은 직종이나 계층이 생겨나게 마련이다. 하지만 그것들은 대개 어떤 희귀한 재능이나 특별한 기술 또는 정보와 관련되어 있어 그 사회의 다른 구성원들이 어쩔 수 없이 그들의 노동과 시간을 비싸게 살 수밖에 없는 경우이다. 다시 말해 일종의 합리성이 있는 차등이다. 그런데 내가 본 김왕흥 씨의 패거리는 둘 다 그런 합리성을 확보하지 못하고 있었다.

다른 구성원들이 그들의 여유나 누림을 승인할 수 없는 집단이 다수 존재한다는 것은 그 사회를 불안하게 만드는 원인이 된다. 김왕흥 씨네 같은 사람들이 한국 사회에 얼마나 되는지는 잘 알 수 없지만 나는 그때껏 본 사람들만으로도 내가 떠돌아야 할 바다의 거칠고 위험스러움을 한 번 더 실감하지 않을 수 없었다.

그들이 사우나를 즐기는 동안에 나는 김왕흥 씨의 양복 윗주머니에 꽂힌 채 옷장 안에 들어 있어야 했기 때문에 탕 안의 분위기는 살펴볼 기회가 없었다. 그러나 탈의실에서 옷을 벗는 동안, 그리고 사우나를 마친 그들의 몸을 식히기 위해 휴게실에서 떠드는 소리로 대강은 그곳이 그들에게 어떤 뜻을 가진 곳인지 짐작할 수 있었다.

이미 짐작한 대로 그곳은 그들이 거의 일과처럼 들르는 곳이었다. 그들 다섯 모두가 제 집사람 부리듯 종업원들을 함부로 다루는 것이나 종업원들이 당연한 듯 그걸 받아들이는 게 그 한 근거였다.

거기다가 종업원들은 어쩌다 그들 중 누가 빠진 하루를 기억해 그 까닭을 물을 정도였고, 김왕흥 씨가 스무날 기까운 해외여행을 하고 돌아왔다는 것도 잘 알고 있었다.

그다음 그 사우나탕이 그들에게 무엇인가를 쉽게 알 수 있도록 해주는 것은 그 설비였다. 사우나탕이 있는 지하층에도 이발소와 낮잠 자기 좋은 휴게실 안마실 따위가 갖춰져 있어 종합적인 휴식공간을 이루고 있었지만, 그 건물의 나머지 층도 모두가 휴식이나 즐김과 관계된 공간이었다. 곧 1층은 다방과 고급한 식당이었고 2층은 헬스클럽이었으며 3, 4층은 안마시술소였다. 그 건물에서 멀지 않은 공터의 인도어골프장과 연결 지으면 그대로 종합적인 건강 오락 시스템이 되고, 그 곁 건물의 성인 디스코테크나 카페 룸살롱과 연결되면 빠진 게 없는 향락 코스를 이룰 만했다.

어떤 사람이 한나절 골프연습을 하고 사우나에서 땀을 뺀 뒤 식사를 하고 안마를 받는다면 그것만으로도 낮시간이 수월하게 지나갈 것이었다. 그다음 불갈비쯤으로 든든하게 속을 채운 뒤 이웃건물로 옮겨가면 그대로 속세의 즐거운 밤으로 이어질 수 있다. 술과 노래와 춤뿐만 아니라, 상품화된 성(性) 또한 그 건물 곳곳에서 진열, 판매되고 있으리라는 게 거의 확실한 내 짐작이었다.

그날 그들이 그 건물에서 거친 것은 사우나 한 코스뿐이었다. 그러나 여러 가지로 미루어보면 그들은 자주 풀코스를 도는 것임에 틀림없었다. 모두가 하나같이 그 건물 구석구석에 대한 정보에 밝았고, 변화에 대한 관심도 많았다. 이야기의 순서가 바뀌고 내용이 좀 지저분하지만 그들의 정보와 관심의 정도를 가늠할 수 있는 예로 그날 있었던 그들의 대화 몇 토막만 옮겨보자.

"어이, 우리 이따가 '또와'에 가서 한잔 빱시다. 거기도 즉석불고기가 되더라구요."

"즉석불고기라꼬? 고 해딱 자빠진 카페에 즉석불고기는 무신 즉석불고기라."

"안 사장 요새 그 집 발 끊었소? 가보슈. 칸막이 쳐서 기막힌 룸을 두 개나 만들었다구요. 그 룸 두 개를 다 사버리면 한쪽에서 술 마시고 다른 쪽에서는 즉석불고기가 되게 돼 있소. 게다가 삼빡한 영계까지 서넛 새로 데려다 두고……."

"영계라꼬? 폐계라도 한참 전에 잡아뿌랬어야 할 폐계 둘이 하던 카페 아이가? 그런데 영계씩이나…… 참말로 뭔 소리 하는동 모르겠네."

"영계라두 진짜 영계라니까. 아직 털두 안 나 검은 볼펜으로 거기 털을 그려 나올 정도란 말요."

"에이그, 딸 키우는 사람이……. 그러지 말고 저쪽 지하 '월궁'에나 가봅시다. 요새 열두 시까지밖에 영업 못 하는 바람에 대접 좋아졌더만. 애들도 강남 흥청거릴 때 같으면 여기까지 흘러오지도 않을 쭉쭉 빠진 애들이고……."

"그카믄 나도 하나 추천하지. '라스베가스' 그거 멋대가리 없이 춤만 추는 곳인 줄 알제? 거 가믄 색다른 맛을 볼 수 있다꼬. 춤 추는 가스나들 말이라. 이번에 내 후배가 거기 지배인으로 왔는데 어느 가스나든 찍기만 하라 안 카나? 그 가스나들 중에는 방송국에 나가는 가스나도 있다 카드라꼬."

물론 즉석불고기니, 폐계니, 영계니 하는 암호 같은 말을 알아듣는 데는 시간이 좀 걸렸지만 어쨌든 그 방면에 대한 그들의 정보와 관심은 그 정도였다.

그들이 사우나를 마치고 나온 것은 들어간 지 한 4, 50분 뒤였다. 모두들 흠뻑 땀을 뺐는지 혈색들이 불그스레해서는 저마다 옷장을 열고 담배를 찾기도 하고 돋보기안경을 꺼내기도 했다. 서둘러 갈 데가 없느니만큼 충분히 몸을 말리고 그곳을 나설 작정인 듯했다. 내가 들어 있는 옷장이 그들이 자리 잡은 휴게실에서 그리 멀지 않을 뿐만 아니라, 김왕흥 씨가 담배를 꺼내면서 옷장 문을 삐죽이 열어놓아 나는 그들의 잡담을 들을 수 있었다.

그들이 어김없이 한국인임을 드러낸 것은 휴게실에서의 잡담이 시작되면서부터였다. 벌써 늦은 오후가 되어 석간들이 그 휴게실에 배달된 게 그들을 자극한 탓인 듯했다.

그날의 머리기사는 여당과 야당의 공천자 내정에 관한 문제를 다루고 있었다. 아직 확정된 것은 아니지만 무성한 추측을 놓고 기사들을 쓴 모양인데 그들은 신문을 집어들자마자 그때까지의 행태와는 판이하게 민감하고도 격앙된 반응을 드러냈다. 내가 이미 여러 곳에서 본 바 있는, 정치 과잉이라 이름해도 좋을 한국적인 의식의 특성이었다.

내가 알기로는 그들 중에서 정치에 관여하거나 정치바람을 타야 할 업종에 종사하는 사람들은 아무도 없었다. 약간 특권적인 이권을 누리기는 해도 대개는 거의가 정치권력과는 무관하게 그저 시장바닥에서 장사하는 사람들에 지나지 않았다. 게다가 선거는 대통령이 아니라 국회의원을 뽑는 선거인데도 그들은 마치 눈앞의 이익을 놓고 다투는 것처럼이나 맹렬하게 그 화제로 뛰어드는 것이었다.

하기야 자신이 투표권을 가진 지역구의 문제라면 어느 정도 선거에 관심을 가져주는 것이 양식 있는 민주시민의 도리가 될 수도 있다. 그러나 그들은 거인이어서인지 시각도 무척 거시적(巨視的)이었다. 자신의 지역구는 뭐, 그렇고 그런 자식들이지, 하며 대강 넘어가는 대신 수천 수백 리 떨어진 지역구는 제 손바닥 들여다보듯 공천 경합자의 전력까지 훤하게 꿰며 열을 올려댔다. 그러다가 한술 더 뜨게 되면 예상되는 여야의 전국구 순위까지 줄줄이 읊어나갔다.

"참 몬한다 몬해. 우리 아즈매 다리는 감차도(감춰도) 감차도 못생겼다카디, 민자당 이누묵 새끼들, 해도 우째 이래 몬하노? 저어끼리 똥배짱 맞아 어울랬으면 조용조용히 갈라먹고 말 일이제 이기 뭐꼬? 대권주자부터 국회의원 후보꺼지 성한 기 없구나. 대권후보만 해도 글치, 헌 바지에 X 볼가지듯 난데없는 것들이 톡톡 볼가져 저그들 표 저그가 다 깔가먹디마는 국회의원은 더 어무네(덜돼먹었네). 일마들, 참말로 다음에도 해 처먹을라 카나? 고마 여다서 종칠라 카나? 가마이 보고 있을라 캐도 속에 천불이 나네."

"그거 당연한 거 아니겠어요? 원래 세 패 네 패 되는 걸 대장들 입맛 따라 한 덩어리로 뭉쳐놨으니 그럴 수밖에 더 있겠어요? 내가 들으니 지금 그 집안 사정 말이 아닙디다. 교통 사정으로 치면 오차선이 갑자기 일차선으로 줄어든 것 같다는 거예요. 길은 하난데 대가리를 디밀 차는 다섯 대니 그 혼잡 오죽하겠어요? 큰 사고 안 나면 그것만도 천만다행이지.”

아무데나 내뜨기 좋아하고 덤벙대는 편인 안 사장의 말을 매사에 차분한 정 사장이 그렇게 받아줌으로써 그날의 정치합평회는 시작되었다.

“며칠 신문 안 보니 차라리 속이 편하더라구요. 썩어도 한쪽만 썩으면 골라볼 수나 있지. 이쪽저쪽 가릴 것 없이 푹푹 썩는 냄새가 나니 이거 어디 견딜 수가 있어야지.”

우리 김왕홍 씨가 점잖게 화살의 방향을 돌렸고, 빠질세라 나머지 둘도 한마디씩 거들었다.

“맞아요. 맨날 갈아보자, 갈아보자, 외처대지만 어디 갈아볼 마음이 생기게 해야지. 세상에 권력형 비리로 여당의원 야당의원이 한 끈에 묶여 들어가는 꼴이 이 나라 아니면 볼 데가 없을 거라. 그런데 이제는 공천까지도 여당하고 똑같이 난장판이니…… 정발연(政撥硏), 그거 말하자면 야당 속의 야당 같은 거 아뇨? 그런데 그거했다고 3선, 4선의원 공천 안 주겠다니, 만약 그 사람들 여당 돼보슈. 그때 야당 하는 사람들 어떤 지경에 빠질지.”

“나물 날 데 잎새부터 알아본다고 뻔할 뻔 자지. 언제 한번 확 씻어 내고 시원한 꼴 보나?”

얼른 듣기로는 정치적 허무주의가 진득진득 묻어나는 소리들이었다. 그래서 정치 얘기는 그걸로 끝날 것 같았는데 실은 그렇지가 못했다. 그들은 끊임없이 정치혐오를 드러내면서도, 이미 말했듯, 수많은 지역구를 돌고 전국구까지 들춰 입후보자를 하나하나 심사하고 공천하는 것이었다.

"참 순진한 양반들이네. 아직도 이 동네 정치판에 무슨 미련들을 가지구 있나 본데 꿈 깨슈, 꿈 깨. 민주? 의회주의? 정당정치? 개가 들어도 웃을 소리를 말라 그래요. 민주, 민주 하지만 이 나라 정치가들 국민 겁나 하고 싶은 거 못 하는 거 봤소? 의회주의도 그래, 국회의원 대가리 수만 많으면 못 할 게 없다는 게 의회주의요? 아니면 엄연히 다수결의 원칙이 있는데 의사봉 뺏고 농성을 해야만 야당 몫을 다했다고 믿는 게 의회주의요? 정당정치는 더 말할 것도 없소. 도대체 이 나라에 정당이 어디 있소? 내가 보기에는 자유당 민주당 때부터 지금까지 이 나라에 있는 건 웃대가리 중심의 사당(私黨) 밖에 없었소."

김왕흥 씨가 세 들어 있는 건물의 주인이 그렇게 격앙 섞어 정치혐오를 드러냈을 때도 마찬가지였다. 그것 또한 새로운 화제로의 전환이란 역할밖에 하지 못했다.

"암만 카믄(아무리 해도) 그까지야…… 이 대명천지에. 쪼매 그런 구석은 있다 캐도 그거사 다른 나라에도 있을꺼로."

안 사장이 그렇게 받자 이미 열이 오를 대로 올라 있던 그 부동산 임대업자는 멱살을 감아쥐듯 말했다.

"그럼 우리 내기합시다. 이 나라에 사당뿐이란 걸 내 보여드리지."

"난데없이 뭔 내기는……."

"오 사장은 갈데없는 경상도니 여당가지고 하지. 이번 공천에서 총재의 처남이나 동서, 처 고종사촌 중에서 한 사람이라도 탈락하면 내 한 장 내리다."

"그기사 뭐, 그기사 뭐 총재하고 우째 되든 사람만 똑똑하믄 되지."

"김정일이가 똑똑한데 김일성의 아들이기 때문에 지도자가 못 된다면 그거야말로 불합리한 일 아닙니까, 하며 대들던 주사파 학생하고 같은 소리 아뇨."

"에이, 우예 거기다 대노?"

그때 디스코테크 사장이 끼어들었다.

"그렇지만 민자당이 누구당 같다는 말은 되네."

그러자 부동산 임대업자는 이번에는 그러는 디스코테크 사장의 말꼬리를 사정없이 물고 늘어졌다.

"아 참, 박 사장은 호남 쪽이었지. 하지만 그쪽에도 내기할 만한 게 있소. 이번 공천에서 정치발전연구횐가 뭔가, 거기 사람들 모두 무사하면 내 또 한 장 걸겠소. 내기 한번 받아보겠소?"

"그건 다르지. 그 사람들은 해당행위를 했다니까……."

"말은 바로 합시다. 당을 해친 거요? 총재를 해친 거요?"

거기서 분위기는 또다시 바뀌었다. 그들이 그때껏 풍긴 그 진한 정치적 허무주의 내지 정치혐오와는 달리 어떤 정치세력을 지지하거나 반대하는 문제에 이르면 그들은 이내 명쾌하고 단호해졌다. 방금 이쪽저쪽 다 후려치는 식이던 부동산 임대업자도 그 부분에는 마찬가지였다. 다만 지난번 구(區)의회의원 선거 때 여당 쪽을 얼씬거려 보았으나 끝내 공천을 따내지 못해 틀어져 있을 뿐 선택은 분명했다.

다시 말해 그들의 정치적 허무주의 내지 정치혐오는 감정의 습관적인 표현양식일 뿐이었고, 통상으로 빠져 있는 것은 오히려 정치 과잉이었다. 내가 일찍이 이 땅 사람들에게 공통된 의식의 특징으로 손꼽은 적 있는.

물 건너 쪽 어떤 정치학자는 정치에 대한 정념(情念) 내지 열정과 정치적인 능력의 유무를 기준 삼아 인간형을 넷으로 구분하였다.

그 첫 번째는 정치할 능력은 있지만 정념이 없는 경우로, 교훈작자형(敎訓作者型)이 그들이다. 대학교수나 신문기자에 그런 인간형이 많은데, 그들은 정치적인 식견도 있고 감각도 예민하지만 정치할 마음이 없어 훈계 또는 비판하는 세력으로 언제나 정치권 밖에 머문다.

두 번째는 정치에 대한 정념은 있지만 능력이 없는 부류이다. 분개형(憤慨型)이라 분류되는 부류로, 그들은 정치를 하고 싶으면서도 못 하는 데서 오는 불만과 울분 때문에 현실정치의 어떤 세력도 눈에 차지 않는다. 우리 주위에서 흔히 보는 이른바 만년야당(萬年野党)이 대개는 그들이다.

세 번째는 정치에 대한 정념도 없고 능력도 없는 이들이다. 바로 정치적 무관심층을 형성하는 이들로, 그들의 정치적 무관심은 무정치적(無政治的) 무관심으로 분류되기도 한다.

　네 번째는 바로 정치가들이다. 이들은 정치적인 능력도 있고 정치를 향한 정념도 있어 대개는 정치 현장에서 활동한다.

　그런데 내가 보기에 한국사람들에게 공통된 것이 정치를 향한 유별난 정념 내지 열정이다. 정치가 모든 가치를 독점했던 시대를 오래 겪어온 나머지 형성된 일종의 국민성인지 모르지만 어쨌든 쉽게 유례를 찾을 수 없는 특성이다. 그러나 현실정치의 장(場)은 어차피 그들 모두를 받아들일 수가 없다. 결국은 정치적인 능력에 따라 그들 중의 일부만 정치권에 편입되고, 나머지는 어쩔 수 없이 다른 직종에 종사하는 분개형이 되고 만다.

　하지만 한국의 분개형은 정직하지 못하다. 그 또한 분개형의 한 특질일 수도 있지만, 그들이 애써 자기들이 분개형에 지나지 않음을 부인하고 대신 한국인들에게는 극히 예외적인 존재인 교훈작자를 위장하려 든다. '하려 들면 벌써 했겠지만'과 '나는 더럽고 치사해서 안 해'가 정치를 얘기하는 이들의 말투에 실린 공통된 뉘앙스인 게 바로 그 근거이다.

　내가 정치 과잉이라고 이름한 것의 본질은 아마도 교훈작자를 위장한 분개형들이 표출하는 불만과 울분에 지나지 않을는지도 모른다. 내가 그런 분석을 하고 있는 사이에도 그들의 거침없는 정치평론은 끝없이 이어졌다. 기존의 여당 야당을 회 치고 포 뜨는

데 어지간히 싫증이 났던지 화제는 그사이 새로 발족되고 있는 두 정당으로 옮아가 있었다.

"요즘 거 왜 콧수염 기른 교수 있지? 태평양위원횐가 하는 거 꾸민 양반 말이요. 그 사람 어째서 그리 망가(만화)가 되는 거요? 코미디언이 가지고 놀고 신문만평이 가지고 놀고……. 이건 뭐 정치도 해보기 전에 웃음거리부터 먼저 되니, 혹시 그것도 6공 언론 플레이가 손본 거 아뇨?"

"꼭 글치만도 않는 갑드만, 그 사람도 그런 거 좋아하는 모양이더라꼬. 직접 코미디 프로에도 나온 모양이던데. 아아들은 참말로 그 사람, 새로 나온 코미디언인 줄 알더라카이."

"정치가 모질긴 모진 모양이요. 그 사람 3김 낚시론 들고나올 때만 해도 신선하게 들리더니 망가되기 잠깐이야. 도대체가 정치적인 신뢰는 조금도 안 생기고 그 얼굴 보면 웃음부터 나온다니까."

"내 보기엔 자업자득 같은 데도 있어요. 그 양반 턱없이 매스컴 너무 즐겼다구요. 지난 몇 년 은행창구 앞 대기석의 여성지 더미에서 그 양반 콧수염 못 본 달이 거의 없었다니까. 거기다가 방송도 어지간히 좋아하는 편이고, 그러니 생각해 보슈. 대학교수 했다지만 전공이 뭔지. 저서가 있다지만 전공과 어떤 관련이 있는지는 잘 알 수 없고, 방송 잡지에 얼굴만 나오니 그쪽 사람으로 착각할 수밖에."

"웃기기야 재벌당 쪽이 더한 거 아뇨? 창당발기인이란 게 맨 텔런트에 가수에 코미디언이니…… 누가 그거 보구 그러더구만. 당이름 따로 지을 것 없이 연예당이나 정(鄭)프로덕션 둘 중에 하나로 하면 된다고.”

“아무리 미국놈 끼 좋다 카지만 따라할 기 있고 안 할 기 있지. 이래다가는 여다도 영화배우대통령 가수장관 나오겠다카이. 전번 시의원 선거 때도 글터라꼬. 세상에 스물네 살짜리 시집도 안 간 가수를 스물일곱 살로 맨들어 시의원 시키이 그런 눔의 선거 압승 아이라 전승하믄 뭐 하노? 그런데 이번에는 아주 연예인들로 당을 꾸미고 나설라 카이…… 정말로 이래 되능강 몰라.”

“안 될 거 뭐 있소? 나는 오히려 그 사람들이 더 신선해 보입디다. 아니 숨은 인재들 더 나와야 한다구요. 이십 년째 한 번도 붙들린 적이 없는 소매치기 명수, 강남 룸살롱에서 가장 인기 있는 호스티스, 열아홉 번 승소해 전과가 한 번도 없는 사기꾼, 허리 아래가 없으면서도 가족 잘 부양하며 살고 있는 ‘인간승리’ 유부녀를 천 명 이상 즐겁게 해준 제비계의 왕자. 뭐, 찾아보면 인기 끌 사람들은 얼마든지 있다구요.”

“그거 말 되네. 맞아 정치판은 그렇게 개판을 만들어봐야 된다구. 그래야 아무도 돌아보지를 않지.”

그들의 대화가 거기까지 진행되자 나는 귀를 막고 더 듣고 싶지 않은 기분이었다. 아아, 처참하다. 이게 이 땅의 정치현실인가, 대중적인 의식의 파행인가.

다행히 그들도 거기까지 가놓고 보니 길게 그 화제에 매달리고 싶지는 않았던 것 같았다. 안 사장이 화제를 조금 다르게 이끌었다.

"그것도 글치만 그 당 그거 걱정되네. 말하자믄 여당표 뜯어먹자는 긴데 정부 여당서 가마이 보고 있겠나? 백지로 노욕 부리다가 잘 나가는 재벌그룹 하나 말아먹는 거 아이가?"

"어림없는 소리. 그 그룹 망하면 이 나라 경제가 내려앉을 판인데. 내 보기엔 바로 그 그룹이 인질이란 말이오. 앞으로 두고 보슈. 이제 툭하면 정치압력 어쩌구 하며 일 안 되면 모조리 정부 여당에게 덮어씌울걸. 정부 여당만 골치 아프게 됐지. 빈대 잡자고 초가삼간 태울 수도 없고."

"듣기로는 영국에서도 일본에서도 그 비슷하게 정치하겠다고 나선 돈쟁이들이 있었지만 하나도 성공 못 하고 돈하고 기업만 날렸다던데. 정치 문턱도 제대로 넘어보지 못하구 말요."

"지 꺼 지 말아먹는 거야 누가 뭐라 카나? 글치만 현대 그기 우예 한 사람 끼고? 글마들 외채 못 갚으면 우리가 세금 내 갚아야 될 끼고, 글마들 부도나 엎어져도 은행 빚 띠(떼어)먹은 거는 우리가 무라리해야 될 판인데. 그런데 몽조리 지 꺼맨치로, 지 돈맨치로 막 퍼내뻐리도 되는 기가? 자금난 자금난 캐싸미, 생산에 돌려야 할 자금, 되도 않는 정치에 꼬라박아도 된단 말가?"

그렇게 갑작스러운 재벌 성토로 바뀌는가 싶더니 디스코테크 사장 덕분에 그쯤에서 끝이 났다.

"자, 이제 다음 코스로 갑시다."

박 사장이 갑자기 몸을 일으키며 말허리를 자름으로써 언제부터인가 조금씩 맥이 빠져가던 대화는 결론 없이 흐지부지되고 그들은 저마다 옷을 걸치기 시작했다.

그들이 사우나탕을 나왔을 때는 오후 네 시가 넘어 있었다.

"화투를 몇 판 더 치든지 인도아(골프연습장)라도 들렀다 올걸. 이거 아주 어중간한 때잖아? 어디로 갔으면 좋겠소?"

그중의 하나가 정말로 어중간하다는 표정을 짓자 김왕흥 씨가 얼른 받았다.

"오늘은 좀 바빠서……. 한잔 걸치는 건 내일 합시다."

"나도 오늘은 이만 가봐야겠는걸. 내일 봅시다."

이 사장도 그렇게 나오자 안 사장이 다시 삐딱하게 받았다.

"어허이, 이거 오늘 와 이라노? 외국물 먹고 온 사람 둘 다 빠지겠다 카이. 가마이 있자 보자, 혹 두 양반 모두 챙겨야 할 작은집이 있는 거 아이가? 한 스무날 못 가본 새 작은 마누라 젊은 샛서방이라도 봤을까 봐 걱정되는 갑네."

"김 사장, 우리 아무래도 안 사장과 살풀이를 해야 될 것 같소. 마누라 들으면 집 쫓겨 날 소리를 마구 해대니, 입 안 막고 배기겠어?"

이 사장이 그렇게 받고 김왕흥 씨도,

"안 사장, 너무 그러지 마슈. 내 한턱 내지. 우리도 명색이 장사라고 하는데 아무리 연말연시가 끼였다지만 보름 넘게 가게를 닫았으니 밀린 일도 있지 않겠소?"

그렇게 눙쳤지만 내 느낌에는 어딘가 찔려 하는 데가 있는 것 같았다. 그동안 어지간히 씹어댄데다 두 사람이 다 빌고 드는 시늉을 하자 안 사장도 더는 시비하지 않았다.

"하기사…… 정초에 아주무이(아주머니) 얘기 들으이 동대문 양가한테 한 대 먹었다 카디 그거는 우예 해결됐는교? 우리 시장에도 몇이 당한 모양이던데."

"양가 그 새끼야 뛰어봤자 벼룩이지. 그렇지만 걱정은 샛별이나 뉴모드 같은데요. 아니, 중소기업 전체가 흔들흔들한다고 해야 하나. 어디까지는 신용으로 하고 어디까지는 현금박치기로 해야 할지 알 수가 있어야지."

만나서 처음으로 김왕흥 씨가 사업가다운 표정과 어투로 안 사장의 말을 받았다. 다른 둘도 김왕흥 씨의 표정에 따라 진지해졌다.

"맞아요. 몇 군데는 체크해봐야 될 겁니다. 어제 그제까지 멀쩡하던 친구가 하루아침에 부도를 내고 자빠지는 판이니."

"껍데기 번지르르한 데가 요새는 더 겁납디다. 글쎄 우리 같은 물장사한테도 몇천씩 그어놓고 튀는 놈이 있다니까요."

그렇게 한마디씩 하자 마침내 안 사장이 큰 인심이나 쓰듯 둘을 놓아주었다.

"글치만 이달 계는 이자뿌지 마소. 모레 말고 그 모레, 그때 회포 한 번 화악 품입시다. 자아…… 인자 우리 군중은 어딜 가노……."

김왕흥 씨는 사무실로 돌아와서도 한동안은 성의 있는 장사꾼

흉내를 냈다. 그사이 온 전화내용을 꼼꼼히 점검하고 몇 군데 확인 전화도 냈다. 그리고 마지막으로 한 거래처 사장과 어떤 일류호텔 커피숍에서 만날 약속을 하는 걸로 일과를 마감했다.

"김 양은 사무실 단속 잘하고 퇴근하고 한 기사는 차 빼 와. 나는 일 층 '문리버'에 있을 테니."

그때만 해도 김왕흥 씨의 거동에는 이상한 구석이 전혀 없었다. 그런데 그 상가 일 층에서 경양식점과 커피숍을 겸하는 '문리버'에 들어서면서부터 얼른 이해할 수 없는 행동을 보이기 시작했다.

그 첫 번째는 전화였다. 일반적으로는 상대편의 말을 듣지 못해도 이편의 말만 들으면 어느 정도는 통화의 내용을 짐작할 수 있는 법이지만 아주 은밀한 사이는 생략을 심하게 하면 그렇지가 못하다. 김왕흥 씨는 공중전화로 어딘가와 길게 통화했는데 그 내용이 바로 그랬다. '알았지?' '거기' '으응, 그냥' '어땠어?' '나는 괜찮아' '잊지마' 따위로만 한없이 이어져 아무리 귀를 기울여도 상대편이 여자인 것 같다는 것과 낮에 통화한 적이 있는 것 같다는 짐작 이상은 끌어낼 수가 없었다.

김왕흥 씨가 '문리버'에서 두 번째로 보인 이상한 행동은 돈 문제였다. 주스를 한 잔 시켜 마시면서 지갑을 꺼내 가진 것을 세어 본 그가 갑자기 안주인을 불러 오십만 원을 빌린 것이었다. 낮에 고스톱판에서 잃은 걸 채워 넣는 셈인데 그걸로 보아 그날 저녁에 쓸 돈은 낮부터 액수가 정해져 있었던 듯했다.

한 기사는 김왕흥 씨가 지갑을 다시 챙겨 넣은 지 오래잖아 나타났다.

이미 시작된 러시아워로 도심을 빠져나가는 데는 꽤나 시간이 걸렸으나 남산비탈로 접어들자 약속한 호텔까지는 금방이었다.

"늦을지도 모르니까 일단 집으로 가지. 아홉 시까지만 대기하다가 연락 없으면 퇴근하도록 해."

호텔 로비에서 한 기사에게 그런 지시를 할 때의 김왕홍 씨는 어느새 근엄한 사용자로 돌아가 있었다. 그러나 가벼운 식사를 겸해 파는 호텔 커피숍에 들어가서부터는 한동안 다시 알 수 없는 일들이 벌어졌다.

김왕홍 씨는 자리에 앉자마자 새우비빔밥을 시켜 나를 어리둥절하게 했다. 거래처 사람과의 약속이라면 상대방이 온 뒤에 주문을 하는 게 예의가 될 것인데 그에게는 전혀 그런 쪽을 배려하는 기색이 없었다.

하기는 그 상대방도 어지간했다. 약속시간이 어떻게 되는지 모르지만 김왕홍 씨가 식사를 마치고 커피까지 시켜 먹은 뒤에도 나타날 줄 몰랐다. 그러다가 느닷없이 걸려온 게 전화였다. 호텔 종업원이 종을 딸랑거리며 김왕홍 씨의 이름이 적힌 작은 피켓을 들고 돌아다니는 걸 본 김왕홍 씨가 급하게 일어났다.

약속이 취소되거나 시간이 밀리는가 보다…… 나는 그렇게 생각했지만 그렇지도 않았다. 김왕홍 씨의 얼굴에는 그럴 때 떠오르게 마련인 짜증이나 실망의 그늘이 조금도 없었다. 오히려 담배까지 챙겨 들고 자리를 뜨는 게 처음부터 약속은 그런 식으로 되어 있었던 것 같았다.

"몇 호실이야? 응 곧 가지."

통화는 그 몇 마디로 끝나고 김왕흥 씨는 곧 계산을 치렀다. 나는 그가 객실로 올라가는 엘리베이터 앞에 가 섰을 때야 비로소 그 약속의 전모를 어렴풋이나마 짐작할 수 있었다.

김왕흥 씨가 벨을 누른 것은 그 호텔 8층 도심을 내려다보는 쪽의 객실이었다. 안에서 짐작대로 젊은 여자의 목소리가 들려왔다.

"누구세요?"

"나야."

김왕흥 씨가 오랜만에 집으로 돌아온 가장의 목소리로 짧게 대답했다. 그러자 여자는 이내 콧소리 섞인 호들갑으로 나왔다.

"잠깐만요, 잠깐만요. 쬐끔만 기다려요."

그리고 오래잖아 문손잡이가 딸그락거리더니 여자가 문 뒤에 숨은 채 얼굴만 내밀고 말했다.

"나 지금 샤워 중이란 말이에요. 가운으로 갈아입고 기다리세요. 곧 나갈게."

머리에는 샤워를 해도 머리칼이 젖지 않게 하는 비닐캡을 썼는데 한눈에 대단한 미인임을 알 수 있었다. 김왕흥 씨가 다시 샤워실로 숨어드는 그녀를 잡아 우격다짐으로 입을 맞추었다. 벌어진 가운 사이로 보이는 가슴께의 희고 윤기 있는 살결이나 가운 밑으로 드러나는 미끈한 다리가 다시 한번 그녀의 갖춰진 미모를 과시하는 듯했다.

"웬 샤워부터 한다구 수선이야? 사람 오랜만에 보고 싶어 찾았는데……."

김왕흥 씨가 함부로 침대 위에다 옷을 벗어던지며 큰소리로 핀잔처럼 말했다. 그러면서 익숙하게 옷장문을 열어 가운을 걸치는데 그 말을 알아들은 그녀가 욕실 쪽에서 웃음 섞어 대답했다.

"오랜만에 만나니까 때 빼고 광 내려는 거 아녜요? 언제는 훤하게 미쓰나우시부터 하라 그래놓구선."

말의 내용은 듣기에 따라서는 천박할 수도 있었으나 느낌은 전혀 그렇지가 않았다. 물 쏟아지는 소리가 안 들리는 걸로 보아 샤워는 벌써 마치고 간단하게 화장이라도 하고 있는 듯했다.

그녀가 욕실에서 나온 것은 김왕흥 씨가 담배 한 대를 다 태워갈 무렵이었다. 그 사이 얼굴 손질을 더 해서인지 가까이서 차분히 살펴본 그녀의 미모는 대단하다 못해 눈부신 데까지 있었다. 몇 군데 뜯어고친 혐의가 가는 곳은 있어도 동서양을 잘 조화시킨 미모였는데 그걸 돋보이게 하는 게 한국 여자답지 않게 늘씬한 키와 쭉쭉 뻗은 몸매였다. 나이는 기껏해야 스물다섯이나 되었을까.

나는 솔직히 그녀 때문에 김왕흥 씨를 다시 보게 되었다. 그가 돈푼깨나 있는 사람이라는 것을 알고 있지만 그렇다고 그의 재력이 사회적으로 특권을 누릴 만큼 대단한 것은 아니었다. 그의 정신이 특별히 매력을 끌만큼 지적(知的)으로 우월하거나 예술적으로 세련되어 있는 게 아니라는 것도 그동안 여러 차례 암시된 바 있다. 용모도 그랬다. 그가 그 또래의 평균적인 한국인보다 못할 것은 없지만 그렇다고 남의 시선을 끌만큼 잘생긴 사람은 결코 아니었다. 그런데도 그의 감추어둔 여자는 어떤 신분적인 특권을 연상시킬 만큼 예상 밖이었다.

하기야 그녀를 쉽게 이해하려 들면 못할 것도 없었다. 모든 것을 상품화하는 것이 자본주의의 특성이고 한국도 그 자본주의를 기본체제로 채택하고 있는 한 성(性)은 당연히 상품화되어 있을 것이었다. 그리하여 좀 고급한 상품이라 본다면 그 만남의 본질은 아주 간단하게 설명될 수도 있었다.

하지만 김왕홍 씨와 마주 앉는 그녀를 살펴보면 살펴볼수록 나는 그렇게 단정할 자신을 잃어갔다. 화장에서 말투며 몸가짐에 이르기까지 그녀의 어디에서도 상품화된 성이 풍기는 퀴퀴한 내음은 나지 않았다. 그녀를 대하는 김왕홍 씨의 태도도 마찬가지였다. 냉장고에서 맥주 한 병을 꺼내 그녀와 나눠 마시는 그의 태도 어디에도 상품화된 성을 다룰 때의 거침과 서두름은 보이지 않았다.

"그간 어땠어?"

"그저 그랬어요. 여행은 즐거우셨어요?"

"나도 그저 그랬어. 하지만 네 생각은 가끔씩 했지."

"어마, 그랬어요? 어떤 때요?"

"아마 괜찮은 경치나 별나게 좋은 게 있을 때. 가령 눈 덮인 알프스를 내려다볼 때나 분위기 좋은 식당에서 맛난 요리를 먹을 때."

"그건 잘못됐다. 그때는 오래 고생한 사모님을 떠올려야지."

"그 사람 몫도 있었지. 나는 지금 네 몫을 얘기하고 있는 거야."

"고마워요. 하지만 나도 쬐끔은 사장님 생각을 했어요."

그들의 대화는 대략 그렇게 시작됐는데, 달콤한 연애소설만큼은 못돼도 상품화된 성이 거래될 때의 관행과는 아주 멀었다.

어쩌면 이 사람은 이 방면에서 진짜 거인인지도 모른다. 나는 붙박이 옷장의 젖혀진 커튼 사이로 김왕홍 씨를 내려다보며 문득 그런 생각을 했다. 그동안 제대로 드러나지 않았던 그의 특별한 능력을 그곳에서 보게 될지도 모른다는 난데없는 기대와 함께였다.

솔직히 말해 그때쯤 나는 그렇게 대단한 아가씨를 정부(情婦) 혹은 애인으로 삼을 수 있었던 김왕홍 씨의 특별한 능력을 침대 위에서의 기교가 아닐까 추측했다. 내가 알고 있는 그의 재산, 지위, 외모, 정신, 그 어느 것도 그만큼이나 예외적인 염복을 누릴 수 있는 근거로는 충분하지 못했기 때문이었다.

하지만 그런 내 추측도 끝내는 빗나가고 말았다. 오래잖아 그들의 방사(房事)가 시작되었으나 김왕홍 씨가 그 방면으로 남다른 재능이나 기교를 가졌다는 근거는 거의 찾아볼 수 없었다. 한 여사를 상대로 할 때보다 좀 더 대담하고 분방하다는 정도일 뿐, 젊고 아름다운 여자를 녹여 애인이나 정부로 묶어둘 만큼은 결코 아니었다.

때로 서투른 포르노 영화를 연상시키는 데가 있어도 그 또한 김왕홍 씨만의 특별함을 보여주는 것은 못 되었다. 이불 속에 군자가 어디 있는가라는 한마디면 대개는 양해될 수 있는 수준이었다. 유별난 데가 있다면 다만 그 횟수인데, 그것도 긴 여행 기간 동안의 성적인 굶주림 탓에 지나지 않아 보였다.

내가 그들 관계의 본질을 어느 정도 알 수 있게 된 것은 끝없이 되풀이될 것 같던 방사가 끝난 뒤였다. 이제 어지간하다는 듯 가운만 걸친 채 담배를 피워무는 김왕홍 씨에게 그녀가 침대에 누운 채 배시시 웃으며 말했다.

"에이즈가 겁나기는 겁나는 모양이죠? 꼭 감옥에 갔다 온 사람 같애."

"죽어도 용서받지 못하는 게 그 병이야."

김왕홍 씨가 솔직하게 대답했다. 그러자 그녀가 혼잣말처럼 중얼거렸다.

"하지만 것두 장화만 신고 들어가면 일없다던데."

나는 그러는 그녀에게서 비로소 직업적인 냄새를 맡을 수 있었다.

"차라리 우산 쓰고 샤워를 하지. 남들은 백말, 백말, 하더라만 나는 그런 백말은 타고 싶지 않데."

그같이 받는 김왕홍 씨의 말투도 약간의 결벽은 있지만 어김없는 난봉꾼의 티가 났다. 그때 그녀가 한층 더 거래적인 말투로 화제를 바꾸었다.

"자기, 나두 들어앉을까?"

"무슨 소리야?"

"나 아파트 한 채만 사줘. 월에 3백만 주구. 아파트두 큰 거 사

달라지 않을게. 그것두 분당 같은 신도시에."

"값 많이 떨어졌네. 언제는 백만 엥을 줘도 들어앉지는 않겠다 더니. 왜 요즘 그렇게 장사가 안 돼?"

"서루 보고 있기 민망할 정도예요. 어제만 해도 룸 열아홉 개에 겨우 셋만 찼다구요. 그것도 열두 시가 되자 칼날같이 일어서는 팀만으루다가. 그뿐인 줄 아세요? 오늘 나 못 나간다니까 전화받은 웨이터 씨 오히려 반가워하는 눈치더라구요."

"이번에는 단속 제법 오래가네. 또 몇 놈 털어먹게 생겼군. 십 억씩 쏟아부어 호화판 룸살롱 꾸민 친구들 말이야."

"그건 재수 없는 그 사람들 얘기구 어쩔 거예요? 날 들앉혀 주시겠어요?"

결국 그녀는 좀 그럴싸하게 포장되긴 해도 상품화된 성에 지나지 않았으며 그들의 관계도 다만 고급하고 세련된 매음이었을 뿐이었다.

한번 그렇게 판정이 나자 그들의 행태에 대한 내 관심은 급속히 줄어들었다. 하염없이 되풀이되는 인간들의 어리석음을 세밀히 보아두었다가 킬킬거리며 결국은 뻔한 그 진행을 시시콜콜 남에게 전하는 취미가 내게는 없다.

그녀가 제의한 새로운 형태의 거래는 김왕흥 씨의 모호한 동의로 일단락되었다. 말로는 좋다고 하지만 실은 이제부터 그 일을 신중하게 검토해 보겠노란 정도의 동의였다. 그녀도 당장의 확답을 들으려고 안달을 부리지는 않았다.

그들은 열한 시쯤 되어 호텔을 나왔다. 객실을 나서기 전에 김왕흥 씨가 건넨 화대로는 너무나도 엄청난 금액이 다시 한번 나를 놀라게 했다. 네댓 시간의 대가로 이 나라 도시근로자의 한 달치 평균임금이 훨씬 넘는 액수를 지불하는 걸 보니 김왕흥 씨는 병들었건 썩었건 거인은 거인이었다.

그녀는 빨간 르망으로 김왕흥 씨를 집 근처 큰길까지 바래다주었다. 김왕흥 씨는 골목 어귀의 작은 카페에서 양주병 하나를 급하게 비운 뒤에야 집으로 돌아갔다. 가족들 앞에서의 그는 늦도록 매달린 상담에 끝내는 실패해 홧술을 마시고 돌아온 성실한 가장이었다.

가슴 없는 섬에서의 내 첫 번째 항해는 그렇게 끝났다. 그날 나는 네 명의 퀴클로페스(오디세우스가 장님을 만든 외눈박이 거인)와 한 님페(요정)를 보고 돌아왔다. 그리고 이튿날부터 같은 항로를 되풀이 왕복하게 되면서 나는 더 많은 퀴클로페스, 더 많은 님페를 만나게 된다. 하지만 님페들, 사이레네스(오디세우스가 만난 마녀들), 키르케(요정의 이름)의 이야기는 다음으로 미루고 여기서는 우선 내가 김왕흥 씨를 통해 만나게 된 수많은 퀴클로페스들이나 얘기해야겠다.

첫날 만난 네 사람 외에 내가 김왕흥 씨를 통해 알게 된 거인들 중에서 가장 인상 깊은 거인은 그다음 날 오후 김왕흥 씨의 사무실로 달려온 이동 복덕방일 것이다. 그날은 웬일인지 사무실에서

간짜장으로 점심을 때운 김왕흥 씨에게 별로 달갑잖아 뵈는 전화
가 오는가 싶더니 얼마 뒤에 한 풍채 좋은 신사가 찾아왔다.

"안녕하십네까아, 김 사장."

그는 한껏 힘을 준 목소리로 번쩍이는 시곗줄이 늘어진 팔목
을 내밀었으나 김왕흥 씨는 마지못해 악수를 받아줄 뿐 조금도
반가워하는 눈치가 아니었다. 웬만하면 자신이 그리 환영받고 있
지 못하다는 걸 알만한데도 그 사내는 별로 기죽어 하는 기색이
없었다.

"구라파 산업시찰 소득이 많으셨을 줄 믿습네다아. 허나 국내
에도 그간 될 만한 물건 많이 나왔습니다아 —."

사내가 장중하고 길게 꼬리를 끄는 말투로 김왕흥 씨의 짧고
쌀쌀맞은 대꾸를 눙치면서 들고 온 손가방을 책상 위에 놓았다.
김왕흥 씨가 손가방을 열려는 그를 말리며 짜증 섞어 말했다.

"관두슈. 정 사장 물건은 통 믿을 수가 있어야지. 새것 꺼낼 것
도 없이 광주 토림(토지임야)이나 넘겨주슈. 붙일 것두 없고 원금만
되면 넘길 테니까."

"아이구 김 사장님, 그 아까운 물건을. 조금만 들고 계시면 평당
한 장은 넘어갈 텐데에. 꼭 넘기겠다면 저라도 받겠습니다만. 왜,
무슨 나쁜 소식이라두 있습디까아?"

"나쁜 소식이구 뭐구 지금이 어느 땐데 부동산이요, 부동산은.
반값으로 내놔도 거들떠보는 놈조차 없는 게 농지고 임야데. 이제
나는 손 뗐어요. 오히려 있는 거나 처분해 주슈."

김왕홍 씨는 거의 매몰차다 할 만큼 잘라 말했다. 그래도 사내는 꿈쩍도 않았다. 느릿느릿한 손놀림이기는 하지만 기어이 손가방을 열고 그 안에 들었던 서류들을 꺼내놓았다. 절반은 등기권리증이고 절반은 등기부등본이었다.

　"김 사장님 그건 모르시는 말씀입네다아. 모두가 이제 끝장이라구 방정들을 떨 때 시작하는 게 꾼입죠오. 여기 이 정복덕방, 이렇게 정 사장 행세하고 빌딩이라두 한 개 가지게 된 거 무엇 때문인지 잘 알지 않습네까. 그게 모두 86년, 87년, 있는 것 없는 것 긁어다가 땅으루 바꿔둔 덕 아닙네까? 남들 헐값으루다가 내던지지 못해 안달일 때 말입네다아."

　그같이 천연덕스러운 대꾸에 드디어 김왕홍 씨가 신경질을 부렸다.

　"그건 그때구 지금은 지금이오. 정 사장 말 믿고 땅에 파묻은 돈이 얼만 줄 알기나 하슈? 그게 모두 반값이나 살아 있는지 시체도 안 남았는지 모른단말요. 거기다가 요즘 같은 때에."

　"종토세(綜土稅), 토초세(土超稅) 말씀하시는가 본데, 언제는 그런 법 없어 부동산 재미 봤습네까아? 양도소득세만 해도 철저하게만 시행됐으면 부동산 이거 은행이자보다 나을 거 없습네다아. 한번 계산해 봅시다아. 일 년에 백 푸로씩 오른다 쳐도 세금 60푸로 내면 연 40푸로 미만 소득입죠오. 그런데 그게 어디 매년 백 푸로씩 오른답니까? 게다가 복비다, 취득세다, 이전비용이다 제허면 은행에 넣어두는 것보다 못할 수도 있습니다……."

"그 얘긴 귀에 딱지가 앉을 만큼 들었다구요. 하지만 도대체 거래가 안 되는데 땅이 무슨 소용 있겠소? 이제 정 사장도 농지나 임야 가지고 장사할 생각은 마쇼. 게다가 이번 선거 끝나고 토지공개념이라도 되면……."

김왕흥 씨가 이죽거리듯 그렇게 말하자 느긋하던 정 사장도 후끈 달아오른 표정이 되었다.

"토지공개념, 김 사장 정말 그런 거 믿으십니까? 우리 금융실명제하고 묶어서 내기합시다아. 만약에 토지공개념 그거 성사된다면 김 사장님 땅은 전부 내가 두 배로 받겠소."

"이번에는 장담할 수 없을걸요. 야당에서 선거공약으로 내걸었는데."

"그건 야당이 선거에 이겼을 때 얘기고오, 아니 선거에 이겼더라도 그 내기는 자신 있소. 전봇대에 꽃이 피기를 기다리는 게 차라리 나을 겁니다아."

"야당 들으면 머리 터질 소리 하지 마슈. 엄연히 선거공약으로 내걸었는데 어떻게 그리 막말할 수 있소."

"척하면 삼척이라고 토지공개념 금융실명제 정말로 할 사람들이라면 그런 식으로 공약하지는 않을 겁니다. 우선 내 토지 내 저축 내 증권 다 공개하고 시작하는 게 순서란 말이오. 그런데 국민당 총재가 그걸 밝힙디까? 민주당 총재가 그걸 밝힙디까? 그건 그저 한번 해보는 소리라고 봐도 좋습니다아."

"그렇지만 그 공약으로 선거에 이기고는 지키지 않고 못 배길 텐데……."

"뭐 그때는 대강대강 얼렁뚱땅이겠지요. 경과규정인가 뭔가 두어 빠져나갈 놈 다 빠져나가고 무슨 예외 만들어 또 빠져나가고, 애매한 송사리나 몇 마리 잡겠지. 그 사이 우리도 얼마든지 빠져나갈 수 있으니 그런 건 싸악 무시해도 된다 이 말입니다."

정 사장은 거기까지 주워섬기고서야, 자신을 되찾았는지 다시 느긋한 목소리로 돌아갔다. 처음과는 달리 오히려 솔깃해서 귀 기울이게 된 것은 김왕흥 씨 쪽이었다.

"그리고 말입니다. 더 걱정할 까닭이 없는 건 땅이고 금융자산이고 그 법 만들 사람들과 그 뒤에서 자금줄 쥔 사람들이 다 가지고 있다는 겁니다. 세상에 누가 자기 손해날 짓 하려구 들겠습니까? 그뿐 아닙니다아."

정 사장은 이어 결론처럼 말했다.

"국민경제에 오는 혼란도 엄청날 겁니다아. 뭣보다도 부동산 재미 다 없애고 금융자산 물밑까지 들여다뵈게 해놓으면 자산 해외 도피는 어쩔 겁니까아? 그리되면 우리도 스웨덴 비슷해지는데, 그 나라 지금 그 때문에 골치 아프답니다. 해외로 도피 되는 자산이 일 년에 1백억 크로네가 넘는다지 아마아."

그리고 모든 논의는 그걸로 끝이라는 듯 열어둔 손가방을 뒤적거리더니 등기권리증 하나를 꺼냈다. 김왕흥 씨도 처음의 기세를 잃고 수굿해서 정 사장이 하는 양을 보고만 있었다.

"그러지 말고 이거나 한번 보슈. 동해안에 있는 임얀데 도로 끼고 바다 끼고 삼천 평입니다. 대지가 두 필지 이백 평이 넘구. 별장으로도 좋고 아담한 해변호텔도 괜찮을 겁니다아. 사람들 얘기 들으니까 우리 동해안 막 볼 게 아니더라구요. 앞으로 통일만 되면 세계적인 휴양지로도 손색없다는 겁니다아. 지중해 리베라가 어떻고 캘리포니아 어디가 어떻고 하지만 우리 동해만큼 물 맑고 풍광 좋은 데도 드물다는 얘깁니다. 게다가 국민소득이 올라가면 별장도 허용해야 되지 않겠습니까? 통상으로 국민소득 1만 불만 되면 허용하지 않을 수 없는데 만 불 그거 이제 몇 년 안 남았습니다아……."

"누구 마음대루……."

김왕홍 씨도 그대로는 말려들 수 없다는 듯 그렇게 저항을 시도했다. 정 사장이 가볍게 그 저항을 물리쳤다.

"80년 초에 2천 불도 안 되던 게 80년 말엔 5천 불이 되지 않았습니까? 내 보기엔 95년까지는 1만 불은 무난할 겁니다."

"그거야 잘 될 때 얘기고 5천 불이 3천 불로 내려앉을 수도 있지."

"나는 믿습니다. 언제 우리 잘 된다고 해서 잘 된 적 있나요? 맨날 죽네 사네 해도 지나놓고 보니 이만큼 오지 않았습니까?"

그러더니 다시 정 사장은 이번에는 다른 등기부등본을 꺼냈다.

"그렇지 않으면 여길 보시던가. 여긴 서해안인데 그저요, 그저. 압구정동 아줌마들 둘이서 주워놨다가 말썽이 될 것 같으니까 반값에 내던진 거요."

"서해안, 서해안 말도 마시오. 내 것도 반값에 내던지고 싶은 심정이오. 토지거래 허가제에 묶여 워낙 꼼짝을 안 하니까 그렇지."

"김 사장, 정말 못 알아들으시네. 그러니까 바로 지금이란 말입니다아. 그러잖으면 이런 땅이 평당 3만 원에 나오기나 한답니까? 이거 지목은 임야지만 평지나 다름없다구요. 게다가 안면도 길목이고 서해안 고속도로 예정지까지 꼈소. 평수도 600평 이하로 잘린 것 두 필지고. 내 말 믿고 한번 받아놔 보십쇼. 주유소도 좋고 창고 자리로도 멋집니다."

그런 식으로 정 사장은 그 자리에서 대여섯 개나 물건을 꺼내 보였다. 신통하게도 동서 양해안만 있는 게 아니라 영월 평창 같은 강원도 산골짜기가 있는가 하면 무주 구천동 같은 지리산 기슭도 있었다.

거기다가 더욱 놀라운 일은 등기권리증이 있는 물건은 적어도 그 자신이 모두 샀거나 가계약이 되어 있는 상태라는 것이었다. 겉보기에는 구박받는 부동산 행상(行商) 같지만 그게 모두 선금만 치른 가계약으로 받아온 등기권리증이라 해도 정 사장의 재력은 대단할 듯싶었다. 여기 또 한 거인이 있다. 하지만 이 거인은 외눈박이다. 오직 부동산을 통해서만 세상을 보는…….

그 거인은 끈질긴 만큼 말주변도 좋았다. 결국은 광주의 토지 임야를 제값에 넘겨주는 조건으로 동해안 임야를 생각해 보자는 데까지 김왕흥 씨를 유도했다. 그 거래가 성사되면 김왕흥 씨는 다시 땅에 일억 가까이 더 붓게 될 것이었다.

그 부동산 행상 외에도 나는 김왕홍 씨를 따라다니며 많은 외눈박이 거인들을 만났다. 그러나 이 이야기가 지루한 일지(日誌)형식이 되지 않기 위해서는 아무래도 좀 변화가 있지 않으면 안 되겠다. 시간적인 추이에 따라 만나는 거인들을 차례대로 소개하는 것이 아니라, 희귀함이나 특이성에 우선순위를 주어 얘기해 나가는 것도 단조로움을 더는 한 방법은 될 듯하다.

이제 내가 소개하려는 이 거인은 만나는 과정부터가 좀 특이했다. 부동산 행상이 다녀가고 대엿새 뒤의 일이었다. 그날 김왕홍 씨는 무슨 바람이 불었는지 강남의 화랑가로 갔다.

그가 한 기사에게 화랑가로 차를 대라고 하는 소리를 듣고 나는 은근한 설렘으로 따라나섰다. 대단찮은 안목이기는 하지만 그래도 한국 미술의 현주소를 훑어볼 수 있으리란 기대에서였다.

그런데 실망스럽게도 김왕홍 씨는 전시장은 들르지 않고 바로 화랑 지하에 있는 레스토랑으로 내려가더니 거기서 누구에겐가 전화를 걸었다. 김왕홍 씨가 자리에 돌아와 앉은 지 5분도 안 돼 거품이 이는 것 같이 느껴지는 디자인의 헐렁한 점퍼에 빈대모자를 눌러쓴 털보가 들어왔다. 한눈에 아, 이런 사람이 바로 화가구나 싶은 기분이 드는 차림이요 분위기였다.

정말이지 나는 그가 화가가 아니라 한 별난 화상(畵商)에 지나지 않으리라고는 짐작도 못 했다. 그가 풍기는 예술적인 분위기에 김왕홍 씨의 알지 못할 주눅이 겹쳐 나는 그들의 상담이 한창 진행될 때까지도 그들이 거래하는 품목은커녕 그들이 뭔가를 거래하고 있다는 것조차 잘 알 수가 없었다. 내가 겨우 그쪽으로 시각을 바꾸게 된 것은 얘기가 여기까지 진행된 뒤였다.

"어때요. 제 말대로 재미있죠. 네 안 그렇습니까? 비싸도 역시 이름있는 쪽이라구요. 사장님, 이번 거 사신 지 한 팔 개월이나 됩니까? 그런데 3천이나 더 붙었으니 요새 그런 장사 없어요."

"이거 원 실감이 나야지. 물건도 못 보고 벌써 두 번째라니."

"처음엔 다 그렇게들 말하지요. 그럼 좀 실감 나게 해드릴까?"

상대편이 그렇게 말하더니 점퍼주머니에서 지갑을 꺼내 수표 한 장을 내보였다. 현기증이 날 만큼 0이 많이 붙어 유심히 헤아려보니 1억2천만 원짜리였다.

"이게 사장님 겁니다. 어떡하시겠습니까? 돌려드릴까요? 한 번 더 굴리시겠습니까?"

"글쎄요."

김왕흥 씨가 수표를 만지작거리면서 여전히 실감 나지 않는다는 듯 말했다.

"좋을 대로 하십시오. 한 번 더 굴리시겠다면 마침 소개해 올릴 만한 물건은 있습니다만."

상대편이 느긋하게 말했다. 뭐 꼭 권하지는 않겠다는 표정이었다. 그게 오히려 자극이 됐는지 김왕흥 씨가 대뜸 흥미를 보였다.

"뭔데요?"

"만제(晩齊) 알지요? 만제. 이름은 들어보셨을 테지. 그 영감 진품인데 돈이 급할 때 나온 게 하나 있습니다. 지금도 호당 이천은

가는 건데 천오백도 안 되게 나온 겁니다. 덩치는 좀 크지만 한번 잡아보시죠. 그 영감 죽으면 이제 일억 한 장은 쉽게 붙을 거예요. 듣자 하니까 요즘 그 영감 붓도 못 들고 오늘내일한다던데.”

나는 그때서야 비로소 그들이 거래하고 있는 것이 그림인 줄 알았다. 그림이 비싼 상품이 된다는 건 알고 있었지만 그들의 거래방식은 내게는 아주 새로운 것이었다.

“저번 그림도 실물 한번 못 보고 넘어갔는데…… 이번에 또 그래도 되는지 모르겠네.”

“명품을 좀 즐기시고 싶다면 집에 갖다 몇 달 걸어놓으시죠. 간수가 짐스러우시겠지만 어차피 물건 되려면 몇 달을 기다려야 하니까. 그러다가 그 영감 숨넘어갔다는 소리 들리거든 우리 화랑에 내거는 겁니다. 하긴 더 괜찮은 것도 있는데.”

“그건 누구 건데요?”

“장병태 화백 아시죠? 거 왜, 외국서도 이름났던 서양화가 말입니다. 재작년에 죽고, 그 양반 소품인데 단가가 좀 세요. 바람 잘 타면 앞으로 호당 일억도 갈 수 있는 급순데, 지금 한 오억이면 십오호짜리를 받을 수가 있어요.”

“그런 거야 나 같은 사람이…… 게다가 돈두 너무 크구. 아까 그거라면 어떻게 또 모를까.”

“자금이라면 제가 줄 놓아드릴 수도 있어요. 김 사장이야 담보 능력이 있으니까 한 일부오리로 이삼억 어떻게 해볼 수도 있을 겁니다. 넉넉잡고 이 년이면 곱장사는 될 것 같은데, 까짓 일부오리가 뭐 대수예요? 게다가 김 사장 현금사정 풀리면 중간에 갚아도 되고. 요샌 예술품 투자가 최고예요. 부동산이 되나, 증권이 되나. 게다가 금융실명제다 토지공개념이다 선거를 앞두고 저마다 한마디씩 해대지. 두고 보슈. 이제 결국 큰돈은 다 이쪽 마당에서 놀아나게 될 테니까."

나는 결국 예술적으로는 한 뛰어난 작품이 대중으로부터 유리되어 퇴장(退藏)되는 광경을 보고 있었던 셈이고, 경제적으로는 별다른 노력이나 재투자 없이도 터무니없는 부가가치가 형성되는 과정을 보고 있었던 셈이다.

그가 별 감정 없이 뇌까리는 액수의 엄청남이 그 화상(畵商) 비슷한 금융브로커를 거인같이 느껴지게 했다. 하지만 성한 거인이 아니라 외눈박이 거인에 지나지 않았다. 무엇이든 자신이 가장 값나간다고 단정한 것을 외눈으로 삼아 세상을 보고 해석하며, 또 그 해석에 따라 충실하게 움직일 뿐인, 그리하여 함부로 굴리는 자신들의 거구(巨軀)에 세상이야 뭉개지건 짓밟히건 깨어지건 부서지건 아무런 주저가 없는.

그 밖에도 김왕흥 씨 주변에는 그 비슷한 외눈박이 거인들이 많았다. 그날만 해도 나는 또 한 사람의 거인을 더 만났다. 그 기묘한 거래에 추가로 필요한 3천만 원을 빼내기 위해 김왕흥 씨가 찾아간 증권회사의 차장이 아마도 그랬다. 그 외눈박이 거인은 증권을 통해서만 세상을 보고 있었다.

"지금이 바로 사실 때입니다. 단타(短打)라면 꼭 자신 있는 건 아니지만 육 개월만 두고 본다면 반드시 장이 옵니다. 일반적인 사이클로도 장이 내려앉은 지 벌써 만 삼 년째예요. 까짓것 넉넉잡고 일 년쯤 더 기다린다면 또 어때요? 어느 때나 새벽이 오기 전에 가장 어둡지 않습니까? 남들이 다 죽는다고 할 때, 이때 왕창 모아두는 겁니다.

막말로 증권시장이 이대로 폭삭 내려앉는다 해도 마찬가집니다. 증권시장이 내려앉으면 이 나라 경제도 끝장이죠. 그때는 현금으로 가지고 있건 증권으로 가지고 있건 부동산으로 있건 다 마찬가지라 이겁니다. 대공황 때 증권 가진 사람만 망한 줄 아십니까? 다 같이 망했습니다. 다 같이 망하는 거 그거야 어쩝니까? 그리고 그렇지 않다면 증권밖에 없습니다. 그게 언젤지 모르지만 전고점(前高點)인 지수 1천 포인트만 회복된다 해도 거의 곱빼기로 수익이 보장되는 겁니다.

실물경제가 나쁘다지만 누가 망하려고 기업 하는 사람 있겠어요? 지금 저마다 살려고 안간힘들을 쓰고 있으니 그 효과가 곧 나올 겁니다. 그것도 한두 해가 아니에요. 경제가 내리막길로 접어든 뒤로 3년이나 저마다 죽을 둥 살 둥 기를 썼는데 그게 싸그리 헛일이 되기야 하겠어요? 두고 보세요. 망할 기업은 이미 다 망했고, 여기서도 살아남았다면 그건 그야말로 앞날이 창창한 것들이라구요.

무역적자도 그래요. 지금 엄살이야 떨어대지만 무역수지 적자가 언제나 나쁜 것만은 아니라구요. 설비투자 기술이전 비용이 가산돼 적자가 그만큼 커졌다고 볼 수도 있다는 겁니다. 막말로 뭣이 빠져도 속곳 안에 있다고 그렇게 들어온 게 어디 가겠어요? 다시 수출이 되어 나타날 날이 올 수도 있죠. 지난 80년대 초반 기억나지 않으세요? 그때 적자, 총수출고에 대한 비율로 따져서는 작년 그 재작년 못잖았다구요. 거기다가 어휴, 그 외채. 총수출이 2백억 달러도 안 되는데 외채는 4백억 달러가 넘었잖습니까? 그 당시 이른바 실물경제팀도 우리 경제의 회생을 기적만큼이나 어려운 걸로 보았다구 합디다.

물론 그때와 지금이 같을 수야 없죠. 그때는 3저(三低)란 호기가 있었고 국제경기도 괜찮았지요. 보호무역이다, 국가이기주의다 하는 것두 아직은 그리 극성을 떨지 않았구. 하지만 그때보다 나은 점도 없는 건 아니랍니다. 우선 팽창한 경제의 외형이 가지는 추진력이 있고, 한번 붙었던 가속도의 관성(慣性)도 있다는 겁니다. 거기다가 짧은 기간 골고루 맛본 성공과 실패의 경험도 우리가 활용하기에 따라서는 충분히 경제적인 자산이 될 수 있구요. 어떤 분은 지난 몇 년의 짧은 호황을 복뱀(福蛇)에 비유하시면서 우리에게 해로운 것으로만 여기시지만, 아닐 수도 있죠. 애초에 없는 집보다는 있다가 없게 된 집이 뭐가 나도 좀 안 낫겠어요? 그리고 적어도 다음번 복뱀이 들어올 때는 재산을 잘 간수할 수 있는 요령이라도 배우지 않았겠어요? 하기야 이제부터 우리 모두가 정신 바짝 차린다는 전제가 있은 뒤의 얘기겠지만.

게다가 증권 하나만 떼놓구 보면 실물경제와는 무관한 변수도 많다구요. 증권도 한 상품인 이상 공급과 수요에 따라 값이 결정되게 마련인데 그 수요가 어디 실물경제만 반영합디까? 지난 정월장 보셨겠지만 그게 어디 경기호전으로 1백 포인트씩이나 올랐나요? 듣기로는 선거 끝나면 일본 자본도 들어온답디다. 걔들은 정월에 들어온 영국자본과는 비교도 안 될 만큼 덩치가 크다는데, 그러면 별수 있겠어요? 사겠다는 사람 많으면 값은 오르게 마련이고 분위기 또한 절로 잡히게 마련이라구요. 경기 선행지수(先行指數)가 어떻고, 신용장 내도액이 어떻고 하며 여기저기서 요사를 부려대면 장은 금세 확 불붙을 겁니다."

아직 마흔이 안 돼 보이는 그 차장의 논리를 정리해 보면 대강 그랬다. 그에 의하면 이 나라는 오직 증권으로만 유지되는 나라 같았다. 모든 것이 그 위에 세워져 망할 수도 망해서도 안 되는 게 증권시장이었다.

내가 그를 외눈박이 거인들 중의 하나로 본 것은 낙관(樂觀) 쪽으로만 향해 있는 그 시선 때문만은 아니었다. 그 뒤 반 시간이 넘도록 진행된 그들의 투자상담을 통해 엿보게 된 증권에 대한 그들 특유의 이해가 내게 그들 안목의 불구를 가늠하게 했다. 증권시장은 자본주의경제의 꽃으로 불리기도 하고 증권은 산업사회의 혈액에 비유되기도 한다. 하지만 그들은 증권을 그런 다른 여러 사회적 경제적 기능과 철저히 분리하여 오직 개인의 재산증식 수단으로만 이해하고 있을 뿐이었다.

그렇지만 이 나라에서 한꺼번에 많은 거인들을 만나기는 골프장보다 더 나은 곳도 없을 성싶다. 김왕흥 씨와 그 일행이 공항에서 약속한 주중(週中) 부킹은 그다음 주에 어김없이 이행되었다. 그러나 그날은 김왕흥 씨가 왠지 나를 집에 빼두고 가는 바람에 은근히 궁금하던 골프장 구경은 그다음 주 금요일에나 이루어졌다.

골프장이 시내 한가운데 있지 않다는 것쯤은 나에게도 상식이었지만 솔직히 내게는 골프장에 이를 때까지의 소요시간부터가 전혀 예상 밖이었다. 김왕흥 씨가 아침부터 일을 대강대강 챙기고 나머지는 김 양에게 맡긴 뒤 서둘러 사무실을 나선 것은 열 시가 조금 지났을 때였다. 그래도 러시아워는 지났다고 제법 날렵하게 시내를 빠져나와 경부고속도로에 오른 것이 열 시 반쯤이어서 나는 김왕흥 씨가 느긋하게 오후 게임을 즐길 수 있을 줄로 알았다.

그런데 차가 만남의 과장 부근에 이르면서 이해 못 할 일들이 일어나기 시작했다. 첫째는 거기서부터 거북이걸음을 해야 하는 고속도로 사정이었다. 평일 오전 열 시 반의 고속도로 정체가 예사롭지 않아 나는 무슨 큰 사고라도 난 줄 알았다. 하지만 한 기사가 줄곧 틀어놓고 있는 교통방송에서는 아무런 사고의 뉴스가 없었다.

더욱 알 수 없는 것은 그 뜻밖의 사태를 받아들이는 김왕흥 씨의 태도였다.

"벌써 시작이군. 집에서 바로 나서는 건데. 한 기사, 차 잠깐 대."

그러면서 주머니를 뒤적이는 게 짜증은 나지만 전혀 예상하지 못한 것은 아니라는 투였다. 한 기사가 차를 만남의 광장 한구석에 대자 김왕홍 씨가 만 원짜리 한 장을 내밀었다.

"잘못하다간 또 굶고 필드에 나가게 생겼어. 가서 샌드위치하고 우유 좀 사 와. 도로 꼴 보니까 뻔해."

한 기사에게도 그 일이 생판 낯설지는 않은지 두 번 묻는 법도 없이 돈을 받아 매점으로 달려갔다. 차 안에 혼자 남은 김왕홍 씨가 다시 누구에게랄 것도 없이 투덜댔다.

"비싸더라도 노블로 회원권을 옮기든지 해야지, 새끼들 뭐 하는 거야? 골프장은 맨 수원하고 용인 쪽에다만 인가를 줘가지고…… 골고루 흩어놓으면 서로 편하구 좀 좋아. 아니면 고속도로를 왕복 12차선쯤으로 왕창 늘리든가. 이거 뭐 풀코스 도는 시간보다 오가는 시간이 더 걸리니."

나는 그 말을 듣고 얼른 이해가 안 됐다. 아무려면 주중 골프를 즐기기 위해 나가는 차들로 고속도로가 막힐까 싶었기 때문이었다. 차창 밖으로 고속도로를 내다보니 정말로 화물차보다 승용차가 많기는 해도 그 대부분은 다른 볼일이 있을 것 같았다. 그런데 얼마 후에 돌아온 한 기사가 먼저 그런 내 짐작에 의심이 가게 했다.

"사장님, 매점에서 김 회장님네 이 기사 만났어요. 거기는 만두하고 오뎅 사가던데요."

무엇이 우스운지 한 기사가 킥킥거리며 그렇게 전했다. 김왕홍 씨도 공연히 기분 좋아하며 받았다.

"그 영감도 별수 없군. 부킹된 날은 새벽같이 설쳐대는 영감인데 오늘은 웬일이야?"

골탕먹는 게 혼자만이 아니라는 게 적지않이 위로가 된다는 표정이었다. 그제서야 나는 지금 고속도로를 메우고 있는 승용차들 중에 적지 않은 수가 김왕흥 씨와 같은 목적으로 서울을 빠져나온 차라는 걸 겨우 인정할 수 있었다.

차가 고속도로 위로 올라간 뒤에 다시 자세히 살피니 골프장으로 가고 있는지도 모른다는 의심이 드는 승용차는 한결 자주 눈에 띄었다. 사장이 지방에 있는 공장을 시찰 간다면 안 될 일도 없겠으나 어쨌든 평일 오전으로서는 지나치게 많은 고급승용차가 서둘러 서울을 빠져나가고 있었다.

거기다가 내 그런 의심을 한층 더 짙게 해주는 것은 차 지붕에 스키용품을 얹은 차들이었다. 내가 알기로 한국에는 천연 스키장이 별로 없고, 있다 해도 스키철은 두 달을 넘지 않았다. 겨우 두 달의, 그것도 인공으로 처바르고 돈으로 우긴 스키장에서의 놀음을 위해 차 지붕에 그런 걸 설치할 정도라면 그 승용차가 사업에 그리 요긴하게 쓰이지는 않는다는 뜻도 되거니와 그 차주가 노는 걸 어지간히 밝히는 사람이란 뜻도 된다. 그런데 바로 그런 승용차들이 적지 않은 걸 보니 골프 나가는 차들인들 어찌 뒤지랴 싶었다.

김왕흥 씨의 승용차는 고속도로 위에서 꼭 한 시간 반을 소비하고 다시 포장국도를 이십 분 남짓 달려서야 목적한 골프장에 이를 수 있었다. 큰 길가에서는 산자락에 가리워 드러나게 눈에 띄지는 않았으나 그 컨트리클럽은 입구부터가 별천지였다. 관상수며 조경이 아직 푸근한 자연으로 녹아들지는 못해도 그 공들인 흔적은 물 건너 나라의 어떤 골프장에도 못지않을 듯했다.

내가 알기로 골프는 원래 스코틀랜드의 목동들이 가축 모는 지팡이와 돌멩이로 시작한 놀이라고 한다. 북유럽의 해양성기후에 절로 초원이 된 구릉지가 그들의 놀이터였다. 그런데 그게 미국으로 건너가고 다시 동양으로 건너오고 하는 사이에 오늘날과 같은 호화판 스포츠가 되고 말았다는 것이었다.

내가 호화판 스포츠라고 잘라 말해 적지 않은 이 나라의 동호인들은 은근히 마음 상했을 줄 안다. 그러나 필드 한 번 나가는 데 이것저것 따져 10만 원은 든다는 걸 인정한다면 우리 일반적인 소득 규모에 비추어 호화판이란 수식어를 면하기는 어렵게 되어 있다.

물론 이럴 때 들고 나올 수 있는 반론으로 골프 대중화란 게 있고, 외국에서는 퍼블릭 코스란 게 있어 서민들도 큰 비용 들이지 않고 골프를 즐길 수 있다는 이야기는 나도 들었다. 하지만 그것은 절로 조성된 초원을 큰 비용 들이지 않고 필드로 전용할 수 있을 때의 얘기다. 대개는 경사 30도가 넘고 지표가 얇은 바위산을 중장비로 뭉개 어거지로 만든 구릉과 웅덩이에 돈으로 처바르듯 잔디를 입히고도 비료와 농약을 퍼부어야 겨우 유지될 수 있는 필드를 무슨 수로 무료거나 서민에게도 부담이 안 될 정도의 그린피로 유지되는 퍼블릭 코스로 내놓을 수 있겠는가.

어떤 이는 골프장마저도 자유경쟁 체제에 맡겨 대중화를 앞당겨야 한다는 제안을 내놓기도 한다. 공연히 인허가제로 묶어놓고 서울을 비롯한 대도시 중심으로 설치하게 해 이권화(利權化)해 버린 게 골프 대중화를 가로막는 장애요인이라는 주장이다.

사실 어디서나 자유롭게 골프장을 설치할 수 있게 해두면 이 나라에도 큰 비용을 들이지 않고 나인 홀쯤 만들 수 있는 곳은 많고, 그럴 경우 이용자의 부담은 틀림없이 줄어들 것이다. 또 후기 산업사회로 접어들수록 대도시의 찌든 환경에서 벗어나 자연과 접할 수 있고 저렴하지 않더라도 스포츠로서의 효과와 재미를 아울러 갖춘 골프의 수요가 늘어나리라는 것도 기꺼이 수긍할 수는 있다.

하지만 그때에도 문제는 여전히 남는다. 이 나라에 산지가 많다 하나 별 비용 들이지 않고 필드로 전용될 수 있는 곳은 이미 농지에 편입되어 있다. 결국 퍼블릭 코스의 장려는 농지전용 문제와 맞물리게 되는데, 의식 속에서는 아직 태반이 농민인 이 나라 국민들의 감정적인 반발은 어쩔 것인가.

농지의 전용을 법으로 막는다 쳐도 문제가 없어지는 것은 아니다. 지질학자들의 말에 따르면 초지의 함수율(含水率)은 삼림의 반에 반도 되지 않는다고 한다. 게다가 농약과 비료로 지탱되던 골프장의 초지는 한번 황폐해지면 그대로 사막화 내지 불모화되어 경지로는커녕 생명 있는 땅으로도 영영 돌아오지 못한다고 한다. 그러한 환경파괴와 거기서 비롯되는 재해는 어쩔 것인가.

그러나 내가 보기에는 그 같은 앞날에 못지않은 게 당장의 문제였다. 널찍한 골프장 주차장으로 차가 들어서는 순간 나는 김왕흥 씨가 오는 도중 내내 불평하던 게 그럴 만했음을 실감했다. 수천 평은 될 듯한 주차장 가득 승용차가 들어차 있어 주차할 곳을 두리번거리며 찾아야 할 정도였다. 그것도 주중 대낮에. 김왕흥 씨와 차에서 함께 내리면서 살피니 평소 사치하다고 느껴왔던 그의 승용차는 차라리 검소한 축에 속했다.

일부러 한곳에 모아둔 듯 절반 가까이가 그 말썽 많은 외제 승용차였다. 그 번쩍이는 승용차들 사이를 빠져나오면서 나는 문득 거인들의 숲으로 들어서고 있다는 기분이 들었다.

클럽하우스로 가는 길에 보니 주차장 여기저기 젊은이들이 끼리끼리 모여 잡담을 하고 있었고 더러는 무료하다는 듯 담배를 입에 문 채 어슬렁거렸다. 아마도 골퍼들을 태우고 온 자가용 기사들 같았다. 차림들도 말쑥하고 혈색들도 좋았으나 왠지 그들이 처량하기 짝이 없게 느껴졌다.

한 기사는 클럽하우스 현관까지 골프채가 든 가방을 옮겨준 뒤 제 갈 곳으로 갔다. 우선은 기사식당으로 가는 모양인데 그 행동반경을 꿰고 있는 듯한 김왕흥 씨가 가볍게 한 기사에게 주의를 주었다.

"기사 휴게실에서 고스톱을 하는 것까지는 좋은데 너무 큰 판에는 끼지 말아. 접때는 점 천짜리 붙어서 십만 원도 넘게 깨졌다며?"

"박 기사, 그 째끼 보기보다는 입 싸네. 아이, 그렇게는 안 깨졌어요."

김왕흥 씨의 정보원(源)이 어딘지를 대뜸 알아차린 한 기사가 그렇게 부인했다. 김왕흥 씨가 그런 한 기사에게 주문 하나를 보탰다.

"남 탓할 일이 아니야. 다 한기살 생각해서 하는 소리니까. 그리구 어울리더라도 좀 윗길로 어울리라구. 높은 영감님들 모시는 애들 말이야. 걔들 하는 말 잘 들어두면 큰돈 되는 일두 있으니까. 특히 경제부처 쪽 누가 나왔는가 잘 살펴보구 증권이나 부동산관계 얘기 있거든 귀담아 들어둬 봐."

그래 놓고 프런트데스크로 간 김왕흥 씨는 간단히 등록을 마쳤다. 예약된 시간이 한 시인 걸 보고 나는 비로소 그날과 같은 고속도로 정체가 그리 드문 일이 아니었음을 알 수 있었다. 그날도 김왕흥 씨는 거의 세 시간 전에 사무실을 나섰지만 결국은 샌드위치로 점심을 때우고 필드로 나가는 수밖에 없게 되어 있었다.

그날 클럽하우스로 들어설 때만 해도 나는 진짜 거인들의 숲으로 들어서게 되었다는 것 때문에 적잖은 흥분과 기대로 들떴다. 그러나 실망스럽게도 내게는 그 숲 깊숙이 들어가 속속들이 살펴볼 기회는 주어지지 않았다. 김왕흥 씨가 로커룸에다 나를 처박아둔 채 홀로 필드로 나가버린 까닭이었다. 애석하지만 다음날을 기약하는 수밖에.

마녀들, 혹은 요정들

정치의 계절이 다가왔다. 내가 이 나라에 온 지 한 스무날 되어 말썽 많은 여야의 지역구 공천이 끝나면서 바로 국회의원 선거전의 불이 붙었다. 그러잖아도 넘쳐흐르는 이 땅 사람들의 정치의식이 제철을 만난 셈이었다.

　　초반전의 화제는 아무래도 공천이었다. 여야가 배짱이 맞아 만들어놓은 선거법이라 무소속이 턱없이 불리해지다 보니 공천을 둘러싼 잡음은 커질 수밖에 없었다. 언젠가 공천을 두고 한 내기는 부동산 임대업자의 압승으로 돌아갔다. 여당은 총재의 동서 처남처 고종이 나란히 공천되었고, 야당은 결국 정발연(政發硏)이 빌미가 되어 총재의 '괘씸죄'에 걸린 초선과 중진의원이 각 한 사람씩 공천에서 탈락되고 말았다.

여야의 전국구 공천도 어지럽기는 지역구나 크게 다르지 않았다. 여당은 전국구에서 빠졌다고 현직 부총리가 불편한 심기를 드러내어 매스컴에 오르내리는가 하면 당료(黨僚)가 당선권 밖으로 푸대접을 받았다고 당원이 파업을 했다. 야당도 일회용 반창고 신세가 되고만 영남 출신의 의원 하나가 가망 없는 전국구를 사양하는 사태에 이어 공천헌금 문제로 한바탕 실랑이가 있었다.

　　양쪽의 공천이 그 모양이다 보니 갖가지 희비극이 잇따랐다. 이쪽저쪽에서 물먹은 선량 지망생들은 때맞춰 새로 생긴 재벌 당으로 대거 보따리를 싸고 몰려갔다. 하지만 그 동네도 어지럽기는 마찬가지였다. 코미디언이 화면이나 무대에서가 아니라 정치판에서 코미디를 시작했고, 몇 안 되는 전국구 당선가능권 안에는 탤런트가 둘이나 들어가 '연예오락당'이란 다른 당명이 생겼다.

　　참으로 오랜만에 정치테러도 선을 보였다. 야당공천에서 탈락돼 무소속 출마를 선언한 전의원이 흉기에 찔려 몇 바늘 꿰맨 사건이었다.

　　"그거 여당이 야당에게 덤터기 씌우려고 한 짓 아냐?"

　　"칼잡이라면 야당 쪽도 만만찮을걸. 실제로 그 지방 칼잡이들한테 협박당한 적이 있다고 그 친구가 폭로하지 않았나?"

　　"아냐, 자작극이란 말도 있던걸. 그 친구 출신이 능히 그런 일을 꾸밀 만 하대. 거 왜, 옛날 양아치들 걸핏하면 칼로 자기 배 긋고 덤벼들었잖아?"

　　대강 그렇게 세 갈래로 설왕설래가 되며 제법 흥미를 끄는가 싶더니 어느 날인가부터 문득 씻은 듯이 매스컴의 화제에서 사라지고 말았다.

참으로 알 수 없는 일이었다. 정치테러를 당했다는 것 ── 좀 낡은 것이기는 하지만 이 나라 선거사에서는 거의 당선을 보장할 만한 호재인데도 그 의원은 별로 그것을 이용하는 눈치가 아니고, 잘 밝혀내기만 하면 여당이 적잖은 재미를 볼 수 있는데도 당국 또한 흐지부지 수사를 끝내버린 인상이었다. 야낭도 사기들이 혐의만 벗는다면 좋은 역선전의 재료가 될 텐데도 별로 물고 늘어질 의사가 없어 보였다. 어떤 계산들에서 세 곳 모두가 입을 다물게 되었는지 모르지만 오랜만에 진기한 구경거리 생겼다 싶어 기대하던 사람들만 멍하게 만든 괴상한 사건이었다.

내가 보기에 김왕흥 씨는 다른 사람들에 비해서는 정치에 덜 민감한 편이었지만 그도 선거판에서 완전히 벗어난 사람은 못 되었다. 친척 중에 서울에서 출마하는 사람이 둘이나 있어 자금지원을 요청해 오고 있었고, 한 여사는 그 '고녀(高女)' 동창회 때문에 제법 깊숙이 선거에 발을 들여놓고 있었다.

"당이 어지간해야지. 국민당 공천도 못 받고 무슨 국회의원을 한다구…… 살림이나 털어먹으려고 공연히 덤벙대는 거 아냐?"

김왕흥 씨는 그러면서도 한쪽 입후보자에게는 몇백만 원 넣어줄 눈치다가 아내의 타박을 받고 그만두었다.

"요새 정치는 정당정치라구요. 그까짓 급조된 군소정당들, 찍어줘봤자 말짱 헛거라니까. 두엇 당선돼 봐야 원내 교섭단체를 만들 수가 있나. 결국 이리저리 몰려다니다 남의 좋은 일만 시키고 말지."

그날따라 일찍 돌아간 김왕홍 씨가 은근하게 선거자금 지원의 뜻을 비치자 한 여사가 그렇게 가로막고 나섰다. 정치라면 제 견해가 옳으니 따라주세요 하는 단호함이 서린 어투였다. 김왕홍 씨도 대체로는 그걸 인정하지만, 하는 단서가 달린 듯 말하면서도 무턱 대고 죽기는 싫다는 표정이었다.

"정당정치라는 게 여당 야당이 제대로 갖춰져야 하는 건데 우리나라에 어디 여당 야당이 따로 있나? 큰 여당 작은 여당에 군소 정당 아니면 무소속이지. 내 보기에 이번 선거는 여당 대 야당의 싸움이 아니고 헌사람 대 새사람의 싸움 같다구. 그래서 새사람 한번 밀어보겠다는데……."

"정치에 새사람이 어딨어요? 우리 보기엔 처음이니 새사람 같지만 조사해 보면 다 헌사람들이라구요. 그 경력 한번 훑어보세요. 올망졸망한 무슨 동창회장 무슨 사무국장 무슨 협회장…… 그게 다 벌써 오래전부터 정치를 시작한 사람들이란 뜻이에요. 다만 별 볼 일 없는 사람이다 보니 우리에게 알려지지 않았다 뿐이지. 그 사람들 뽑아 보낸다구 지금 사람들보다 나을 것 같아요? 어림없다구요. 새로 시작하는 그 사람들 연습하구 실수하는 것 다 참아주려면 더 분통 터져 못살걸요."

한 여사의 말이 길어졌다. 그쯤 되면 이제 더 버텨봐야 얻을 게 없음을 여러 번 경험했는지 김왕홍 씨가 슬그머니 물러났다.

"알았어. 돈 안 내면 되잖아. 똑똑한 예편네 덕에 한 3백 절약하게 됐으니 오히려 잘 된 거지 뭐."

그러나 한 여사는 그런 남편을 곱게 놓아주지 않았다. 이왕 말이 난 김에 확실하게 짚고 넘어가자는 듯 김왕흥 씨의 턱밑으로 바짝 다가앉으며 본격적인 선거 얘기를 시작했다.

"그렇게 삐딱하게 나올 건 없구요. 그런데 참 요새 바깥 분위기는 어때요? 88년 재판이 될 것 같아요? 작년 광역(広域) 재판이 날 것 같아요?"

"그걸 내가 어떻게 알아? 그걸 알면 시장바닥에서 베쪼가리나 만지고 있겠어? 그리고 당신은 또 왜 그래? 이번에는 무슨 당 선거사무장이라두 된 거야? 아니면 무슨 여론조사소 같은 거라도 열었어? 요새 좀 심하게 들락거린다 싶더니 또 무슨 일 벌인 모양이군."

"아니, 그냥 우리 동창회에서……."

"또 그눔의 동창회야? 그러니까 그눔의 동네가 욕을 먹지. 당신 그때 그렇게 싸질러 다니며 신바람 냈지만 신통한 꼴 뭐 봤어? 표는 그눔의 동창회가 다 몰아주는 것 같더니 대접 한번 잘 받더라. 국회의원, 장관 부인이 아니라 영부인이 나면 뭘 해? 까짓 모텔 신축허가 하나 못 빼 와 놓구선."

무엇에 힘을 얻었는지 김왕흥 씨가 갑자기 기세를 올렸다. 한 여사도 이번에는 좀 기죽어 했다.

"우리 동창회가 나선 게 어디 뭐 그런 이권 때문이었어요? 우리

K고녀 동창회를 그런 식으로 보지 마세요. 그리구 당신 모텔도 그래요. 절대농지에다 난데없이 모텔을 짓겠다는데 어디 쉽겠어요? 하다못해 진흥지역에서라도 빠지구 난 뒤에 보자구 한댔잖아요?"

그렇게 변명처럼 말해 놓고 얼른 화제를 바꾸었다.

"당신, 선거 꼭 그렇게만 생각하지 마세요. 우리 동창회에서는 이번 선거를 민족적 국가적 차원에서 받아들이기로 인식을 같이 했다구요. 이제는 어느 지역에서 누가 되나 안 되나보다는 판세 전체를 보아야 할 때가 되었다는 거죠."

"인식을 같이하다니, 뭐 국가원수들끼리 공동 코뮈니케라두 발표했어? 말들은 턱없이 건방져 가지구서는…… 그래, 어떤 게 제대로 된 판센데?"

김왕흥 씨가 그렇게 빈정거렸다. 내가 듣기에도 한 여사의 말투는 좀 지나쳤던 듯했으나 그녀는 거의 느끼지를 못했다. 이미 발동된 자신의 논리에 휩쓸려가듯 말했다.

"먼저 분석해야 할 것은 6공화국의 상황이에요. 지금의 이 상황이 5공보다 발전된 상태인가, 후퇴 내지 침체된 상태인가를 살펴보고, 다시 그럼 그때와 지금의 조건에서 달라진 것은 무엇인가를 찾아내 비교하면 사회 전체로서의 선택이 나올 거란 거예요. 예를 들면 정치적으로 6공화국적인 상황을 발전이라고 판단하고 조건에서 5공과 기본적으로 차이 나는 것을 강력한 야당의 존재로 본다면 다음 선택은 바로 나오죠. 우리는 다시 강력한 야당 내지 여소야대란 형태로 판세를 짜야 한다는 겁니다. 그렇지만 6공화국적인 상황이 정치적인 후퇴 내지 침체로 해석된다면 우리 선택은 달라져야 된다구요.

여당의 안정논리를 받아들여야 한다는 거죠. 하기야 지난번 국회는 여소야대에서 출발을 해도 그 뒤 3당 합당으로 전례 없는 거여(巨與) 구도가 됐으니 과연 6공을 여소야대라 할 수 있느냐의 문제는 있어요. 그러나 그동안의 사회분위기를 감안하면 비록 머릿수로는 야당이 적었다 해도 의사결정에서는 여전히 여소야대의 현상이 지속되었다구 봐야 해요. 거기다가 경제적인 상황과 사회적인 상황까지 곁들여 분석하면 짜여져야 할 판은 분명해진다 이거예요……."

"그 못냄이 사회학박사가 동창회장이 되더니 아예 세뇌를 시켰군, 세뇌를 시켰어. 당신 이러다가 직접 정치해 보겠다구 나서는 거 아냐? 그래, 간단히 말해 당신네 동창회에서 짜기루 한 판세는 어떤 거야? 어떤 게 민족적이구 국가적인 거냐구?"

"내일 재경 동창회에서 토론이 더 있어야 하겠지만 대강 모양은 나오지 않아요?"

"지금이 5공시절보다 나아졌다구 보는 사람은 얼마 되지 않을 거구…… 그렇다면 핑계는 달라도 지난번과 비슷해지잖아? 도다리 TK답게 여당 지지하구 나서면 되는 거지 무슨 되잖은 너스레는 떨어, 너스레는."

"TK, TK 하지 마세요. 도대체 누가 TK예요? 경상도 사람들 참 속도 좋더라. 한 지방 사람들을 부정적인 의미로 부르는 용어 그

거 그렇게 매스컴까지 마구 써도 되는 거예요? 그래서 애매한 경상도 사람까지 도매금으로 넘겨도 되냐구요. 지역마다 별명은 있지만 그걸 버젓이 신문에 쓰는 일은 없잖아요. 요새 신문에서 하와이나 개땅쇠란 말 들어봤어요? TK 그거 다른 지방 사람들에게 들리는 어감으로는 개땅쇠니 뭐니 하는 말들보다 나을 게 하나도 없다구요. 땅 이름과 학교 이름의 알파벳 두 문자라지만 이미 다른 특수한 의미를 가지게 됐다면 그렇게 공적으로 쓰는 게 아니죠. 차라리 '대구, 경북고' 출신이란 걸 명백히 밝혀 경상도 전체가 피해를 보지 않도록 해야 한다구요. 그런데 경상도 사람들 공연히 주눅 들어 입 꾹 다물고 있는 꼴들이란……, TK 사탕이라도 하나 얻어먹었는지 모르지만 하여튼 속도 좋은 사람들이야."

"이 여자가 선거 얘기하다 말고 갑자기 왜 TK 가지고 열을 올려? 왜 도다리, 잡어 TK들 광어 TK들에게 삐치기라도 한 거야? 그럼 차라리 재벌당에 붙어보지 그래. 요새 도다리, 잡어 그리로 많이 가 붙어먹는 모양이던데."

김왕홍 씨가 어이없다는 듯 아내를 쳐다보다가 그렇게 빈정거렸다. 한 여사가 조금도 수그러드는 기세 없이 받았다.

"바람직한 정치판의 모양새를 얘기하는데 난데없이 그 얘기를 꺼내니까 그렇지. 지금은 그런 지엽말단적인 현상을 놓고 얘기할 때가 아니란 말예요. 그리구 그 재벌당, 말이 났으니까 말인데요……."

아무래도 김왕홍 씨가 거인들의 숲을 헤매고 있는 동안, 그녀

또한 관심을 집중해 시간을 바친 곳이 따로 있는 모양이었다. 단순히 여고 동창회에서 만으로는 얻을 수 없는 정보와 이론을 그녀는 갖추고 있었다. 어쩌면 이 나라가 한 번쯤은 심각하게 정리하고 넘어가야 할 문제를 간단히 지엽말단적이라고 잘라버린 뒤, 그녀는 자신의 의견이라기보다는 그동안 받은 어떤 학습을 남편 앞에서 한차례 되풀이해 복습으로 삼았다.

"우리나라 사람들 아직도 그냥 재미루 보고 있는 모양인데, 그당 그거 정말로 큰일 낼 당이래요. 나도 들은 건데 두 가지만 까닭을 말할 테니 당신도 듣고 한번 생각해 보세요. 그 첫째는 경제 쿠데타 내지 금력(金力) 쿠데타로서의 측면이래요.

권력을 떠받치는 세 개의 중요한 기둥이 군대로 대표되는 물리력(物理力)과 정치자금의 형태로 나타나는 금력, 그리고 고유의 정치조직이라는 것쯤은 당신도 아시죠? 하지만 그 세 기둥의 결합형태는 발전된 사회일수록 느슨하고 상호 독립적인 경향이 있다는 거예요. 선진국에선 군부와 경제계, 그리고 정치권이 서로가 필요한 협조와 지원은 하지만 그 고유한 영역은 엄격히 지키는 편 아녜요?

그런데 이눔의 나라에서는 군부가 먼저 그걸 깨고 나왔어요. 정당성을 제대로 확보하지 못한 권력이 지나치게 군부의 물리력에 의지하다 보니 이 나라의 군부는 다른 나라보다 비교적 정치적인 노하우를 많이 가지게 된 데다, 6·25 동란을 통해 원래 우리 사회가 가져야 할 적정한계가 넘는 힘을 일찍부터 보유하게 된

게 화근이었다는 거죠. 어쨌든 군부는 훌륭히 성공하였고, 그 성공은 어쩌면 지금까지도 이어지고 있는 셈이라구요. 하지만 그것은 이 나라의 많은 불행과 사회적 문화적 왜곡의 원인이 된 것도 사실이에요. 그것만도 끔찍한데 이제 다시 금력에 의한 쿠데타가 공공연히 계획되고 있는 거라구요. 금력이 이제 우리도 이만큼 자랐으니 권력 한번 잡아보자구 하며 나선 게 이번 재벌당 출현의 본질이랍디다.

군부보다 좀 늦기는 했지만 안 될 게 뭐 있냐며, 총칼을 들이대는 대신 돈을 뿌려대고 군대조직의 압력보다 사람을 더 효과적으로 강제할 수 있는 밥줄을 움켜잡은 채 그 생산조직을 정치판에 밀어 넣은 거라구요. 거기다가 그들이 뿌리는 돈 그거 어떤 돈이에요? 대표 개인의 재산? 소가 들어도 웃을 소리 하지 말라 그러세요. 정권과 결탁해 온갖 특혜 다 누리고 한 푼 두 푼 호호 불며 국민이 저축해 둔 돈 제 돈같이 갖다 써 불린 재산 아녜요? 수십 년 저임금으로 가엾은 근로자들 쥐어짜 키우고, 탈세 불법으로 살찌운 재산 아니냐구요. 물론 국민경제 발전에 공도 세우고 대외적으로도 한 일은 많죠. 그러나 그가 존경받는 기업인으로 살아남는 길은 여전히 앞으로의 노력에 달려 있었다구요. 자신의 이름 밑에 있지만 그 모든 게 국민자산임을 깊이 깨닫고 남은 삶을 바쳐 경제발전에 이바지해도 될까 말까 한데……."

"듣고 보니 거 열나네. 하긴 지 돈 지 쓰는데 하며 구경거리로 웃고 넘길 만한 일도 아니잖아? 쿠데타라니 안 되지 안 돼. 군인들한테 당한 것만도 기막힌데, 재벌한테 또 당하란 말야? 게다가 이번에 성공하면 앞으로도 줄줄이 나설 거 아냐? 재벌이라구 생긴 건 다 한번 해 먹어 보겠다구 나설 텐데 그 꼴 어떻게 봐? 나라경제는 또 어떤 지경에 빠지구?"

한 여사의 입심에 말려든 김왕홍 씨가 뒤늦게 그렇게 열을 냈다. 남편이 그렇게 동조해 주자, 한 여사는 볼까지 발갛게 상기되어 얘기를 이었다.

"그 사람들 큰일 낼 거라는 두 번째 이유가 바로 그거예요. 벌써 외국기업들 그 재벌기업과의 거래는 전부 재검토에 들어가거나 보류시키고 있다더라구요. 그러잖아도 거덜나가는 나라경제에 동냥은 못 주더라도 바가지는 깨지 말아야 할 거 아녜요? 그런데 일이 그렇지 못하다구요."

"엉, 그건 또 뭔 소리야? 어제 그젠가 홍콩기업에서 무슨 공사 수주(受注)에 문제가 생겼단 말은 들었지만 문제가 그렇게 심각하대? 그것도 김 박사가 그래?"

어느새 '못냄이' 동창회장을 김 박사로 높여부르며 김왕홍 씨가 더욱 관심을 나타냈다.

"걔가 한 얘기는 아니지만, 어쨌든 외국신문에서는 우리 재벌 당 가지고 특집까지 꾸미고 난리래요. 한국경제가 큰일이라는 식이 많다지 아마."

"그렇게까지야……. 나는 그 기업 주가가 신나게 떨어지길래 좀 더 있다가 왕창 사볼까 하던 참인데."

결국 김왕흥 씨의 관심은 그럴 만한 이유 있는 관심이었던 셈이다.

"그 기업이 이 나라 경제에서 차지하는 비중이 얼마나 되는지 아세요? 총생산으로 따지면 이십 퍼센트도 안 될지 모르지만 잘 못되면 그 파급효과는 배가 넘을 거래요."

"그게 바로 보증이지. 선거에 져봤자 돈 몇천억 날리고 제자리로 돌아가면 되는 거지 잘못될 게 뭐 있어? 그 돈 날렸다구 그 큰 기업이 망하겠어? 그렇다구 집권당이 그 거대한 재벌을 죽이겠어?"

"그게 그렇지 않대요. 뭐라더라? 그렇지, 기업의 구조와 정치의 구조, 생산논리와 정치논리가 다른 까닭이래요. 이번에 기업간부들 많이 정치판에 끌어냈죠? 과학과 합리의 원칙이 우선하는 생산논리에서 감정과 우연의 계제에 거의 무방비한 정치논리로 끌려 나온 그 사람들, 이제 다시 옛날 그 자리로 돌아갈 수 있을 것 같아요? 다시 컴퓨터와 계산기 앞의 냉정한 생산 실무자로 말이에요. 그게 안 될 거래요. 겉으로는 돌아갈 수 있을지 모르지만, 이미 그 기업이 가졌던 순수한 생산논리, 그들 나름의 위계질서와 매커니즘은 치명적인 손상을 입어 옛날 같을 수는 없다는 거죠. 게다가 그들 개개의 인격이 받은 손상도 기업 자체가 입은 손상보다 크면 컸지 적지는 않을 거라더군요. 마치 한번 정치 맛을 본 군인이 다시는 순수한 군인으로 돌아갈 수 없듯, 이번에 정치 맛을 본 그 기업의 간부들도 이제 다시는 정상적인 기업인으로 성장키는 어려우리라는 게 양식 있는 사람들의 걱정이랍디다.”

"거기다가 밉게 본 집권당이 손까지 대면 바로 그 그룹은 간다 는 거 아냐? 그럼, 그 당에 표를 몰아줘 하다못해 원내 교섭단체 라도 만들게 해줘야겠네.”

"원내 교섭단체야 당신 같은 양반들이 걱정 안 해도 어떻게 만 들겠죠. 어쨌든 3등은 될 거니까 전국구 돌아오는 것만도 다섯 석 에다 수십억씩 주고 무소속 당선자들 사 넣으면 되지 않겠어요? 그런데, 문제는 그렇게 될 때가 더 큰일이라는 거예요.”

"그건 또 무슨 소리야?”

"당장 그 그룹의 기세는 나아지겠죠. 그러나 국민경제로 보아서 는 엄청난 피해가 그때부터 시작될 거랍니다. 기업가의 속성상 투 자한 건 몇 배로 찾아내려 하지 않겠어요? 정치에 그렇게나 많이 투자해 그만한 힘을 거머쥐었는데 그거 이용하잖겠냐구요. 정치 력을 활용하면 수의계약이다, 납품이다, 독과점이다 해서 국내에 도 얼마든지 재미 볼 일이 많은데 뭣 때메 돈 들여 기술개발하고 설비투자 늘려 외국과 골치 아픈 경쟁 하겠느냐구요? 그리구 그 큰 덩치의 재벌그룹이 밖에서 벌어들일 생각 않고 지 살 지 파먹 기로 들어간다고 생각해 보세요. 이눔의 나라가 어찌 될지.”

"그래선 안 되지. 그건 바로 되레 국민들 뜯어먹고 살자는 얘 기잖아?”

김왕흥 씨가 그렇게 대꾸해 놓고 멋쩍어하는 것 같기도 하고 뒤 틀린 것 같기도 한 말투로 덧붙였다.

"오늘 똑똑한 마누라 만나 정치강의 한번 오지게 듣네. 이왕 시작된 강좌 마저 듣지 뭐. 그래, 그럼 그 재벌당은 안 된다고 치고, 그다음 어떻게 해야 된다는 거야? 어째야 모양 있는 판세가 되겠어?"

"우리의 선택은 어떤 표피적인 현상에 대한 직접적인 반응이 아니라 좀 더 본질적인 것에 바탕해야 한다는 게 요즘 우리 같은 여성유권자들의 공통된 견해라구요."

"그 본질적인 것이 뭔데?"

"이를테면 계급의식 같은 거 말예요. 계급의식 그거 운동권 학생들에게만 필요한 게 아니라구요. 오히려 그게 필요한 건 바로 우리 같은 중산층이랍디다. 한 줌도 안 되는 재벌이나 많지 않은 달동네 사람들의 눈치만 보며 감정적으로는 그저 그들 사이를 오락가락하고 있을 뿐인 우리 중산층 이거 정말 큰 일이란 거예요. 머릿수도 제일 많고 실질적으로 힘도 가장 많은 계층이 독자적인 의식을 개발 못 해 이 나라가 이 꼴 났단 말도 있어요. 이쪽저쪽 기분대로 끌려다니다가 정작 자신이 지켜야 할 것까지 잃게 되었다는 거죠. 이번 선거에서는 그래선 안 돼요. 어떤 사람들이 이 나라 중산층의 이익을 가장 잘 보호하고 신장시켜 줄 수 있는가를 살펴 투표해야 돼요. 중산층이 안정되고 두터워지면 곧 이 나라가 잘 되는 게 되기도 하니까 집단이기주의라고 부끄러워할 거 없대요……."

"그렇다면 선택은 또 뻔해지겠군. 이리 둘러대고 저리 갖다붙여도 답은 항상 그거잖아. 결국 여당 밀자는 거."

"그게 아니라구요. 우린 아직 아무것도 결정한 거 없어요. 솔직히 말해 6공, 중산층 봐준 거 뭐 있어요? 앞으로 더 따져보고 더 살핀 뒤에 결정할 거라구요."

"그럼, 거 동창회도 아닌 모양이네. 요즘 어딜 나가는 거야?"

"그런 모임이 있어요. 동창회와 무관하지는 않지만……."

"또 일거리 만들었군. 에미란 게 맨날 그런 쓸데없는 일거리만 만들어 싸돌아다니니 자식새끼들이 될 게 뭐야? 재수도 모자라 삼수생이 나오질 않나, 아무놈 하고나 연애질해 다된 혼인을 깨놓질 않나. 당신 그래 가지구 막내 녀석인들 내년에 제때 대학 가겠어?"

김왕흥 씨가 그때껏 아내의 강의만 듣고 있었다는 게 갑자기 자존심 상하는지 아닌 밤중에 홍두깨를 내둘렀다. 그 느닷없는 핀잔에 한 여사도 발칵했다. 제법 얼굴까지 상기돼 잘 나가던 끝이라 그럴 만도 했다.

"쓸데없이 싸돌아다닌다구요? 당신 자꾸 그런 식으로 나오면 정말 쓸데없는 데 다녀봐요? 누군 카바레 어딨는지 몰라서 안 가는 줄 아세요? 고스톱 재미없어 안 치는 줄 아세요? 그래두 내가 하는 건 다 건전한 봉사활동이라구요. 무의탁시설 위문, 건강한 사회를 위한 여성들의 모임, 공명선거 지역감시단 — 이래 봬도 한 달에 한 번 나가는 동창회 빼면 모두가 공적인 활동이라구요……."

갑자기 대화가 그렇게 흐르는 바람에 그들 부부의 대화는 실력

행사 한발 직전에 겨우 끝이 났다.

그런데 다음날 김왕홍 씨가 무슨 바람이 불었는지 그동안 입었던 두터운 겨울옷을 벗어던지면서 나를 깜박 집안에 빼두고 가는 바람에 나는 한 여사가 요즘 들어 새로 열 올려 나가는 모임과 그 성격을 살필 기회가 있었다. 언제나처럼 김왕홍 씨가 늦은 출근을 하고 난 지 반 시간도 안 돼 그 집으로 몰려든 예닐곱 명의 아주머니들을 통해서였다.

그녀들은 집 안으로 들어설 때부터가 요란스러웠다. 인터폰이 울려 송수화기를 드니 데모라도 하는 듯한 웅성거림과 함께 한 날카로운 여자 목소리가 들려왔다.

"누구긴 누구야? 어서 문이나 열어."

이어 대문을 들어선 여자들은 뭣 때문인지 마당에서부터 킬킬거림과 비명으로 시끄러웠다. 한 여사가 현관문을 따자 또래의 중년 여자들이 여섯이나 우르르 집안으로 들어섰다.

"이그, 좀 조용히 해라. 다 늙어가는 것들이 웬 호들갑은 남아 가지고."

한 여사가 그렇게 핀잔을 주었으나 그녀들은 그저 유들유들이었다.

"호들갑이 아니라 기분이라는 거다. 고목이라고 꽃 안 피냐? 날이 따뜻해 봄 같으니 기분이 싱숭생숭해서 그런다. 왜?"

유달리 진한 화장에 선글라스까지 낀 여자 하나가 그렇게 받았다. 한 여사가 그녀를 골려주려는 듯 안방 쪽으로 눈짓을 하며 짐짓 목소리를 낮췄다.

"그래서 안 될거야 뭐 있겠니? 다만 미애아빠가 집에 있으니 탈이지."

"뭐?"

서넛은 한 여사의 거짓말에 놀라며 무안한 듯 입을 다물고 본능적으로 옷매무새를 고쳤으나 선글라스는 눈도 깜짝하지 않았다.

"그래? 그럼 잘됐구나. 같이 늙어가는 처지에 우리가 어디 내외하고 수줍음 탈 처지니? 어서 나오시라구 해. 벌이 좋은 친구남편 좀 벗겨먹어두 죄 될 일 없겠지. 온 김에 이 집 사랑양반 손님 접대 범절 좀 보자."

"늙으면 느는 건 뻔뻔스러움밖에 없다더니 쟤가 정말 옛날 그 새침데기야? 못 당하겠네, 못 당하겠어. 기 좀 죽여놓으려 했더니. 그 양반, 사무실에 나간 지 벌써 오래야. 이리들 와 앉아. 차라도 한잔 내올 테니."

한 여사가 혀를 끌끌 차며 그렇게 스스로 항복을 하고 주방 쪽으로 갔다. 찻물이라도 얹어두려는 것 같았다.

그사이 나는 거실 구석 나무 옷걸이에 걸린 김왕홍 씨의 양복 주머니에서 그녀들을 하나씩 찬찬히 훑어보았다. 얼른 보기에는 나이가 들쭉날쭉한 듯했지만 자세히 얼굴을 뜯어보니 비슷한 또래 같았다. 말로만 듣던 한 여사의 여고 동창들인 모양이었다. 대략 마흔 대여섯쯤으로 보였다. 나는 다시 그들의 차림을 훑어보았다.

그녀들은 유한마담이긴 해도 나름으로는 건전한 사회활동에 참여한다는 의식이 있어선지 사치로 지탄받을 차림들은 아니었다. 고급 외제 상표가 붙은 옷도 아니었고 번쩍거리는 목걸이 귀고리를 늘이지도 않았다. 그러나 검소하기는 하지만 중년부인의 품격과 연관 지어 생각하면 한마디로 가관이었다.

　　가끔씩 나이와 맞지 않은 차림이나 치장이 특이한 멋을 느끼게 하는 수가 있다. 여러 가지가 잘 맞아떨어져 좋은 뜻으로 '젊게 산다'든가 '노숙해 뵌다'라는 따위의 느낌을 보는 이에게 줄 수 있을 때가 그런데, 실은 그 같은 연출보다 더 어려운 연출도 없다. 그 사람의 직업이나 생김, 그리고 그때 그 자리의 분위기 중에서 어느 것 하나라도 삐끗하면 오히려 평범한 치장이나 차림보다 훨씬 더 못한 효과가 나온다.

　　이를테면 사십 대의 여자가 단발머리를 하고 나올 때 그게 경쾌하고 젊어 보여 그대로 멋이 되는 수도 있지만 더 많은 경우 어딘가가 맞지 않아 오히려 그 늙음과 시들어감을 강조하고 보는 이에게 처량함을 느끼게 하기 일쑤이다. 그리고 정도가 심할 때는 섬뜩하고 끔찍한 느낌을 주기까지 한다. 예순 나는 할머니가 여고생 교복을 입고 깔깔거린다면 대개는 모골이 송연할 것이다.

　　그런데 좀 안됐지만 그녀들의 태반이 그랬다. 선글라스는 짙은 화장뿐 아니라 멜빵 달린 청바지에 노란 블라우스가 화실에서 작업하다 나온 미술대 여학생을 연상시키는 차림이었다. 몸매도 그런 대로 중년의 펑퍼짐함은 면했지만 느낌은 한마디로 꼴불견이었다. 흰 스타킹에 짧은 치마바지도 중년의 품위와는 멀었고 바래고 무릎 나온 청바지도 썩 어울리는 편은 아니었다. 어쩌면 하나를 빼고는 약속이나 한 듯 입고 나온 바지들이 모두가 그랬다는 편이 옳을지도 모르는 일이었다.

한 여사가 차를 끓여 내오는 동안 자기들끼리 하는 얘기로 보아 그들은 공명선거 지역감시단인가 뭔가 하는 모임의 그 동네 멤버들인 모양이었다. 그러나 그들의 성분을 보니 공명선거에는 별 도움이 될 거 같지 않았다. 그게 동창회에서 급조한 산하단체인 데다 살이가 비슷한 계층의 모임이라 결국은 특정 정당의 지원세력으로 전락해 버릴 공산이 더 컸기 때문이다. 김왕흥 씨의 말대로 그 동창회가 전통적으로 한 정당을 집중 지원해 왔다면 애초부터 그것은 위장된 선거운동 단체거나 아니면 그들이 지지하는 정당후보에게 투표하는 게 가장 공명하다고 믿는 어설픈 감시단일 듯했다. 그녀들의 그 같은 성격은 차를 마시며 하는 잡담에서 곧 드러났다.

"얘, 공명선거, 공명선거하며 떠들고 다니긴 하지만 어떤 게 공명선거니? 돈 받고 찍으면 안 된다는 것쯤은 알겠는데 다른 건 통 모르겠더라."

내온 커피를 홀짝거리다 말고 치마바지가 누구에게랄 것도 없이 물었다. 내뛰기 좋아하는 선글라스가 대뜸 핀잔처럼 받았다.

"쟤는 맨날 저런 맹한 소리만 하더라. 사심 없이 국회의원 자격 있는 사람에게 찍으면 그게 공명선거지 별거야?"

"그걸 누가 몰라? 문제는 그 자격이지. 기준이 뭐야? 도대체 어떤 게 국회의원 자격이냐구?"

"학식도 있구, 경륜도 있구, 인품도 있구, 능력도 있구……. 너 정말 몰라서 물어?"

"그 사람이 얼마큼 학식 많고 경륜 있는지 유권자가 다 어떻게 알아? 더구나 인품이니 능력이니 하는 거 그렇게 간단히 알 수 있는 거야?"

정말로 맹한 얼굴이 되어 치마바지가 그렇게 되묻자 선글라스가 놀리듯 말했다.

"쟤 이학년 때 우등상 정말 제 실력으로 딴 건지 몰라. 입후보자 학력 경력 폼으루다 적어놨니? 학식은 학력으로 가늠하면 되는 거구 능력은 경력이나 현재 지위 같은 걸루 감잡으면 되잖아?"

"그런데 말야, 바로 그거라구. 그렇게 따져 찍는다면 공명선거가 바로 여당 찍는 거 아냐? 생각해 보라구. 학력 경력 화려하기로는 여당 후보를 어떻게 덮어?"

그러자 비교적 차림이 수더분하고 생각 있어 뵈는 아주머니가 끼어들었다.

"맞아. 그럼 우리 동창회 이번에도 여당 지지하는 거니? 솔직히 나는 동창회에서 공명선거, 공명선거 떠들어대니 헷갈리더라구. 애들이 왜 안 하던 짓 하나 했지."

"너 성숙한 시민의식이라는 말 안 들어봤니? 사람들이 깨나면 지원방식도 고급하게 발전해야지. 애들이 그럼 정말로 선관위 하려고 들었나 봐. 공명선거란 거 그거 어렵게 생각하지 말라구. 누구에게든 자기가 지지하는 사람이 당선되는 선거가 가장 공명선거가 되는 거라구. 그런데 너희들이나 나나 뭐야? 오갈 데 없는 중산층이잖아? 밉든 곱든 이 사람들 집권체제 아래서 이렇게라도 버티는 거 아냐? 싹 갈려 좋은 일 날 수도 있지만 몽땅 잃는 수도 있지. 그러나 안 갈리면 그럭저럭 현상유지는 될 거 아냐? 그렇다면 난 도박하기 싫다 얘."

선글라스가 혼자 똑똑한 체 잘라 말했다. 그러나 수더분한 아주머니는 겉보기보다 속이 단단했다.

"그건 꼭 그렇게 말할 수도 없지. 갈아야 할 때 갈지 않아서 우리 중산층이 피해 보는 수도 있다, 너. 도박은 갈아치울 때나 안 갈아치울 때나 마찬가지야. 오히려 지난 4년을 참고한다면 안갈아치우는 게 더 위험할 것 같은데. 생각해 봐. 그동안 더 나아진 거 뭐 하나 있었나."

말은 부드러워도 적잖이 힘이 실린 논조였다. 그때껏 가만히 있던 한 여사가 그녀를 편들고 나섰다.

"그건 그래. 나두 꼭 여당 찍어야 한다는 생각은 없는데. 하는 짓 좀 봐. 공천이며 저희끼리 티격대는 거며 곱게 보아줄 구석이 있어야지. 말이 났으니 말이지 우리나라에 야당이 어딨어? 민중당이나 집권하면 모를까, 다른 야당은 집권한다구 해서 크게 달라질 게 없다구. 선거로 집권한 보수야당의 개혁이란 게 그리 대단할 것 같아. 비슷비슷할 거야. 그렇다면 꼭 지금 여당에만 죽어라 매달려야 할 까닭이 어딨어? 나는 니네들도 비슷한 생각인 줄 알았는데."

"얘들 정말 큰일 났네. 겉멋 부리지들 마. 이번에 겉멋 부리다가 또 전번 짝 나면 그때는 끝장이야. 지난 4년 같은 4년 또 있으면 이 나라에 뭐 남아나는 게 있을 것 같애? 다 끝장이야. 정신들바짝 차리라구."

"어머, 어머. 쟤 봐. 점점 저희 신랑 닮아가네. 저희 신랑 옷 벗고 출마한다는 소문이 있더니 정말인가 봐."

청바지가 선글라스를 그렇게 빈정거리자 선글라스가 가시 돋친 음성으로 받았다.

"너두니? 그럼 나 혼자네. 난 너희들이 그렇게 장한 공명선거하려는 줄 몰랐다. 민자당도 이젠 다 돼가는가 봐. 하지만 동창회본뜻은 그렇지 않을걸. 이따 가보자구. 오늘쯤은 틀림없이 다 깨구 나올 거야."

"그렇담 난 헛소리 한 셈이네. 어젯밤 영감한테 선거강의 한 시간이나 했는데 왜 지난번 교양강좌 시간에 외래강사한테 들은 소리 말이야."

한 여사가 그런 소리로 슬며시 선글라스를 건드렸다. 선글라스가 기다렸다는 듯 받아쳤다.

"맹추야, 그 사람이 바루 중앙당의 무슨 연구위원이란 말야."

"정말? 얘들 무서운 애들인데. 그래놓구선 시치미야? 뭐, 정의실천 시민연맹 간사 어쩌구?"

하지만 정말로 놀라운 건 반반이었다. 그걸로 보아서는 그녀들도 어느 정도는 그 공명선거 운동의 불순한 동기를 짐작하고 있었던 것 같았다. 선글라스가 하도 내뜨니 공연히 어깃장을 놓아본 거라고나 할까. 한 여사의 약간 호들갑 섞인 반문을 그나마 거들고 나선 것은 수더분한 차림의 아주머니뿐이었다.

"하긴 나도 대강 짐작은 했지만 글쎄 그게 니네들 뜻같이 될까? 말이 씨 된다구 공명, 공명, 하다 보면 진짜 공명이 뭔지 알게들 되겠지. 나 실은 그 효과 쪽을 믿고 끼였다구."

"증말루 무서운 애는 얘네. 그래놓구두 입 꾹 다물고 있었단 말이지."

선글라스가 그렇게 핀잔처럼 받기는 했지만 선거 얘기는 그쯤에서 끝이 났다. 치마바지가 느닷없이 화제를 다른 곳으로 이끈 탓이었다.

"근데 말야, 니네들 숙자 소식 들었니? 거 왜 2반의 정숙자. 남편 저번에 동산증권 이사 되구……"

"갑자기 딴 반 애 얘기는 왜 꺼내? 걔가 어쨌는데?"

"걔 이번에 소설가 됐다."

"어디루 나섰는데? 신춘문예 철두 아니구……. 무슨 현상모집 당선발표작 같은 것도 신문에 없던데. 제 돈으로 적당히 소설 비슷한 거 한 권 찍고 저 혼자 소설가 된 거 아냐?"

그 마당은 내가 좀 안다는 듯 색바랜 청바지가 캐묻고 나섰다. 심술궂음과 부러움이 적당히 어우러진 어조였다. 치마바지가 왠지 고소해하는 웃음까지 흘리며 필요 이상 자세하게 설명했다.

"그게 아니더라구. 정규 문예지에 당당하게 신인상 수상을 하고 데뷔했어. 걔네 집이 우리 아파트 옆 동 아니니? 그래서 시상식까지 따라가 봤는데 늙고 젊은 문단 선후배들 주욱 다 나오구 칵테일상두 제법 그럴듯하데. 꽃다발이 여기저기서 들어오구…….걘 눈물까지 글썽이더라."

"어머. 그래? 걔 출세했네. 학교 다닐 땐 그저 그랬는데 늦재주가 한꺼번에 터졌나 봐."

"아냐. 걔 왜 학생 때도 그쪽으로 좀 티를 냈지. 백일장도 나가구 학원지 문예란도 투고깨나 했다 얘."

그때까지도 반응들은 선뜻 드러내고 싶지 않은 대로 부러움이 주된 정서였다. 한동안은 정숙자란 동창의 늦은 성취를 인정해야 할 근거들을 추억 속에서 끌어내느라 분주했다. 그러다가 약속이나 한 듯 짧은 침묵에 빠져들더니 이내 분위기는 일변했다.

"휴우, 갑자기 인생이 허무하다, 얘. 우린 이게 뭐니? 산 들 이름이 있어, 죽은 들 남기는 게 있어?"

어딘가 감상적인 인상을 주는 연두색 실크블라우스가 그렇게 그녀들을 자극한 탓인지도 몰랐다. 그동안 잠자코 있던 색바랜 청바지가 문득 악의에 찬 웃음을 띠며 심문하듯 치마바지에게 물었다.

"너 혹시 그 잡지 이름 아니?"

"그럼,《끼리문학》이라구 아주 두툼한 잡지던데, 앞의 화보에는 이름 아는 문인들도 많이 나오구……."

그러자 청바지가 차가운 코웃음 소리를 냈다. 그 자신 있는 코웃음에 치마바지가 까닭 없이 기죽어하며 물었다.

"그 잡지 너두 알아?"

"알지. 아주 자알."

"그게 어떤 잡진데?"

이번에는 여럿이 한꺼번에 그렇게 물었다. 무슨 구원이라도 바라는 사람들의 것처럼 간절한 데가 있는 목소리들이었다. 색바랜 청바지가 유쾌한 복수라도 하듯이 이죽거렸다.

"그런 잡지가 있어. 석 달에 한 번씩 나오는데, 그때 시, 소설, 수필, 동화, 동시 해서 한꺼번에 새로운 문인이 자그만치 수십 명씩 쏟아져나오지. 일 년에 그 잡지에서 쏟아내는 신인만도 백 명은 넘을 걸 아마. 실은 싸구려 무더기 등단인데 타이틀은 모두가 신인상이야. 그런데 그 신인상이 무엇인지 알아? 빈 봉투라구, 빈 봉투. 그뿐인 줄 알아? 그 잡지에 글을 실으려면 원고료를 받기는커녕 거꾸로 게재료를 내야 한다구. 말하자면 자기 광고료라 할까. 하기야 남이 만들어 놓은 지면을 이용하려면 사용료를 무는 게 당연하겠지만……."

"그렇지는 않은 모양이던데. 시상식에 보니 심사위원들 중에는 본 얼굴, 들은 이름이 많더라구. 국립대학 교수도 있구."

치마바지가 그렇게 버텨보았으나 청바지는 눈도 깜짝 않았다.

"거기 내는 돈에는 그 사람들 이름을 빌리는 값도 들어 있지. 문인이구 교수구 공짜로야 이를 빌려주겠어? 어떻게 쌓아 올린 이름인데……."

"……돈 얘긴 나두 들은 게 있는데 꼭 그렇지는 않은가 보더라. 강요하는 건 아니구 자발적으로 내는 거래. 요새 잡지 형편 어렵잖니? 웬만큼 가지구 시작한 사람두 몇 달 못 버티고 손드는 게 문예지라는 거야. 여유 있는 돈으로 그런 문화사업 지원 좀 하는 거 그리 비꼴 거 있니? 몇백만 원짜리 모피코트 사는 것보다야 낫겠지."

"그건 그래. 시인이나 소설가란 이름 달고 있는 게 몇천만 원짜리 보석 목걸이보단 나을걸. 그런데 그게 모양으로 달고 다닐 게 못 되니 그렇지."

색바랜 청바지가 이제 더는 흥미 없다는 듯 그렇게 말을 맺자, 그제서야 기세를 되찾은 나머지가 때늦은 적의를 드러냈다.

"그럼 그렇지, 걔가 웬일인가 했더니. 걘 대학두 일차 떨어지고 이차 따라지 간 애잖아. 소설가도 이차 따라지로 된 거야, 그럼?"

"나두 들은 게 있다구. 어느 부자동네 아파트는 한 동(棟)에 여류 시인만도 스무 명이 넘는다며? 것도 다 우리 같은 아주머니루다가. 어쩌다 보면 한곳에 예술가들이 모여 사는 수도 있겠지만, 너무 공교롭잖아?"

"그러구 보니 전에 신문에도 났데. 등단을 둘러싼 잡음 말이야. 근데 왜 그런 시비가 꼭 여자들 상대니? 혹시 그것두 남자들 횡포 아냐? 젊은 문학청년들 등단에는 정말로 그런 시비 없는 거니?"

"그건 모르지만, 이상한 건 있더라. 요새 부쩍 명함에다 시인이니 소설가니 박아 다니는 여자들 자주 눈에 띄는 거 말이야. 우리

끼지 얘기지만 그게 어디 명함에 박아 다닐 직함이야?"

그 뒤 그네들은 다시 반 시간 가까이나 더 잡담을 하다가 자리를 털고 일어났다. 다행히 그 뒤는 그저 그렇고 그런 일상의 얘기라 듣기에 그리 민망스럽지는 않았다.

하지만 그녀들의 봉사활동은 아무래도 요령부득인 데가 있었다. 두 대의 승용차에 나누어 타고 간 그녀들은 한 시간 남짓 만에 되돌아왔는데, 듣기로는 지하철 입구 같은 데서 계몽용 팸플릿을 나누어준 듯했다. 바꾸어 말하면 그녀들은 오전 동안에 겨우 한 시간의 봉사활동을 한 셈이었다.

그녀들이 김왕흥 씨의 집으로 돌아온 이유는 외식경비의 절감이었다. 그러나 까닭 모를 과시욕에 빠진 한 여사가 있는 것 없는 것 다 꺼내 지지고 볶고 굽고 하는 통에 시간도 경비도 밖에서 간단한 대중 식사로 때우는 것보다 배 이상 들어 보였다.

거기다가 다시 찻잔을 들고 한 시간이나 그렇게 노닥거리는 게 좋아서 모였는지, 봉사활동을 하러 모였는지 영 분간이 안 되었다.

그녀들은 오후 두 시 가까이 되어 다시 나갔다. 그날 있는 합동 연설회에 팸플릿을 나누어주기 위함이었다. 하지만 네 시도 되기 전에 돌아온 그녀들은 대개가 통통 부어 있었다. 누구에게 맞아서가 아니라 몹시 심기가 상해서였다.

"얘, 정말 맥빠진다. 이게 뭐니?"

"그러게 말야. 이제부터 공명선거하자면 여당 찍어주지 말란 말이 될 판이니 어떻게 나서? 난 그만둘래."

객실 소파에 무너져내리듯 털썩털썩 앉으면서 저마다 한마디씩 하는 게 밖에서 무슨 일이 있었던 듯했다. 나중에 그중 하나가 내미는 그 날 석간의 기사제목을 보니 무슨 정보기관의 요원들이 야당후보를 모함하는 흑색 유인물을 돌리다가 야당 선거운동원에게 발각된 사건이었다.

"그런 병신들이 어딨어? 그렇게 시킬 사람이 없어 사무관이 직접 봉투 들고 설친 거야? 그것도 요원들을 셋씩이나 데리구."

"안기부도 다 됐다, 다 됐어. 대낮에 그렇게 엉성한 짓으로 야당표를 깨겠다니. 국민학교 급장선거도 그리는 안 하겠다."

"맞아, 선거는 밀어놓구라두 이 나라 보안이 정말 걱정이다. 어디 그 사람들 믿고 다리 뻗고 잘 수 있겠니? 그런 사람들이 그 치밀한 대공수사나 첩보활동을 어떻게 해내겠어?"

"도대체 그런 아이디어가 어디서 나온 거야? 어디서 그따위 케케묵은 수법을 찾아냈어? 그것두 공작이랍시구…… 쯧쯧."

그녀들이 한결같이 나무라고 있는 것은 그 기관의 선거개입 그 자체가 아니라, 수법의 졸렬함이나 엉성함이었다. 다시 한번 그녀들이 벌여온 공명선거 운동의 실체를 짐작게 해주는 반응들이었다. 그러다가 선글라스를 벗어버린 멜빵바지가 갑자기 목소리를 낮추어 말했다.

"혹시 이거 야당의 조작 아닐까? 그 사람들, 충분히 그럴 만한 사람들 아냐? 붙들린 그 사람들 정말로 안기부 직원인지 어떻게 알아? 저희끼리 짜구 여당 물 먹이려는 거 아닐까?"

아주 대단한 추리력을 뽐내기나 하듯 눈까지 반짝거렸다. 그러자 수더분한 아주머니가 그녀 눈앞에다 신문을 흔들어대며 이죽거렸다.

"너는 신문도 안 읽었니? 신분증에다 수첩까지 있었댔잖아! 무소속 후보들 전화번호가 잔뜩 적힌……. 그뿐인 줄 아니? 자신들이 안기부 직원이라는 자술서까지 썼다더라."

"붙들리기는 어떻게 붙들렸대?"

"야당운동원들이 현장에서 덮쳤다지 아마."

"그래서 네 명이 몽땅 붙들린 거야?"

"아까 넌 야당후보들이 떠드는 소리두 듣지 않았어?"

"네 명을 붙들려면 야당후보 운동원들이 꽤 많이 갔겠네. 적어두 여덟은 갔을 거 아냐? 그래, 저쪽에서 알아차리고 사람까지 모아가도록 한자리서 얼씬거렸단 말야? 에이, 그런 정보기관원이 어딨어?"

"난들 알아? 어쨌든 그게 모두 신문에 났어."

멜빵바지와 수더분한 차림의 아주머니가 그렇게 주고받고 있는데 그 얼마 전부터 골똘한 생각에 잠겨 있던 청바지가 불쑥 끼어들었다.

"그 사람들 권총이나 수갑 같은 건 가지구 있지 않았지?"

"그런 소린 없더라."

누군가 그렇게 대답하자 청바지가 문득 지긋해진 목소리로 말했다.

"난 그거 아무래두 이상해."

"뭐가?"

"이건 추리소설이나 첩보물에서 읽은 건데 말야. 그런 일 하는 사람들 언제나 가장 세심하게 조처하는 게 일이 잘못되어 저쪽 편에 잡힐 때의 대비야. 그런데 이 나라에서도 내놓으란 정보기관의 사람들이 그런 초보적인 대비두 않았겠어? 더구나 결과에 따라서는 총선 정국에 엄청난 파문을 일으킬 공작을 하면서."

"그건 그렇네. 아마두 이번 일루 적어도 여당 의석 열 개는 날아갈걸."

다른 사람들과는 달리 수더분한 차림의 아주머니가 진지하게 청바지의 말을 받아주었다. 거기에 힘을 얻었는지 청바지가 한층 더 느릿하고 자신에 찬 목소리로 추리해 나갔다.

"대비를 한다면 두 가지 아니겠어? 하나는 무슨 수를 쓰더라도 잡히지 않는 것이고, 다른 하나는 잡히더라도 어떻게든 신분을 은폐하고 부인하는 거야. 그런데 이 사람들에게는 그 두 가지 대비가 다 없어. 꼭 잡히지 않으려면 무기만 가져가두 됐을거야. 넷 다 무기만 가졌어두 그 자리는 빠져나갈 수 있었다구. 뒷일이야 무조건 부인하면 될 거구. 그런데 이 사람들은 무기류를 하나도 휴대하지 않았거든. 그다음 잡힌 뒤의 신분은폐야. 그걸 위해서는 맨 먼저 신분증부터 감춰둬야 하는데 이 사람들은 그걸 버젓이 호주머니에 넣어갔거든. 그뿐이야? 군인들도 포로가 되기 전에는 군사

198

문서를 모두 없애는데 이 사람들은 자기들의 공작내용을 암시하는 수첩까지 갖춰 가지고 공작에 나섰다구."

제법 조리 있는 그 추리를 듣고 나니 나도 약간은 이상했다. 한 여사를 비롯한 나머지 여자들도 당장은 이렇게 할 반론이 떠오르지 않는지 가만히 듣고만 있었다.

"이상한 건 또 있어. 야당후보 선거운동 본분가 어딘가로 끌려간 뒤의 행동이야. 자세히는 모르지만 그들에게는 나름대로 그럴 때의 행동수칙 같은 게 있을 거라구. 자술서 같은 거만 아니라도 신분증이 가짜니, 수첩이 야당조작이니 해서 어거지로 버텨볼 수도 있는데, 그들은 금세 다 불고 말았거든. 야당운동원 중에 무슨 고문전문가가 있었던 것두 아닐 텐데 말이야. 그래놓구선 경찰에 가서는 엉뚱하게 묵비권이야. 이거 앞뒤가 너무 안 맞는 거 아냐? 거기다가 그들이 끌고 간 차 ― 차적(車籍) 조회만으로 간단하게 안기부 소속이란 게 나오는 승용차를 그런 공작에 끌고 나설 수 있는 거니?"

"얘는. 네 말은 그럴듯하지만 아니다, 얘. 그럼 그 사람들이 계획적으로 붙들린 거란 말이니? 누구 좋으라구. 그 기관이 야당정권 창출기관이니?"

그때쯤 해서야 겨우 청바지의 추리에서 허점을 찾아낸 멜빵바지가 그렇게 반론을 제기했다. 그러나 그걸 받아친 것은 청바지가 아니라 수더분한 아주머니였다.

"꼭 그렇게 단정할 수도 없을걸. 이 사건이 야당에만 이롭다구

보는 것은 너무 단순한 시각일 수도 있다구."

"그건 또 무슨 소리야? 그럼 이 사건으로 여당이 덕볼 수도 있다는 거야?"

멜빵바지가 턱없는 소리 말라는 듯 그렇게 몰아세웠다. 수더분한 차림의 아주머니가 아예 청바지를 대신해 추리로 들어갔다.

"모두는 아니지만 덕 보는 사람이 있을 것두 같은데, 가령 말야, 조사 결과 이대로 가면 여당이 뜻밖의 압승을 할 가능성이 있다구 해봐."

"그럼 좋지, 뭘⋯⋯."

"아니지. 첫째는 국민들의 알 수 없는 견제심리야. 요 몇 년 선거리듬을 한번 보라구. 87년 대선 때부터 각종 선거에서 여든 야든 연거푸 이긴 적 있어? 이건 유행적인 견제심리가 어느새 선거 때의 국민정서로 자리 잡아 가고 있다고 볼 수도 있지. 따라서 대선 때를 위해 이번 선거에서는 최소한의 체면유지가 더 이로울 수도 있잖아? 생각해 봐. 광역압승, 뒤이어 국회의원 선거압승, 그리구 다시 대선 승리 — 그렇게 여당에만 좋은 그림이 나올 수 있겠느냐구. 여기서 이번 국회의원 선거에서는 한 템포 죽인다는 발상이 나올 수도 있지."

"얘, 그건 너무하다. 아무렴 이길 수 있는 선거를 일부러 져주는 그런 일이 어딨어? 얘들 정말 소설 쓰구 있네."

"딴 소설두 있어. 훨씬 그럴듯한 걸루."

이번에는 원래의 임자가 이상하게 흐른 추리의 방향을 움켜

잡았다. 청바지가 제 말대로 훨씬 그럴듯하고 정밀한 추리를 해 나갔다.

"역시 정보기관에서 국민 동향을 조사한 결과 여당의 압승이 예견된다는 전제 아래 생각해 볼 수 있는 건데 — 이건 어떠니? 여당이 뜻밖의 압승을 할 때 누가 제일 득을 보겠어?"

"그야 여당이지."

"그렇게 단순하게만 생각하지 말고 좀 치밀하게 나누어 생각해 봐."

"그럼 여당 안에서도 압승이 달갑지 않을 사람들이 있단 말야?"

"있지. 이번 선거 여당이 어떻게 치르고 있어? 실질이야 어떻든 외형은 영심 씨의 주도와 책임 아래 치러지고 있잖아? 거기다가 이 양반 여기저기서 이 선거를 대선 전초전이라구 내세웠지. 그런 판에 여당이 압승해 봐. 그대로 그 양반 대세론에 휘말리고 말 거 아냐? 여당 안에는 그 양반 밑에 있게 되느니 차라리 나가서 야당 하겠단 사람들도 있다는 거 너희들도 알지? 그 사람들한테 여당의 압승이 즐거울 게 뭐야? 그 사람들에게는 압승이 오히려 짐이 되지. 창피 면할 정도가 딱 알맞다구. 과반수야 오락가락하는 공천 때메 친여(親與) 무소속 많으니 나중에 거기서 어떻게 꿰맞춘다구 보면 총선 자체는 약간 지는 모습이 그 사람들한테는 훨씬 바람직한걸. 그렇게 되면 대세론은 끝장나고, 되레 책임론으로 영심 씨 반골병 들여놓을 수도 있을 테니 말야."

"그럼 너 그 사람들이……."

멜빵바지가 너무도 어이없다는 듯 말끝을 맺지 못하다가 갑자기 나무라는 투가 되었다.

"얘기 정말 큰일 낼 애네. 너 그딴 소리 딴 데 가서 하지 말아라, 얘. 맨날 들어앉아 읽는다더니 맨 무시무시한 탐정소설만 읽었나……."

멜빵바지의 말을 듣고 보니 자신도 너무 엄청난 소리를 했다는 기분이 들었던지 청바지가 그쯤에서 슬며시 꼬리를 뺐다.

"얘는, 우리끼린데 뭘. 심심풀이로 추리소설 한번 써본 건데 왜 그렇게 얼어? 혹시 아니, 나도 이러다가 아가사 크리스티같이 될지. 그래서 왕창 벌면 내 한턱 쓸게. 니네 신랑한테 이르지 마."

나는 그녀들의 추리에 대해서는 뭐라고 말할 처지가 못 된다. 아직 이 나라의 정치 이면까지 꿰고 있을 만큼 보고 듣지 못했을 뿐만 아니라 어지간히 보고 들은 게 있다 해도 그런 것까지는 알기 어려울 것이다. 다만 내게 어떤 섬뜩함을 느끼게 한 것은 오랫동안 공작정치에 단련된 의식의 병이랄까, 대개는 그저 가정주부에 지나지 않는 그녀들에게 그같이 엄청난 추리가 가능하다는 사실이었다.

그 뒤 나는 그녀들을 그날 모인 그대로는 다시 보지 못했다. 간혹 김왕홍 씨가 나를 집안에 두고 갈 때 그녀들 중 한둘을 더 본 적은 있지만 그때는 어떤 공적인 활동을 위해 모인 것이 아니라 사적인 친분에서였다. 그걸로 보아 그녀들의 공명선거 캠페인은 그날로 끝나버린 듯했다. 공명선거를 외치는 것이 내심으로 지지하는 여당에게는 오히려 불리하다는 게 그녀들의 신명을 죽여버린 것임에 틀림없었다.

이어 며칠 이 나라는 물불 안 가리는 선거바람에 휘말렸다. 막바지의 뜨겁고 거센 바람이었다. 다른 곳에서도 얼마간은 그런 데가 있지만 이 나라의 선거바람은 실로 유별났다. 온 나라가 오로지 선거를 중심으로 돌아가 산업과 유통까지 그 장단에 춤을 추었다.

우리 김왕홍 씨도 예외는 아니었다. 겉으로는 아닌 체해도 그는 결국 세 입후보자와 실제적인 관계를 맺었다. 하나는 고향 지역구로 국민학교와 중학교 겸 동창인 후보가 나온 바람에 재경동창회 간사로서 이차에 걸쳐 이백만 원을 성의로 냈다. 다른 하나는 서울에서 나온 집안 후보로 아내에게는 숨겨도 결국은 처음부터 마음먹었던 삼백만 원을 보냈다. 그리고 나머지는 그 지역 여당 입후보자로 이번에는 약간의 향응과 당선 뒤의 특혜를 약속받았다. 별생각 없이 받아두었던 그 시장 상인조합의 포목분과 임원자리 덕분이었다.

그의 사업도 선거에 영향받았다. 그중에서도 가장 큰 것은 빗나간 예측이 부른 적잖은 손해였다. 경영난에 허덕이는 타월공장에 사채를 준 게 대표적인 예로 김왕홍 씨가 전에 없이 그렇게 불안한 거래를 하게 된 것은 순전히 선거특수(特需)를 믿었기 때문인 듯했다. 그런데 이번 바람이 묘하게 불어 타월같이 흔적이 남는 물건을 입후보자들이 기피하는 통에 타월공장들은 헛물만 켜고 재고만 늘어났을 뿐이었다.

포목장사도 전반적으로 시원찮았다. 선거철이라도 벗고 다니는 것도 아닐 텐데 거래는 눈에 띄게 줄어들고 대금결제도 시원찮았다. 자금이 다른 곳으로 빠져나가 부도를 내고 자빠지는 업체들이 늘어났다. 모두가 내게는 얼른 이해가 안 되는 일들이었다.

그런 사정은 김왕홍 씨가 만나는 거인들에게도 마찬가지인 것 같았다. 농담 중에도 엄살이 늘어나고 실제로도 모두들 조금씩은 불안하고 초조해하는 기색이 엿보였다. 선거를 보는 그들의 눈길도 여유를 잃어갔다. 겉으로는 한결같이 어느 쪽도 싫다는 식이었지만 속으로는 진작부터 저마다 결정들이 있는 듯했다. 지지대상은 좀처럼 드러내지 않으면서도 반대하는 쪽에 대한 비판은 갈수록 험악해지고 있었다.

선거 사나흘 전까지도 이 나라 언론들은 부동표를 놓고 수선을 피워댔다. 조사해 본즉 유례없이 부동표가 많다는 것이었다. 그러나 내가 보기에 그 통계는 조사자가 조사대상자의 능청에 넘어간 결과에 지나지 않는 듯했다.

이쪽저쪽 다 싫다. 아직도 마음을 정하지 못했다. 사람들은 흔히 그렇게 말했지만 조금만 더 선거 얘기를 시켜보면 그들의 말이 믿을 수 없다는 걸 알 수 있을 것이다. 양쪽을 다 싫어해도 그 혐오감에는 차이가 있게 마련인데, 그 가장 강도 높은 혐오감의 반대편이 그가 내심으로 지지하고 있는 쪽이라고 보면 거의 틀림이 없다. 요컨대, 지지가 호감에 비례하는 것이 아니라 혐오감에 반비례하는 기묘한 형태였기는 해도 부동표는 아니었다. 그러나 그놈의 선거 얘기는 이제 그만 하자. 내게는 이상한 일도 많고 궁금한 부문도 많지만 듣는 이에게는 징그럽고 신물 나는 얘기일 수도 있다. 대신 선거 며칠 전에 있었던 거인들의 괴상한 계(契)와 그걸 통해 만나게 된 또 다른 마녀들, 혹은 요정들의 얘기로 선거 때문에 공연히 복잡했던 머리들이나 식혀보자.

주로 그 상가건물에 업소를 가진 거인들이 계원인 그 계는 기실 오래전부터 예고되어 온 것이었다. 다만 그 계 얘기를 꺼낼 때마다 모두가 공연히 빙글거렸고, 그달에 타기로 되어 있는 사람은 또 공연히 멋쩍고 어색해하던 게 이상했는데 드디어 그 곗날이 왔다.

"오늘 좀 늦을 거야. 접때처럼 바닷가에라두 나가게 되면 못 올지도 모르고."

출근 전에 넥타이를 매면서 김왕흥 씨가 태연스러운 얼굴로 한 여사에게 그렇게 말할 때만 해도 나는 그게 외박 통고며, 또한 그 계 때문이라고는 짐작하지 못했다. 한 여사도 그때는 아무 말 없이 그 통고를 받아들였다. 그러다가 김왕흥 씨가 집을 나설 무렵해서 뾰족한 목소리로 받아칠 때에야 비로소 심상찮은 느낌을 받았다.

"그눔의 계는 왜 그리 요란스러워요? 그날만 되면 버젓이 외박들이니."

"사업하다 보면 어쩔 수 없는 거야."

김왕흥 씨가 지긋한 목소리로 받았는데, 다분히 의도적인 지긋함이었다. 그러나 한 여사는 아무래도 이번에는 짚고 넘어가야겠다는 듯 캐고 들었다.

"이달에는 어디 사람들이에요?"

"세무서하고, 태평직물 디자인실 사람 두엇."

"세무서는 지난번에도 접대했잖아요?"

"올핸 달라. 점점 세게 옥죄 온다구. 한번 더 시야게를 해둬야 될 것 같애."

"차라리 현찰박치기로 하지 그래요. 이젠 당신도 술자리에 끌려다닐 나이는 넘었잖아요? 밤새워 고스톱치며 억지로 돈 잃어주기도 늙었고."

"업자들 방식이야. 모르면 잠자코 있으라구."

김왕흥 씨는 위엄으로 눌러버리겠다는 듯 계속 목소리를 무겁게 깔았으나 한 여사는 쉽게 넘어가 주지 않았다.

"당신 혹시 당신이 좋아서 그런 식으로 계속하는 거 아녜요? 떡 본 김에 제사 지낸다구 그 덕에 당신두 재미 보구 말예요. 맞아. 그게 언젯적 얘긴데 아직…… 이젠 그만둬요. 오늘 또 외박이면 사람 풀어 알아볼 거야."

그렇게 나오는 바람에 하마터면 싸움으로 번질 뻔했다. 그러나 김왕흥 씨에게는 비장의 무기가 있었다. 귀찮다는 듯 몇 번 설명을 하다가 갑자기 처량한 목소리로 바꾸어 말했다.

"그래, 알았어. 다 때려치우고 일찍 돌아오지. 하긴 나두 싫어. 밤새도록 자식 같은 놈들 비위 맞춰가며 앉아 있기 정말 지겹다 구. 우리도 이젠 성실 신고로 바꾸고 마음 편하게 살아. 까짓거 나라하고 갈라먹기 하면 되지 뭐. 그렇다구 어디 밥 굶겠어?"

그러자 한 여사의 기세가 눈에 띄게 꺾이었다. 세금이 무섭긴 무서운 모양이었다. 몇 마디 뾰족한 소리를 더하기는 해도 어떻게든 결판을 내겠다는 것이라기보단 막연한 경고에 가까웠다.

정말 대단한 계였다. 그날 오후가 되자 김왕흥 씨 사무실의 전화통은 불이 났다. 자기들끼리도 까닭 모르게 킬킬거리며 전화를 주고받았고, 그들이 만나기로 한 업소에서의 확인전화도 있었다. 김왕흥 씨 자신도 곁에서 짐작할 수 없는 전화를 몇 통 했다.

오후 세 시쯤 해서 그들 계원들이 일차로 만난 곳은 가까운 사우나탕이었다. 계원은 모두 여덟, 그중에서 다섯은 이미 전에 본 적이 있는 사람이었다. 그 상가에서 재미깨나 보는 사람들의 모임이어서 그런지 전보다 업종도 다양하고 나이도 층이 졌다. 그런데 그 계의 방식이 좀 이상했다.

"회장님, 회비 받으시죠."

사우나를 마친 뒤 옷을 입으면서 그중에 한 사람 김왕흥 씨 또래의 대규모 정육업자에게 나머지 일곱 사람이 줄줄이 돈을 갖다 바쳤다. 한 사람이 오십만 원 정도 내는데, 이름이 계지 실은 일종의 추렴 같았다. 그런 짐작을 뒷받침해주는 게 돈을 내며 덧붙이는 안 사장의 말이었다.

"자아, 회장님 인자부터는 이 한 몸 타악 마낍니데이. 우에든지 우리 불쌍한 백성도 잊지 마이소."

몸을 맡긴다는 게 무슨 뜻인지, 그리고 회비는 어디 어떻게 쓰는지는 알 수 없지만 적어도 그들이 지금부터 함께 움직인다는 것과 모든 집행권은 그달의 회장인 그 정육업자에게 있다는 것은 쉽게 알 수 있었다.

약간은 멋쩍어하면서도 회장 또한 그때부터 전권을 가진 집행자로서의 티를 냈다. 회비로 받은 수표들을 지갑에 챙겨 넣더니 무게 있게 말했다.

"그럼 우선 속부터 채워야지. 좋은 횟집 봐둔 게 있으니 좀 이르지만 거기 가서 저녁이나 먹어둡시다."

"우리 회장님이 저렇게 실속파라니까. 회 먹으면서 소주 한잔 안 걸칠 수 있나? 결국 싼 술로 일차하고 비싼 술로는 입가심만 하자는 뜻이군."

계원들 중에는 그렇게 빈정거리는 사람이 있었지만 그리 속에 있는 소리는 아니었다.

나는 그들이 사우나탕을 나설 때까지도 그들 외에 접대할 사람이 따로 더 있는 줄 알았다. 아침에 김왕홍 씨가 한 여사에게 말한 것이 그렇게도 허무맹랑한 구실이리라고는 생각조차 못 하고, 그 사람들은 직장에 얽매여 있어 낮부터 합류하지 못하는 걸로만 추측했다. 그런데 그게 아니었다.

횟집으로 옮긴 뒤에도 그들에게는 누구를 기다리는 눈치가 없었다. 아직 저녁때로는 이른데도 경쟁이나 하듯 아귀아귀 먹어댈 뿐 누구 하나 뒤에 올 사람을 챙기지 않았다. 결국 누구를 대접한다는 것, 특히 '사업상'이라는 것은 핑계에 지나지 않았다.

이윽고 술잔이 돌면서 그들의 잡담이 시작되었다. 약속이나 한 듯 골치 아픈 정치 얘기를 피해 가는 게 다시 한번 내게는 신기하였다. 그날 밤은 평균적인 한국 남자이기를 포기한 사람들 같았다. 분위기가 질탕한 술자리로 바뀌어갈 때쯤 해서야 비로소 그 계의 목적을 짐작하게 하는 화제들이 튀어나오기 시작했다. 먼저 얘기를 꺼낸 것은 처음부터 비교적 신명을 덜 내던 유명기성복 총판업자였다.

"그런데 말이야, 이제 다음번이면 한 바퀴 도는 셈이 되는데, 이 계 계속할 거요?"

"하모, 해야지. 깨놓고 말해 여덟 달에 한 번이라도 이 재미가 어딘데. 와, 김 형은 그만뒀으만 싶은교?"

안 사장이 무슨 소리냐는 눈길로 말을 받았다. 그러나 모두가 그렇지는 않은 듯했다.

진작부터 눈에 띄게 시무룩해 있던 이 사장이 총판업자를 대신해 말했다.

"헛물 그만 켭시다. 우리 아무래도 윤 마담 그 여우 같은 년한테 속고 있는 것 같아. 생각해 보슈. 아무리 막돼먹은 세상이고 돈이면 다 된다지만 좀 이상하지 않소? 돈 몇백에 우리 같은 장돌

뱅이들에게 탤런트고 가수고 여대생이고 마구 옷을 벗어준다는 것 말요. 재미로 한 번이지 되풀이할 병신 짓은 아닌 듯한데……."

"그때 우리가 어디 장돌뱅이었소? 중역진 데리고 나선 회장님이지. 거기다가 하룻저녁에 삼백이면 그게 어디요? 윤 마담이 입댄다 해도 이백은 돌아갈 텐데. 한번 돈 안 드는 밑천 내줄 만도 하지. 한강에 배 지나간 자국이고 죽 떠먹은 자리가 바로 거기 아뇨? 난 꼭 그리 생각하지 않는데."

이번에는 처음부터 신나 떠들던 패거리 중의 하나가 안 사장을 대신해 나섰다.

이 사장이 비웃음을 감추지 않고 그를 보며 빈정거렸다.

"걔들이 어떤 애들이요? 척 보면 똥인지 된장인지 안다구요. 우리가 아무리 전무 상무가 되어 회장님, 회장님 한다구 해서 걔들이 넘어가겠소? 윤 마담 입은 또 어쩌구. 다 짜구 속는 척할 뿐이라구요. 윤 마담 그년 아마 우리 보내놓고 빙긋이 웃을걸. 병신 같은 새끼들, 하구 말요……."

"아이, 가마이 보이 이상하네. 그때 아다라시 여대생이라꼬 입이 이마이(이만큼) 째져 판도 끝나기 전에 끌고 나간 기 누군데. 그라고 또 그 담날 뭐라 캤소? 침대 시트가 피칠갑이 돼 세탁비 따로 물고 나왔다꼬 떠들어쌌디."

안 사장이 영 알 수 없다는 듯 이 사장을 쳐다보며 따지듯 말했다. 이 사장과 단짝인 듯한 딴 사람이 쓰게 웃으며 대답을 대신했다.

"바로 걔한테 문제가 있었다는 거 아뇨. 저 친구 그 뒤 한달이나 비뇨기과를 들락거렸다구요."

"별소릴 다……."

이 사장이 단짝을 나무라다가 이왕 나온 김이라는 듯 털어놓았다.

"실은 그뿐이 아뇨. 지난달에 친구하고 강남 룸살롱에 갔다가 거기서 그 기집앨 만났다구요. 저는 집안이 나빠져 다시 나오게 됐다구 그랬지만, 딴 애에게 물어보니 벌써 그 바닥을 일 년 넘게 구른 구로오도(전문가)란 거요."

"그라믄 시트 피칠갑했다는 거는 또 뭐꼬?"

"말이 난 김이니 다해 드리지. 웬만하면 한 바퀴 다 돌 때까지 혼자만 알고 있으려 했는데……. 우리같이 무식하고 없던 것들, 시장바닥 구르다가 눈먼 돈 한 뭉치 주워들게 되면 뭣이 한 되는 줄 아슈? 못 배운 것하고 고생 속에 흘려보낸 청춘이란 말요. 그게 응어리져 꾸는 꿈이 예쁜 아다라시 여대생 품어보는 거고……. 그런데, 그걸 또 귀신같이 알고 후려 먹는 것들이 있지. 바로 윤 마담 같은 것들이라구요. 전문학교 근처라도 얼씬거린 애가 있으면 여대생이라 떠벌리고 처녀막 재생수술로 아다라시를 만들어 우리같은 물봉을 잡는답디다. 뚜쟁이라도 고약한 뚜쟁이란 말요. 어떤 기집애는 처녀막 재생수술만 열두 번 받았다던가."

그러자 처음 그 방향으로 말을 꺼낸 기성복 총판업자가 쓴웃음과 함께 이 사장을 거들고 나섰다.

"나도 이 계가 한 바퀴 돌 때까지는 말 않으려고 했는데……. 아무래도 속은 것 같아."

"뭐시라? 그쪽은 탈렌트(탤런트) 아이랬나? 그 가시나 요새 마이 컸데. 나는 테레비에 그 가시나만 나오믄 황 사장 생각하고 웃는다꼬. 황 사장도 그 가스나 맞다 카미(하며) 폼재쌌다……."

이번에도 안 사장이 덮을공사로 나왔다. 총판업자가 묘한 웃음을 지으며 고백 조로 말했다.

"나도 맞기를 바랬소. 챙피해서라두, 하지만 아니었소. 골프장에서 우연히 만난 친구 중에 개하고 자봤다구 떠벌리는 치가 있어 이상하다 했는데, 며칠 전에 또 개하고 자봤다구 자랑하는 멍청이를 만났단 말요. 우리 거래선인데 꽃값까지 같습디다. 틀림없이 탤런트 개는 아닐 거요. 비슷한 애를 시켜 쏴한 거란 말요. 생각해 보슈. 그날 그 기집애 조연이라도 탤런트라고 온갖 핑계 다 대다가 열두 시 다 돼 안 왔소? 그때 우린 이미 술로 떡이 되어 있었고, 취한 눈에 비슷하게 보일 만큼 닮은 사람은 얼마든지 있을 수 있지. 게다가 호텔에 가서는 촬영 핑계대고 새벽같이 달아나버리니 술 깨서는 낮 한번 제대로 뜯어볼 틈이나 있어야지. 그런데 정말 이상한 게 사람이오. 그때 벌써 수상한 게 있어도 왠지 진짜로 믿고 싶더라구요."

나는 거기까지 듣고서야 비로소 그 계의 성질과 그간에 있었던 일들까지도 짐작이 갔다. 계라고 하는 이 땅 특유의 경제활동 방식은 전부터 들은 게 있어 그리 새로운 게 없었으나 그것을 통해 집중된 경제력의 구매대상이 그런 종류의 상품이었다는 사실은 몹시 충격적이었다.

두 사람이 번갈아 흥을 깨는 통에 갑자기 자리가 서먹해졌다. 특히 그날의 회장인 정육업자는 그때까지의 호기와는 달리 얼굴까지 시무룩해져 소주잔만 비워댔다. 자리에서 가장 나이가 지긋해 뵈는 사람이 가만히 분위기를 살피다가 불평 많은 둘을 나무랐다.

"어허, 이 사람들이 왜 이래? 자기 몫 챙겼으니 재나 뿌리자는 건가. 이러지들 마시요. 계를 더 하고 말고는 앞으로 정할 일이고, 남은 순번은 재미있게 넘기도록 합시다. 윤 마담도 그래요. 물장사 그만둘려면 모를까, 함부로 그러진 못할 거요. 우리 같은 단골도 흔찮은데 그리 막 볼 수야 있겠소? 여럿 구해 대다 보면 잘못되는 수도 있지. 남은 사람들 김 빼지 말고 그만들 하슈. 이제니까 말하지만, 나는 틀림없었소. 틀림없이 회사에 나가는 얌전한 아가씨였고, 그 돈은 동생 등록금에 썼습디다. 요새도 그 회사에 나가고 있고 동생의 이번 등록금도 내가 댔소."

"아이구야, 참말로 재미 본 사람은 여 있었네. 할배, 혹시 그 색씨 요거 삼은 거 아잉교?"

안 사장이 익살스레 떠들며 새끼손가락을 들어 보였다. 할배라고 불린 사람이 짐짓 늙은이 흉내를 냈다.

"이 사람아, 나도 외손주를 봤네. 다음 계에는 그러잖아도 빠질 참이었다구. 누구처럼 속은 게 분해서가 아니라 죄받을 짓 이제는 고만 좀 하려구. 그런 나한테 첩이라니."

"맞소. 나도 죄받을까 겁이 나서라믄 모를까, 속았다꼬 이 계 때려치울 마음은 없구마. 아이, 애시당초 억시기 마이(많이) 바래지도 않았소. 하룻밤 대기업 회장 노릇하고 우예튼 윤 마담이 고르고 골래준 미녀 품고 잤으믄 됐지, 뭘 더 바라겠는교? 까짓 돈 몇백 가지고 참말로 탤런트나 생때 같은 처자 따먹을라 칸다 카믄 그기 나쁜 놈이제."

안 사장이 그래놓고는 술잔을 높이 쳐들었다.

"자아, 뭐 하는교? 한잔씩 쭈욱 마시고 인자 일라섭시다. 윤 마담도 요새는 열두 시 안 지키고 몬 배길 낀데, 어서 가봐야제."

그러자 분위기는 조금씩 풀려갔다. 짐작으로 안 사장은 지난번에 회장 노릇할 때 재미깨나 본 모양이었다. 김왕흥 씨도 이 사장이나 기성복총판의 말에 그리 동조하는 눈치가 아닌 걸로 보아 그 계에 불만이 있는 것 같지는 않았다. 나는 문득 그가 호텔에서 몰래 만나던 젊은 여자를 떠올렸다. 그 방면의 아가씨 같기는 해도 용모나 기품이 그와는 너무도 어울리지 않던 게 기억나자 어쩌면 그녀도 그가 회장일 때 만난 여자일지 모른다는 생각이 들었다.

그들이 횟집을 나선 것은 거리가 제법 어둑할 무렵이었다. 그날의 회장과 또 다른 한 사람이 대기시킨 두 대의 차에 나누어 탄 그들은 저물어가는 서울의 차량 홍수에 떼밀리다가 여덟 시쯤하여 어떤 오래된 동네의 요정 앞에서 내렸다. 청아원(清雅苑)이란 현판이 솟을대문 높이 걸려 있었다. 나비넥타이 차림의 용모 반듯한 청년이 그들을 반갑게 맞았다.

"이분이 회장님이야. 알아서 모셔."

일행 중의 하나가 자가용을 돌려보내고 오느라 몇 발 늦은 그날의 회장을 가리키며 말했다. 청년이 허리를 직각으로 꺾어 인사를 하더니 부축하듯 회장님을 안내해 미리 비워둔 별실로 모셔갔다. 일행은 정말로 그 회사의 중역이나 된 듯 졸래졸래 회장을 뒤따랐다.

그들이 방안에 자리를 잡기도 전에 마흔 이쪽저쪽의 여자가 달려나와 반색을 했다. 말로만 듣던 윤 마담이었다. 이제는 나이로 한물갔지만 젊었을 때는 대단한 미녀였으리란 추측이 갔다.

"아유, 왜 이렇게들 늦으셨어요? 벌써 전주가 있으신가 봐."

"저녁 먹으면서 간단히 한 잔씩 했지."

이제는 제법 회장티를 내며 정육업자가 여럿을 대신해 윤 마담의 수작을 받았다.

"저녁이라면 저희 집에서 드시지들 않으시구. 여기도 먹을 만하다고들 일부러 점심 잡수러 오시는 분들도 있는데……."

"어째 이런 데서 먹으면 제대로 먹기도 전에 술부터 오른다구. 예전에야 저녁 대신 소주를 퍼부어도 견뎠지만 요샌 영 전 같지가 않아."

"아직 한창인데 벌써 나이 타령 하시려는 거예요? 우리도 챙겨드릴 건 다 챙겨드린다구요."

"나이가 아니라 스테미나라구, 스테미나. 이런 데 나물 찌시레

기하고 전(煎)쪼가리 가주고 독한 술 이기고 힘써 내나? 그래서 회한 사라 오지게 먹고 왔구마. 인자 수인사는 고마하고 준비한 조개나 한 사라 들라주소."

윤 마담의 나긋나긋 감겨드는 말투에 정육업자의 대꾸가 한없이 길어질까 걱정인지 안 사장이 끼어들어 그렇게 말허리를 잘라 놓았다. 이 사장이 삐딱하게 보탰다.

"물 좋은 조개 들여보내. 썩은 조개 말고."

"우리 집에 썩은 조개가 어딨어요? 언제나 맑은 동해바다에서 갓 건져 올린 싱싱한 조개지. 전무님은 입두 험해서."

윤 마담은 이 사장의 속마음을 아는지 모르는지 그렇게 받아넘기고 물었다.

"술은 뭘루 들일까요?"

"쐬주."

"그건 아는데, 패스포트? 쌈씽 스페샬?"

"저 아주무이 저거 장사 첨 하나? 우리가 언제 그런 거 따지더나? 아무거나 퍼뜩 들라삐라."

한국 남자들의 술자리 얘기라면 모든 게 익숙하지 않은 나로서는 할 말이 많다. 우선 취하기만을 목적으로 대여섯씩, 때로는 여남은씩 모여앉는 것도 그렇지만, 조금 고급하다면 열에 아홉 성(性)과 연관을 맺는 것에 대해서는 더욱 그렇다.

아니, 얘기가 났으니까 하는 소린데, 이 나라에서는 전혀 엉뚱한 게 성(性)과 연결돼있어 때로는 기이하기까지 하다. 멀쩡한 이

발소가 매음을 겸업하는가 하면, 여관, 호텔이 그렇고 때로는 목욕탕, 안마시술소도 무관하지는 않은 듯하다.

듣기로는 서울 근교의 여름 원두막에도 여자가 수박 참외에 곁들여 나오는 수가 있고, 전에는 군사훈련장(예비군)까지 여자들이 나와 야외영업을 했다고 한다.

그러니 이 패거리처럼 처음부터 그쪽을 겨냥한 계모임은 오죽하겠는가. 그들이 자리 잡고 앉은 지 얼마 되지 않아 곧 그들 머릿수에 맞춰 여자들이 사이사이 끼여 앉았다. 다만 회장님 파트너자리는 윤 마담이 앉았는데 아마도 주인공이 나타날 때까지 임시로 자리를 채워주고 있는 듯했다.

곧 다짜고짜의 마셔대기가 시작되었다. 아무리 국산이지만 도수는 어김없이 40도가 넘는 위스키들을 비워대는데, 스트레이트로 쭉쭉 빨아들이는 품이 모두 술에 원한 있는 사람들로 보였다. 언더록스로 찔끔거리며 두어 잔 마시고 마는 사람들만 아는 내게는 마치 그만한 수의 알콜중독자들의 모임 같았다.

그들이 서두르는 것은 술뿐만이 아니었다. 여자도 술만큼이나 서둘러, 술잔이 한차례 제대로 돌기도 전에 벌써 치마 밑으로, 저고리 깃 사이로 손들이 들어갔다. 따로이 화제란 것이 없고 음담패설이 유일한 공동의 화제였다. 그렇지만 별로 보기 좋은 것도 없는 그 이상한 술자리를 시시콜콜히 얘기하는 일은 그만두자. 이 나라 남자들에게는 흔해 빠져 별로 신통한 얘기가 못 되고, 여자들에게도 들려주어 좋은 건 없을 성싶다. 점잖게 마시고 돌아온 남편들까지 공연한 의심으로 들볶이게 된다면 너무 미안한 노릇이거니와, 이 나라 남자들의 모든 술자리가 꼭 그렇지도 않을 것이다.

어쨌든 채 아홉 시가 되기도 전에 어울린 술자리는 열 시가 넘어서면서 벌써 폭음의 상태로 접어들고 있었다. 12시까지밖에 앉아 있을 수 없다는 게 무슨 강박관념이 되어 폭탄주까지 몇 차례 돌린 까닭이었다.

그런데 알 수 없는 일은 윤 마담의 너스레뿐, 그날의 주인공이랄 수도 있는 회장님의 파트너가 영 나타나지 않는 일이었다.

"아이, 회장님용(用)은 우예 됐노? 그냥 너그끼리 날 새울라 카나?"

"눈알이 빠지면 어떻게 돼? 벌써 열 시가 넘었잖아, 열 시가. 윤 마담 수완 좀 보려 했더니 영 뜸만 들이고⋯⋯."

술 취한 중에도 여기저기서 그런 항의를 했으나 윤 마담은 여전히 안개만 피울 뿐, 오기로 되어 있는 아가씨가 어떤 부류인지조차 털어놓지 않았다.

그러다가 문제의 아가씨가 나타난 것은 열한 시가 가까워서였다. 무슨 정해 둔 코스처럼 밴드가 들어와 남자 여자 손님 색씨 할 것 없이 저마다 한 곡씩 악을 쓰는데 갑자기 방문이 열리며 요란한 무대의상을 걸친 아가씨가 하나 들어왔다.

"자, 신인가수 한명성 양을 소개합니다. 아직 레코드취입은 한 장뿐이지만, 벌써 금주의 인기차트 29위인 한명성 양."

윤 마담이 그렇게 그 아가씨를 소개했다. 가만히 보니 모두가 알 듯 말 듯 하다는 눈치였다. 안 사장이 취한 중에도 입빠른 소리를 했다.

"니기미, 언놈이 꼴 난 국내 인기차트 스물아홉 등까지 기억하노? 긴소리 말고 한 곡 뽑아봐라. 참말로 가순강, 아닌강."

"상무님, 오늘 입이 왜 저리 험하실까. 여기 회장님도 계신데."

윤 마담이 그렇게 눙쳐놓고는 그날의 회장인 정육업자를 보고 말했다.

"쟤, 두고 보라구요. 이제 곧 스타덤에 오를 테니. 얼굴하고 몸매 빠진 것만 봐두 앞길이 훤하다구요. 뭐니 뭐니 해두 요즈음은 비데오 세상 아니에요? 오디오도 좋아야 하지만 비데오가 더 중요하다구요. 가수도 목청만 가지고는 별 볼 일 없는 시대다 이거예요."

아마도 정육업자는 그 신인가수가 마음에 든 것 같았다. 게슴츠레한 눈으로 연신 그녀를 훔쳐보며 고개를 끄덕였다. 내가 보기에도 몸매며 얼굴이 가수로서는 아까울 정도였다. 어디를 얼마나 뜯어고쳤는지 몰라도 제법 발돋움하는 신인탤런트에 못지않았다. 그때 어지간히 돈 안 사장이 또 재를 뿌리고 나왔다.

"무신 장마도깨비 씻나락 까먹는 소리고? 카수가 노래만 잘 부르믄 되지 몸매는 왜 찾고 얼굴은 왜 찾노? 어디 몸 팔아묵을 일이 있나? 여러 소리 말고 한 곡조 쫘악 뽑아보라꼬."

그런데 뜻밖의 사태가 잠시 술자리를 어색하게 만들었다. 그 신인가수가 갑자기 새침한 얼굴로 윤 마담에게 따졌다.

"언니, 이건 약속이 다르잖아요? 점잖은 분들이라기에 밤무대도 취소하고 나왔는데, 이런 분위기에선 노래 못 해요. 전 가겠어요."

그리고 홱 돌아서 방문을 나서는 게 정말로 한창 상승가도에 있는 신인가수 같았다.

"애, 기다려 —."

윤 마담이 그러면서 뒤따라 나서다 말고 여럿을 돌아보며 일깨워주듯 말했다.

"오늘은 왜들 이러실까, 이건 위아래도 없는 마구잡이 술판이잖아? 이럴려면 회장님은 뭐 때메 정하구 상무, 전무는 왜 해요?"

그러자 모두들 취한 중에도 생각나는 게 있는 모양이었다. 기성복 총판이 먼저 안 사장의 명백한 반칙을 나무랐다.

"안 사장, 정말 취했나 보네. 마음에 들고 안 들고는 회장님이 정할 일이고, 우리는 술상무 노릇이나 하면 되는 거 아뇨?"

그중 나이가 가장 지긋한 계원도 기성복 총판을 거들어 안 사장을 나무랐다.

"제 몫 다 챙기고 재미 볼 거 다 봤다고 판 깨는 건 아니겠지. 안 사장, 잠자코 굿이나 보고 떡이나 먹으슈."

그제서야 안 사장도 퍼뜩 정신이 돌아온 모양이었다.

"아이, 깽판 칠라 카는 거는 아이고오 — 윤 마담 무슨 야료 부린 것 같다 카이 함 알아볼라 칸 기지……. 알았구마. 이제부터는 꾸린 입도 안 떠지. 회장님, 미안함다."

그러면서 슬며시 물러났다.

"뭘, 알아볼 건 알아봐야지……."

김 회장이 표정 없이 그렇게 받았으나, 윤 마담이 뒤따라 나간 문쪽을 슬쩍 훔쳐보는 게 아쉽고 불안해하는 눈길이었다. 그걸로 보아 어지간히 자신의 파트너가 마음에 든 듯했다.

다행히도 윤 마담이 오래잖아 그 신인가수를 되불러오고 안 사장도 더는 나서지 않아 술자리는 다시 어우러졌다. 정말로 레코드까지 취입한 가수인지 아닌지는 확인할 길이 없지만 그 아가씨의 노래는 제법 들을 만했다. 다른 아가씨들도 나름대로 고른 십 팔 번에 여러 번 해본 솜씨라 상당했는데 그녀에게는 비할 바 못 되었다. 약간 허스키 섞인 목소리뿐만 아니라 표정이며 몸짓이 벌 써 프로의 냄새를 물씬 풍겼다. 적어도 밤무대에서는 일급에 속 할 듯했다.

"앞으로 잘 부탁드리겠습니다."

노래로 기를 꺾어놓겠다는 듯 연거푸 세 곡이나 부른 그녀가 그렇게 말하며 까닥 고개를 숙이자 아낌없는 박수가 터져 나왔 다. 윤 마담이 다시 기세를 회복해 정육업자에게 눈을 찡긋하며 말했다.

"회장님, 귀엽게 봐주시고 좀 밀어주세요. 금발 자랄 애예요."

내가 보기에 회장님은 그날의 파트너가 갈수록 마음에 든 모 양이었다.

"밀어줄 만하면 밀어줘야지. 우선 이리와 앉아. 술이나 한잔 받으라구."

그러면서 술잔을 내미는 게 아주 흐뭇해하는 표정이었다.

그런 일은 전혀 처음이라는 듯 머뭇거리다 회장님의 곁자리에 앉은 신인가수는 받은 술잔을 마시는 시늉만 하고 내려놓음으로써 다시 한번 자신은 그렇게 값싼 여자가 아님을 은연중에 과시했다. 윤 마담이 고급 뚜쟁이답게 바람을 잡았다.

"얘, 너 아무리 한창 주가가 치솟는 가수라지만 너무 그러는 거 아니다. 나무는 큰 나무 밑에서 못 자라지만 사람은 큰 사람 밑에 있어야 제대로 크는 거야. 회장님이 귀엽게 봐주실 때 흠뻑 점수를 따두라구. 아니? 얘, 회장님이 백지수표라두 한 장 끊어주실지. 너 톱가수 될 때까지 교제비, 홍보비 걱정 않아두 되게 말이야."

그러자 회장은 그 말에 무슨 암시라도 받은 듯 난데없는 호기를 부렸다. 갑자기 지갑을 꺼내더니 먼저 와 있던 아가씨들에게 10만 원짜리 수표 한 장씩을 돌리며 말했다.

"왜 이렇게들 흥이 없어? 이제 기름을 쳤으니 화끈하게 한번 놀아보라구. 어이, 김 상무 이 전무두 넥타이 확 풀어버리라구. 오늘 저녁은 하이칼라가 쑥 둘러 빠지도록 노는 거야."

손수 지갑을 꺼내 팁을 돌리는 거며 아무래도 감춰지지 않는 시장바닥의 말투가 회장님과는 거리가 멀었지만 아가씨들은 잘도 넘어가 주었다. 갑자기 술자리가 활기를 띠며 그야말로 질탕하게 변해 갔다. 윤 마담도 회장님의 호기를 틈타 신나게 매상을 올렸다. 아직 안주가 넉넉한데도 바닷가재와 회 요리를 한 접시씩 더

내오고 술은 슬그머니 고급 외제 양주로 바꿔버렸다.

상무 전무들도 본격적으로 흥을 내었다. 모두 윗도리들을 벗어 부치는가 하면 뭐가 볼 게 그리 많은지 구석구석 아가씨들의 스커트들을 들처올렸다.

점잖을 빼는 것은 그날의 회장과 우리 김왕홍 씨뿐이었다. 회장은 스스로 분에 넘친다고 본 파트너 앞이라 조심하는 눈치였고 김왕홍 씨는 무엇 때문인지 처음부터 옆자리의 아가씨에게 그리 관심을 보이지 않았다. 술만 찔끔거리다가 차례가 돌아오면 마지못해 마이크를 잡을 뿐이었다.

하지만, 미리 말한 대로, 더 이상의 상세한 술자리 묘사는 그만 두자. 어쨌든 그렇게 불이 붙은 술자리는 열두 시가 넘도록 이어졌다. 그러다가 아무래도 불안해진 윤 마담이 밴드를 내보내며 여럿에게 제안했다.

"우리 자리를 옮기는 게 어때요? 어지간히 신들을 내셨으니까 이제 조용한 데서 한잔 더 하죠."

"또 에덴장(莊) 특실이가? 좋지, 거기 가서 뿌리를 빼자꼬. 방 다섯 개는 따로 잡아놨제?"

안 사장이 그렇게 조심성 없이 받다가 다시 윤 마담에게 핀잔을 들었다.

"장이 뭐예요? 장이. 어엿한 호텔을. 그래두 별이 세 개라구요. 아무럼 제가 회장님을 냄새나는 여관방에 모시겠어요?"

회장님도 그런 윤 마담을 편들어 그들 일행은 곧 근처의 작은 호텔로 자리를 옮겼다. 아마도 그리로 옮겨 마시면 열두 시가 넘어도 단속을 면할 수 있는 듯했다. 그런데 그 요정을 나서기 전에 작은 실랑이가 있었다. 김왕흥 씨가 홀로 빠져나오려 했기 때문이었다.

"오늘 김 전무 왜 이래? 공생공사 하기루 해놓고 혼자만 빠져나가면 어떡해? 누구 예편네한테 얼굴 긁히게 할 일 있어?"

거나해진 기성복 총판이 혼자 빠져나가려는 김왕흥 씨를 제법 시비조로 잡았다. 김왕흥 씨가 그를 달래듯 말했다.

"박 사장 걱정 마슈. 나두 오늘 외박이요. 단 가볼 데가 따로 있어……. 뭐 이제 판도 끝났는데 한번 봐주쇼."

"김 사장, 요거 만나러 가게? 참말로 일 벌인 모양이네. 아주 딴 살림 채린 거 아이가?"

안 사장이 혀 꼬부라진 소리로 새끼손가락을 들어 보이며 끼어들었다. 김왕흥 씨가 이번에도 좋은 낯으로 능쳤다.

"요새 같은 세상에 첩살림이야 차리겠소? 먼저 약속이 되어 있어 가는 거요. 정리해야 될 일도 있고……."

그때 다시 기성복 총판이 김왕흥 씨의 아픈 곳을 찔렀다.

"혹시 미스 현한테 가는 거 아뇨? 요새 들으니 걔 아주 발씻고 들어앉았다던데 김 사장이 들어앉힌 거 아나?"

그러자 김왕흥 씨도 그대로 당하고 있지만은 않았다.

"박 사장 누구 이혼시킬 일이 있소? 나 이래두 곧 사위 볼 사람이오. 서로들 나이 먹어 가면서 프라이버시는 존중해 주도록 합시다."

그렇게 깐깐한 목소리로 기성복 총판의 입을 막은 뒤 회장에게 꾸벅 머리를 숙이고 작별의 말을 던졌다.

"회장님, 전 이만 가봐야겠습니다. 죄송합니다."

계원으로서의 마지막 의무를 다한다는 자세였다. 하지만 회장은 그런 김왕흥 씨에게 신경 쓸 처지가 못 됐다. 그 사이 집중적으로 쏟아진 잔 때문에 조금 해롱거리기는 해도 아직은 제정신인 신인가수가 호텔로 옮겨가기를 마다하고 있어서였다. 그녀가 정말로 신인가수라면 우리는 딱한 꼴을 보는 셈이고, 몇몇이 의심하고 있는 대로 윤 마담이 만들어낸 엉터리 가수라면 대단히 단수 높은 콜걸을 구경하는 셈이다. 그러나 어쨌든 그 바람에 김왕흥 씨는 쉽게 회장에게서 놓여날 수 있었다.

"같이 끝장을 봐야지 혼자 가면 어떡해? 김 전무, 저 사람 안 되겠는데……."

하면서도 회장은 애써 잡으려 들지는 않았다.

그들과 헤어진 김왕흥 씨는 큰 길가로 나오기가 바쁘게 택시를 잡았다. 그가 대는 목적지는 내 귀에는 선곳이었다. 조용한 밤거리를 질주한 택시는 십 분도 안 돼 어떤 아파트 단지 앞에 김왕흥 씨를 내려주었다.

동과 호수를 두리번거리며 찾는 걸로 미루어 김왕흥 씨에게도 그게 첫길인 듯했다. 대강 짐작은 가면서도 그가 이 늦은 시각에 찾아들 수 있는 집의 주인은 어떤 사람일까가 새삼 궁금했다.

몇 번인가 아파트 단지 이 구석 저 구석을 두리번거리던 김왕흥 씨가 드디어 한 아파트 앞에서 멈춰서서 벨을 눌렀다.

"누구세요?"

기다리고 있었던 듯한 젊은 여자의 목소리가 안에서 들려왔다.

그 목소리가 귀에 익다 싶었는데, 김왕흥 씨의 짧은 대답에 이어 문이 열리는 걸 보니 외국여행에서 돌아온 지 며칠 안 돼 호텔에서 만난 적이 있는 바로 그 아가씨였다.

"왜 이리 늦으셨어요?"

그녀가 짜증과 응석이 반반 섞인 콧소리로 물었다. 자다가 나온 것처럼 실눈을 지어 보였으나 졸음기가 있는 눈은 아니었다. 옅은 분홍색의 가운과 어울려 묘하게 요염함을 풍기는 그 눈길에 이끌렸는지 김왕흥 씨는 갑작스러운 요의(尿意)라도 느끼는 사람처럼 서둘러 집안으로 들어섰다.

"늦을 일이 있었어. 요즘은 갈수록 사업 하기가 힘들어. 어디 공무원 안 끼고 일이 되어야지."

그렇게 그녀의 말을 받는 어조는 꽤나 진지했지만 내게는 그것도 건성으로만 들렸다.

아파트 평수는 그리 많아 보이지 않았으나 혼자 살아서 그런지 느낌은 몹시 시원스러웠다. 식구 많은 집 같으면 안방이 되었을 거실은 미닫이를 뜯어내고 소파를 놓았는데, 다 합쳐 네 사람만 앉게 되어 있는 작은 것이라 원래보다 훨씬 넓게 느껴졌다.

"무얼 좀 마시겠어요?"

서둘러 안방으로 들어서려는 김왕흥 씨의 뒷덜미를 잡듯 그녀가 물었다. 김왕흥 씨가 귀찮다는 듯 대답했다.

"이것저것 많이 마셨어. 피곤해. 자자구."

"서둘 거 없어요. 이건 우리 집이라구요. 술 좀 드신 것 같은데 홍차라두 한잔 마시고 들어가세요. 드릴 말씀도 있고……."

그녀가 그러면서 주방 쪽으로 들어갔다. 김왕흥 씨가 그제서야 급할 게 없다는 걸 깨달은 사람처럼 소파로 가 앉더니 새삼스럽게 집안을 휘 둘러보았다.

나는 속으로 그들 관계의 은밀한 진척에 놀랐다. 김왕흥 씨의 과시욕 때문에 나는 며칠 빼고는 늘 그의 윗주머니에 꽂혀 그와 함께 지냈다. 그런데 그런 나도 모르게 겨우 한 달 보름 남짓한 동안에 둘 사이는 그렇게 발전해 있었던 것이다. 내가 모르고 있었던 부분은 홍차를 끓여온 그녀가 김왕흥 씨 맞은편에 앉음으로써 하나하나 밝혀져 갔다.

"혼자 살기는 너무 넓지 않아? 내 말대로 좀 변두리로 나가고 열일곱 평이 되더라두 전세보다는 사는 게 낫지 않았겠어?"

"피이, 이게 넓어요? 스물다섯 평 아파트가 넓으면 오십 평 육십 평은 뭐라구 해야죠? 난 이보다 더 좁아선 숨이 막혀 안 돼요. 지저분한 변두리 아파트는 더 못 견디겠구요."

"모든 건 상대적이잖아? 혼자 사는 집 넓어 뭐 해? 일본 가면 이것두 대형이라구. 대형."

"그거야말루 상대적이라구요. 혜란이 알죠? 일본 사람하구 산다는 애. 개야말루 만판 혼자서 쓰는데두 압구정동에 서른네 평이라구요. 그래두 일본에서는 열 평 값도 안 된다던데요."

"그게 부러우면 너두 쪽발이 하나 잡아 현지처 하지 그랬어?"

"사람 그렇게 막 보지 마세요. 아무럼…… 그리구 이건 얘기가 다르잖아요? 사장님이 먼저 일본 얘기를 꺼냈지 제가 어디 꺼냈어요?"

거기서 한바탕 말다툼이 벌어지는가 했으나, 뒤이어 덧붙인 그녀의 한마디가 다행히 그걸 막았다.

"참, 이 현아라(玄雅羅)두 다 됐지. 글쎄, 스물다섯 평 전세에 들어앉을 줄 누가 알았겠어? 천하의 김왕흥 사장님, 안 그래요?"

"임시라구 그랬잖아? 요즘 자금 사정이 나빠서. 선거 전에는 돈 줄이 막힌다는 것쯤 미스 현두 알 텐데."

갑자기 기가 죽은 김왕흥 씨가 그렇게 말끝을 흐렸다. 미스 현이 그런 김왕흥 씨를 한 번 더 몰아세웠다.

"사장님은 재미지만 전 일생이 걸린 도박이라구요. 사장님 그 늘에서 일어나지 못하고 어정거리다가 나이만 먹어보세요. 올 데 갈 데 없이 끈 떨어진 조롱박 신세지. 그렇다구 사장님이 사모님하구 이혼하구 절 데려가실 분 같지두 않구."

"그것두 꼭 안 될 건 없지. 사람의 정이 벌이는 일을 누가 알아……."

김왕흥 씨가 그렇게 받았으나 그게 어렵다는 건 누구보다도 그 자신이 잘 알고 있는 듯한 어조였다. 그 바람에 자리가 어색해졌으나 미스 현이 현명하게도 그런 분위기를 한마디로 쓸어내 버렸다.

"이제 그런 시시한 얘기 그만 집어쳐요. 공연히 울적해지잖아. 그거 마시고 몸이나 씻으세요. 어렵게 오신 거 푹 쉬시기나 하고 가시라구요."

김왕홍 씨도 그런 그녀를 고마워하며 서둘러 화제를 바꿨다.

"그래, 여기 사람들은 어때? 함께 살만 해?"

"그럭저럭요. 하지만 잘은 몰라요. 제가 뭐 그 사람들과 섞일 일이 별루 있어야죠."

"그래두 앞집 뒷집이 우릴 수상쩍게 봐서는 처신이 불편할 텐데."

"요새 누가 남의 일로 그리 신경 쓰나요. 옆집에는 몇 마디 해 뒀어요. 계모하구 마음이 안 맞아 따로 나와 산다구요. 다음 집은 맞벌이 부부라 별루 얼굴 맞댈 일두 없고."

"그런데 저게 뭐야? 무슨 책이 저리 많지? 미스 현이 보는 거야?"

얘기를 하던 김왕홍 씨가 그제서야 보았다는 듯 거실의 붙박이 책상에 가득 꽂힌 책을 눈짓으로 가리키며 물었다. 김왕홍 씨가 놀라는 만큼 많은 책은 아니었지만 그래도 한 50권은 넘어 보였다. 미스 현이 짐짓 수줍어하며 말했다.

"의상디자인에 관한 책들이에요. 공부 좀 해보려구요."

"그런 것 공부해서 뭣 하게?"

"저 전문학교 의상학과 일 년 마친 거 모르세요? 저두 맨날 이러구 있을 수는 없잖아요? 안목 생기고 솜씨 좀 늘면 의상실이라 두 하나 가져볼까 하구요. 사장님두 힘껏 밀어주세요. 누가 알아요? '현아라 부띠끄'로 압구정동 한복판에 떠억 자리 잡구 앉게 될지."

"야아 이 아가씨 봐라. 꿈도 야무지네. 그러고 보니 이렇게 들어 앉으려구 한 게 내가 좋아서가 아니라 딴 속셈이 있었군 그래."

김왕흥 씨가 그렇게 빈정대듯 말했지만 그리 기분 나쁜 눈치는 아니었다. 미스 현도 그 기분을 알아차렸는지 귀엽게 눈을 찡긋하며 받았다.

"꼭 그런 건 아녜요. 말하자면 둘 다죠. 사장님두 내가 끝까지 짐이 되는 것보다는 적당히 자립해주는 게 고마울 텐데요."

"그렇지만 요샌 그쪽이 어려운 모양이던데. 거 왜, 김창숙 부띠끄가 뭔가 하던 유명한 집도 부도 났잖아. 논논가 나난가 하는 데두 내려앉구."

"걱정 마세요. 나는 아직도 몇 년 착실히 배워야 하니까요. 그땐 나아지겠죠. 어쨌든 벗고 살기들이야 하겠어요? 자, 이젠 들어가 주무세요. 벌써 한 시가 다 돼가요."

거실에서의 얘기는 대강 그렇게 끝이 나고 두 사람은 기분 좋게 침실로 들어갔다.

침실은 세심히 꾸며진 것이었지만 선입견처럼 조잡하거나 천박하지는 않았다. 외설적이거나 선정적이기는커녕 웬만한 가정집 침실보다 더 소박하고 단정했다. 한구석에 놓인 두 사람용의 침대만 아니라면 성실한 독신녀의 방으로 여겨도 크게 틀릴 건 없었다.

그들 침대 속의 관행도 그런 관계를 전제로 연상되는 난잡함은 없었는데, 그것은 김왕홍 씨의 미덕이라기보다는 그녀의 미덕 같았다. 사정을 모르는 사람이 보면 좀 나이가 층지고 금실이 유별나게 좋은 부부의 잠자리쯤으로 볼 정도였다.

하룻밤 가까이 관찰하면서 나는 미스 현이라는 그 여자에게서 어떤 신비함까지 느낄 수 있었다. 앞뒤로 미루어 순수한 정으로 만난 사람은 결코 아닌 듯한데, 김왕홍 씨를 대하는 태도가 여간 은근하고 헌신적이 아니었다. 김왕홍 씨의 반대급부가 어떤 건지 정확히 알 수는 없지만 마음에서 우러난 것이 아니고는 어려운 일로 보였다.

다음날 느지막이 해장국까지 얻어먹고 미스 현의 아파트를 나오는 김왕홍 씨를 보며 나는 다시 한번 그녀의 정체에 대해 생각해 보았다. 그들의 관계나 그런 관계가 설명된 동기와 과정을 보아서는 그녀는 어김없이 저 희랍 사내를 홀렸던 마녀여야 했다. 아니면 최소한 악의는 없어도 미혹(迷惑)으로 발길을 묶어두는 요정이어야 했다.

하지만 그 아침 느낌으로 그녀는 마녀도 요정도 아니었다. 그걸로 보아 나까지도 그녀의 깊이 모를 요법(妖法)에 홀린 것인지도 모를 일이었다.

"언제…… 오실지 물어도 돼요?"

아파트 문 안에 가만히 붙어서서 그렇게 나지막이 묻는 그녀의 목소리에는 조금도 조르거나 다그치는 느낌이 들지 않았다. 공연히 당황해하고 허둥대는 것은 김왕흥 씨 쪽이었다.

"내 곧 시간을 내지. 아예 고정적인 출장을 만들어야겠어. 적어도 일주일에 한 번은 올 수 있도록 말야……."

"무리하지 마세요. 저도 당분간은 조용히 쉬고 싶은 사람이에요. 언제든 틈나는 대루 불쑥불쑥 오셔두 돼요. 아홉 시부터 열두 시까지 학원 나가는 시간만 빼구요."

그녀가 오히려 그런 차분한 대답으로 김왕흥 씨를 진정시켰다. 그래도 김왕흥 씨는 여전히 안정되지 못한 목소리로 그녀가 묻지 않은 것까지 앞질러 말했다.

"돈은 저번과 같은 날 입금시킬게. 온라인 그 번호루 하면 되지? 더 필요하면 전화루 말하구."

그리고 아파트를 나선 김왕흥 씨는 택시를 잡아타고 곧장 사무실로 출근했다. 집에서 출근할 때와 조금도 다름없는 표정이었다.

김왕흥 씨가 사무실에 도착한 것은 여느 때보다 한 삼십 분 늦은 때였다. 사무실 김 양이 호들갑을 떨며 맞았다.

"아유, 사장님. 어딜 가셨더랬어요? 아침부터 전화통에 불이 날 지경이에요. 특히 사모님한테는 벌써 세 번째나 전화가 왔다구요."

그러는데 다시 전화벨이 울렸다. 김 양이 쪼르르 달려가 송수화기를 잡았다.

"아, 사모님이세요? 방금 돌아오셨어요. 바꿔 드릴게요."

김 양이 까닭 없이 주눅 들어 전화를 받다가 송수화기를 김왕

홍 씨에게 건넸다. 나는 갑작스러운 호기심으로 전화를 받는 김왕
홍 씨를 살펴보았다.

전화를 받는 김왕홍 씨의 태도는 침착하기 비할 데가 없었다.
말투뿐만 아니라 실제 그의 표정 어디에도 하룻밤 다른 여자와
외박을 한 남자가 그걸 추궁하는 아내의 전화를 받고 있는 기색
은 느껴지지 않았다. 우발적인 하룻밤의 외박이 아니라 집까지 사
주는 장기적인 관계의 설정이라 그동안의 거듭된 검토와 각오가
그를 그렇게 만든 것 같지만 모든 걸 알고 있는 나로서는 그저 감
탄스럽기만 했다.

"웬일이야? 어제 다 얘기했잖아? 벽제 쪽으로 나갔어…… 술도
몇 잔 걸치구 고스톱도 하구, 뻔하잖아? 뭘 꼬치꼬치 캐물어? 이
예편네가, 늙어가면서."

곁에서 듣기에는 오히려 이것저것 묻고 드는 자체가 틀려먹었
다는 듯 시종 나무라는 투였다. 그러나 저편에서도 만만하게 넘어
가주지 않았다. 무슨 낌새라도 알아챘는지 강한 기세로 따지고 드
는 모양이었다. 그럴수록 김왕홍 씨의 어조는 높아만 갔다.

"이 여자가 왜 이래? 알긴 뭘 알아? 그래두 사업이라구 어떻게
끌어가 보려니, 참…… 시끄러. 확 때려 엎고 달려가기 전에……
자꾸 이럴 거야? 애들 듣는데…… 어, 정말 이거 막가는 거야?"

하지만 끝까지 강경일변도는 아니었다. 적당한 때가 되자 숙어
들 줄도 알았다. 한 오 분이나 전화로 실랑이를 했을까, 갑자기 김
왕홍 씨가 지치고 처량한 목소리로 전화를 끝냈다.

"그만해. 알았어. 밤새우고 온 나두 피곤하다구. 곧 사무실 문 닫고 들어갈 거야. 다 살자고 하는 짓인데, 난들 통뼈야? 하루 문 닫는다구 갑자기 망해 먹을 일두 없고…… 게다가 어차피 걷어치워야 할 장사야. 당신 등쌀이 아니라두 진절머리 난다구…… 바로 들어갈 테니 차나 어서 보내."

김왕흥 씨가 그렇게 말을 맺을 때는 정말로 늙고 지친 장사꾼 같은 표정이었다. 그것도 전망 없는 장사를 마지못해 끌어가고 있는.

그러나 전화기를 놓은 뒤부터 한 기사가 사무실로 들어설 때까지의 40분 남짓은 그야말로 눈부시게 정력적이고 빈틈없는 사업가였다. 김 양에게 그때까지의 전화를 전해 듣더니 잇따라 다섯 통의 전화를 걸어 모두를 처리하고 다시 그날의 업무지시를 내렸다. 그가 집으로 돌아가더라도 평소와 크게 달라질 게 없을 정도로 세밀한 지시였다.

이어 다시 전화기를 든 김왕흥 씨는 어젯밤의 계원들에게 차례로 전화를 걸었다. 혹시라도 부인들 간에 연락이 되었을 때를 위해 말을 맞추고 예상치 못한 일이 있으면 거기에 대비도 해두기 위함인 듯했다.

네 번째 통화에서 김왕흥 씨는 한 여사의 평소와 다른 추궁이 어디서 비롯되었는지를 알아차렸다. 기성복 총판에게서였다.

"탈은 박 사장이었구만. 왜 새벽같이 집으로 돌아가 남의 산통까지 깨놓으슈? 다섯 시 반쯤이라구? 알았소. 박 사장만 미꾸라지 되는 거지 뭐. 염치없이 먼저 빠져나간 미꾸라지 말요. 모두에게 그렇게 말해 둘 테니 그리 아쇼."

그리고는 나머지에게도 차례로 전화해 귀가 시간들을 확인하는 한편 너무 일찍 집으로 돌아간 기성복 총판의 실수를 알리고 거기에 대비하게 했다. 한 기사는 김왕흥 씨가 모든 일을 처리하고 난 뒤로도 십 분은 더 있다가 도착했다.

지치고 맥빠진 표정으로 차에 오른 김왕흥 씨를 맞은 한 여사는 처음 한동안 무슨 성난 마녀 같았다. 그러나 유감스럽게도 그들 부부의 혈전과 화해의 과정에 대해서는 아무것도 전할 게 없다. 김왕흥 씨가 거실 옷걸이에다 윗도리를 걸어놓고 안방으로 들어갔기 때문이다. 그 윗도리에 꽂혀 있던 내가 전할 수 있는 것은 다만 한동안 큰소리가 오간 끝에 안방 쪽이 조용해지더니 두 시간도 못 돼 환하기 그지없는 얼굴로 안방을 나온 한 여사가 김왕흥 씨에게 꿀물을 타다 바친 뒤 약탕기에 홍삼을 안쳤다는 것뿐이다.

슬픈 원주민들

그 뒤 한동안 내가 이렇다 할 변화 없는 김왕흥 씨의 일상을 맴도는 사이에 열병 같은 이 나라의 국회의원 선거철이 지나갔다. 선거를 둘러싼 얘기라면 물 건너서 온 구경꾼인 내게는 따로이 책 한 권을 묶을 만도 하지만, 이 땅에서 두어 달 내리 지겹게 듣고 본 이들에게는 지루한 구문이 될 뿐일 듯해 되풀이는 않겠다. 다만 나에게는 아무래도 이해 안 되는 몇 가지만 간추려 봄으로써 문의를 대신하고자 한다.

선거를 앞두고 이 나라 언론은 한결같이 '전에 없는 부동표'를 무슨 대단한 괴변처럼 떠들어댔다. 물론 나름의 근거를 가지고 있겠지만 그 근거가 오직 설문조사뿐이라면 나는 영 믿을 수가 없다.

내가 보기로 이 나라 사람들에게는 '진의(眞意) 아닌 의사표시' 가 한 정신적인 습성을 이룬 듯하다. 김왕흥 씨의 경우, 나는 그 가 투표 당일까지 한 번도 자신의 지지자나 지지 정당을 밝히는 걸 본 적이 없다. 오히려 그를 잘 모르는 사람들이 보면 그야말로 전형적인 부동표로 보였다. 그러나 그의 가족들은 말할 것도 없고, 어지간히 가까운 사람들이면 모두 그가 누구를 찍을지를 훤히 알고 있었다.

게다가 그런 현상은 유독 김왕흥 씨에게만 있는 것도 아니었다. 김왕흥 씨와 자주 어울리는 시장패거리만 해도 투표 당일까지 명확하게 자신의 지지를 밝힌 사람은 하나도 없었다. 하지만 그들 또한 서로들 누가 누구의 지지자인 줄 너무도 잘 알고 있는 눈치였다. 그런 그들이 과연 얼굴도 모르는 사람의 갑작스러운 전화 질문에 선뜻 제 속마음을 털어놓았을까.

단정할 수는 없지만 그동안의 관찰에 따르면 이 땅 사람들의 그 같은 정신적인 습성은 문화적 허영에서 비롯된 듯하다. 대개 허영은 유행과 연관을 맺고 있는데 문화적 허영도 예외는 아니다. 그런데 이 나라에서는 정신적인 유행이 곧잘 변해 함부로 자신의 호오(好惡)를 밝혔다가 그것이 철 지난 유행임이 드러나면 대단한 수치가 되는 까닭에 그런 습성이 생겨난 듯하다. 아니면 지지보다는 비판이 훨씬 유행적인 멋을 풍겨 자신의 지지는 내심 깊이 감추게 되거나.

더군다나 설문조사를 더욱 믿지 못 하게 하는 것은 설문의 방식이다. 대개 그 설문조사를 실시하거나 의뢰하는 것은 언론인데 특정정당에 대한 그들의 입장이 너무도 노골적이라 응답내용의 유도가 의심되기 때문이다. 그렇지 않고서야 어떻게 같은 설문에 대한 응답이 언론마다 차이를 보이는가.

모르긴 하지만 내 느낌으로는 정말로 막판까지 그같이 부동표의 비율이 높았던 것이 아니라 언론이 그렇기를 바랄 뿐이었던 것 같다. 일반 사람들이 잘 알 수 없는 정치적 이유가 있었건, 그래야만 막판 변수에 따른 이변을 기대할 수 있는 센세이셔널리즘 지향의 속성에서였건, 나는 아직도 그 보도가 사실을 알리기 위해서라기보다는 오히려 국민들의 정서를 그 방향으로 유도하기 위해서였다는 의심을 버릴 수가 없다. 길을 막고 물어보라. 과연 어떤 신문의 보도처럼 선거 이틀 전까지도 이 나라 유권자는 둘 중 하나가 지지자를 결정하지 못하고 있었던가.

그다음 내가 가진 큰 의문의 하나는 선거결과를 보도하는 매스컴의 태도이다. 개표 이틀날 아침 이 땅의 언론들은 사전에 약속이나 한 듯 몇 가지 이해할 수 없는 표현과 분석을 했는데 여기 대해서는 항목별로 나누어 살펴보는 게 좋겠다.

그 첫째로는 '여당 참패'라는 표현인데, 그 온당치 못함은 우리 김왕홍 씨를 통해 살펴보자.

"엉!?"

전 개표결과를 지켜보다가 새벽 세 시가 넘어 잠이 든 그는 이틀날 눈을 뜨자마자 머리맡의 조간을 집어 들었는데 그가 먼저 내지른 것은 그런 비명에 가까운 소리였다. 그도 남들처럼 공연히 진보적인 체 비판적인 체 겉으로는 여당 욕을 퍼부어대 왔으나, 어쨌든 그는 끄트머리에 앉아도 기득권층이었다. 세상 유행 따라 좀 지나치게 여유를 부리긴 했지만 여당이 참패하기를 기다리지는 않았음에 분명했다.

이어 잠이 확 달아난 눈으로 몸을 일으킨 김왕흥 씨는 돋보기까지 찾아 끼고 신문에 머리를 박았다. 그러다가 한 삼 분도 안 돼 신문을 풀썩 집어던지며 중얼거렸다.

"제기랄, 깜짝 놀랐네. 나는 여야가 뒤바뀐 줄 알았잖아? 참패가 있으면 대승한 놈이 있어야 할 거 아냐? 그럼 대승은 어디서 했어?

그때 마침 한 여사가 방안으로 들어서며 멋모르고 그런 김왕흥 씨의 감정을 건드렸다.

"이제 민자당 그 사람들 큰일 났죠? 이래 가지구 대선(大選)인들 제대로 치르겠어요? 안기부 흑색선전 터지구 육군장교까지 양심선언하고 나설 때 내 알아봤지. 그 사람들, 참 어쩌다 이 지경까지 갔을까……."

그러자 김왕흥 씨가 대뜸 타박을 주었다.

"시끄러. 언론이 함부로 써대니 아무것도 모르는 여편네까지 덩달아 호들갑이네. 참패는 뭐가 참패야? 그래두 합치면 과반수는 되잖아? 과반수를 얻은 정당이 참패면 과반수도 못 얻은 정당은 뭐라구 해야 돼?"

"과반수가 안 된다던데……."

한 여사가 까닭 모르게 찔끔하며 말끝을 흐렸다. 김왕홍 씨가 더욱 기세 사납게 몰아세웠다.

"0.5석 모자란다고? 그때는 계산도 밝다. 하지만 그래두 부산 사하구 보태면 과반석이라구. 천하가 다 아는 그 정책지구, 귀신 같은 언론이 왜 빼지? 게다가 친여 무소속 더하면, 욕심엔 안 찰지 몰라도 참패는 아냐. 오히려 안기부, 군 부재자투표 같은 악재를 생각하면 이건 성공이라두 대단한 성공이라구. 생각해 봐. 선거 하루 이틀 앞두고 그토록 치명적인 사건들이 잇따라 터졌는데도 이만한데 그게 아니었으면 도대체 어찌됐겠어? 그런데 참패는 무슨 놈의……."

"어디 제가 없는 말 지어서 했어요? 신문이고 방송이고 온통 참패라구 떠드니 나두 그런가 보다 했지. 괜히 나보고……."

그제서야 한 여사가 자신이 까닭없이 당하고 있는 게 화난다는 듯 그렇게 되받았다.

그러나 김왕홍 씨보다 더 '참패'를 분해하는 것은 오갈 데 없는 부산갈매기 안 사장이었다. 그날 오전에 이례적으로 김왕홍 씨의 점포를 찾아온 그는 김왕홍 씨가 그 얘기를 꺼내자마자 입에 거품을 물었다.

"그누묵 새끼들 그거 셈본도 안 배웠나? 사하 서석재 그 사람 세상이 다 아는 와이에쓰맨 아이가? 그라믄 애초부터 과반은 딴 긴데 뭐라꼬? 참패라꼬? 이누묵 새끼들. ……내 다 안다꼬. 와 한 입에서 나온 거맨치로 그 따우 소리 씨부러 쌌는지 내 다 안다꼬. 아무따나 대고 말로 씨부리믄 다 말인 줄 알고 — 가마이 볼라 카이 눈에 불이 콱콱 나네……."

평소보다 훨씬 심한 사투리로 그렇게 떠들었는데 정말로 눈에 불길이 이는 듯했다.

반드시 김왕흥 씨나 안 사장과 뜻이 같은 것은 아니지만 기실 '참패'라는 표현과 그걸 강조하는 듯한 느낌을 주는 언론들의 호들갑에는 나도 약간 의문이 있었다. 그런데 그에 못지않은 것이 선거 후 한동안 신문마다 보이던 물갈이론 내지 '세대교체의 민의(民意)'라는 것이었다.

내가 듣기로 세대교체를 부르짖은 어떤 정당이나 어떤 후보도 자신의 지역구에서 눈에 띌 만한 지지를 받았다는 소리는 없었다. 오히려 그 논의의 기수(旗手)를 자처하던 사람은 자신의 지역구에서조차 체면유지에 급급했다는 소문이었다. 그런데 언론에서는 그게 공공연히 이번 선거에서 나타난 민의로 열거되고 있었다.

물갈이론의 근거로는 오히려 기존 야당에 가세한 몇몇 재야인사의 당선을 들 수 있겠지만 그것도 한 보편적인 현상으로 보기에는 두 가지 난점이 있다. 그 하나는 3백 석 가까운 의석 중에 겨우 다섯 손가락을 채우기 어려울 정도의 예라는 점이고, 다른 하나는 자신의 깃발을 들고 나간 다른 재야인사들이 전멸했다는 점이다. 내가 보기에는 아무래도 좀 무리한 분석 같았다.

그 같은 언론의 태도에 대해 김왕흥 씨는 특출난 반응을 보이지 않았다. 그러나 안 사장은 이번에도 입에 거품을 물었다.

"이누묵 새끼들, 귀신 씻나락 까묵는 소리 하고 자빠졌나, 뭐 하노? 물갈이가 이번 선거를 통해 나타난 민의라꼬? 내 밤새도록 눈이 뱉가(빨개져서) 개표 봤다마는 그 따우 민의 어디 보이더노? 내 다 안다꼬. 왜 이 따우 컴컴한 수작 부리는 줄."

뭘 알고 있어 말끝마다 다 안다고 덧붙이는지는 알 길이 없지만 여하간 시비의 소지는 틀림없이 있는 언론의 논조였다.

마지막으로 선거 뒤에 있었던 시비 중에서 내게 석연찮던 것은 책임론을 둘러싼 것이었다. 이왕 '참패'로 몰아갔으니 여당 내에서 책임론이 이는 것은 당연할 수밖에 없다 쳐도 그 전개방식이 야릇했다.

총선거가 과거의 정치에 대한 심판의 의미를 갖는 것이냐, 미래에 대한 국민들의 기대를 반영하는 것이냐는 한마디로 잘라 말하기 어렵다. 그러나 어떤 총선거에서도 그 두 가지가 어느 정도는 동시에 반영되고 있다고 보아 크게 틀리지 않을 것이다.

따라서 여당이 이번 선거의 결과를 참패로 보고 그 책임을 묻는다면 그 방향도 앞의 두 방향으로 나누어져야 한다. 곧 과거에 대한 부분은 집권여당의 총재요 6공화국의 수반인 대통령이 져야 할 것이고, 미래에 대한 부분은 이번 선거의 명목적인 총수이자 외견상 차기 대권주자로 보이는 대표최고위원의 몫일 것이다.

그런데 어찌 된 셈인지 이 나라의 총선거는 아무런 문제없이 미래만을 향한 것으로 단정되고 패배의 책임도 그 미래를 떠맡은 쪽에게만 전가되었다.

대통령의 책임은 한번 언급조차 안 되고 스스로 '관리자'임을 자처해 온 또 다른 당대표와 선거사령탑을 맡은 대표 사이에서만 티격태격하더니 흐지부지돼버린 것이었다. 나로서는 이 나라에 제대로 된 논객이 있으며 공정한 언론이 존재하는지를 아울러 의심할 수밖에 없는 현상이었다.

물론 부산갈매기 안 사장은 거기 대해서도 명쾌한 답을 가지고 있었다. 한참 언론에서 책임론이 오락가락할 때 철 이른 보신탕집에서 평소 잘 어울리는 시장패거리와 마주 앉은 그는 드디어 '내다 안다꼬'의 내용을 털어놓았다.

"그거 우쩨든동 우리 와엣쓰 깔쥐뜯을라꼬 티케이하고 언론이 배짱이 맞아 부리는 수작이라꼬. 우쩨 보믄 언론 글마들이 와 다 돼가는 6공에 붙노 싫겠지마는 그기 아이구마. 장은 섣달 그믐장이 단대목이고, 정권도 끝날 때가 이권 인심이 더 좋다꼬. 5공 때 생각 안 나는교? 그 많은 꼴프장이니, 아시아나 항공이니, 그기 다 언제 쇼부나등교? 요새도 우리가 몰래 글치, 마이 왔다 갔다 할끼라꼬. 에에프케이엔 나간 자리(채널) 맨쿠로 언론이 탐낼 만한 것도 많고오. 그라이 언론 글마들, 거다 착 달라붙어 우리 와엣쓰 엿미기는 기라꼬……. 글치만 간 대로 안 될 끼로. 부산 함 가보라꼬요 어떤강. 지지난 주에 부산 갔디 자갈치 시장에 막일하는 놈아들까지 괴기 찍는 쇠깔꼬랭이로 좌판을 콱콱 찍으면서 씨부리샀더라고요. 이누묵 새끼들. 이번에 또 우리 와엣쓰 엿미기 봐라, 이

걸로 칵 찍어뿔 끼다. 부마사태는 호리뺑뺑일꺼로, 캐싸미."

안 사장은 거침없이 그렇게 내뱉었다. 그가 워낙 지방색에 충실한 사람이고, 그의 논리도 피해의식에 바탕한 근거 없는 것일 수 있지만 어쨌든 그렇게라도 설명하지 않고는 너무도 석연찮은 구석이 많은 게 이번 총선 뒤 언론의 보도자세였다. 하기는 선거 전부터 꾸준히 나돌던 '이변'의 예견은 어느 정도 들어맞았다고 할 수가 있다. 재벌 총수가 연예인들을 앞세워 몇 달 만에 급조한 정당이 전국구 합치면 서른 석이 넘는 제3당으로 자리를 잡은 일이었다. 그러나 내가 보기에는 그것도 반드시 이변이라고만 할 수는 없을 듯하다. 이쪽저쪽 다 싫다는 분위기는 이미 충분하게 감지되어 온 터였고, 그렇게 되면 표가 갈 곳은 그쪽밖에 없었다. 있기야 다른 혁신정당도 있었지만 이 나라 유권자들의 뿌리 깊은 보수성향으로 보아 여당이 죽을 쑨 이상 그쪽의 의석이 늘어날 것은 정한 이치였다.

오히려 이변이 된다면 그것은 이 땅의 지성들이 너무도 쉽게 그런 결과를 기정사실로 받아들이고 때로는 논리화, 합리화까지 시도하고 있는 점일 것이다. 민주사회에서는 어디나 조금씩은 중우정치(衆愚政治) 요소가 끼어들게 마련이고 그 전형적인 특징은 저속한 인기나 재력을 무기로 한 정치인의 부상이다. 그리스와 로마의 공화정 말기가 그 좋은 예를 많이 보여주는데 이 땅의 지성이 시도하는 게 그런 식의 현실설명이라면 굳이 걱정할 건 없다.

문제는 그걸 넘어 그 같은 신당 출현의 논리적 필연성이라든가 정치적 합리성을 부여하려는 시도이다. 그 부당함을 구체적으로 지적하는 것은 이미 정치권에 한 세력으로 편입된 신당을 부정하는 것이 되어 정치적인 논란에 휩싸일 수도 있으므로 피하지만, 한마디로 뭉뚱그려 그 논리화, 합리화의 성공은 바로 또 다른 무서운 논리로의 비약이 가능하기 때문에 걱정스럽다. 돈을 뿌렸건 기업조직을 활용했건 정치만 잘하면, 특히 잘살게만 해주면, 이란 논리와, 총칼을 휘두르건 군대조직을 동원했건 잘살게만 해주면 그만이라는 논리 사이에 어떤 구조적인 차이가 있는가.

하지만 나같이 물 건너서 흘러 들어온 구경꾼 주제에 이 땅 정치판을 너무 심심풀이 땅콩으로 만드는 것도 꼭 온당한 짓은 못 될 것 같다. 게다가 이 난리 저 난리 다 지나가고 방금은 대권주자 경선을 두고 서로들 신경이 한껏 날카로워져 있는 만큼 자신도 없는 얘기로 공연히 이쪽저쪽 긁어대는 일은 이쯤서 그만두자. 그 자리에 있지 않으면 그 정치를 논하지 말라(不在其位 不謨其政) 했다던가.

사실 나는 요즈음 바깥세상 돌아가는 데까지 마음을 쓸 수 있을 만큼 여유가 있지도 못하다. 그것은 얼마 전부터 감지되고 있는 내 항해 수단의 불안한 흔들림 때문이다.

내 항해 수단인 김왕흥 씨는 드골공항의 면세점에서 나를 고를 때만 해도 자신에 차고 후회를 모르는 이 땅의 중년이었다. 그런데 어찌 된 셈인지 그로부터 석 달도 안 돼 내가 불안할 만큼 그의 비틀거림이 느껴지고 있었다.

얼핏 보기에 김왕홍 씨는 어떤 전형이 되기에는 어려운 예외적인 인물일지도 모른다. 그와 거래하고 있는 남자들도 하나하나 살펴보면 유별나고, 그 주위에 있는 여자들도 그런 점에서는 마찬가지다. 그 바람에 나는 저 희랍 사내의 모험에서 나타나는 퀴클로페스 같은 외눈박이 거인을 빌려 남자들을 인상짓고 여자들은 키르케나 사이레네스 같은 마녀와 요정들로 그녀들의 행태를 읽어왔다.

하지만 이 땅에 온 지 석 달이 넘는 이제 와서는 좀 생각이 달라진다. 그들은 틀림없이 다양한 개성을 갖고 있기는 해도 한 계층을 이루고 있으며 그 계층으로 묶어보면 어떤 전형성을 찾아낼 수도 있을 것 같기 때문이다.

어떤 이는 이들 계층의 이름으로 졸부(猝富)란 말을 대뜸 떠올릴지도 모르겠다. 실제로 이 나라 언론에서는 자주 그런 가공된 계층이 등장하고, 어떤 사회적인 문제가 있을 때는 동네북으로 이용되기도 한다. 그러나 내가 보기에는 그것이 한 심리현상의 이름으로 어떨지 몰라도 계층의 이름으로는 맞지 않는 것 같다.

그동안 비교적 자세히 그 재산 내역을 알게 된 우리 김왕홍 씨를 예로 졸부란 말의 합당치 않음을 살펴보자. 김왕홍 씨의 재산은 외형상으로 보면 수십 억에 이른다. 그리고 그걸 단순계산으로 보면 요새(1980년대) 돈으로 한 달에 5백만 원 정도의 상류생활을 해도 평생은 걱정 없을 것 같고, 또 그런 재산의 형성이 최근 10년 안짝의 일이란 점에서는 졸부란 말이 어느 정도는 맞을지도 모르겠다.

그러나 조금만 세밀하게 들여다보면 그를 부자라고 하기에는 불안한 구석이 너무 많다. 흔히들 가장 미덥게 생각하는 부동산부터 살펴보면 그 불안의 성격은 금세 뚜렷해진다.

그의 부동산 재산 중에서 가장 덩치가 큰 것은 아무래도 강남의 일급 주택가에 위치한 대지 2백 평의 주택으로, 요즘 시세가 전만 못하다 해도 아직은 최저가 15억 원은 된다. 하지만 엄격히 말해서 그게 바로 재산이라고 보기에는 어렵다. 급한 경우에 집을 줄여 쓸 수는 있겠지만, 그때는 이미 막바지라 대개는 쓸 수 있는 재산이 못 되는 경우가 많다.

그 밖에 서울 근처에 사둔 야산과 농지도 그리 미더운 것이 되지 못하기는 마찬가지다. 좋을 때야 다 합쳐 10억 원 이상을 호가한 적도 있지만 지금은 시세도 형편없이 떨어졌을 뿐만 아니라, 도대체 팔려고 해도 임자가 없다.

게다가 일이 더 나쁘게 꼬여 토지공개념이라도 실효성 있게 도입되면 그것은 재산이라기보다 되레 골칫덩이가 될 위험성마저 있다.

한때는 권리금으로 환산해 몇억 원을 줘도 팔지 않았을 김왕흥씨의 영업권도 이제는 재산으로서의 의미가 크게 줄었다. 로스분 독점권도 아무런 의미가 없어지고 시장 안에서의 뒷거래도 위험을 동반하지 않고는 수익을 기대할 수 없는 것만 남았을 뿐인 현실에서, 만약 그가 무슨 일로 급하게 업체를 넘기게 된다면 그의 손에 떨어질 확실한 것은 점포 전세금 몇천만 원이 전부일 것이다.

결국 그렇게 되면 믿을 것은 현금으로 굴리고 있는 자산뿐인데 그것도 못 미덥게 된 지 이미 오래다. 절반은 증권에 들어가 본전이나 찾아 나오면 다행인 지경이 되었고, 나머지 사채로 굴리고 있는 절반도 올 들어 두어 번 엎어 맞은 부도로 적잖이 골병이 들어 있다. 게다가 인플레의 우려는 남아 있는 현금마저 불안하게 만들고 있다.

　　89년돈가, 한창 좋을 때는 50억 원을 상회하고 이제는 남은 인생 슬슬 즐기고 지내도 될 것 같다는 기분이 들기까지 하던 재산이 겨우 삼 년 남짓에 아무것도 믿을 수가 없는 껍데기만 남아 있는 느낌이었다. 그것도 주관적인 느낌뿐만 아니라 객관적으로도 어느 정도 타당성 있는 계산이고 보면 더 이상 우리 김왕홍 씨를 졸부라고 부르기는 어려울 것이다.

　　내가 보기에는 김왕홍 씨의 주변에 있는 패거리들도 대개 사정이 비슷한 듯했다. 생산에 참가해 본 사람은 생산에 참가한 대로, 재테크에 매달린 사람이나 향락산업에 뛰어든 사람들은 또 그 나름으로 모두 한차례는 내상(內傷)을 입어 남은 것은 좋을 때 벌어둔 거창한 껍데기뿐인 것 같았다. 이 몇 년의 불경기를 피해 80년대 말의 거품을 제 살로 만든 사람이 있다면 그야말로 예외일 것이다.

　　따지고 보면 내가 이 나라로 오면서 그들에게서 맡은 졸부냄새나 이 나라에 와서 이제껏 본 몇 가지 소비광태는 그들의 마지막 허세요 오기인지도 모를 일이었다. 촛불은 꺼지기 전에 한번 빛난다던가. 거품경제 아래서 잠시 동안 품어보았던 황홀한 환상에 대한 애착이 그렇게 비뚤어져 나타나고 있다고 보아 크게 틀리지 않을 듯하다.

그러면 그들은 누구인가. 도대체 이 계층은 기층민과 중산층, 그리고 소수 경제적 특권층 가운데 어디에 소속되며 그들의 의식은 어떤 것일까. 또 그들이 이 사회에서 수행할 기능은 무엇일까.

섣부른 규정이 될지 모르지만 나는 그들을 한국형 중산층이라 이름하고 싶다. 그리고 한국형이란 말속에는 원시 또는 배태기(胚胎期)란 의미가 포함되어 있다. 다시 말해 한국적인 상황에서 아직은 형태를 제대로 갖추지 못했지만 잘 진화하면 안정된 산업사회의 기반이 되는 중산계급을 형성할 이들이라는 뜻이다.

그들을 악의로만 보는 사람들은 그들의 재산증식 수단과 속도에만 유의하여 졸부라는 이름 쪽을 선호하지만, 그것은 한 계층의 이름으로는 적합하지 못할 뿐만 아니라 그들의 경제적 궤적에서 한 과정만 지나치게 부각하는 흠이 있다. 틀림없이 오늘날 그들을 있게 한 데는 부동산 투기나 증권 사채 같은 돈놀이가 크게 한몫을 했다. 그러나 그들로 하여금 그 같은 투기나 돈놀이를 할 수 있게 한 최초의 자산축적 과정에는 대개가 오랜 화이트칼라 시절이나 자영의 소기업 경영이란 이력이 들어 있다.

하기야 부의 세습에 의해 이전된 재산, 또는 탈법이나 요행으로 움켜쥐게 된 재산이 폭발적인 증식의 밑천이 된 이들도 있기는 하다. 그렇지만 선입견에서 벗어나 공정하고 엄밀하게 조사해 보면 뜻밖으로 그 비율은 적다. 우리가 흔히 졸부라고 지적하는 사람들에게도 대개는 그 기초재산 형성까지의 고생스러운 세월과 한 맺힌 기억이 있다. 곧 그 마지막 단계만 빼면 그들은 거의가 구(舊) 중산층이나 신(新) 중산층의 특수성 가운데 하나를 엇비슷하게 구비하고 있는 것같다.

그렇다면 그들 재산증식의 부정한 수단과 유례없는 속도는 중산층이란 고상한 명칭과 어떻게 조화시킬 수 있는가. 여기에 대해 나는 먼저 중산층이란 명칭이 처음부터 특별히 고상한 의미를 띤 계층의 명칭이 아니었음을 환기시키고 싶다. 산업사회 초기에는 어디서나 중산층의 자산 형성에는 조금씩 불합리한 계기나 부정한 수단이 쓰였고, 그 형성속도도 정상을 넘어서는 경우가 있었다.

게다가 한국의 특수한 상황을 감안하면 그들 재산증식의 수단이나 속도가 이 사회의 보편적인 그것과 다르기는 해도 정도의 차이일 뿐 본질의 차이는 아니다. 이를테면 부정한 재산증식의 수단 중에 대표 격으로 꼽히는 부동산 투기만 해도 그렇다. 스스로를 정직한 중산층이라고 자처하는 사람치고 부동산 가격의 상승이 자산증가의 원인이 되지 않는 사람은 몇이나 되겠는가. 설령 팔 걷어붙이고 나서 그걸 조장한 적도 없고, 또 자산이 증가했다 해봤자 명목뿐이라 할지라도 말이다.

따라서 완전히 안정된 몇백 억대 이상의 상류층으로 편입되지 못한 이상 그들은 비록 한국형이란 단서가 붙더라도 중산층일 수밖에 없다. 그리고 이럴 때 그들을 진정한 중산층과 구별하는 길은 재산증식의 수단이나 속도에서의 차이를 따져보는 데 있는 것이 아니라 그 의식의 내용을 살펴보는 쪽이 훨씬 나을 듯하다.

그들 한국형 중산층의 특징은 독자의 계급의식 혹은 계층의식이 없다는 데 있을 것이다. 비록 재산의 축적으로 보아서는 중산층으로 분류되지만 의식은 여전히 지난날의 무산계급 시절에 머물러 있거나 아니면 앞으로 발돋움하려는 계층의 특권의식에 앞질러 물드는 것이 그들 대부분에게 공통된 의식의 내용이다.

이 땅 사람들이 비난의 눈길로 보아온 졸부심리는 바로 그들의 의식이 실제보다 지나치게 앞질러 간 전형적인 예가 된다. 경기가 좋을 때 그 명목의 거품에 홀린 그들은 자기들이 그렇게도 오랜 세월 추구해 왔던 그 상류층에 편입된 걸로 착각했다. 그러나 그 계층에 알맞은 문화의 축적이 없는 그들은 그 빈자리를 물질적인 과시로 메우려 드는데, 그게 바로 이 땅의 90년대 초반을 휩쓴 소비광태의 진원이라고 보아 크게 틀리지는 않을 것이다.

하지만 그들의 의식 내면에서는 이와 상반된 흐름도 있다. 앞서 김왕흥 씨의 재산을 예로 살펴본 바대로, 자신들의 축적이 실은 그리 대단할 것도 없고 미덥지도 못하다는 이따금씩의 깨달음이 가난했던 옛날의 기억과 얽혀 정반대의 방향으로 감정의 과장을 일으키는 일이었다. 그리하여 더 많이 가진 계층과 상대비교에 빠지게 될 때나 거품을 걷어낸 실상과 대면하게 되면 이번에는 터무니없게도 예전의 기아심리로 돌아가 버린다.

결국 그들은 독자의 의식을 갖지 못하고 졸부심리와 기아심리 사이를 불안하게 오락가락하고 있는 셈인데, 사실 이 부분은 스스로를 건전하다고 믿는 이 땅의 중산층에게도 어느 정도는 공통되어 있다. 따라서 어떤 면에서는 한국형 중산층이란 김왕홍 씨가 속한 특정한 계층만을 가리키는 이름이 아니라 이 나라 중산층 모두를 포괄할 수 있는 개념이 되기도 한다. 김왕홍 씨가 속해 있는 계층은 다만 그 두 상반된 심리 사이를 오락가락하는 진동수와 진폭이 많거나 클 뿐이다.

애기가 좀 빗나갔지만 오래 깨어나지 못하고 있는 가위눌림 같은 이 나라의 정치적 불안도 이 같은 한국형 중산층의 특성과 무관하지 않은 듯하다. 안정의 기반이 될 중산층이 독자의 계층의식을 갖지 못하고 졸부심리와 기아심리 사이를 오락가락하니 그 지지를 받아야 하는 정당이나 기타 정치사회단체도 거기따라 오락가락할 수밖에 없다.

졸부심리는 대개 사회의 상류 특권층과 자신들을 동일시함으로써 일어나는데, 그때 표출되는 것은 차라리 반동성(反動性)이라고 이름하는 게 더 정확할 만큼 강한 보수성이다. 한편 기아심리는 기억 속에 멀지 않은 기층민의 의식으로 회귀하는 것인데, 그때는 또 터무니없는 진보성 내지 변혁지향이 그 한 특성으로 나타난다. 따라서 그렇게 가락이 정반대로 다른 두 곡조에 장단을 맞추자니 정치판은 저절로 어지럽고 어설픈 몽두리춤판이 되고 만다. 자타가 공인하는 진보정당의 정강정책에 어이없이 보수적인 항목이 끼어들어야 하는 비극이나, 뻔한 보수정당의 선거공약에 말도 안 되는 급진개혁 공약이 끼어들어야 하는 희극은 바로 그 때문이다.

결국 내가 퀴클로페스, 키르케, 혹은 사이레네스들로 본 사람들은 바로 그런 한국형 중간층의 한 변종들이었고, 미친 듯한 소비열과 끝 모를 물욕이란 전혀 어울리지 않는 두 행태도 실은 졸부심리와 기아심리가 뒤섞여 뿜어대는 독기에 지나지 않았다. 그리고 그게 이 땅의 특수한 상황에 기인된 것이라면 그들은 또한 이 땅의 슬픈 원주민일 따름이었다. 여기서 어떤 이에게는 그들에게 붙인 '슬픈'이란 관형어가 마음에 들지 않을지도 모르겠다. 어쨌든 당장은 잘 먹고 잘사는 그들에게 다분히 동정적인 그런 표현이 어떻게 어울릴 수 있느냐는 의문에서일 것이다. 그러나 몇 달 가까이서 들여다본 그들의 실태는 꼭 그렇지만도 않았다.

나는 번들거리는 비단옷 아래 감춰진 그들 육체의 헐벗음을 잘 알고 있으며, 넘쳐나는 물질에 가리어진 그들 정신의 고뇌와 고통을 충분히 보아왔다. 따라서 내 딴에는 어렵사리 찾아낸 게 '슬픈'이란 관형어인데 그게 잘 이해 안 된다면 이제부터 김왕흥 씨 일가를 중심으로 그 구체적인 실례를 들어보겠다.

종교적인 계율이나 어떤 유별난 사상 때문에 독신으로 일생을 보내게 되어 있는 경우가 아니라면 성년이 된 개인의 행복은 무엇보다도 가정생활에 바탕할 것이다. 그런데 이 몇 달 살펴본 바로는 김왕흥 씨네 가정처럼 황폐한 가정도 없을 듯이 보였다.

우선 그들 가정의 기초가 되는 그들 부부 사이부터 살펴보자.

겉으로 보기에 그들 부부는 김왕흥 씨는 어쨌거나 사업에 충실한 가장이며, 늦어도 밤 열 시까지는 집으로 돌아오는 성실함을 유지하고 있고, 한 여사도 별 탈 없이 가사를 장악해 나가고 있다. 부부의 다툼 소리가 담 밖을 넘어가는 일도 드물고, 벌써 오십줄에 접어들었지만 아직도 일주일에 한 번쯤은 방사(房事)가 유지되고 있다.

그렇지만 조금만 다가들어 관찰하면 그들 부부처럼 삭막한 관계도 없을 듯싶다. 어떻게 하다 그리되었는지는 모르지만 김왕흥 씨가 생각하는 가장으로서의 권리 의무는 철저하게 경제, 특히 돈의 액수로 산정되어 있다. 돈벌이는 시원찮아도 잔잔한 애정과 자상함으로 신뢰받고 사랑받는 남편 따위는 적어도 김왕흥 씨에게는 존재하지 않는다.

"그 친구 도대체 한 달에 얼마나 벌어다 주는데 그래?"

어쩌다 한 여사가 친지나 이웃 중에 있는 폭력적이고 권위주의에 사로잡힌 가장을 흉보기라도 하면 김왕흥 씨의 반문은 으레 그랬다. 그 액수가 많기만 하다면 얼마든지 편들어줄 수 있다는 투였다.

이래저래 있게 마련인 가정생활의 불만도 김왕흥 씨는 언제나 경제적인 측면에서만 원인을 분석하고 자신을 방어했다.

"다 뱃속에서 쌀알이 곤두서서 나오는 소리들이야. 옛날을 생각해 보라구. 그게 불만이 될 수 있어? 아무리 개구리 올챙이 시절 생각 못 한다지만 사람이 어찌 그리 옛일을 까맣게 잊어?"

김왕홍 씨가 그렇게 나오면 웬만한 시비는 가라앉게 마련이었다. 그러나 한 여사가 저항을 포기하는 것은 그 같은 논리의 설득력 때문만은 아니었다. 가난하고 고생스러웠던 시절의 추억도 그것이 아직 살아 있다 해서 모든 게 달라진 현재에 대해 그리 대단한 구속력을 발휘하지는 못했다. 한 여사의 포기는 오히려 진작부터 길러온 남편의 정신세계에 대한 체념에서 온 것이라는 편이 옳았다.

K여고 출신은 모두가 이 나라 제일의 재원(才媛)들이란 걸 굳게 믿어 의심하지 않는 한 여사에게는 미신과도 같은 특이한 지향이 있었다. 정신지향 내지 문화지향이라 이름할 수 있는 것으로서 한 여사는 물질적으로 어렵기 그지없던 시절에조차도 그걸 포기한 적이 없었다.

그런 그녀에게 김왕홍 씨는 처음부터 정신적으로는 절망적인 사람이었다. 일류의 정신, 고급한 문화가 무엇인지를 한 번도 체험해보지 못하고 언제나 삼류와 통속의 세계만을 헤쳐온 것이 김왕홍 씨의 성장 이력이었다.

어쨌거나 자신은 고졸인 데 비해 저쪽은 삼류대 야간부라도 오락가락한 적이 있다는 것, 자신들은 뿌리 없이 도시를 떠도는 집안인데 비해 저쪽은 그래도 문중을 유지하는 집안의 자손이라는 것, 거기다가 자신은 턱없이 높은 눈 때문에 혼기를 놓친 스물일곱의 노처녀(60년대에는 지금보다 훨씬 불리한 입장이었다)인 데 비해 저쪽은 아직 그리 급할 게 없는 스물여덟의 용모단정한 청년이라는 점 등이 그들의 혼인을 일사천리로 진행되게 했지만 사흘간의 신혼여행이 채 끝나기도 전에 그녀는 이미 남편의 정신세계에, 그 문화에 적잖이 실망하고 있었다. 가수를 '카수'라고 발음한다든가, 기타를 '키타'라고 하는 따위 사소한 어휘상의 실수로부터 '프랑스의 빠리든 영국의 빠리든 빠리는 빠리다'는 식의 부정확한 지식, 특히 문화나 예술에 대한 몰이해와 무지는 신혼의 단꿈을 후회로 휘저어놓기까지 했다.

만약 몸을 누일 단칸방과 일용할 양식의 해결에 함께 골몰해야 했던 초기의 혹독한 몇 년이 아니었더라면 그들 부부는 훨씬 일찍 파경을 맞았을는지도 모르는 일이었다. 그 뒤 몇 년은 다시 조금씩 쌓여가는 물질의 재미에 한동안 정신과 문화를 잊고 — 그러다가 겨우 이것저것 살필 여유가 생겨서 보니 이미 십 년이 흘러가고 자신은 세 아이의 어머니였다.

하지만 그렇다고 해서 한 여사가 그녀의 지향을 포기한 것은 아니었다. 남편 쪽을 포기한 대신 자신은 실제보다 몇 배나 과장된 열정으로 그 정체 모를 정신과 문화란 것을 향해 돌진했다. 헤어진 지 20년 가까이 돼 얼굴까지 아물아물하는 동창들을 찾아나서 그중에서도 교수나 저명인사가 된 동창들만 골라 어렵사리 친분을 회복한 것이며, 이런저런 단체에서의 사회봉사(그 실효성은 지극히 의심되지만), 그리고 꽃꽂이, 도자기, 서예, 또 무엇 무엇해서 벌써 여덟 번째가 되는 문화 교양강좌의 참여 같은 것이 바로 그녀의 지향을 현실화해 온 궤적이었다.

부부 사이가 그렇게 따로국밥 형국이 되면 삭막해지는 것 또한 어쩔 수 없는 일이다. 한쪽은 모든 것을 경제 곧 물질의 문제로만 해결하려 들고 한쪽은 그럴수록 더욱 문화 또는 정신의 가치에만 매달리는 데다 의사소통의 노력까지 포기되니 단절은 필연이었다.

하기야 그들 부부 같은 상태에서도 이상적인 결혼생활은 나올 수가 있다. 서로 추구하는 가치가 달라도 상대를 존중하고 이해하려는 노력이 유지될 때는 두리뭉실 닮은꼴이 되어 늙어가는 것보다 서로에 대한 흥미와 긴장이 유지되어 훨씬 더 의미 있는 결혼생활이 되는 수도 있기 때문이다.

그렇지만 김왕흥 씨 부부에게 그런 상태를 기대하는 것은 무리였다. 이미 내비친 바 있듯 처음부터 너무 명백해진 정신적인 단절이 그들 부부 사이의 흥미와 긴장을 앗아갔다. 거기 비해 김왕흥 씨는 그래도 한동안 아내에 대한 긴장과 흥미를 유지한 셈이었다. 그러나 그리 오래가지는 못하게 되어 있는 것이 한 여사의 정신적인 우월이라는 게 김왕흥 씨가 일생 눌려 살아야 할 만큼 대단하지는 못한 까닭이었다.

거기다가 김왕흥 씨가 경제적으로 급작스러운 성공을 하게 되면서부터는 결혼 초기에는 어느 정도 인정했던 정신적인 우월도 더는 인정받기가 어려워졌다(그래, 국민학교 내리 6년 우등상 받고 다시 중학교 3년 우등상 받기는 쉬운 일이 아니지. 명문여고도 누구나 갈 수 있는 데는 아니다. 하지만 그래서 어쨌단 말인가. 무슨 굉장한 학자가 된 것도 아니고 그저 내 여편네가 되었을 뿐이지 않은가. 나는 그래도 우리 시장에서는 누구에게도 괄시받지 않을 정도는 된다. 이삼십 년 전 성적표에 주눅 들어 하는 꼴이 오히려 우습지). 드러내놓고 그렇게 말한 적이 있는지는 모르지만 김왕홍 씨의 내심은 대강 그랬을 것이다.

나중에 한 여사가 그렇게 기를 써가며 증명해 보려고 했던 정신이나 문화도 신통치가 못했다. 그걸 증명하는 게 나도 이따금씩 들은 적이 있는 김왕홍 씨의 빈정거림이다.

"나는 또 우리 집에 무슨 대단한 도자기 예술가가 나오는 줄 알았지. 그런데 몇 달 몇 년 쫓아다녀 겨우 건졌다는 게 짜그러진 항아리하고 수반 몇 개더만."

"저 여편네 붓 싸 들고 서예 배운다구 돌아다닐 때는 국전도 오늘 낼 같았다구. 하지만 남은 건 벽에 걸어두기 민망한 액자 몇 점이 고작이더라구."

"꽃 몇 송이 가져다가 얼기설기 꽂아놓고 그것두 뭐 예술이라나. 그게 정신이고 문화라면, 원 세상에 정신적이고 문화적 아닌 놈 하나도 없겠다."

대개 그런 식이었다.

그런데도 그들 부부가 이십 년이 넘도록 붙어살 수 있었던 것은 두 가지 이유 — 아직 그들 연배에서는 어느 정도의 보편성을 유지하고 있는 보수성과 편의주의 덕분 같았다.

한번 이루어진 결혼은 웬만하면 유지되어야 한다는 믿음이 양쪽 모두에게 있는 데다 세상을 이해하는 방식이 다르긴 해도 한편으로는 서로에게 편리한 구석도 있어 견딜 만했던 까닭이다. 상대가 이해하지 못하는 데가 있다는 것은 어떤 의미에서는 서로에게서 숨을 구석들을 가졌다는 뜻도 된다.

가족의 기본단위인 부부간의 관계가 그렇다 보니 부모와 자식 간의 관계도 제대로 정립될 리 없었다. 부모가 각기 자신들의 기준으로 자식을 기르는데 그게 또 자라는 아이들과는 도통 맞지 않아 그들 가족은 마치 굵은 모래를 반죽해 둔 것 같았다. 가정이란 그릇에 질척하게 담겨 있을 때는 한 덩어리처럼 보여도 그 그릇에서 쏟아지면 아무런 응집력 없이 흩어져 버리는 식이었다.

먼저 김왕흥 씨와 그 아들 딸의 사이부터 살펴보자. 김왕흥 씨에게도 핏줄에서 우러나는 정이야 있겠지만 솔직히 말해 김왕흥 씨가 아들 딸에게서 받게 되는 가장 실감 나는 느낌은 그만한 수의 완불일자가 막연한 청구서였다. 아마도 지난 어려웠던 시절에 받은 인상 탓인 듯한데 어찌 된 셈인지 이제는 그 지불이 고통스럽지 않는데도 그런 느낌만은 갈수록 더해졌다.

내가 보기에는 그 집 아이들의 느낌도 그런 김왕흥 씨에 상응하는 것 같았다. 나는 한 번도 그들이 어떤 요구 없이 아버지와 마주하는 걸 보지 못했다. 어리광도 피우고 막연한 유희심리로 다가들 수도 있건만 철두철미 은행이나 없는 게 없는 창고로만 대하는 것은 어쩌면 자신들을 그만한 수의 청구서로만 느끼는 아버지의 내심에 감응된 것인지도 모를 일이었다.

그런 김왕흥 씨에 비해 한 여사는 조금은 행복한 편이었다. 그 질이야 어떠하건 정신적으로는 어느 정도 아이들을 장악하고 있어 남편과는 비교도 안 될 만큼 다양한 교감의 통로를 가진 까닭이었다. 아마도 한 여사의 가정에 대한 유별난(실은 터무니없기도 한) 자신감은 대부분이 그런 아이들과의 관계에서 온 것인 듯하다.

하지만 아이들 쪽을 살펴보면 반드시 한 여사가 생각하는 것만큼 그렇게 낙관적이지는 않다. 한때 한 여사의 판단이나 해석이 절대적인 권위를 가진 적이 있기는 해도 이제 그 권위는 고 2인 막내에게조차 흔들리고 있는 듯했다. 얼마 전 학교에서 문과(文科)와 이과(理科)를 분류할 때 한 여사가 군이 이과를 권유하자 녀석이 한마디 퉁겼다.

"엄마, 우리가 뭐 진흙반죽이나 나무토막인 줄 아세요? 주무르면 주무르는 대로 깎으면 깎는 대로 모양이 나오는…… 제발 이건 제가 선택하게 해주세요. 제 인생이라구요."

위로 둘은 보지 못했지만 그게 머리통이 좀 굵으면 갖게 되는 그 집 아이들의 생각인 듯했다. 그리고 동시에 그것은 한 여사의 정신과 문화가 가진 한계를 드러내는 것이기도 했다. 유별난 것은 다만 그 아이들에게 품는 한 여사의 기대일 뿐이었다.

출신계급이나 교육 정도 내지 문화수준에서 남편보다 우월한 여자들이 대개 그렇듯이 한 여사도 김왕홍 씨에 대한 실망을 턱없는 기대로 바꾸어 아이들에게 투사(投射)했다. 그 바람에 아이들은 어렸을 적부터 교양이란 이름의 강제수양이나 문화란 이름의 허영에 시달리지 않으면 안 되었다.

세 아이 모두 국민학교 시절을 최소한 셋 이상의 과외에 쫓겨야 했는데 그중 둘은 한 여사의 문화지향이 강요한 것이었다. 위로부터 차례로 피아노 바이올린에 한 번씩은 주리가 틀렸고, 미술학원에도 최소 1년씩은 내몰린 경험들이 있었다. 거기다가 큰딸은 가야금, 큰아들은 영어 조기교육, 막내는 컴퓨터교실이 덧붙어 원래의 교습목적과는 달리 인생은 고달픈 그 무엇이란 것만 초장부터 톡톡히 맛보았을 뿐이었다. 나중에 큰딸이 음악대학을 가기는 했지만 그것은 이미 그녀의 성적이 학력고사로 대학을 가기에는 절망적이란 판정이 난 뒤의 억지스럽고도 억척스러운 교습의 결과였다.

아이들의 시간배분이 그런 식으로 되다 보면 한 여사가 믿고 있는 그들과의 친화(親和)나 의사소통이란 게 얼마나 그녀의 주관적인 환상에 지나지 않는가는 곧 드러난다. 아침밥상에서 한번 보고 낮 동안에 잠깐씩 얼굴을 스쳤다가 다시 저녁밥상에 함께 앉는 것으로 대개는 끝이라 하루종일 합쳐봐야 한 시간을 채우기 어려운 모자 혹은 모녀간의 대면인 만큼 친화나 의사소통이 이루어진다 한들 무에 그리 대단할 게 있겠는가.

김왕흥 씨네 아이들 중에서 가장 삐걱거리고 있는 아이는 아무래도 드디어 삼수로 돌입한 큰아들이 될 것이다. 어찌어찌해서 전문학교에는 겨우 합격했지만 본인이 기어이 우겨 다시 입시학원에 나가는데 내 보기에는 싹수가 노랬다. 한 여사가 싸고돌아 김왕흥 씨는 아직 그 심각함을 모르고 있어도 조만간 무슨 일이 터질 것이라는 게 예감 이상의 확신으로 다가오는 것 같았다.

어쩌다가 김왕홍 씨가 나를 빠뜨리고 나간 날 같은 때 보면 우선 큰아들이 나간다는 학원부터가 이상했다. 무슨 놈의 학원이 아홉 시에 나가도 되고 열한 시에 나가도 된단 말인가. 게다가 더욱 한심한 것은 그놈의 술이었다. 취해도 용케 아버지를 겁낼 줄 알아서, 대개는 김왕홍 씨가 오기 전에 제 방으로 숨기 때문에 술로 부자간에 큰일이 벌어진 적은 없었지만 갈수록 주정이 대담해지는 걸로 보아 언젠가는 한바탕 소동이 벌어져도 크게 벌어질 것 같았다.

그러나 내가 남의 자식 보고 싹수가 노랗다고 잘라 말하게 된 것은 그런 부실한 학원수강이나 잦은 술 때문만은 아니었다. 그보다는 김왕홍 씨가 귀가하기 전 저희 누이나 어머니를 상대로 하는 술주정의 내용이 내 그런 느낌의 직접적인 원인이라는 편이 옳았다. 그저께도 그랬다. 그날도 어쩌다 김왕홍 씨가 나를 빠뜨리고 가 그의 봄 점퍼에 꽂힌 채 거실 옷걸이에 걸려 있는데 대낮같이 취해 들어온 녀석이 소파에 벌렁 드러누웠다.

해지기 전에 집에 들어오지 않기로는 한 여사를 앞서는 큰딸이 그날따라 일찍 돌아와 있다가 그래도 누나랍시고 제 방에서 나와 나무랐다.

"아유, 얘 봐. 대낮부터 엉망으로 퍼마셔 가지군……. 아직 정신 못 차렸어."

그러자 취해 늘어진 것 같던 녀석이 눈을 부스스 뜨며 시비조로 받았다.

"아직이라니, 뭐가 아직인데?"

"재수, 삼수도 모자라 대낮부터 술타령이야?"

큰딸이 내친 김이라는 듯 조심성 없이 녀석의 심사를 건드렸다. 녀석도 취한 사람 같지 않게 누이가 아파할 곳을 골라 건드렸다.

"흐응, 예체능 교수들에게 돈보따리를 앵기고 들어가도 재수는 안 하셨다 그 말씀이로군. 체력장 포함 2백 점을 못 채워 그나마도 따라지 여대로 겨우 낙착을 보셨어도……."

"뭐야? 저게 누나에게 못 하는 소리가 없어. 야 정말 너 취했니? 갑자기 돈보따리 얘기는 왜 나와? 네가 봤니? 봤어?"

"보나 마나 뻔할 뻔 자지. 작년 텔레비마다 예술과목 특별과외 소동이 한창일 때 누나네 그 예술가 교수님은 괜찮았는지 몰라."

그렇게 되면 싸움은 제대로 붙을 수밖에 없었다. 큰딸이 변명 으로 맞서다가 돌연 공세로 전환했다.

"돈문제라면 너도 큰소리칠 게 없을걸. 어휴 작년 그 난리…… 영수국 기본에다 암기 둘씩 붙여 평균 다섯씩이 이 집을 드나들 었으니, 그것도 일류학원 강사들만으루다가. 너 그 과외수업비 생 각해 봤어? 솔직히 엄마가 우리 김 교수님께 얼마나 싸다주셨는 지 몰라도 네게 퍼부은 거보다는 적을 거라."

"아니지이, 돈 이라구 다 같은 건 아니지. 적어도 내 건 수업료고 누나 건 뇌물이잖아? 난 그래두 학력고사 점수가 자그만치 2백70 점이나 나왔다구. '인서울' 명문 낙방생이구. 하긴 학력고사 1백80 점을 못 넘어본 머리로는 그게 그거겠지만."

서로 그렇게 할 말 다한데다 한쪽은 술에 취했고 한쪽은 약이 오를 대로 올라 있으니 그다음 단계는 어김없이 육탄전이 될 판이었다. 그런데 마침 한 여사가 들어와 그 소동은 면할 수 있었다.

"시끄러! 얘들이 대낮에 뭐 하는 짓들이야."

말다툼에 정신이 팔려 자신이 들어오는 것도 모르고 떠드는 남매에게 한 여사가 그렇게 소리쳐 입들을 막아놓고는 파출부 아줌마가 있는 부엌 쪽으로 의미 있는 눈짓을 하면서 먼저 큰딸부터 나무랐다.

"넌 말만한 계집애가 부끄럽지도 않니? 그저 집안에 누가 있는지도 살피지 않고, 할 소리 안 할 소리……."

"엄마두 참, 쟤 좀 보구 말하세요. 대낮부터 고주망태가 되어 행패라구요. 행패."

큰딸은 한 여사가 저부터 나무라고 드는 데 발끈해 그렇게 어머니에게 맞섰다. 그때까지도 소파에 비스듬히 기대 있던 아들이 겨우 몸을 바로잡으며, 완연히 풀린 혀로 누나의 말을 받아쳤다.

"말은 바로 하라구. 먼저 긁어댄 게 누군데."

그제서야 아들 쪽으로 눈길을 돌린 한 여사가 폭삭 무너지듯 녀석의 맞은편 소파에 앉더니 대뜸 넋두리로 들어갔다.

"너 또 술 마셨구나. 이를 어쩌나. 이젠 대낮부터……. 너 왜 이러니? 정말 이 어미 말라 죽는 꼴 보려구 그래? 세상에 남편복 없는 년은 자식복도 없다더니……."

평소 교양 있게 처신하려 애쓰는 그녀답지 않게 시골 아낙네 흉내를 내는 게 밖에서 무언가 김왕흥 씨 때문에 잔뜩 심사가 상해 돌아온 길인 듯했다. 그런 한 여사에게서 어떤 심상찮음을 느꼈는지, 아니면 끌어봤자 득 될 게 없는 싸움이라 생각해서였는지, 큰딸은 그쯤에서 미련 없이 전권(戰圈)에서 벗어났다. 몸을 홱 돌리는 것으로 자신의 분노를 마지막으로 표시한 뒤 2층 제 방으로 올라가 버렸다.

그러나 큰아들 녀석은 달랐다. 새로운 먹이를 찾은 것처럼이나 비웃음까지 띠며 한 여사에게 이죽거렸다.

"어머니, 그렇게 말씀하시면 듣는 자식놈 섭하잖아요. 제가 어때서요? 오늘 학력고사 치고 쫑파티 삼아 한잔 뺀 것뿐인데……."

그런 녀석의 표정이며 말투에는 이미 공부와는 먼 불량기가 뚝뚝 듣는 듯했다. 여러 번 겪은 끝이라서인지 한 여사는 좀체 엄한 어머니로 전환하지 못했다. 여전히 넋두리 반 하소연 반으로 녀석에게 매달릴 뿐이었다.

"너 왜 이러니? 마지막으로 한번 맘잡고 해보겠다더니, 벌써 이번 주만도 몇 번째야. 게다가 이젠 대낮에 술냄새를 훅훅 풍기며……."

대개 그런 식이었는데 곁에서 듣기에도 약간은 애절한 데가 있었다. 그러나 녀석은 눈도 깜짝 않았다. 몇 마디 더 듣기도 전에 이죽거림으로 받았다.

"전 아무것도 변한 게 없다구요. 언제나 현명하신 어머님의 모범적인 아들이라구요. 8학군의 일류중 일류고를 나오고 지금도 일류 재수학원의 서울대반 상위그룹이구요."

그러더니 이어 노란 싹수를 거침없이 드러냈다.

"뿐인가요. 지금은 또 언제나 일류만을 거쳐 온 어머님의 뜻을 받들어 일류대학에 가려구 착실히 삼수 중이구요."

"일류 신물 난다. 제발 내년에는 아무 대든 들어가기나 해라."

"아니, 어머니가 웬일이십니까? 나는 일류대에 들어가지 못하면 어머님의 아들 노릇도 못 할 줄 알았는데. 그래서 국민학교 때부터 지금까지 장장 십이 년 그 많은 과외, 그 많은 학원 다 이 한 몸으로 때우고 단 하루도 편치 못하게 살았는데."

"그럼, 그 뭐냐? 너도 〈행복은 성적순이 아니잖아요〉냐? 넌 일류병이 든 에미의 가여운 희생자이고. 아서라, 말하기 좋다고 함부로 그런 소리 하는 거 아니다. 잘난 어른들 재치 부린 거 못난 애들이 따라 하는 법 아니라구."

드디어 한 여사가 파고들 데를 찾아냈다는 듯 넋두리에서 빈정거리는 투의 공세로 돌아섰다. 녀석도 공연히 과장하고 있을 뿐 보기처럼 심하게 술에 취한 것 같지는 않았다. 따지는 일도 이제는 자신 있다는 듯이 피하지 않고 맞받았다.

"아, 알아요. 모든 게 날 위해서라는 걸. 아버지 어머니는 자식 덕 볼 생각이 없다는 거며, 다만 사회구조가 그래서 부모 된 도리를 다하고 있을 뿐이라는 것도. 그뿐 아녜요. 실제로 사회에서는 행복이 성적순이 되는 경우가 더 많다는 것도."

"알긴 뭘 알아? 너는 우리 때도 일류병이 있었다는 거 모르지?

우리는 중학교부터 입시지옥을 헤맸어. 당연히 우리도 괴로웠고 그래서 행복은 성적순이 아니잖아요, 까진 못 돼도 그 비슷한 의심은 품었지. 어른이 되면 절대로 아이들에게 일류를 강요하지 않겠다고 맹세한 사람들도 있어. 그렇지만 세상이 어때? 결국 끝까지 일류를 지킨 애가 대개는 일류로 살아남더라구. 그리구 사회에서 일류로 살아남지 못할 때는 〈행복은 성적순이 아니잖아요〉라는 재치라도 부릴 줄 아는 것은 바로 그 일류들이야. 그 정도의 재치를 부릴 줄 아는 사람들이라면 현실에서는 좀 처져도 정말 조금도 불행하지 않을지 몰라. 그렇지만 아무 정신적인 뒷받침 없이 시쳇말로 아무런 철학 없이, 그 말만 따라 하는 아이들에게 그보다 더 끔찍한 재앙도 없을걸. 입으로 따라 한 몇 마디 때문에 평생을 하루에도 몇 번씩 행복이 성적순이라는 걸 괴롭게 깨달으며 지내게 될 테니까.

그리구 말이 났으니까 하는 소린데 우리 정말 너 잘 된 덕 보구 싶은 마음 조금도 없다. 노후보험 두셋씩 다 넣어뒀고, 늙으면 돌아가 살 땅까지 장만해 둔 거 너두 알지? 다만 우리는 너희가 사회 밑바닥을 빌빌거리고 있는 걸 보구 싶지 않을 뿐이다. 하지만 그때에 대비해서도 마음의 준비는 하고 있어. 너희들 말마따나 〈자기 앞의 생(生)〉 아니니?"

한 여사는 제법 기세까지 회복해 그렇게 말을 맺고는 그 효과를 가늠하기 위해 아들의 얼굴을 살폈다. 그러나 전에도 그 비슷한 소리를 더러 한 적이 있어서인지 아들의 표정에는 전혀 감동

의 흔적이 없었다. 오히려 전보다 더 심하게 뒤틀려 빈정거릴 뿐
이었다.

"그것두 안다구요. 다 안다니까. 문제는 거기 있는 게 아니에요.
그런 일반론이 아니라 내가 빠지게 된 구체적인 상황이라구요."

"그 구체적인 상황이라는 게 뭔데?"

갑작스러운 역습이라도 받은 사람처럼 한풀 기가 꺾인 한 여사
가 조심스레 물었다.

"틀림없이 세상은 일류들이 휘어잡지만 모두 일류는 될 수 없
어요. 그것도 공부만을 통한 일류는 그게 가장 좋다 해서 그 방
면에서는 이류 삼류밖에 안 되는 것들이 그 경쟁에 끼어들었다간
공연히 들러리만 서고 나을 수 없는 상처만 받을 뿐이란 거죠. 그
런데 아무래도 소생이 빠져 있는 구체적 상황이 바로 그런 것 같
다, 이 말씀이에요."

"뭐? 네가 왜? 어째서 네가 공부에는 이류 삼류란 거냐?"

"아직도 모르세요? 어머니 아버지가 제게 투입한 걸 생각해 보
시라구요. 그런데 그 결과가 기껏 이 지경 아녜요? 내가 수학능력
이 이류거나 삼류에 지나지 않는다는 증거로 그보다 더 명확한
게 어딨겠어요?"

"뭐야? 너 정말 그렇게 생각해?"

결코 듣고 싶지 않았던 말을 기어이 듣게 되고 만 사람처럼 한
여사는 몸까지 부르르 떨며 그렇게 목소리를 높였다. 그러다가 이
내 매달리듯 간절한 눈길로 아들을 보며 물었다.

"그렇담 왜 전문학교에 그냥 나가지 않고 삼수를 시작했어?"

"그게 바로 지금 내가 가장 괴로워하는 부분이라구요. 한 십년 일류도 아니면서 일류처럼 휘몰리는 동안에 그 착각이 몸에 배구 말았다구요. 이제는 내 스스로도 일류가 아닌 나를 용서할수 없게 되었다구요. 일류가 아니면 차라리 아무것도 아니구 싶다구요……."

그때까지도 나는 녀석이 제법이다 싶었다. 형편없는 건달로만 알았는데 뜻밖에도 꽤나 정확하게 스스로를 분석했기 때문이었다. 하지만 그게 한계였다.

"그게 무슨 소리냐? 해서 안 되는 게 어딨어? 약해빠진 녀석. 이왕 그렇게 되었으면 어떻게든 일류가 되어야지."

한 여사가 그렇게 격려 투가 되어 받자 그런 자기분석 능력에 터무니없이 못 미치는 상황대처 능력을 내보여 다시 나를 한심하게 했다.

"틀렸어요. 이미 틀렸다구요. 해봤자 뻔해요. 엄마, 다시 한번 알아봐 주세요. 유학 가는 거 아무리 생각해 봐도 내겐 그 길 밖에 없어요."

"그건 아버지가 안 된다구 하시잖니? 그리구 나두 그렇다. 집에서 새는 쪽박, 들에 나간다구 안 새겠니? 여기서 안 되는 공부 외국 나간다구 되겠어?"

"그곳이라면 일류를 포기할 수도 있을 것 같아요. 아무 대학이나 그저 내 마음에 드는 과를 골라 나름껏 해볼게요. 아니 대학이 아니라두 좋아요. 적당한 기술학원도 좋다구요."

"이젠 국제화시대다. 거기서 이류면 여기서도 이류야. 결국 네가 돌아와 살 땅은 이 땅이라구."

"아네요. 전문가가 희소한 분야나 첨단 쪽이라면 적당한 직업기술 학교를 나와도 여기서 일류대학 나온 것보다 나을 수도 있다더라구요. 나도 알아볼 대로 알아봤어요."

"알아봤댔자 유학장사꾼들한테서겠지. 그것들 말을 어떻게 다 믿어?"

대꾸는 그래도 한 여사는 아들의 말에 귀하 솔깃한 모양이었다. 그러나 이내 김왕홍 씨의 완강한 반대를 떠올렸는지 단호하게 나왔다.

"안 된다. 네 아버지를 모르니? 일껏 외국을 한 바퀴 돌아오면서도 네 유학 일은 한마디 물어보지도 않으신 분이다. 네가 금년에 떨어진 걸 뻔히 알면서도 말이다. 그쪽으로는 단념하고 학원이나 잘 나가라. 그래도 그 학원 작년에 서울대학만 수십 명 보냈다며?"

그러자 한심한 장남은 다시 난데없이 취기를 드러냈다. 억지 주정을 부리는 게 이미 마음은 유학 쪽으로 결정되어 있는 듯했다.

"필요없어요. 그따위 학원은 당장 때려치울 거라구요! 까짓거 대학 안 가면 되지 뭐. 내 인생 내가 사는데 누가 뭐라겠어요. 대강 대강 살아도 나 편하면 그만이라구요. 학교, 학교 하고 들볶인 지 벌써 몇 년인지 아세요? 대입만 벌써 오 년째라구요!"

그렇게 소리소리 질러대다가 또 신파배우처럼 훌쩍거리기도 했다.

"아니, 아예 모든 걸 때려치우겠어. 이렇게는 못 살아. 미쳐버리기 전에 차라리 죽는 게 낫지……."

나는 그런 녀석 하나만으로도 그 집의 멀지 않은 환난이 훤히 눈에 보이는 듯했다.

그렇지만 정작 그 집에 먼저 회오리바람을 일으킨 것은 큰딸이었다. 나는 그 집에 든 지 며칠 안 돼 그녀가 고약한 놈팽이에게 걸려 괴로운 사랑을 하고 있는 것 같다는 느낌을 받았다. 그리고 그 뒤 이따금씩 그녀와 한 여사 간의 대화를 엿들어 대강 그 상대를 짐작하고 있었다.

"그 사람 어디 처음부터 딴따라였어요? 기악과의 제 어엿한 선배였다구요. 군대 갔다 와 복학을 해서 같이 다니게는 되었지만. 밤무대도 어디 그 사람이 나빠서 그리된 줄 아세요? 집이 가난하다 보니 아르바이트로 나가다가 그리됐지, 예전엔 꽤 재능 있다던 음악도였다구요."

그런 큰딸의 변호로 그 상대의 경력과 직업을 알게 됐고.

"그 사람 꼭 그렇게 나쁘게만 보지 마세요. 누가 제 애인이 약혼하겠다는데 가만있겠어요?"

언젠가 큰딸이 멍든 눈두덩이를 계란으로 삭이면서 그렇게 하는 말로는 그 상대가 제법 주먹깨나 휘두르는 건달임을 알 수 있었다. 그렇지만 드러난 그들의 관계에 비해 큰딸의 애정은 그리 대단해 보이지 않았다.

"엄마, 나두 괴롭다구요. 나도 웬만하면 그 사람과 헤어지고 싶다구요. 더 솔직히 말씀드릴까요? 나두 그런 날건달 만나 얻어맞아 가며 사는 거보다는 저번에 선본 무슨 사장 아들이나 이번에 깨진 미스터 정 같은 사람 만나 호강하며 살고 싶단 말예요. 하지만 어떡해요? 그 사람은 저렇게 찰거머리처럼 붙어 떨어지지 않고, 약점은 잡힐 대로 다 잡혀 버렸으니……."

그게 상대를 보는 그 집 큰딸의 진심이었다. 가끔씩은 상대에게도 직접 악다구니를 썼다. 그와 말다툼을 하고 약간 술기운 있게 돌아와 그의 전화를 받게 될 때가 그랬는데, 내가 듣기에는 저게 대학 졸업반 숙녀의 통화내용인가 의심스러울 정도였다.

"야 이새꺄. 이젠 끝이야. 몇 번 날 데리구 갔다구 해서 니 마누라라도 된 줄 알았니? 나쁜 자식. 지금도 그날 일을 생각하면 치가 떨려. 순진한 후배 호기심으로 밤무대 구경간 걸 웨이터와 짜고 맥주에다 약을 타? 그때 널 수갑 채우지 못한 게 지금도 한이다. 이젠 내 주위에 얼씬도 마. 칼잽이를 사서 포를 떠 놓을 거야."

바로 그에게서 몇 년 시달린 나머지겠지만, 적어도 그날로 보면 둘 사이는 그걸로 끝장나는 것 같았다. 그러나 며칠 지나고 보면 또 그게 아니었다. 어쨌든 다시 그 친구와 어울리는 모양이었고, 전과 똑같은 일로 고민하고 울었다. 내가 보기에는 기묘한 사랑이었다.

그런데 이제 그 기묘한 사랑은 어떤 형태로든 결말을 볼 모양이었다. 최근에 다 돼가던 혼인 말이 깨지면서 그 건달의 존재가 드디어 김왕흥 씨에게도 알려져 그가 범같이 큰딸을 몰아낸 까닭인지 상대 쪽에서도 정면도전을 결행하기로 작정한 듯했다. 아침에 김왕흥 씨가 나오는데 한 여사가 무슨 죄지은 사람처럼 움찔거리며 말했다.

"저녁에 좀 일찍 돌아오세요. 늦어도 아홉 시까지는요."

"무슨 일 있어?"

모든 일이 갈수록 꼬여 가뜩이나 심기가 불편한 김왕흥 씨가 눈살부터 찌푸리며 물었다. 그도 그럴 것이 봄 들면서 경기는 더욱 악화되어 되는 일이 없고 집안일은 집안일대로 요즘 들어 부쩍 심상찮은 조짐으로 죄어왔다. 내색은 안 해도 그 역시 아들 딸의 상태를 대강은 짐작하고 있었다.

"오늘 저녁 그 사람이 찾아오겠대요."

한 여사가 더욱 기어드는 목소리로 말했다. 그녀도 딸자식은 어머니의 책임이라는 전통적 사고에서 벗어나지 못해서인 듯했다. 짐작이 갈 법도 하건만 김왕흥 씨가 굳이 모르는 척 물었다.

"그 사람이 누군데?"

"있잖아요? 미애……."

"뭐? 그 자식이 왜?"

김왕흥 씨가 벌컥 낯성을 내며 목소리를 높였다. 그때 언제부터인가 살며시 한 여사 곁에 붙어서서 사태를 살피고 있던 큰딸이 당돌하게 나섰다.

"아빠가 보자구 하시잖았어요? 감옥에 처넣든지 다리몽뎅이를 분질러놓든지, 하여튼 그 사람도 아빠에게 할 말이 있다니까……."

"터진 입이라구 너두 할 말이 있니?"

한 여사가 딸의 당돌함을 그렇게 나무라놓고 다시 김왕흥 씨에게 사정하듯 말했다.

"어쨌든 한번은 만나야 될 사람 아니겠어요? 따귀를 후려 쫓든 맘 고쳐 사위를 삼든…… 저쪽에서도 할 말이 있다니 것두 들어보구."

"사위 같은 소리 하구 자빠졌네. 에미라는 게 저 모양이니 딸자식이 어찌 성하겠어? 잘 돌아간다. 그 나물에 그 밥이라구 모녀 간에 앉아 하는 수작이란 게…… 아니 내가 분통 터져 어떻게 그 자식하고 마주 앉겠어. 정말 이 나이에 칼부림하는 거 봐야겠어?"

"그럼 어떻게 해요? 저걸 저 모양으로 그냥 보구 계시겠어요? 혼인 될 만하면 그쪽 찾아가 아무개는 내 여자라구 행패를 부릴 판인데, 어떻게든 결말은 내야잖아요?"

한 여사가 계속 당하고 있을 수만은 없다는 듯 드디어 뾰족하게 나왔다.

"뭐가 잘했다구 되레 큰소리는 큰소리야?"

김왕흥 씨가 그렇게 쏘아붙였으나 역시 한 여사가 맞서준 게 효과는 있었다. 이내 귀찮다는 표정으로 돌아간 김왕흥 씨가 큰 선심이라도 쓰듯 말했다.

"알았어. 그럼 일찍 돌아오도록 하지."

출발이 그래서인지 그 뒤 김왕흥 씨의 하루는 한결같이 뒤틀렸다. 오전에 금년 들어 네 번째의 부도를 맞아 다시 몇천만 원이 시체조차 기약 없는 돈이 되고 말았고 며칠 반짝하던 증권도 전장에 벌써 9포인트나 빠졌다. 게다가 미스 현에게 생활비로 넣은 3백만 원이 무슨 조화인지 제대로 입금이 안 돼 물품대금 청구형식으로 송금을 재촉받았다. 저녁에는 딸의 신세를 망칠지도 모르는 건달과 대결해야 된다는 데서 오는 긴장만 해도 적은 것이 아닌데 다시 그 모든 일이 겹치니, 김왕흥 씨의 속이 어떠했을까는 알 만했다. 한마디로 시장패거리와 가까운 보신탕집을 찾을 무렵에는 터지기 직전이라는 표현이 옳았다.

김왕흥 씨가 전에 없이 지방색 시비로 카바레 주인과 한바탕하게 된 것은 아마도 그래서 한껏 틀어져 있던 심사 때문이었을 것이다. 따지고 보면 그는 본적이 대구 부근이고 카바레 주인은 광주 부근이라 시비의 소지는 있을 수도 있었다. 그러나 그 자신 일찌감치 고향을 떠나 별로 거기에 연연해하지 않은데다 아내 한 여사의 문화가 겹쳐 비교적 지방색을 드러내지 않은 까닭에 그로 인한 시비에는 말려드는 법이 없었다. 오히려 지방색 시비로 카바레 주인과 잘 맞붙는 것은 김왕흥 씨가 아니라 부산갈매기 안 사장이었다.

"이거 참말로 사람 웃기네. 할애비 손자 귀에(귀여워)하다 보믄 쎔지(수염)다 쥐뜯긴다 카디 이기 바로 그 꼴 아이가? 세대교체, 세대교체 캐쌌디, 우예 삼빡한 맛은 몬 비주고 늙다리들 더러븐 술

수부터 먼저 쓰노?"

점심을 먹고 고스톱이나 한판 두드릴 의논들을 하는데 무엇 때문인가 밖에 나갔던 안 사장이 신문 한 장을 들고 와 상 위에 내던지며 그렇게 내뱉었다. 전날 석간 정치면인데 여당 대권주자 경선을 놓고 이는 잡음을 박스로 크게 처리해 놓고 있었다. 합동연설회를 두고 벌이는 두 후보 간의 시비였다.

"세대교체란 말도 나올 만하지. 하마 몇십 년째야? 맨날 삼김 양김, 이놈의 나라 사람이 그리도 없어?"

기사제목을 힐끗 살핀 정육업자가 별것도 아니라는 듯 그렇게 심드렁히 받았다. 받아줄 사람 없을까 봐 걱정한 것처럼이나 안 사장이 거품을 물었다.

"세대교체도 묵끼(꺼리)가 있어야제. 박 사장 함 생각해 보소. 이종찬인지 뭔지 카는 가(그애) 말이라요. 육사 나와 영관(領官)까지 갈라 카믄 훨훨 날아도 군대밥만 십 년이라. 거다가 정보부 십 몇 년이믄 그 인생은 벌써 문민정치하고는 멀어도 마이 멀다꼬. 군사문화, 정보정치 그거 둘 다 우리가 몸써리 내던 거 아이요? 그런데 아이, 사람이 얼매나 없으믄 그따우로 우리 와엣쓰하고 세대교체 하라 카요?"

그때 카바레 주인이 참지 못하고 끼어들었다.

"그거야 보기 나름 아뇨? 내 보기에는 그만한 사람도 없겠던데. 지방색에 안 걸리고, 집안 좋고, 젊고…… 오히려 상대편 대응이 옹졸하지 않아요? 아, 합동연설회야 해달라면 하면 되는 거고,

대중집회도 하겠다믄 하게 놔두지 뭘. TV 토론도 하자면 해주고, 추대위도 해체하라면 해주면 되는 거지."

"그걸 왜 우리 와엣쓰한테만 덮어씌우요? 거꾸로 저쪽도 합동 연설회 안 하겠다면 마는 거고, 대중집회 하지 말라면 말고, TV 토론도 안 하겠다면 그만이고, 추대위는 자기도 만들면 되잖소?"

안 사장은 처음 별생각 없이 그렇게 받았다. 그러자 카바레 주인이 이죽거렸다.

"이러나저러나 한번 해보는 쑈 아뇨? 내정 받은 쪽이 느긋하게 기마에 한번 쓰지, 뭘……."

그때서야 비로소 카바레 주인의 출신 도를 떠올린 안 사장이 갑자기 말투를 바꾸었다.

"하기사 그쪽 동네 사람들은 재미있을 끼라. 하모 글코 말고. 그 둘이 합동연설회에서 치고받고, TV에서 할퀴고 물어뜯고, 대중집 회에 나가 당내 치부 다 까뒤배고, 추대위 만들었다 풀었다 해서 우새하고(웃음거리 되고) ─ 우리 와엣쓰하고 그렇게 흙뻘탕에 구불다 보믄 이머시기 그 사람도 키는 쪼매 더 크겠제. 이누무 나라에서는 신눔(힘센 놈)한테 엉기붙으믄 져도 이기는 셈판이 되이…… 글치만 그 뒤에 남은 진짜배기 대선은 우예노? 대권주자 경선에서 하마 그 난판을 쳤뿌믄 가마이 앉아 재미보는 기 누고? 내 다 알구마. 장 사장이 왜 그카는동. 이 머시기가 좋은 기 아니라 그 난판 재미있어 하는 소리 아잉교."

카바레 주인과 똑같이 빈정거리는 투가 되어 임전 태세로 들어가는 것이었다. 나머지 사람들이 이 사람들 오늘 또 한판 붙겠구나 하는 표정으로 민망해들 하고 있는데 문득 김왕홍 씨가 끼어들어 시비의 방향을 돌려놓았다.

"그 사람 당 깨고 나갈 모양이던데. 지금까지 한 짓만 해도 야당 부총재감은 되잖아? 어쩌면 그쪽하고 벌써 선이 닿아 있는지도 모르지……."

김왕홍 씨의 그 같은 대꾸는 내가 듣기에도 좀 심하다 싶었다. 추측이 지나치게 비약되어 있는 데다, 지나가는 말같이 해도 내용이 너무 혹독했다. 그런데 거기에 한술 더 뜬 것은 카바레 주인이었다. 야당이 공식적으로는 셋이나 되고 김왕홍 씨의 말투에도 지방색은 별로 느껴지지 않았으나 대뜸 벌겋게 달아 받았다.

"보자 보자 하니 이젠 별걸 다 덮어씌우네. 그럼 이번에도 우리 선생님이 술수 부린 거란 말요? 참 같잖아서…… 이봐요, 김 사장. 아무리 고향이라도 그러는 거 아뇨. 저희끼리 투닥거려 코피나고 멍든 거 언다가 덤티길 씌워? 정 의심나는 구석이 있다면 당신네 TK나 잘 살펴보슈. 후보단일화 때부터 그쪽에 주렁주렁 매달려 있는 TK들 말요. 그중에는 YS 밑에 있느니 나가서 야당하겠다구 공언한 사람도 있으니까. 그 사람들 부추김에 놀아나다 모양새가 그짝 나구 말았다면 또 모를까. 원."

아마도 그는 부산갈매기 안 사장과의 일전을 각오하고 있던 터라 신경이 날카로워졌는지도 모를 일이었다. 전 같으면 그 정도에서 적당히 물러섰을 김왕홍 씨였다. 그러나 그 또한 저녁의 악전고

투를 앞두고 있어서인지 평소와 다르게 반발했다.

"그럼 왜 그렇게 손발이 잘 맞아? 이쪽에서 연수원부지 매각 터뜨리자 저쪽에서 재깍 받아 국회 차원의 진상조사단을 꾸미자구 나서구, 또 뭐더라⋯⋯."

"그거야 몇몇이서 슬쩍 팔아먹으려 드니 그렇지. 그 돈이 음성적인 정치자금이 될 우려도 있고."

"개가 듣고 하품할 소리 마슈. 그 동네 당은 재정문제를 당원 앞앞이 물어보구 합디까? 당 재산처분마다 대의원 총회에 부쳤어요? 정식계약도 아닌 가계약에⋯⋯ 대금 다 받아 누구 호주머니에 집어넣은 것도 아니고."

그렇게 발전해 나가다가 난데없이 김왕흥 씨가 TK란 말에 신경질을 내고 노골적으로 카바레 주인 출신지 사람들을 비하하는 옛날 호칭 몇 개를 들먹이자, 말다툼은 이내 실력행사 직전의 감정싸움으로 번졌다. 평소에는 스스로를 잡어 TK로 분류하고 오히려 광어나 도다리들에게 적대감까지 보이는 김왕흥 씨였다. 그런데 그날따라 그렇게 쌍지팡이를 짚고 나서는 게 나로서는 참으로 알 수 없는 일이었다. 저녁에 만나야 할 딸의 놈팽이가 눈에 안 보이는 곳에서 계속적으로 부아를 질러댄 탓임에 틀림없었다.

그 바람에 정작 소매 걷고 나서던 안 사장이 오히려 싸움을 뜯어말리는 입장이 되고 말았다.

"하이, 조선 토인(土人)들이 일타카이. 이기야 아프리카 토인들하고 다른 기 뭐꼬? 이 토인들한테 몽지리 총 쥐에(쥐어)주면 나라가 시(세) 쪼가리 니(네) 쪼가리 갈리 안 싸울라. 성숙한 시민의식 이라이 무슨 장마도깨비 씨나락 까묵는 소리고? 고마 치우소. 가마이 보이 누가 대통령 되든동 포리(파리) X대가리만큼도 덕 볼 기 없는 사람들 같구마는."

자신은 전혀 지역감정 같은 건 모른다는 말투로 양쪽을 쥐어박는 안 사장을 보며 나는 다시 한번 기이한 느낌이 들었다. 내가 보기에는 그 또한 이 땅 원주민들의 사고를 전형적으로 보여주는 사람이었다. 문제는 잘 인식하면서도 해결은 언제나 남에게 구하는, 이를테면 지역감정은 '내'가 먼저 버리거나 최소한 '우리'가 버려야 할 것임에도, 언제나 '너'만 버리면 해결된다고 믿는…….

그날의 김왕흥 씨는 아무래도 이상했다.

안 사장의 활약으로 윗불은 꺼졌지만 결국은 어색하게 끝나버린 점심 뒤에도 그는 두 번이나 더 남에게 싫은 소리를 했다. 하나는 대수롭지 않은 실수로 경리 김 양이 눈물을 찔끔거릴 만큼 야단친 일이며, 다른 하나는 거래 증권회사 차장에게 전화로 욕설을 퍼부은 일이었다. 역시 속에서 타고 있는 심화를 못 이겨 한 짓들 같았다.

그렇게 하루를 나다 보니 집으로 돌아갈 무렵의 김왕흥 씨는 녹초가 되어 있었다. 게다가 생각보다 일찍 집으로 들어가게 되니 전의를 불태우며 기다리는 쪽의 긴장이 가세해 그냥은 버틸 수가 없었다.

"이봐, 술 어딨어? 술이나 가져와."

집안으로 들어서기가 바쁘게 그렇게 소리치는 그에게 한 여사가 가만히 제동을 걸어보았으나 소용이 없었다.

"속이 터져 그냥 기다릴 수가 있어야지. 이 속으루 밥이 들어가겠어? 이놈을 그냥……."

김왕흥 씨는 제 성을 못 이겨 한 여사가 마지못해 내놓은 양주를 스트레이트로 거푸 석 잔이나 쭉쭉 들이켰다. 그리고 좀 진정이 된 뒤에도 술집에서 마실 때보다 더 빠르게 언더록스를 비워냈는데 결과적으로는 쓸데없이 취해 저녁의 싸움을 더 불리하게 만든 셈이 되고 말았다.

큰딸이 놈팽이를 데리고 나타난 것은 저녁 여덟 시 무렵이었다. 큰딸에게 개 몰리듯 몰리며 들어서는 그 밤무대 악사는 제법 알아볼 만큼 비척거리는 게 벌써 한차례 술로 초를 친 듯했다. 제 딴에는 장래 장인 장모를 보러 온다고 때 빼고 광낸 모양이지만 내가 보기에는 차림부터가 아니었다. 정장이란 게 패션쇼에나 나올 법한 초 유행인데다, 색상은 또 왜 그리 혼란스러운지. 연두색 양복에 노란 와이셔츠, 빨간 넥타이라면 어느 정도는 그 정서가 짐작 갈 것이다. 거기다가 면도로 밀어 좁다랗게 남긴 눈썹이며, 무스로 바람에 휘날리는 형태를 만든 머리칼이 더해지니 애초부터 듬직한 사윗감으로 보이려고 마음먹고 한 차림은 아니었다.

한 여사는 그가 들어올 때부터 눈살을 찌푸렸으나 그때 이미 어지간히 취해 있던 김왕흥 씨는 그렇지가 않은 듯했다. 취하면 열에 대여섯 번은 보게 되는 밤무대라 그런 차림이 익숙해서인지도 모를 일이었다. 오래되고 복잡한 감정이 얽혀 있으면서도 얼굴을 대하기는 서로가 처음이라 김왕흥 씨가 어떻게 맞아들여야 할까를 몰라 망설이는데 큰딸이 팔꿈치로 밤무대 악사의 옆구리를 쿡 찌르며 작게 말했다.

"인사드려요. 아버님 어머님이세요."

그러자 그 어림없는 사윗감은 비로소 할 일을 알았다는 듯 넙죽 방바닥에 엎드려 큰절을 올렸다.

"아버님 어머님, 인사드립니다. 저 서하석이라 합니다. 앞으로 많이 사랑해 주십시오."

대사를 외듯 꾸민 목소리라 그 또한 준비된 것인 듯했지만 왠지 진득한 인사말이기보다는 손님에게 앞으로 자기 단골이 돼달라고 하는 술집 웨이터의 부탁 같았다. 취한 중에도 자신이 못마땅해함을 알릴 기회를 찾고 있던 김왕흥 씨가 역시 신파극 배우처럼 냉정함을 과장한 목소리로 받았다.

"아버님 어머님이라니, 자네 아무에게나 그렇게 부르나?"

"네에? 아 그거야……."

여자를 후릴 때만큼은 머리가 잘 안 도는지, 아니면 믿는 게 있어서인지 서(徐)아무개라는 그 한심한 사윗감은 그렇게 말꼬리를 흐리며 받았다. 가만히 있던 한 여사가 못 참겠는지 깐깐한 목소리로 따지듯 말했다.

"이봐요. 우린 오늘 댁을 처음 보는 겁니다. 쟤가 소개시킬 사람이 있다기에 기다리고 있는 거라구요."

그런 한 여사의 말에는 은근한 암시가 들어 있었으나 서는 잘 알아듣지 못했다. 오히려 무엇에 심통이 났는지 제법 눈까지 부라리며 큰딸을 보고 물었다.

"그럼, 아직 아무 말씀도 드리지 않은 거야? 우리 관계 전혀 모르시냐구?"

그가 유독 '관계'라는 말에 힘을 주는 걸로 보아 믿는 게 바로 그것인 모양이었다. 딸은 딸대로 그를 흘기면서 받았다.

"아이. 그걸 어떻게…… 형, 정신 차려. 여기 올 때 내가 뭐랬어? 술 마시지 말랬더니 괜히 마시구선."

"저녁 먹으면서 한잔 걸친 거 가지구 뭘. 그냥은 어디 말이 나오니? 말이 나와? 그래두 거 뭐야 병모(빙모)님은 얼마큼 다 아신다구 했잖아?"

"또 그 소릴. 아무리 모녀간이지만 그딴 말을 어떻게……."

그때 다시 한 여사가 차갑게 끼어들었다.

"둘 사이에 무슨 일 있었는지 모르지만 그건 둘 사이의 일이에요. 그건 둘이서 나중에 따지고, 오신 용건이나 말해 보세요."

대강 잡은 감이 있어 대처가 난감하던 김왕홍 씨도 겨우 태도를 결정해 엄한 눈길로 서를 다그쳤다.

"그래, 무슨 일로 왔나? 용건만 간단히 말하게."

"쟤하고 결혼하고 싶다는 말씀을 드리려구 왔습니다. 허락해 주십시오."

말하라면 못 할 것도 없다는 듯 단숨에 말했다. 허락을 받으러

왔다기보다는 빚쟁이처럼 당당한 태도였다. 김왕흥 씨가 일순 얼굴이 시뻘게졌다가 겨우 진정해 목소리를 깔았다.

"우리 아이는 아직 어리네. 학교도 내년이 돼야 졸업이구. 게다가 나는 자네에 대해 아는 바가 없네. 결혼이 애들 소꿉장난도 아닌데 어떻게 잘 알지도 못하는 사람에게 함부로 딸을 주나. 우선 자네부터 소개하게. 집안은 어떻고 자넨 뭘 하나?"

사실 거기에 대해서는 김왕흥 씨도 대강 알고 있었지만 굳이 아무것도 모르는 척 물었다. 서는 다시 한번 큰딸에게 새삼 그것까지 설명해야 되는 데에 강한 불만을 표시한 뒤 더듬더듬 말했다.

"부모님은 시골에 계십니다. 농사를 짓고 계시지만 뭐 그렇다고 쟤 데리구 시골루 내려갈 생각은 아니니까 맘 놓으십시오. 전 예술갑니다. 지금은 빛을 못 봐 밤무대에서 일하고 있습니다만 앞으론 괜찮을 겁니다."

"예술가라니 구체적으로 말해 보게. 뭘 하는 예술가며, 그걸루 살아갈 수는 있는지."

김왕흥 씨가 드디어 약한 곳을 찾아낸 사람처럼 자신을 회복해 더듬거리는 서를 몰아갔다. 서가 한층 더 더듬거렸다.

"기타리스틉니다. 재즈…… 그리구…… 대학에서 기악을 전공한 적두 있습니다. 쟤 선배 되구요……."

"자기가 나서서 예술가라고 떠벌리는 눔 치고 신통한 예술가 없더라. 자넨 말하자면 밤무대 악사구면."

김왕홍 씨가 취한 중에도 그렇게 녀석의 기를 죽였고, 한 여사도 옆에서 지원사격을 했다.

"밤무대에서 기타나 치고 있다구 다 예술가가 되는 건 아닐 테고……. 재 선배라는데, 그래 대학은 얼마나 다녔수? 그리구 달리 공부하는 거라두 있수?"

"학교는 일 년 반 다녔습니다. 지금은 사는 데 바빠 따로 공부하는 것도 없고. 하지만 반드시 훌륭한 예술가가 되겠습니다."

서가 조금 움츠러드는 투로 그렇게 받았다. 내가 보기에 그런 대답은 국민학교 상급반 수준밖에 되지 않았다. 음악가가 되겠다 해도 전문이 여러 갈래라 애매한 대답이 되겠는데 서는 곧 죽어도 거창하게 예술가였다. 김왕홍 씨 부부도 오는 느낌이 있는 듯했다. 그때까지만 해도 약간은 남아 있던 행여나 하는 기대를 역시나 하는 체념으로 바꾸어 한숨으로 내쏟으면서 한 여사가 현실적인 문제를 끌어냈다.

"좋아요. 예술가가 되든 말든 그건 앞날의 일이고 급한 것은 예술가도 살아야 되지 않겠수? 그래, 재하고 결혼하겠다구 했는데 벌이는 넉넉해요? 재 저래도 손끝에 물 한 번 안 묻히고 고이 자란 애예요."

"물론 지금은 어렵습니다. 겨우 내 한 몸이나 건사할 만하지요. 그러나 길은 얼마든지 있습니다."

"어떤 길인데?"

"그저 먹고 사는 거라면 강남 쪽에 지하홀 하나 얻어 참한 음

악카페를 차리면 됩니다. 악사 따로 부를 거 없이 나하고 재하
고……."

"됐네. 됐어. 그것 말고 딴 길은 뭔가?"

김왕흥 씨가 듣다못해 한심한 사윗감의 말허리를 그렇게 잘랐
다. 그러나 서는 무엇에 신이 났는지 어느새 기세를 회복해 떠벌
렸다.

"재랑 외국으로 가 제대로 공부하는 거죠. 음악은 대학 졸업장
이 그리 중요한 게 아니랍디다. 학원을 나와도 실력만 있으면 얼
마든지 길이 있고, 이름난 음악가에게 개인교습을 받아도 이눔의
나라 시시한 대학 졸업장보다는 낫답디다. 거기 가서 한 삼 년 착
실히 공부하고 적당한 국제콩쿠르 입상경력이나 하나 달고 오면
여기서는 바로 일류 음악가가 되는 거죠. 떡 벌어지게 귀국연주회
나 열고 하면……."

"알겠네. 그런데 카페를 차려도 그렇고 외국유학을 가도 상당
한 돈이 들 텐데 뒤를 댈 사람은 있나?"

듣고 난 김왕흥 씨가 억지로 속을 누르며 빈정거리는 투로 물었
다. 조금만 살펴도 알만하건만 그 눈치 없는 사윗감은 그렇지가 못
했다. 오히려 그걸 물어주기를 기다렸다는 듯 거침없이 대답했다.

"바로 그겁니다. 그 때문에 이렇게 아버님 어머님을 찾아뵙게
된 겁죠. 어느 쪽이든 마음에 드시는 걸루 골라 뒤를 좀 봐주시면
결코 실망시키지 않겠습니다. 재를 꼭 행복하게 해드리겠습니다."

"말하자면 결혼 허락도 해주고 경제적인 지원도 해달라는 얘기

군. 꿩 먹고 알 먹고 하잔 말이지……."

그때 이미 김왕흥 씨의 얼굴에는 완연히 악의가 드러나 있었으나 서는 여전히 알아보지 못했다. 할 얘기를 다 해 후련하다는 얼굴에 뜻 모를 미소까지 지으며 고개를 끄덕였다.

"이봐."

김왕흥 씨가 드디어 정색을 하고 그 어림없는 사윗감을 차가운 목소리로 불렀다. 서가 멍한 얼굴로 대답했다.

"네에?"

"자네는 어째서 그런 요구가 받아들여지리라고 생각하고 왔나? 도대체 자네가 믿는 게 뭔가? 어째서 자네 같은 날건달이 덤까지 얻어 내 딸을 데려갈 수 있다고 믿는가?"

"그건, 저…… 뭘 믿는다기보다……."

"더듬거리지 말고 바로 말하게. 들어올 때부터 자신이 있어 뵈던데 까닭이 뭔가?"

"그럼 바로 말씀드리지요. 병모님은 들으셨을 줄 믿습니다만, 우린 이미 남남이 아닙니다."

"남남이 아니라면 뭔가? 우리 모르게 어디 가서 식이라두 올렸나? 혼인신고를 하고 살림이라도 차렸나?"

김왕흥 씨가 짐짓 못 알아들은 척 그렇게 따지고 들었다. 한 여사도 그런 남편에게 보조를 맞추어 눈썹 하나 까딱 않고 서를 가만히 살피고 있을 뿐이었다. 미리 짠 것은 아니지만 어느 쪽도 갈 데까지 다 간 딸을 둔 부모의 약함을 내비치지 않았다.

그 뜻밖의 사태에 건달이긴 해도 그리 모질지는 못해 뵈는 사윗감은 일순 당황했다.

"그건 아니지만, 그건 아니지만…… 우리는 이미…….'

"이미 어쨌단 말인가?"

그래도 김왕홍 씨는 아무런 흔들림 없이 그렇게 따져 물었다. 그제서야 몰리고 있는 자신이 화난다는 듯 서가 거리낌 없이 내뱉었다.

"몸을 섞었단 말입니다. 그것도 여러 번."

"자기, 정말 이러기야?"

그때껏 보고만 있던 큰딸이 눈을 하얗게 해서 서를 흘겨보았다. 서가 그런 그녀에게 기세를 올렸다.

"왜, 내가 거짓말했어? 오늘두 우리 어디 있다 왔어? 내 다 말씀드릴까. 우리 장미여관부터."

"정말 치사한 사람이네. 그럼 첨에 날 어떻게 데리구 갔어? 그래 그걸 믿구 아버님 어머님 뵙자구 한 거야? 지금 누구한테 공갈치고 있는 거야. 정말 공갈쳐야 할 사람은 누군데."

"옛날 옛적 얘기 꺼내지두 마. 벌써 물 건너 간 일이라구. 공소시효 지난 지가 언젠데. 게다가 어제 그제도 내가 술 먹여서 옷 벗었니? 그때도 그래. 남자 앞에서 취해 자빠지는 여자, 그거 잡아잡수 하는 얘기 아냐? 기집애가 어디서 오리발 내밀어."

"새꺄, 그땐 네가 못된 약을 타 먹였잖아. 이제 정말 참으려니까, 엄마 아빠 앞에서까지……."

그렇게 갑자기 눈치코치 안 보는 싸움으로 반전되니 오히려 김왕흥 씨 부부가 아연해했다. 한동안 쌔끼, 쌍년이 오가는 둘의 싸움을 멀거니 바라보다가 딸이 서에게 한 귀쌈을 올려붙일 무렵에서야 김왕흥 씨가 벽력 같은 고함을 질렀다.

"시끄러! 야, 너, 나가. 경찰 불러 수갑 채우기 전에."

김왕흥 씨는 먼저 서에게 그렇게 소리쳐 놓고 나서 한 여사를 잡아먹을 듯한 눈길로 노려보았다.

"뭐 하는 거야? 저년, 저거 끌고 가 머리 깎아. 다리몽뎅이를 분질러 가둬 두란 말이야!"

그러나 그건 호통이라기보다는 상처받은 짐승의 울부짖음 같았다. 형편없는 사윗감이 그런 김왕흥 씨의 터질 듯한 속을 다시 한번 건드렸다. 제법 입술까지 지그시 깨물며 나지막이 말을 받았다.

"아, 그렇습니까? 이게 이 댁의 회답이란 말이지요. 모든 걸 다 아시고도 내린 결론이란 말씀이지요?"

그래놓고는 무엇을 알겠다는지 '알겠습니다'를 거듭 되뇌었다. 은근히 사람을 위협할 때 쓰는 뒷골목 건달들의 수법을 흉내 낸 것이지만 내가 보기에도 두렵거나 뒤가 켕기게 하는 효과는 없어 보였다. 기껏해야 빈정거림 정도의 효과나 있을까. 김왕흥 씨가 드디어 물불 안 가리는 분통을 터뜨렸다.

"요놈의 자식, 요 비 맞은 생쥐 같은 새끼야. 나가! 어서 나가! 골통을 부숴놓기 전에. 수작이라구 듣고 있으려니……"

"조옿습니다. 나가라면 나가죠. 후회는 마십시오."

"후우회? 이 자식이 여기서 공갈치고 자빠지는 거야? 뭐야? 내가 너 같은 자식 안 본다구 후회할 일이 어딨어?"

"하기야. 쟤 일평생 시집 안 보낼려면 걱정할 일이 없겠죠. 알겠슴다."

"뭐야? 요 쥐새끼 같은 놈이, 이……."

거기서 자칫하면 옹서 간이 될 뻔했던 두 사람의 대화는 끝장을 보았다. 양주 컵이 날고 박치기가 들어가고, 생각보다는 맹렬한 김왕홍 씨의 기세에 정신이 번쩍 든 탈락 사윗감이 자라목이 되어 꽁무니를 빼고 김왕홍 씨의 다분히 주정 섞인 발작이 한바탕 집안을 휘저어놓고……. 그러다가 겨우 평온이 회복된 것은 자정이 가까워서였다.

그날 밤 김왕홍 씨는 750밀리리터들이 양주를 혼자서 두 병가까이 마시다 쓰러졌다. 마지막 순간까지 아버지와 건달애인 사이를 오락가락하던 딸이 마침내 건달애인을 따라 나가 버린 탓인지 불 같던 그의 분노는 곧 허망감과 슬픔으로 바뀌었다. 거기에는 바닥 모르게 내려앉는 경기와 나날이 주름이 깊어지는 사업도 한몫을 거들었음이 분명했다. 그걸 잘 보여주는 게 그가 쓰러지기 전 한 여사와 아들을 불러 모아 놓고 한 넋두리였다.

"너희들은 내가 언제나 신나 보이고 즐기기만 하는 것 같지? 모든 걸 다 가지고 누리고만 있는 줄 알지? 하지만 아니야. 아무것도 없어. 따지구 보면 나 같은 빈털터리두 없다구. 화수분같이 언제나 돈이 펑펑 쏟아지는 것 같은 사업? 그런 거 끝난 지 벌써 여러 해째야. 이제는 살피고 또 살펴도, 본전을 지키기 어렵다구. 금년 들어 시체도 못 건지게 날아간 돈이 얼만지 알아? 현금으로 굴리던 건 이미 태반이 갔어. 증권처럼 내가 책임질 부분도 없는 것은 아니지만 옆엣놈이 픽픽 쓰러지는 데는 당할 재간이 없는 거야. 부도 내고 자빠지는 눔, 아무리 장치를 해놔도 소용없어. 대준 것 그냥 날아가거나 기껏해야 세금만 늘릴 부동산으로 바뀔 뿐이야. 그렇게 해서 줄어든 게 그럭저럭 현금자산의 절반이 넘는다구. 부동산? 마찬가지야. 한때는 어림잡아도 수백억이 넘어 보였지만 정신차려 따져보면 헛거야. 그야말로 거품이지. 지금 급해서 팔려면 본전으로도 사갈 놈 없어. 홈, 홈, 스윗 홈 하며 히히호호한 적도 있었지. 하지만 너희들도 봤지? 늬네 누나. 이게 우리 가족의 진상이야. 너희들도 각자 가슴에 손 얹고 자신을 생각해 보면 내가 한심해하는 까닭을 알 수 있겠지. 그렇다구 늬 엄마 말마따나 내게 문화가 있어, 무슨 거창한 이름이 있어? 따지구 보면 나같이 철저하게 아무것도 못 가진 놈두 없다구. 안 사장 말마따나 별 볼일 없는 조선 토인일 뿐이라구. 불쌍하구 슬픈 원주민에 지나지 않아!"

그날 밤 김왕흥 씨의 주정 섞인 넋두리는 그걸로 그치지 않았다. 총론 뒤에는 각론이 붙어 한 여사, 큰아들, 작은아들에게도 따로 한마디씩 했다.

"당신두 딱하게 됐지. 당신의 문화란 것 그것도 결국은 이 김왕흥이의 번성 위에 핀 꽃에 지나지 않아. 물론 나의 흥망에 관계없이 홀로 설 수 있는 문화가 있다는 건 알아. 그러나 당신의 문화는 아니야. 당신의 문화란 것은 결국 껍데기 유사품에 지나지 않았어. 겨우 참아줄 수 있는 흉내거나 값싼 장식일 뿐이었어. 남이 만들어논 도자기에 무늬 몇 개 그려 넣었다고 그 도자기가 당신의 작품이며 당신은 도예가가 되었다고는 할 수 없지. 한 삼 년 서예학원 들락거려 겨우 몇 자 그리는 거 익힌 뒤에, 으리번쩍하게 표구해 아무개 문하생 합동전시회에 두어 폭 내걸었다 해서 당신이 서예가가 되었다구 믿는다면 그것도 오해지. 요새 여성의 자기성취니 어쩌고 하는 헛소리에 놀아나도 너무 오지게 놀아난 거라구. 그건 문화적 성취가 아니라 문화적인 비참을 스스로 드러내는 짓거리일 뿐이라구. 다시 말하지만, 그건 껍데기고, 흉내고, 춤바람보다는 좀 나은 취미생활에 지나지 않았던 거야. 바탕되는 물질적인 풍요가 없으면 아무 소용이 없는. 당신의 그 요란뻑적지근한 봉사활동도 그래. 구호단체에 낼 성금보다 진행경비가 훨씬 많이 드는 자선바자회가 그 대표적인 예지. 그런데 당신은 지켜야 할 가장 소중한 걸 팽개친 거라구. 가장이자 경제주체인 나를 비문화적이라 낙인찍어 겉돌게 만들고, 아이들의 양육과 훈도마저 당신의 그 어설픈 문화의 희생이 되게 했지. 아이들은 어려서부터 문화가 아니라 문화적인 허영에 시달렸을 뿐 정말로 어머니에게서 받았어야 할 것은 하나도 받지 못했어. 사랑도 이해도. 그 결과가 오늘이야. 이 집구석이구 이 아이들이라구……."

한 여사에게 퍼부은 비난과 푸념은 대강 그랬다. 어떤 때는 제법 정연한 논리도 있었고, 더러는 여간 아닌 눈썰미도 내비쳤으나, 한 여사를 설득할 만큼 문화적이지는 못했다. 또 요즘 들어 이 땅에서 유행가 가사처럼 싸구려로 되뇌어지는 '여성의 자기성취'에는 일침이 되는 구석도 틀림없이 있었지만, 근거가 빈약해 어디서나 통할 논리가 될 것 같지는 않았다.

거기다가 너무 기막힌 일을 당한 뒤끝이라 내면의 악의를 조절하지 못한 것도 설득력을 크게 떨어뜨렸다. 다분히 책임전가의 저의도 엿보였고, 그래서 결국은 술 취한 뒤의 넋두리로밖에 들리지 않는 게 내게는 몹시 애석했다. 그날따라 용케 일찍(이랬자 저녁 아홉 시가 넘어 있었지만) 돌아온 큰아들도 오랜만에 한마디 들었다.

"너도 내 얘기 들었지? 정신 차려. 그리구 공부 똑똑히 하라구. 나하구 장바닥에서 싸구려 외치는 걸루 시작하지 않으려면. 어물쩍 외국유학이나 가서 귀찮은 대학입시 해결할 생각은 꿈에도 말아. 솔직히 내겐 그만한 힘도 없지만 있다구 해도 그리는 안 해. 올해가 마지막이야. 이번에 또 떨어지면 나처럼 장바닥에서 시작하는 거라구. 그때도 아버지가 있으니 하고 믿을지 모르지만 꿈 깨는 게 좋아. 맨손으로 바닥에서 시작하는 거야. 이건 막내 너두 귀담아 들어둘 일이니 잘 들어둬. 아빠는 말이야……."

거기서 잠시 한눈을 팔고 있는 막내까지 끌어들인 김왕홍 씨는 갑자기 삼엄한 표정을 지었다. 혀가 꼬부라진 대로 목소리를 차악 까는 게 무슨 중대한 선언문이라도 발표하려는 사람 같았다.

"분명하게 일러두지만 세상의 속없는 것들과는 달라. 나는 부모의 의무를 너희가 어른이 될 때까지 돌보아주는 것으로 한정하고 있다. 너희 몸이 다 자라고 교육이 끝나면 그걸로 나는 손 털 작정이다. 그다음은 너희들의 인생이야. 나는 자손대대까지 그 행복을 책임지려고 발버둥 치는 것들을 미련스러운 것들로 멸시한다. 이미 말했듯 내게는 대단한 재산도 없지만 있다 해도 그건 너희들과 상관이 없다. 즉 부자는 아버지이지 너희들은 아니란 뜻이다. 너희들은 어디까지나 남과 똑같이 공정하게 시작해야 한다. 공부를 못해도 게을러도 아버지가 있으니까, 하는 식으로 믿다가는 큰 코 다친다. 아버지의 것은 아버지 어머니가 늙어 일할 수 없을 때 쓸 거다. 그리고 쓰고 남은 게 있으면 자선사업에 내놓을망정 너희들에게는 넘겨주지 않는다. 이 점 언제나 잊지 말도록."

그렇게 말을 맺은 김왕흥 씨는 취한 중에도 자신이 한 말의 교육적인 효과를 믿는 것 같았다. 사실 어떻게 보면 그럴듯한 말이기도 했다. 나도 처음에는 이 땅의 원주민들 중에도 그처럼 합리적이고 개인주의적인 사고를 가진 이가 있다는 것에 은근히 놀랐다. 내가 본 이 땅의 남아선호나 뿌리 깊은 가부장적인 사고에 비춰볼 때 김왕흥 씨는 아주 예외적인 개성인 것 같아서였다.

하지만 아니었다. 뒤이은 그의 넋두리는 다시 이세(二世)와 자신을 동일시하는 세습문화적 사고의 전형이었다. '너는 내 아들이므로'란 전제 아래 그렇게 많은 것을 요구하면서도 사유(私有)를 물려주는 일에는 그토록 냉정할 수 있다는 게 아무래도 믿어지지 않았다.

나는 한참이나 더 유심히 김왕흥 씨를 관찰한 뒤에야 그가 진의(眞意) 아닌 의사표시를 하고 있음을 알았다. 그런데도 한 여사 또한 고개를 끄덕여 그 부분에 동조하는 게 나로서는 도통 이해가 되지 않았다. 짐작으로는 그게 김왕흥 씨뿐만 아니라 한국의 기성세대 대부분이 빠져 있는 정신적인 유행 같았다.

그런 그들 부부를 보면서 나는 진작부터 이 땅에 품어왔던 의문 하나를 풀 수 있었다. 대개는 이 땅에서 가장 혜택받고 자란 유산계급의 아들딸인 대학생들이 어떻게 해서 그토록 열렬한 프롤레타리아혁명의 지지 혹은 동조세력이 되는가 하는 게 그 의문이었는데, 어쩌면 그것은 이 땅의 부모들이 우리의 김왕흥 씨 부부처럼 '진의 아닌 의사표시'를 일삼아 온 탓인지도 모를 일이었다.

자식의 자립의지 내지 독립심을 길러주기 위한 고안으로서 그 같은 태도는 필요할지도 모른다. 사회정의를 위해서는 부의 세습이 차단되어야 한다는 주장도 옳다. 그런데 문제는 그것이 성숙한 의식에 의해서가 아니라 겉멋을 따라 유행되고 있다는 점이다. 종당에는 부러진 숟가락 하나까지 모두 챙겨 물려줄 것이면서 자식들에게는 공연히 무산자(無産者) 의식만 길러주는 그 같은 교육방식이 진정으로 옳은 것인지 문의하고 싶다.

부모의 현실적인 성취를 반의반만 이어받아도 사회를 뒤엎기보다는 이대로 유지하는 것이 훨씬 유리한 계층의 자녀들까지도 무턱대고 혁명을 부르짖는 현상을 반드시 젊음의 순수와 열정만으로 해석하기는 어려울 것 같다. 모르긴 해도 그런 젊은이들의 의식은 사려 얕은 부모들의 쓸데없는 허영, 곧 합리적인 체 진보적인 체하고 싶어하는 교육방식에 자극받은 부분도 있지 싶다.

아버지가 부자지 나는 아니다 ─. 그런 심리는 결국 기성세대만이 가진 자들이라는 등식으로 확대되기 쉽고, 그에 따라 도매금으로 못 가진 층이 되고 마는 젊은 세대에게는 기성세대 전체가 타파해야 될 기득권층이 된다. 결국은 자신들이 물려받게 될 재산의 일부를 세금으로 내어 다시 지어야 할 공공건물에 아무런 주저 없이 화염병을 던지거나 언젠가는 자신들이 이어받아 관리하게 될 공공의 자산들을 아까워함이 없이 파괴할 수 있는 것도 그런 심리의 연장으로 볼 수는 없을는지.

김왕흥 씨의 큰아들도 그런 심리에서는 예외가 아니었다. 아버지의 말을 숙연히 듣기보다는 억눌린 반감으로 받았다.

"압니다. 전 아무것도 가지지 못했다는걸. 이것저것 안 되면 노가다부터 시작하지요. 아버지에게 기대 놀구 먹을 생각은 아니니까 안심하십시오. 제 인생은 제가 살겠습니다."

얼른 들으면 꽤나 분명하고 자립심이 있는 젊은이의 말로 들리지만 거기에는 또 지금 이 땅의 원주민들에게 은연중에 만연되어 있는 의식의 병을 드러내 보이는 데가 있었다.

이 땅에는 상류층의 특별한 예외를 빼고는 가업(家業)의 개념이 없다. 자신의 직업에 대한 기성세대의 불만이 그대로 아랫세대에게로 전해져 자식들이 부모들의 직업을 경원하게 된 것도 원인이 되겠지만 그보다는 바로 앞서와 같은 과정을 거쳐 생겨난 의식의 단절이 더 큰 원인일 것이다. 재산도 그 재산을 형성한 직업도 다만 아버지의 것일 뿐 내 것은 아니다. 내 것은 무언가 따로 있다. 그게 어정쩡한 가정교육의 결과이고, 거기 따라 가업은 오히려 선택의 대상에서조차 제외되고 만다.

드물게 이 땅에서도 가업의 계승이 일어나기는 한다. 재벌의 아들이 아버지의 회사를 물려받고 의사의 아들이 의사가 되고 법관의 아들이 법관이 되는 식인데, 그때도 엄밀한 의미에서의 가업계승은 아니다. 부모세대가 비교적 자신의 직업에 불만이 적어 그 직업이 자식의 선택에서 제외되지 않았거나 부모세대의 축적이 남주기에는 너무 많아 물려받게 된 것일 뿐, 직업정신까지 승계한 예는 아주 드물다.

그렇게 되다 보니 이 땅에는 언제나 신흥세대뿐이게 된다. 모든 게 앞세대와 단절되어 있어 비록 경제적으로는 중산층에 진입해도 그 의식은 언제나 출발할 때의 기아심리와 뒤틀린 성취감인 졸부심리 사이를 오갈 뿐 고유의 중산층의식으로 정착할 틈이 없다. 그리고 거기서 급진과 반동, 극좌와 극우 사이를 진폭 넓게 오가는 한국형 중산층의식의 특징이 형성된 것 같다는 진단은 전에 이미 한 적이 있다. 가업의 계승을 한 중요한 기준으로 삼는 독일식 중산층 개념은 이런 점에서 매우 온당한 것으로 보인다.

이제 김왕흥 씨네의 그날 밤 얘기는 이쯤에서 마무리 짓도록 하자. 뭉뚱그려 말하면 그 밤은 거품경기에 취해 졸부놀음에 앞뒤 못 가리다 이제 겨우 조금씩 제정신을 차려가는 한국형 중산층, 아니 어차피 서럽고 고달플 수밖에 없는 이 땅의 어떤 원주민 일가가 각성을 위한 진통을 겪는 밤이었다. 술에 곯아떨어질 무렵하여 김왕흥 씨는 실로 몇 년 만에 훌쩍거리며 울었고, 늦도록 잠들지 못한 한 여사도 깊고 절실한 한숨을 여러 번 방바닥이 꺼질 듯 내쉬었다. 두 아들도 그리 대단한 것 같지는 않지만 나름으로는 저마다 제법 진지하게 고민하는 얼굴로 방을 나갔다.

다행히도 건달애인을 따라 나갔던 큰딸은 새벽 세 시쯤 해서 집으로 돌아왔다. 한주먹 얻어걸렸는지 눈두덩이에 멍이 번져가고 있었지만 얼굴에 떠도는 결연한 빛이 어딘가 이번에는 어떤 결말이 날 듯한 예감을 주었다. 그때까지 잠들지 못하고 있던 한 여사와 열두 시 반에는 집으로 돌아온 걸로 말을 맞추는 게 깨어난 뒤의 김왕흥 씨를 제법 걱정하는 것도 같았다. 여러모로 보아 그 집은 환난에 빠져 있기는 하지만 당장 뒤집혀지거나 가라앉을 배는 아닌 듯했다.

난
파

예감도 의식의 일부이고, 한 의식주체로 의제(擬制)된 이상 내게도 예감은 있을 수가 있다. 나는 요즈음 불길한 예감을 느낀다. 뒤숭숭한 이 땅의 분위기 때문인지, 아니면 김왕홍 씨 일가가 겪고 있는 갈등에서 비롯된 것인지 잘 알 수 없지만, 나는 언제부터인가 종말의 예감에 떨고 있다.

　물론 이 종말은 종교에서 말하는 거창한 뜻에서의 종말은 아니다. 또 정치가들 특히 선동적인 정치가들이 국민을 겁주는 데 즐겨 쓰는 파국과도 다르고, 비관적인 경제학자들이 경고하는 대공황과도 멀다. 솔직히 말하면 방향조차 가늠되지 않는데 그러나 무언가가 요란한 소리와 함께 부서지고 끔찍한 일이 벌어질 것 같은 느낌이 언제부터인가 가슴을 짓누르고 있다.

며칠 전 김왕홍 씨네 큰딸의 말썽 많은 사랑이 빚은 소동 때도 나는 처음 그 예감 때문에 몹시 불안에 떨었다. 그런데 이미 말했듯 그 일로는 그리 비극적인 파국은 없었다. 남자가 울면 하늘이 무너진다지만, 김왕홍 씨는 다음날 평소와 다름없이 일터로 나갔기 때문이었다. 물론 거기에는 하룻밤 새 십 년은 더 철이 들어버린 듯한 딸과 역시 하룻밤 새 눈에 띄게 달라진 한 여사의 노력이 있었다. 게다가 무슨 해결이 난 것도 아니나, 어쨌든 나는 그 같은 수습에 수없이 가슴을 쓸었다.

"아버지 이제 그 사람과는 정말로 끝이에요. 죄송해요. 심려를 끼쳐드려서. 용서해 주세요. 뻔뻔스러운 말인지 모르지만 앞으로는 약속 드릴게요. 뭐든지 아버지 시키는 대로 하겠어요. 다시는 속썩이는 일 없을 거예요."

김왕홍 씨가 다음날 여덟 시쯤 깨어났을 때 머리맡에 꿇어앉아 기다리던 딸은 제법 눈물까지 비치며 그렇게 용서를 빌었고, 한 여사도 그전에는 한 번도 본 적이 없는 공손한 태도로 사죄와 다짐을 했다.

"들으니 딸의 허물은 에미 것이라더군요. 모두 제 잘못이에요. 입이 열이라도 할 말 없어요. 그리구, 이번 일 너무 상심 마세요. 재도 제 잘못을 안 것 같고, 저도 깨달은 게 많으니, 앞으로는 별일 없을 거예요. 이제부터는 집안에 지키고 앉아 애들을 단속할게요. 못한 에미노릇 앞으로라도 잘해 보도록 할게요."

그때까지도 김왕홍 씨에게는 간밤의 응어리가 남아 있는 듯했으나, 아내와 딸이 그렇게 줄줄이 백기를 들고나오자 간밤처럼 마구잡이로 나오지는 않았다. 그 자리에서는 못마땅한 침묵으로 듣고만 있다가 화장실로 가서 몇 번 헛구역질을 하고 나오더니 벼르듯 말했다.

"말로는 뭘 못해? 하여튼 두고 보겠어!"

그러고는 출근 때까지 내내 말이 없었는데 나로서는 그 집에 든 뒤 처음으로 가장의 권위를 본 느낌이었다. 큰아들도 그런 아버지의 권위에 눌렸는지 그날따라 일찍 학원에 나가면서 전에 없이 깍듯한 인사까지 올렸다. 어찌 보면 간밤의 일이 오히려 전화위복이 되어 집안이 오랜만에 정상을 회복한 느낌마저 들었다.

그런데도 앞서 말한 그 불길한 예감이 조금도 덜어지지 않는 것은 실로 알 수 없는 일이었다. 그렇게 되자 나는 그게 어쩌면 이 땅의 뒤숭숭한 분위기 탓인지도 모른다는 생각이 들었다. 사실 가만히 살피면 이 땅의 정치적 경제적 난맥상은 갈수록 그 정도가 심해졌다. 여당은 대권주자 경선 과정에서 뭣에 취해도 해까닥 취한 소장(少壯)의원 하나가 턱없는 주정으로 여당의 기득권을 갉아대고 있었고, 성공한 재벌당 당수는 무인지경가듯 종횡무진 좌충우돌이었다. 얼마 동안 가만히 있는 바람에 오히려 점수깨나 착실히 딴 야당도 모양내기 경선을 시작하는 바람에 심상찮은 조짐이 보였다. 모르긴 하지만, 대여섯 달 대선을 앞두고 바야흐로 '바보들의 행진'이 한바탕 벌어질 모양이었다.

걱정은 진흙탕에 뒤엉켜 다투며 뱀장어잡이를 하고 있는 정치판뿐만이 아니었다. 이다음 정치판의 모양새를 결정할 국민들의 정서도 어지럽고 황폐해 있기는 정치판에 못지않았다. 명분과 감정이 뒤범벅이 되고, 실리와 주먹구구가, 의식과 탐욕이 분간 안 되게 엉겨 있는 데다 정신적인 유행은 또 턱없이 위력적이었다.

그 같은 정서가 이 땅을 위해 해로운 것은 무엇보다도 그 정치적 선택의 불가측성 때문이다. 국민이 누구를 선택할지 모른다는 것은 모두에게 가능성이 있다는 뜻이 되고 그 가능성은 모두를 후끈 달게 만든다. 실오라기 같은 가능성에도 온몸을 내던져 매달리게 되는 게 정치판의 속성인데 실제적인 가능성이 엿보이면 오죽하겠는가. 국민정서가 이 모양으로 유지된다면 이번 대선의 과열은 불 보듯 뻔하다.

경제적 상황은 — 아아, 지금 이 땅 사람들이 가장 아파하고 있는 것임에 틀림없는 상처를 건드리는 일은 그만두자. 아픈 줄 알면서도 고치지는 못하는 병, 아니 진단을 내리고 처방까지 나와도 치료에 들어가지 못하는 병. 같이 출발한 대만 홍콩 싱가포르는 대미(對美) 흑자로 착실히 재미를 보는데 자기들만 이태 내리 적자를 보면서도 그 책임을 함께 져야 할 생산의 두 주체, 노동자와 사용자는 그저 서로를 저주만 하고 있다……

하지만 이제 와서 생각해 보면 그날 나의 그 막연한 예감을 자극한 것은 이 땅의 그런 추상적인 분위기가 아니라 '내레'사장 때문인지도 모르겠다. 내레사장은 이북출신으로 김왕흥 씨가 세들어 있는 상가 3층에서 사채업을 하는 늙은이였다. 김왕흥 씨와는 이따금씩 급전(急錢)거래로 만나는데 그날따라 낮부터 벌겋게 술이 되어 김왕홍 씨의 사무실로 올라왔다.

"어르신네, 무슨 일로……."

그의 든든한 돈줄 때문에 괄시를 못 해 자리에서 일어나 맞기는 해도 처음 그를 맞는 김왕홍 씨의 표정은 그리 반가워 뵈지가 않았다. 오히려 오늘은 억만금이 생겨도 모든 게 귀찮다는 기색이 뚜렷했다. 덮을공사로 끝을 맺고 집을 나오기는 했지만 아무래도 딸의 일이 심사를 건드리는지 점심까지도 사무실에서 울면으로 때운 김왕홍 씨였다.

"내레 더러바서. 딩말 니거 니래두 되는 거이가……."

내레사장이 불콰한 얼굴로 그렇게 내뱉었다. 김왕홍 씨는 그게 자신에게 한 말인 줄 알고 긴장하며 받았다.

"뭘 말씀입니까? 제가 무슨 실수라도……."

"내레 김 사장한테 하는 소리가 아니라구. 가이 쌔끼덜……."

"아하, 난 또…… 그런데 웬일이십니까? 낮부터 술을 다 드시구."

그제서야 내레사장의 술기운을 알아차린 김왕홍 씨가 비로소 안심하는 낯빛으로 그렇게 캐물었다. 내레사장이 벼르고 온 사람처럼 그런 김왕홍 씨에게 울화를 터뜨렸다.

"내레 하나 묻가서. 내레, 아니 김 사장. 도대체 이누무 나라 정부가 있는 거이가? 없는 거이가? 내레 열통터져 죽갔구만. 대한민국니거이 어쩌다 니렇게 망해서? 어드렇게 니꼴이 난 거이냐구?"

"네에?"

"김 사장은 신문도 못 봤어? 내레, 니거야 원. 백주 대낮에 인공기(人共旗)가 펄펄 날리는 판에……."

내레사장은 이번에는 정말로 김왕흥 씨에게 시비조로 나왔다. 김왕흥 씨가 그제서야 약간 긴장한 얼굴로 되물었다. 아무리 집안이 난장판이 되어 다른 데 신경쓸 겨를이 없다 해도 인공기가 펄펄 날린다는 소리에는 으스스한 느낌이 든 듯했다. 내레사장이 다시 무슨 죄인이나 닦달하듯 몰아세웠다.

"내레, 니거…… 니거야, 원. 아, 김 사장은 신문도 안 봐? 방송도 아이 듣는 거야? 부모들이 저 모냥이니 간나새끼들이 어찌 아니 날뛰가서? 이보라우, 대학도 한 군데가 아니구 여기저기서 인공기가 펄펄 날리구 있어. 알간?"

"아, 네……."

그렇다면 걱정할 것도 없다는 듯 김왕흥 씨가 희미한 웃음까지 띠며 그렇게 받았다. 하지만 그래놓고 보니 시퍼렇게 해서 달려온 내레사장에게 좀 미안했던지 안심시키는 투로 덧붙였다.

"걔들 그러는 거 어디 하루이틀이에요? 어버이수령동무 만세 소리 안 터져나오는 것만두 다행인 줄 아세요. 민주주의 세상 아닙니까?"

"그게 민주간? 그따위 민주 어디서 배원? 아, 발쎄 잊어서? 김 사장 나이 올해 몇이가? 까마귀고기를 삶아 먹지 아이했으믄 육이오사변 발쎄 다 잊진 않았갔디. 그때 빨갱이 새끼들 날뛰는 거 못 봐서? 그 꼴 다시 한번 봐야 되가서?"

내레사장이 더욱 펄펄 뛰었다. 상대가 너무 사정없이 몰아세우니 은근히 부아가 나서 어깃장을 놓는 것인지 아니면 정말로 그렇게 믿어서인지 김왕홍 씨가 전에 없는 성의를 가지고 내레사장을 안심시키려 들었다.

"그거 애들 그냥 노는 거예요. 거 왜 어릴 때 하던 장난 있잖습까? 위험한 짓 할수록 저희끼리는 영웅이 되는 거죠. 딴 재주 없이 우쭐대기 좋아하는 녀석들이 하는 짓거리라구요. 우리 땐 붕대로 감은 아이구치(단도)를 품에 넣고 다니다 친구녀석들에게 슬쩍슬쩍 내보이며 당장이라도 무슨 큰일 저지를 듯 폼을 재는 게 유행했는데 요샌 유행이 그렇게 바뀐 것뿐이란 말입니다. 다음엔 틀림없이 어버이수령동지 만세일 거구요. 모르는 척하세요. 일없을 겁니다."

하지만 그거야말로 내레사장의 이글거리는 속에 기름을 부은 꼴이었다. 그가 정말로 성을 내며 김왕홍 씨에게 덤벼들었다.

"김 사장, 내레 김 사장 그렇게 보지 않았는데 니거 뭐이가? 낫살 먹은 사람 속 뒤집을 일 있어? 집어치우라우. 거 무슨 개 같은 수작이야!"

그렇게 퍼부어놓고 미처 김왕홍 씨가 뭐라고 대답하기도 전에 다시 이를 갈아붙이며 말을 이었다.

"내레 이십 년만 젊었어도 골통 빠수어놓고 싶은 눔들 많다. 그게 어떤 눔들인지 알간? 바로 김 사장같이 어정쩡한 친구들을 헷

갈리게 만든 빤질빤질한 쌔끼들이라구. 뭐, 젊은 세대가 순수한 열정으로 하는 것이니깐 기성세대가 이해해야 한다? 그들의 정의 감을 격려해 줘라? 돛같은 쌔끼들. 세상일 저 혼자 다 아는 척하면서, 저 혼자 가장 진보적이고 멋쟁이인 척하면서, 그저 하는 수작이란 게……. 그 쌔끼들 그거 옛날 진짜 빨갱이 반만 돼도 내레 니렇게 구역질 나지는 않아야. 속으로는 지 가진 것 줄어들까 두 손 호호 불며 걱정이면서 그저 입만 나불나불…… 젊은것들 눈치나 사알살 보면서 아첨을 떨다가, 저쪽에서 눈 한번 부라리면 금세 바알발 기는 것들이 뭐, 진보적 지식인? 에라, 이…… 김 사장두 정신 차리라우야. 그런 새끼들이 대학이다, 언론이다 차구 앉아 갖구선 제멋대로 나불거리는 소리 겉멋으로 따라하다간 어드렇게 되는지 알간? 정말루 인공기 들고 서울 입성하는 닌민군대를 맞으러 가는 꼴 보는 거야. 그 꼴 보기 싫으믄 거 뭐디, 기래 보트 피플 하든가……."

그러자 김왕흥 씨도 당하고만 있는 게 화가 나는지 반격으로 나섰다.

"어르신네, 너무 극단적으로만 보시는 것 같습니다. 뭐가 어찌된 건지 자세히 모르지만, 그렇게까지 생각하실 건 없을 것 같은데요. 우리도 유엔에 가입했고 저쪽도 유엔에 가입했으니 인공기는 이미 만국기 중의 하나가 되잖습니까? 딴 나라 국기는 다 내걸면서 그것만 못 내걸 이유가 어딨어요? 더구나 남북 화해도 진척이 많은데."

"이 친구, 니거 안 되겠구만. 기럼, 니북애들도 태극기 들고 나서데? 김일성 대학에 태극기 걸렸단 소리 들어봤나?"

"걔들이 못 하니까 자유로운 우리 쪽에서 먼저 본보기를 보여주는 것도 좋잖습니까? 그쪽도 사람 사는 동넨데 눈코 없겠어요?"

"그게 바루 병통이다. 김 사장, 그쪽이 어드런 곳인 줄 알아? 단 하루라도 거기서 살아봐서? 빨갱이들이 만든 세상 겪어봤나구?"

상대의 약점을 잡았다는 듯 사장이 한층 기세를 올렸다. 기껏해야 열 살 안팎에 겪은 공산 치하 두어 달의 기억뿐이라 김왕흥 씨도 그 부분에서는 약할 수밖에 없었다.

"그거야 어릴 때 본 거지만……."

"아, 그 영용한 닌민군대? 위대한 해방군? 규율 바르고 민폐 없던 혁명전사들? 니보라우, 모르는 거 함부로 말하는 법 아니야. 내레 와(왜) 빤쓰바람으로 삼팔선 넘었가서? 우리 5백만 삼팔따라지 와 생겼가서?"

"그건 다 옛날얘깁니다. 50년이 가까워오는 옛날얘기라구요. 그 케케묵은 감정으로 모든 걸 보면 통일은 영 가망이 없다는 게 걔들 생각일 거예요. 그래서 이것저것 건드려보는 건데 어르신 같은 분들이 펄펄 뛰시니까 애들이 더 재미를 내는 거라구요."

김왕흥 씨는 여기저기서 주워들은 걸 모조리 동원해 자신을 방어했다. 본뜻은 꼭 인공기를 내건 학생들과 같은 게 아니면서도 어떻게 논리가 전개되다 보니 그렇게 가버린 것이었다.

내가 영 알 수 없는 것들 중의 하나가 사람의 논리다. 논리라는 것은 언제나 합리의 옷을 걸치고 있으나 또한 논리만큼 합리에서 벗어나기 잘하는 것도 드물다. 어떠한 논리건 한번 방향을 잡고 진행해 나가면 나름의 합리성은 잘도 공급된다.

그날의 김왕흥 씨도 그랬다. 평소 김왕흥 씨의 생각은 ─ 그동안 관찰한 바로는 ─ 그들 '진보적' 젊은이들보다는 내레사장의 그것에 가까웠다. 아니 어떤 때는 오히려 내레사장보다 더 강경한 입장이기도 했는데, 그날은 어떻게 자리를 잡다 보니 논리가 그렇게 진행돼 가고 말았다. 하지만 감정이 개입되어 자신이 평소보다 얼마나 멀리 가 있는지는 깨닫지도 못하고 상대방에게 효과적으로 맞서고 있다는 데만 만족해 앞으로 나아갈 뿐이었다.

"김 사장, 니거 뭐이가? 정말 그쪽으루 아주 발벗고 나선 거이가? 내레, 니거…… 열길 물속은 알아도 한 자 사람 속은 모른다더니. 기럼, 김 사장은 사과가 아니구 수박이란 말이디? 몰랐어야, 참말 몰랐어야……."

내레사장이 그런 묘한 논리의 메커니즘에 어이가 없다는 듯 이제는 개탄 조로 되어 그렇게 말했다. 김왕흥 씨가 얼른 알아듣지 못하고 물었다.

"사과는 뭐고 수박은 뭡니까?"

"거 모르네. 사과는 겉은 새빨가도 속은 하얗디? 수박은 어때? 겉은 새파라도 속은 새빨갛구. 내레 지금까지는 겉멋으루 노는 사과 빨갱이들한테 성내구 있었는데. 수박 빨갱이까지 이렇게 늘었는지는 내레 정말 몰랐어야."

내레사장이 자신을 빨갱이로까지 몰아가자 김왕흥 씨가 흠칫
했다. 그 세대에게는 아직도 그렇게 몰리는 게 충분히 위협이 되
는 듯했다. 김왕흥 씨가 흠칫한 걸 보고 기세를 얻은 내레사장이
다시 공격적인 어조로 돌아갔다.

　　"수박은 그저 까부셔놓구 봐야 돼. 북청(北靑) 한청(韓靑) 다시
살아나 디립다 까부셔야 새빨간 속이 드러나디. 김 사장도 조심하
라우요. 수박까지 나와 설치믄 북청, 한청이라고 되살아나지 말란
법 없디. 빨갱이가 늘면 우익도 늘 테니끼."

　　하지만 김왕흥 씨도 그때껏 진행된 논리가 있어 쉽게 물러나
지는 못했다.

　　"빨갱이, 빨갱이, 조자룡이 헌 칼 쓰듯 너무 내두르지 마십쇼.
너무 많이 휘두르다 보니 흘러간 옛노래가 되구 만 거라구요. 그
거 아니라두 소련 망하구 동구 망해 빨갱이 말릴 레파토리는 충
분합니다. 젊은이들을 야단치려면 되는 말로 야단치십쇼. 애맨 사
람 잡지 말구."

　　그렇게 억지로 기세를 살려 버텨보았다. 하지만 내레사장은 이
미 아침부터 그 일로 속을 끓이다 온 사람이었다. 김왕흥 씨가 버
티면 버틸수록 더 열을 내었다. 마치 이 땅이 금방이라도 벌겋게
되어 뒤집어지는 듯이나 거품을 물었다. 하지만 어떤 때는 제법 나
이에 걸맞는 눈썰미도 보여주었다.

　　"하지만 말이야, 내레 한 가지는 말할 수 있어야. 지금은 겉멋으
로 나불거리든, 뭣에 해까닥해서 떠들든 상관없지만 어직 머릿수

로는 어림없다. 이번 대통령 선거 두고 보라구. 할금할금 젊은 놈들 눈치나 보면서 쓸개 빠진 수작하는 것들 당선되나 안 되나. 빨갱이도 사람인데, 어쩌구 하며 이것저것 다 내주자구 경박을 떨거나, 한민족이니끼 얼싸안아야 된다구 안개 피우며 속은 다 빼주자고 수작부리는 것들, 대통령은 꿈도 꾸지 말라구 기래. 왠지 알아? 우리 삼팔따라지들 때문이다. 우리 표가 얼만지 알아? 손자까지 안 쳐도 유효표가 5백만이라구, 5백만. 지금 같은 판에는 우리 표가 결판내는 거야."

'지금 같은'이란 말이 지역감정으로 표가 나누어져 있는 상황을 가리키는 것이라면, 그 같은 내레사장의 말은 꽤나 근거가 있는 셈이었다.

내레사장은 김왕홍 씨가 완전히 저항을 포기할 때까지 한 시간 가까이나 떠들다 갔다. 인공기에서 시작되었지만 갈수록 대북 관계 전반에 대한 불만으로 확대되었는데 그중에는 듣기에 으스스한 것도 있었다. 김포반도 깊숙이 내려왔다는 땅굴이 그랬고, 개발된 게 틀림없다고 단정하는 핵무기가 그랬다.

북한의 무기에 대해서는 늙은이답지 않게 아는 게 많았는데, 특히 화학무기는 수치까지 대면서 김왕홍 씨를 겁주었다. 나도 그 영감이 돌아갈 무렵 해서는 공연히 속이 뒤숭숭해졌다.

하지만 그날은 내레사장을 빼면 내 정체 모를 위기감을 자극하는 일은 더 없었다. 오후에는 오히려 근래 없던 큰 거래까지 한 건 이루어져 그 며칠 시원찮았던 장사를 벌충한 느낌까지 들었다.

지난 연말 김왕흥 씨가 턱없이 욕심을 부려 확보해 두었으나 경기, 특히 의류경기가 내려앉는 바람에 목돈만 잠기게 만든 원단이 대량으로 빠져나가 준 것이었다.

그 결제가 어음이라 평소와는 좀 달랐지만 김왕흥 씨는 몹시 기분이 좋은 눈치였다. 거래선이 믿을 만한데다 어음도 천만 원짜리 이하로 쪼개진 여러 장이어서 위험부담이 적은 까닭인 것이다.

"어음이라도 이번에는 현금보다 나아. 삼부 선이자 뗐고, 이달 부도율만큼 가외로 더 받아두었어. 걱정 말고 은행에 넣어둬."

아무래도 불안해하는 김 양을 오히려 그렇게 안심시킬 정도였다.

세상일이 대개 그렇지만 내 막연한 예감이 현실로 모양을 드러내기 시작한 것도 전혀 엉뚱한 방향에서였다. 집안의 분란이 그럭저럭 가라앉은 지 며칠 안 돼 김왕흥 씨는 낯선 손님의 방문을 받았다. 그 손님은 처음 김왕흥 씨의 사무실에 나타날 때부터 그리 좋은 인상이 아니었다.

"안녕하십니까?"

그가 기름기가 빤지르르 흐르는 머리를 공손히 숙일 때부터 내게는 좀 이상했다. 김왕흥 씨가 그때까지도 전혀 그를 알아보지 못하는 걸로 보아 그리 가까운 사이 같진 않은데 너무나 나긋나긋하게 감겨드는 듯한 느낌이 든 까닭이었다. 그렇다고 할부판매나 보험권유를 위해 들른 사람으로 보기에는 차림새도 그렇거니와 태도가 너무도 자신에 차 있었다. 나이는 이제 서른서넛이나 되었을까.

"누구시더라……?"

김왕흥 씨가 짐작대로 그렇게 물었다. 그가 조금 어색해하는 법 없이 받았다.

"접니다. 박두갑이. 벌써 잊으셨습니까?"

"박두갑 씨라. 글쎄 어디서 들어본 이름 같기도 하고……."

"거 왜, 저희 예식장까지 나와주시지 않았습니까? 하기야 사장님은 원체 다망하신 분이니까. 예식장도 주말마다 나가실 테니 저같은 걸 잊을 수도 있겠습니다만."

그래도 김왕흥 씨는 그가 누군지 얼른 생각이 나지 않는 것 같았다.

"예식장이라…… 그러구 보니 어디서 뵌 것두 같고."

그러면서 애써 기억을 더듬었다. 그러자 사내가 짐짓 서운하다는 표정을 지으며 자신을 밝혔다.

"미스 홍이라면 기억이 나시겠습니까? 제가 바로 미스 홍의 남편됩니다."

"아, 미스 홍. 그러구 보니 알듯도 하구만. 예식장 말구두 한 번본 적 있지. 나두 이젠 다된 모양이야. 하긴 그쪽도 꽤나 변했지만……."

김왕흥 씨가 비로소 그 사내를 알아보았다. 그러나 결코 반가워하는 눈빛은 아니었다. 오히려 어딘가 경계하는 기색이 뚜렷했다. 그런 김왕흥 씨에 비해 사내는 훨씬 더 자신에 찬 표정이 되어

선심을 쓰듯 말했다.

"워낙이 바쁜 세상이니까요. 이해갑니다."

"그래 미스 홍은 잘 있소? 지금쯤 아이가 있을걸. 아마."

김왕흥 씨도 겨우 여유를 회복해 의례적인 안부를 물었다. 사내
가 이상한 웃음을 흘리며 받았다.

"잘 있습니다. 몸이 좀 났지요. 맏상주도 보았습니다. 친자확인
소동이 좀 있었지만 제 아들이 틀림없더군요."

"별소릴. 미스 홍이 어때서. 결혼 전에도 그 문제로 티격태격하
는 것 같더니 기어이 일냈군. 하지만 속은 시원하겠소. 부부 사이
도 좋아지고."

"남들만큼은 되지요. 한솥밥 먹고 한 이부자리에 자며 산 지도
벌써 일 년이 넘으니 미운 정 고운 정 들 만큼 들고."

"잘됐군. 잘들 살아야지. 그래, 오늘은 예까지 웬일이오?"

거기서 김왕흥 씨는 자연스레 그렇게 물었으나 내 느낌에는 무
언가를 탐색하는 눈길이었다. 사내도 일순 긴장으로 굳었다가 이
내 빤들빤들한 웃음으로 돌아가 말했다.

"사장님께 의논드릴 일이 있어서……."

"의논? 내게 무슨 의논이……."

그렇게 받는 김왕흥 씨의 낯빛이 눈에 띄게 흐려졌다.

"죄송합니다. 살다 보니 좀 어려운 일이 생겨서, 집사람도 저도
달리 기댈 만한 사람도 없고……. 그래서 얼굴에 철판 깔고 찾아
왔습니다."

말은 그랬으나 사내의 얼굴에는 조금도 죄스러워하거나 부끄러워하는 빛은 없었다. 사내의 용건이 대강은 짐작 가서인지 김왕흥 씨의 표정이 한층 어두워졌다.

　"내가 힘이 되는지 모르지만…… 한번 들어나 봅시다. 그래, 무슨 일이요?"

　"그런데, 그게……."

　사내가 그러면서 공연히 뒤통수를 긁적이더니 사무실 귀퉁이 자기 책상에 앉아 껌을 짝짝거리고 있는 김 양을 흘긋 보며 말했다.

　"여기서 말하기는 좀 뭣해서요. 어디 조용한 데 없겠습니까. 사장님만 보여드릴 것도 있고, 얘기도 생각보다 길어질 수 있고 해서 말입니다."

　"여기도 조용하잖소. 쟤가 있다지만 우리 식구나 다름없고."

　김왕흥 씨는 그렇게 받았으나 한번 해보는 소리 같았다. 사내가 한 번 더 말꼬리를 길게 끌며 '조용한 곳'의 필요성을 강조하자, 더 버티지 않고 자리에서 일어나며 김 양에게 말했다.

　"나 '밀실'에 있을 테니 급한 연락 있으면 그리루 해. 자, 갑시다."

　김왕흥 씨가 박아무개라는 그 사내를 데리고 간 곳은 큰길 건너 지하 레스토랑이었다. 식사시간이 지난 그때는 커피 손님만 몇 앉아 있어 그런대로 조용하게 얘기할 만한 곳이었다. 그곳 구석진 칸막이에 자리 잡고 앉기 바쁘게 김왕흥 씨가 물었다.

　"이만하면 됐소? 자, 이제 얘기해 보시오. 용건이 뭐요?"

"숨 좀 돌리구요. 차도 한 잔해야 되지 않겠습니까? 어이, 여기 커피 두 잔."

사내는 그렇게 여유까지 보이더니 찻잔이 날라져 온 뒤에야 비로소 본론으로 들어갔다.

"실은 저희들이 요즘 어렵게 되었습니다. 막말로 애녀석 우유값이 궁한 판이지요. 그래서 두 사람이 머리를 맞대고 궁리한 나머지……"

"결혼 때, 어딘가 꽤 단단한 직장에 나가고 있는 걸루 들었는데, 내가 미스 홍에게 퇴직금 조로 쥐여준 것도 적잖은 돈이었고."

"실은 그게 병통이 된 건지도 모르죠. 그때 나가던 기업체 껍데기야 번지르르했지만 생산직이란 게 뻔하잖습니까? 늙은 공돌이 되는 게 싫어 그동안 조금 모아두었던 것과 제 퇴직금 보태 사업이라고 시작해 본 게 폭삭 망해 버린 겁니다. 집사람 것두 그 뒷돈 대는 데 다 날아가구……"

"무리했군. 그런데 어찌 날 찾아올 생각을……"

"사장님께서 제 집사람에게 잘해 주신 걸 알고 있기에, 또 아까 말씀드렸듯이 달리 찾아가 볼 만한 데도 없구요."

그러자 김왕홍 씨가 비로소 짜증을 감추지 않고 드러냈다.

"내가 미스 홍에게 잘해 주었단 말, 아무래도 무슨 저의가 있는 것 같은데. 아직 다른 방향으로 의심하고 있는 거 아뇨? 그래서 은근히 걸어오는 시비라면 난 흥미 없소. 이만 일어나겠소."

그러고는 정말로 일어서려는 듯 엉덩이를 들썩였다.

"사장님, 이러시면 섭섭합니다. 전 그래도 사장님께서 이보다는 더 사려가 깊으신 분일 줄 알았는데."

사내는 거기서 목소리를 뻣뻣하게 세우며 노골적으로 위협의 의사를 드러냈다. 무엇 때문인지 김왕홍 씨가 그대로 자리를 떨치고 일어나지 못하고 눌러앉으며 강경하게 말했다.

"사려가 깊으면 아무나 만나 엉뚱한 수작이나 들어주고 있어야 한다는 거요? 발바닥에 불이 나도록 뛰어도 부도 막기가 바쁜 판에."

그러나 강경한 것은 목소리뿐이었다. 허세로 버티고는 있어도 김왕홍 씨는 진작부터 무언가를 불안해하고 있었다. 사내가 지그시 눈을 감았다 뜨더니 이죽거리듯 말했다.

"꼭 엉뚱한 것두 아닐 텐데. 나두 여편네한테 들을 건 다 들었시다. 요새 세상 백 번 이하로 붙어먹은 건 다 처녀로 쳐줘야 한다지만 아무리 그래도 헌 계집 얻어 살게 된 놈 기분 좋지는 않다구요."

"그건 또 무슨 소리야?"

"왜 이러십니까. 김왕홍 사장님, 화대야 꽤나 호되게 문 셈이지만 개봉두 안 한 남의 계집 그만큼 데리구 놀았으면 미안한 줄은 알아야지. 싸나이답잖게 오리발은 무슨 오리발이오?"

"아니, 그럼 이제 와서 그 일 따지자고 찾아왔소? 바쁜 사람 불러내 이미 지나간 일 따져 뭘 하겠다는 거야?"

잡아떼 봤자 별수 없다는 걸 감지했는지 김왕홍 씨가 갑자기

역습으로 나왔다.

"막말로 한강에 배 지나간 자국이지. 게다가 그땐 댁이 미스 홍 남편도 아니었잖아? 여펜네 처녀 시절 좀 논 걸 가지구 이제 와서 나한테 따지면 어떡해? 내가 어디 유부녀 데리고 놀았어? 또 오, 그랬다 쳐도 막말로 다 끝난 일이야. 벌써 일 년 반 전 일이라구 시효가 지났단 말이야. 그걸루 걸구 넘어져 뭘 어떻게 해볼 생각이라면 꿈 깨슈."

그래도 한 십 년 시장바닥을 굴렀다고 제법 배짱 좋은 반격이었다. 그러자 사내가 풀썩 웃었다.

"정말로 재미를 보기는 단단히 보셨던 모양이네. 하지만 너무 흥분하지 마슈. 나는 그 일을 따지러 온 게 아니니까. 그 일은 오히려 김 사장님께 감사패를 드리고 싶을 정도로 고맙게 여기고 있시다. 몇 번이나 데리고 잤는지는 모르지만 길 하나 기막히게 들여놨더군. 아다라시, 아다라시 하지만 그게 얼마나 귀찮은지 쫌은 잘 알 거요. 굴 뚫으랴 길 넓히랴 팻말 세우랴…… 그런데 우리 여펜네는 첫날밤부터 그저 그만이라. 내 대신 수고를 미리 알아 다 해주신 사장님인데 그 일로 찍자 붙을 리야 있겠소?"

때에 따라서는 이를 악문 위협보다 허탈한 웃음이 사람을 겁주는 데 더 효과적일 수도 있는 모양이었다. 그 자리가 바로 그러한 듯 김왕흥 씨가 갑자기 움츠러들며 물었다.

"그럼 무엇 때문에 날 찾아왔소?"

"아까 말씀드리지 않았습니까? 사업에 실패해 사장님 도움을 좀 받고 싶다고……."

"구체적으로 어떤 도움이오?"

김왕흥 씨는 이제 더 허세 부리고 신경전 펼 까닭도 없다는 듯 사내가 찾아온 목적을 알아내는 것만 급해했다. 사내가 산악 같은 여유로 느긋하게 대답했다.

"사업자금을 좀 대주셨으면 해서 왔습니다. 후의는 잊지 않겠습니다."

"사업자금이라면……?"

"뭐 나 같은 놈이 사업한댔자 대단한 거야 있겠습니까. 신촌 쪽에 노래방이나 자그만하게 차려볼까 해서요. 그동안에 걸머진 빚까지 해도 한 일억이면 우리 세 식구 입에 풀칠할 수는 있을 것 같습니다."

사내는 그래놓고 누가 들어도 그 성실성이 의심가지 않을 정도로 힘주어 다짐했다.

"하지만 공짜로 얻자는 거 아닙니다. 담보는 없지만 어디까지나 차용하는 겁니다. 넉넉잡아 삼 년이면 원금은 돌려드리겠습니다. 이자도 살아가며 꼭 갚겠다는 게 저와 집사람의 결심이구요. 젊은 것들 살아보겠다고 발버둥 치는데 한번 도와주십시오. 정말로 이 은혜 잊지 않겠습니다."

김왕흥 씨는 일억이란 금액이 나왔을 때부터 갑자기 말문이 막힌 사람처럼 눈만 크게 뜨고 상대를 바라보기만 했다. 그러다가 사내의 얘기가 끝나고도 한참이 지난 뒤에야 벌겋게 달아오른 얼굴로 소리쳤다.

"이 사람 지금 정신이 있어 없어? 돈 일억이 누구 집 애 이름이야?"

"누구 집 애 이름이 아니니까 이렇게 와서 사정드리는 거 아닙니까?"

사내가 눈썹 하나 까딱 않고 그렇게 받았다. 언뜻 미간에 찬 기운이 서리는 듯하게 묘한 위협의 느낌을 주었으나 김왕홍 씨는 개의치 않았다.

"난 그런 돈 없어. 지금 이 가게도 문 닫아야 할 판이란 말이오! 때가 어떤 때라고……."

"사장님, 그러지 마시고 젊은것들 한번 봐주십시오. 다른 사람도 아니고 홍명순의 남편입니다. 사장님 밑에서 그 좋던 쌍팔년도부터 재작년 여름까지 삼 년 반이나 경리를 봤던 홍명순이……. 저흰들 왜 계산이 없겠습니까? 집사람에게 들으니 그 삼 년 동안에 사장님께서 올린 순수익만 해도 줄잡아 십억은 되겠던데요."

"정말 쌍팔년도적 얘기하고 있네. 그거 다 털어먹은 지 오래야. 불경기, 불경기 소리 듣지도 못했어? 그게 하마 몇 년째야? 지금 가게 열어놓고 버티는 것만도 용하다구!"

"이미 알아볼 거 다 알아보구 왔습니다. 사업이 전만 같지 못하다는 거야 누군들 모르겠습니까? 하지만 사장님께는 아직 그 정도 힘은 있지 않습니까?"

"일없어. 다른 데 가서 알아봐."

김왕흥 씨가 이번에는 정말로 몸을 일으켰다. 일억이란 돈이 그 어떤 어려움과도 맞설 수 있는 용기를 북돋워 준 듯했다. 실로 놀라운 것은 그 사내의 침착이었다. 담뱃갑에서 담배 한 개비를 천천히 꺼내며 차분하게 말했다.

"그럼, 이렇게 생각해 보시는 게 어떻겠습니까? 그동안 사장님께서 마땅히 나라에 바치셨어야 할 세금 중에 일부를 저희 부부에게 잠시 빌려주시는 거라구요. 여편네가 삼 년이 넘도록 절세시켜 준 몇억에서 일억을 떼내서⋯⋯."

"뭐라구?"

이미 자리에서 일어나 두어 발자국이나 걸음을 옮기던 김왕흥 씨가 세금이란 말에 멱살을 잡힌 사람처럼 그 자리에 멈춰 섰다. 사내가 담배에 불을 붙여 한 모금을 맛있게 빨더니 연기를 길게 내뿜으며 나직이 말했다.

"낮말은 새가 듣고 밤말은 쥐가 듣는다고 하지 않습니까. 주위에 사람은 없지만 이런 얘기는 원래가 큰 소리로 하는 게 아닙니다. 이리 와서 앉으시지요. 보여드릴 것두 있고⋯⋯."

거기서 김왕흥 씨는 잠시 망설이는 모습이었다. 그대로 뻗대고 뛰쳐나가느냐, 그 사내와의 일을 어떻게든 아퀴를 짓느냐로 망설인 듯한데, 결론은 뒤쪽으로 났다.

"미리 말해 두는데 서투른 수작 부릴 생각은 말아. 이 김왕흥이 불알 두 쪽 차고 시장바닥에 뛰어들어 벌써 이십 년이야. 너 같은 풋내기에게 호락호락 당할 줄 알았다간 큰코 다쳐. 은팔찌 끼고 국립호텔 안 가려면 미리 조심하는 게 좋을걸."

자리로 되돌아와 앉으면서 그렇게 으르렁대기는 했지만 조금 전 벌겋게 달아 소리치던 때의 그 기세는 이미 아니었다. 사내는 적당히 겁먹어주는 척했다. 그러나 그건 어디까지나 예의상이라는 것처럼 할 짓은 다했다.

"이거 기억나십니까? 집사람이 이런 걸 가지고 있더군요."

사내가 양복 속주머니에서 두툼한 봉투 하나를 꺼내 탁자 위에 놓았다.

"이게 뭐야?"

"속엣것을 꺼내 보십시오. 집사람 말로는 한번 펴보시기만 하면 금세 아실 거라던데요."

사내가 여전히 손도 까딱 안 하고 나지막한 소리로 말했다. 김 왕흥 씨가 별로 내키지 않은 채로 봉투에 든 것들을 꺼냈다. 복사된 장부 몇 페이지, 여러 개의 이름으로 된 은행계좌번호 여남은 개, 그리고 견본인 듯한 필름 몇 컷이었다. 김왕흥 씨가 애써 흥분한 기색을 감추며 중얼거렸다.

"이거 뭐 하는 수작이야? 낡은 장부하고 은행계좌가 어쨌다는 거야?"

그러나 입으로는 그렇게 말해도 두 눈은 그 서류들에서 좀체 떨어질 줄 몰랐다. 사내가 무슨 브리핑이나 하듯 감정 없는 억양으로 받았다.

"집사람 말로는 그 장부가 그때의 실거래 장부라던데요. 88년

한 해 매출만 해도 10억 원은 넘는다죠, 아마. 세무신고는 9천만
원으로 하신 그 해 말입니다. 그 은행계좌들은 바로 그 장부를 뒷
받침해 줄 가명 계좌들이라던가. 그리고, 그 필름은 그 장부들을
찍은 것들의 일부구요. 워낙 부피가 많아 놔서 어디 다 들고 나올
수가 있어야지요……."

"이런 걸 미스 홍이 왜……? 더구나 90년 뒤로는……."

"아, 그거 말입니까? 그렇고 그런 사이가 된 뒤에도 뭣 때문에
그런 걸 만들어뒀냐구요? 여자의 조심성이죠. 막말로 몇 번 데리
고 잤다 해서 사장님이 그 사람과 결혼해 줄 처지도 못 되고, 그러
니 오히려 더욱 제 살 궁리가 있어야 되지 않았겠어요? 저는 솔직
히 그런 준비성 때문에 집사람을 더 존중하는 편입니다."

"그런데 왜 이제야……."

조금도 보탬 없이 그때 김왕홍 씨의 얼굴빛은 싯누렜다. 말끝을
맺지 못하는 것은 가슴속이 너무도 다양하고 격렬한 종류의 감정
으로만 가득 차 그런 것 같았다. 윗주머니에 꽂혀 있는 내게까지
그의 심장 뛰는 소리가 쿵쿵 울려왔다.

"그렇잖아도 그 일, 집사람이 특히 가슴 아파했습니다. 실은 집
사람이 사장님께 그걸 보여드리려 한 것은 결혼 무렵이었다구 합
니다. 네 떡 나몰라라 식으로 나올 때 혼수감이라두 참하게 얻어
내려구요. 그런데 사장님께서 몇천 선뜻 인심 쓰시는 바람에 그
걸 내밀 필요가 없어졌던 거죠. 사실 퇴직금 2천만 원 그거 적은
게 아니죠. 모르긴 해도 공무원 일이십 년 해도 그만한 목돈 쥐

기 쉽진 않겠지요."

"그럼 다 끝난 일 아냐? 인두겁을 썼다면 그때 당연히 이따위
는 모두 없앴어야지."

김왕홍 씨가 터질 듯한 속을 누르느라 숨까지 헐떡거리며 그렇
게 받았다. 사내가 애매한 미소를 지으며 변화 없는 목소리로 말
했다.

"집사람도 그럴려구 했답니다. 하지만 다시 생각하니 걱정되는
게 하나 있더라는 거죠. 사장님이 결혼 뒤에도 찾아와 추근대면
어떡하나 싶었다는 거예요. 그래서 부적 삼아 간수하고 있었는데
이제 요긴하게 쓰이게 된 겁니다."

"별눔의 요긴함도 있네, 악독한 년……."

김왕홍 씨가 자신도 모르게 욕설을 입에 담았다. 그것도 남편
이라구 사내가 제법 강경하게 항의했다.

"아무에게나 이년 저년 마십쇼. 그래두 자식새끼까지 낳은 내
마누랍니다. 사내새끼 치고 제 마누라에게 이년 저년 하는데 기
분좋을 사람 없다구요."

오랜만에 비로소 감정의 변화를 보이는 목소리였다. 의식구조
를 연구해 볼 가치는 있는 사내였다. 하지만 알 수 없기는 김왕홍
씨도 마찬가지였다. 혼란돼 있어서인지, 아니면 다른 계산이 있어
서인지 쉽게 자신의 실례를 인정하고 사과했다.

"아 참, 이젠 댁의 부인이시지. 실례했소."

그러고는 그도 담배 한 개비를 빼어물었다. 아무래도 심상히 흘

려버릴 일이 못 된다면 침착을 되찾아 해결하는 게 상책이란 생각이 든 듯했다. 담배가 어느 정도 진정의 효과를 주었는지 반이 넘도록 말없이 연기만 빨아들이던 김왕홍 씨가 조금 가라앉은 목소리로 물었다.

"그 전에 하나 물읍시다. 이 일을 생각한 게 당신이오? 아니면 미스 홍 쪽이오?"

"부부일신인데 어느 쪽인들 무슨 상관이겠습니까? 하지만 물으시니 말씀드리겠습니다. 집사람이 먼접니다."

"미스 홍이……."

"정말입니다. 하긴 그 전에 한바탕이 있긴 했죠. 솔직히 말씀드리면 이리저리 일은 안 되고 신경질이 나 있는데, 바가지를 긁길래 집사람을 허벌나게 패준 적이 있습니다. 그럴 때, 다시 말해 계집 팰 때 제일 좋은 핑계가 뭐겠습니까? 아직도 옛날 놈 생각하구 있지 어쩌구 하면서 패면 꼼짝 못 하는 게 마누라쟁이들이라구요. 그런데 눈코 알아볼 수 없게 멍들어 늘어진 걸 보니 또 조금은 안 됐습디다. 그래서 이번에는 마음먹고 한번 안아줬더니 뜻밖의 부수입이 생긴 겁니다. 펑펑 울며 그걸 내놓지 않겠어요? 자기는 이제 조금도 사장님을 생각하지 않는다. 그 증거가 바로 이거다, 이걸 가지구 가서 한껏 울궈와라, 아마 그런 뜻인 것 같았습니다."

김왕홍 씨가 원하지도 않은 앞뒤 정황까지 늘어놓은 사내의 얼굴에는 야릇한 승리감 같은 것까지 엿보였다. 그렇게 보아서인지 김왕홍 씨는 갑작스레 침울해진 표정이었다.

"그래서 일억을 내놓으란 말이지? 꼭 내게서 그 돈을 다 받아내야겠소?"

"에누리 없는 장사가 어딨냐고 그러시겠지만, 이건 다릅니다. 우리 부부의 자존심이 걸린 문제라구요. 그 이하로는 한 푼도 깎아드릴 수가 없습니다."

나는 그 사내의 어법에 적잖은 혼란까지 느꼈다. 과연 그런 일에 자존심이란 말이 가당한지를 생각하고 있는데, 김왕흥 씨가 다시 나를 혼란시켰다.

"자존심은 나도 있소. 그리고 돈 문제가 아니라도 내 자존심은 이미 적잖이 상했소. 일억이 아니라, 단 한 푼도 내놓고 싶지 않을 만큼……."

나는 거기서 흥정이 시작되는 줄 알았다. 하지만 아니었다. 난데없는 자존심 문제가 튀어나와 겉모양은 흥정 비슷해졌지만 진짜 흥정은 김왕흥 씨에 의해 간단하게 뒤로 미뤄졌다.

"이제 더 할 얘기는 없소?"

김왕흥 씨가 마무리를 서두르는 사람처럼 그렇게 묻자 사내가 마지막 공갈을 보탰다.

"말 안 해도 잘 아시겠지만 저희 요구 너무 과하다 생각하지 마십시오. 이거 바로 국세청에 제출하면 한 5억 추징 뜯기고 잘 돼야 벌금형으로 나오게 만들 수도 있지만 아는 정에 어디 그렇게야…… 하지만 사람은 감정의 동물이라잖습니까? 서로 감정 상하는 일 없도록, 숙고해 결정하십시오. 거기다가 이미 말씀드렸다시피 저희가 그냥 달라는 것도 아닙니다. 이건 어디까지나 신용거래라구요."

"별놈의 신용거래 다 있군. 알았소. 내 생각해 보지."

"생각해 보다니요? 저희들 그리 여유 있는 사람들이 못 됩니다. 잠이 길면 꿈도 사나워지는 법이라구. 이런 일 원래가 질질 끄는 법이 아니구요."

"이보슈, 아직 말귀를 못 알아들어? 일억이 어디 호주머니에 넣어 다니는 용돈일 줄 알아? 지금 당장은 먹고 죽으려 해도 나 그런 돈 없소."

"그럼 며칠 말미를 주면 되겠소?"

사내가 제법 채무자 흉내를 내며 날짜를 다그쳤다. 그러자 김왕홍 씨가 처음으로 반격다운 반격을 했다.

"이봐."

"네에?"

"아직 흥정두 안 끝났어. 그쪽이 주절거린 것도 말이라고 여겨주고 몇 푼이라도 내놓을까 말까조차 결정하지 못했단 말이야……."

갑자기 여유를 되찾아 느긋하게 받는 김왕홍 씨를 사내가 멍한 눈으로 올려보았다. 일이 다 된 줄 알고 저 혼자 급해져 있던 뒤끝이라 그 난데없는 느긋함이 충격을 준 듯했다. 김왕홍 씨가 묵은 생강답게 마지막 일침을 놓았다.

"마침 이 장사 걷어치우려던 참이야. 하지만 몇 달 일찍 걷어치우고 너같이 덜떨어진 공갈범 콩밥이나 먹일까 아니면 몇백 집어 주고 더럽더라도 이눔의 장사 한두 해 더해 먹을까 결정하는데도 사흘은 걸려. 너 사람은 감정의 동물이랬지? 사람 감정 건들지마. 나는 돈으로 막으면 되지만 너는 몸으로 때워야 할 판이야."

"어어, 정말 이렇게 나오기요? 좋시다. 내가 몸으루 때울지, 사 장님이 돈으루 막을지는 뚜껑을 열어봐야 아는 거고……. 그럼 막 가보는 거지."

사내가 그렇게 맞서보았으나 김왕흥 씨는 꿈쩍도 안 했다. 그 뒤의 경과로 보면 무서운 순발력이라 할 만했다.

"맘대루 해. 하지만 푼돈이라도 얻어쓰고 싶으면 국으로 기다 리다가 사흘 뒤에 다시 와봐."

김왕흥 씨는 그 말을 마지막으로 미련 없이 자리에서 일어났다. 요새 조세사범 엄하게 다루는데, 어쩌고 하는 소리가 뒤따라 왔으 나, 김왕흥 씨는 끝내 돌아보지 않았다.

하지만 그 자리는 용케 버텨내도 김왕흥 씨는 그리 뱃심 좋은 전문가는 못 되었다. 거기다가 모든 자료를 대고 교사를 한 게 다 름아닌 미스 홍이란 것도 꽤나 심기를 건드린 듯했다.

그날 김왕흥 씨는 날이 아닌데도 미스 현을 찾아보려 들었다. 그는 한 발자국만 떨어진 곳에서 들어도 말소리를 알아들을 수 없을 뿐만 아니라 설령 알아듣는다 해도 무슨 뜻인지 모를 암호 같은 전화로 자신의 방문을 미스 현에게 미리 알렸다. 하지만 어 찌 된 셈인지 그 일도 틀어지고 말았다. 그동안의 단련과 상상력의 도움을 받아 추정된 통화의 내용으로는 미스 현이 무슨 일인가로 며칠 집을 비운다는 것 같았다.

따로 가서 자신의 울적함을 풀 곳이 없는 김왕흥 씨는 그날도 시장패거리들과의 풀코스로 오후를 보냈다. 갈수록 점점 따가워오는 불황의 찬바람에 이제는 흥이 떨어져도 많이 떨어진 코스였다. 여전한 식도락에 그 사우나랑, 그 술집들이었지만 내가 보기에도 연초의 그 활기는 거의 남아 있지 않았다.

그런데 그다음 날이었다. 내가 의지하고 있는 배, 김왕흥호(號)의 난파를 훨씬 더 실감 나게 해주는 일이 사업 쪽에서 벌어졌다. 여느 때처럼 출근한 김왕흥 씨가 집에서 못다 읽고 가져온 조간신문을 뒤적이고 있는데 같은 장사를 하는 4층의 박 사장이 시퍼렇게 해서 달려왔다.

"김 사장. 정말 이럴 수가 있어?"

박 사장이 평소답지 않게 흥분해 고함부터 앞세웠다. 아무리 해도 그에게 못할 짓을 한 기억이 나지 않은 김왕흥 씨가 어리둥절해 물었다.

"무슨 일입니까? 뭣 때문에 아침부터……."

"어어, 아주 시치미까지, 정말 상종 못 할 사람이군."

그제서야 김왕흥 씨도 무언가 심상찮은 일이 벌어졌음을 짐작하고 긴장하며 물었다.

"박 사장, 그러시지 말고 차근차근 말해 보시오. 도대체 무슨 일이오?"

"아무리 장사가 안돼도 그렇지. 그렇게 덤핑을 치는 법이 어딨어?"

"덤핑을 치다니 뭘?"

"자기야 골치 아픈 재고 몇만 야드 내다 버린 셈 치면 되지만 그 품목에만 목을 매달고 있는 사람은 어쩌란 거야? 십몇 년 한 시장에서 장사하면서 의논 한마디 없이 이래도 되는 거야?"

박 사장은 계속해서 김왕홍 씨를 그렇게 몰아세웠다. 김왕홍 씨가 이제 좀 알겠단 표정으로, 그러나 그래서 더욱 어이없다는 듯이 받았다.

"뭘 잘못 알고 계신 듯한데 난 박 사장 품목 덤핑으로 내던진 적 없어요. 그래, 그 물건이 이 김왕홍이 거라고 누가 그럽디까?"

"이 장사 하루이틀이야? 당신 아니구 ○○합섬 다후다(테프터) 몇만 야드씩 쏟아부을 놈이 누가 있어?"

"○○합섬?"

"그래, 지금 반값도 안 되게 내놓고 여기저기 쑤시고 다니는 중이야."

박 사장은 그때까지도 김왕홍 씨가 덤핑을 한 걸로 굳게 믿는 것 같았다. 어이없어하던 김왕홍 씨가 갑작스레 낯빛까지 변해 가며 물었다.

"그걸 내가 내놨다고 누가 그럽디까? 아니 들고 다니는 건 누구요?"

"들고 나온 놈이야 나카마지. 그럼 김 사장네 물건이 아니란 말이야?"

"나카마가 누굽디까?"

김왕홍 씨가 금세라도 찾아 나설 듯 몸까지 일으키며 묻자 비로소 박 사장도 이상한 느낌이 든 모양이었다.

"그럼, 김 사장은 그 물건을 낸 적이 없단 말이요?"

"낸 적은 있소. 그러나 그것은 어디까지나 정상의 거래였지. 덤핑은 아니었단 말요."

김왕홍 씨의 그 같은 대답에 박 사장이 조금 기세가 죽어 물었다.

"그게 어디요? 요새는 그 물건 나갈 철이 아닌데, 설마 나카마 또라이 박이 2만 야드씩이나 가져가지는 않았겠지?"

"또라이 갠 낯짝도 본 적이 없소. 그리구 줄 값 다 주고 사서 반값으로 덤핑 치는 미친놈이 어딨겠어요."

그런데 그 순간 두 사람의 얼굴이 똑같이 변했다. 김왕홍 씨는 그래놓고 나니 갑자기 불안해할 일이 있다는 표정이 되었고, 박사장은 퍼뜩 감이 온다는 그런 표정이었다.

짧은 침묵에 이어 먼저 입을 연 것은 박 사장이었다.

"김 사장, 혹시 거래에 무슨 사가 낀 건 아뇨? 현찰박치기 했소?"

"현찰박치기는 아니지만 단도리는 할 만큼 했소. 은행도 어음이오."

"어음?"

"그것도 대개는 천만 원 이하짜리로 여러 장이오. 배서(背書)도 두어 군데씩 돼 있고."

"혹시 선이자는 떼주지 않습디까?"

"것두 챙겼소. 2부 고리루다."

얘기가 이어지는 동안 두 사람의 표정은 대조적으로 변해 갔다. 김왕홍 씨의 얼굴이 점점 어두어지는 반면에, 박 사장의 얼굴은 수상쩍다는 것에서 은근히 고소해하는 데까지 가 있는 밝은 표정으로 바뀌어졌다.

"무슨 생각을 하시는지 모르지만 물건을 내간 건 두두아동복이오. 거 왜, 코스모백화점 자체상표, 코스모그룹이 내려앉았다면 모를까. 박 사장이 생각하는 그런 일은 없을게요."

"나도 무슨 방정맞은 생각을 하고 있지는 않아요. 하지만 두두는 그저 하청업체일 뿐이라구 들은 것 같은데……."

"그래두 은행도 어음이니까. 위험도 적당하게 분산돼 있고."

김왕홍 씨가 더욱 자신의 믿음에 매달리는 느낌을 주며 그렇게 받았다. 박 사장은 조금 전의 앞뒤 모르는 감정을 은밀한 복수감으로 바꾸어 그런 김왕홍 씨의 불안을 키웠다.

"요즘 들은 얘긴데 백지어음이 나돈답니다. 돈 백 주고 사서 마음대로 그려넣은 거 말이오."

"나도 알아요. 하지만 내가 받은 건 발행인이 각기 다르니, 끼여도 한두 장이겠지. 하지만 나는 귀를 달아 받아두었기 때문에 한 장 정도는 사고가 나도 벌충이 될 거요."

"어쩌다 한두 장 그런 게 나돈 거라면 전에도 영 없던 일은 아니지. 근데 요즈음은 그 장사가 늘었단 말이오. 동대문시장 쪽 얘기 들으니까 발행인이 각기 다른 걸루도 몇억 만들기는 조금도 어렵잖은 정도랍니다."

"세상에 제 죽을 짓 하는 놈이 그렇게 많겠어요? 불황 때문에 부풀려진 소문이겠지."

"불황이기 때문에 그런 장사가 더 기승을 부릴 수도 있지. 한 삼천만 원 가지고 몇 달 공들여 평잔(平殘) 유지하고 신용도 올린 뒤에 그런 딱지어음 백 장만 팔아보슈. 돈이 일억이야 일억, 할 만한 장사 아뇨? 쇠고랑 차는 거야 원래가 겁내는 사람들이 아니고."

얘기가 그쯤 되자 김왕흥 씨도 더는 여유를 유지하지 못했다. 이제는 어두워지는 얼굴을 더 감추려 들지 않고 물었다.

"박 사장, 혹시 내가 덤핑 친 줄 알고 약 올리는 거 아뇨? 두두 아동복 정말로 좋지 않은 소리 들립디까? 그래도 몇 년 짭짤하게 재미본 곳인데."

"낸들 어떻게 알아요? 그저 감이 좀……."

김왕흥 씨가 솔직하게 불안을 드러내자 박 사장도 조금 진지해졌다.

"감이 어때서…… 그럼 코스모그룹이?"

"그건 아니고, 그 물건 말이오. 그게 만약 김 사장 거라면 이상하잖소? 반값에 내게 받으라는데 줄 거 다 주고 샀으면 뭣 때메 그런 덤핑을 치겠소?"

"……."

"경우는 두 가지 아뇨? 하나는 그만큼 두두가 몰려 있는 경우고, 다른 하나는 줄 것 제대로 안 주었으니까 반값으로 내놔도 남는 게 있는 경우지. 하지만 김 사장 물건이 아닐 수도 있잖소? 어쨌든 내 장사는 죽 쒔소. 가뜩이나 재고 안 빠져 죽을 지경인데, 이제 그눔의 물건 다 없어지기 전에는 아예 장사가 안 되게 생겼으니, 그렇다고 이젠 손에 쥔 것도 없는데 그 많은 물량 다 받을 수도 없고 창고도 벌써부터 만원사례고……."

박 사장은 거기서 제 걱정으로 돌아갔다. 그러나 그때부터 김왕흥 씨의 남은 일과는 눈이 팽팽 돌아가게 바빠졌다.

김왕흥 씨는 먼저 자신과 거래를 한 두두아동복의 자재과장부터 찾았다. 어찌 된 셈인지 그날따라 유난히 전화 연결이 안 돼 김양이 한 십여 분 전화통에 매달리다시피 해서야 겨우 그 회사와 통화가 이루어졌다. 하지만 김왕흥 씨가 찾는 사람은 자리에 없었다. 뿐만 아니라 꼭 전화를 걸어달라는 두 번 세 번의 당부에도 오전 중에는 끝내 답전을 받지 못했다.

이어 김왕흥 씨는 어음 확인에 들어갔다. 은행에 추심을 의뢰해 둔 어음을 되찾아 하나하나 발행은행에 확인을 해봤으나 결과는 그리 신통치 못했다. 지불기일이 되기 전에는 계좌개설자의 상태를 잘 알 수 없기는 은행창구도 마찬가지였다. 그저 '별일 없을 겁니다'란 애매한 대답이 고작이었는데, 여덟 장의 어음이 모두 하나같이 별일 없을 것 같다니 오히려 더욱 불안해지는 것 같았다.

거기다가 점심을 먹고 나도 그쪽에서 연락이 없자 김왕흥 씨는 마침내 두두아동복을 찾아 나섰다.

두두아동복 본사는 강남 번화가 네거리 근처에 단독건물을 갖고 있었다. 대단한 빌딩은 못 되었지만 그래도 연건평 6백 평은 넘어 뵈는 5층 건물로, 1층과 2층은 다른 업체에 세를 놓고 3·4·5층만 본사 사무실과 상품전시실로 쓰는 듯했다.

흥분해 달려간 김왕흥 씨가 일순 머쓱해질 만큼 본사 사무실의 분위기는 평온했다. 그러나 그 평온은 기껏해야 태풍 직전의 고요에 지나지 않는다는 것이 오래잖아 차례로 느껴져 왔다. 그 첫째는 김왕흥 씨가 찾는, 조금이라도 책임질 위치에 있는 사람은 한결같이 자리에 없다는 점이었다. 대개는 생산현장으로 갔다는 핑계였으나 무언가 심상찮은 일이 벌어지고 있음에 틀림없었다.

그다음은 가만히 관찰해 본 사무직원들의 동태였다. 겉보기에는 별다른 동요 없이 일하고 있었지만 어딘가 주위를 곁눈질하고 있다는 느낌이 들었는데 그것은 비교적 직급이 높아 뵈는 쪽에서 더 심했다. 전화 받는 목소리가 필요 이상으로 친절한 것도 무엇엔가 잔뜩 주눅이 든 인상을 주었다.

점점 짙어지는 불안에 휘몰린 김왕흥 씨는 목소리까지 높여가며 경리사원을 다그쳐 보았으나 거기서 알 수 있는 것은 아무것도 없었다. 할 수 없이 사무실로 돌아온 김왕흥 씨가 최초로 자신이 고의적인 어음사기에 걸려들었다고 확인한 것은 혹시나 해서 해본 배서인(背書人) 확인을 통해서였다. 아무렇게나 고른 어음의 배서인 중에서 전화번호가 있는 쪽을 골라 전화를 걸어보니 간단하게 그런 사람은 없다는 대답이었다.

그때부터 한 시간 남짓 김왕흥 씨 사무실의 전화통은 불이 났다. 그는 전화번호가 있는 배서인에게는 모조리 전화를 걸어보았지만 대답은 한결같이 그런 사람은 없다는 것이었다. 어음 여덟 장, 일억이 넘는 금액이 모조리 딱지어음이란 뜻이었다.

하지만 그날 김왕흥 씨가 그 이상 할 수 있는 일은 별로 남아 있지 않았다. 그 사이 근무시간이 끝나 더 전화를 걸 곳도 없고 날이 저물어 사람을 찾으러 나설 수도 없었다. 할 수 있는 일은 기껏해야 터질 듯한 얼굴로 사무실을 나와 일찍 집으로 돌아가는 것뿐이었다. 가서 죄없는 한 여사와 아이들을 들볶는 일이 더 있었을까?

얼핏 사기로 경찰에 신고하는 것도 떠올린 모양이지만 그런 경우 경찰이 크게 도움 되지 않는다는 것쯤은 그도 잘 알고 있는 듯했다. 저녁 늦게야 아는 변호사와 긴 통화를 한 게 그가 그날 한 법적 대응의 전부였다. 고소, 장물, 압류 같은 말을 되받아 할 때는 제법 생기를 되찾기도 했으나 전화를 끝낼 때의 표정으로 보아서는 그리 신통한 해결책을 얻은 것 같지도 않았다.

"상대가 두두라면 그리 걱정할 것두 없잖아요? 알찬 곳인데 설마 그런 짓이야 했겠어요?"

잠자리에 들 무렵 한 여사가 위로한답시고 한마디 건넸으나 결과로는 김왕흥 씨의 부아만 건드린 꼴이었다. 그가 다짜고짜로 눈을 부라리며 소리를 꽥 질렀다.

"시끄러. 여편네가 뭘 안다구!"

"용인 쪽에 있는 신축공장 본 적이 있는데 대단하더라구요. 인터체인지에서 멀잖은 곳에 부지만도 몇만 평은 돼 보였어요. 부동산 값으로 쳐도 몇백억은 되겠던데……"

한 여사가 그래도 그것만은 자신 있다는 듯 알고 있는 것을 말했다. 김왕홍 씨가 더욱 목소리를 높였다.

"이 무식한 여자야. 그게 바루 중소기업이 망하는 지름길이라구. 재벌들이 해 먹었다고 부동산투기, 그거 아무나 해 먹을 수 있는 건 줄 알아? 돈만 생겼다 싶으면 그저 부동산, 부동산…… 그러다가 무슨 꼴 나는 줄 알아? 잘 돌아갈 수 있는 기업 말아먹고 흑자(黑字) 도산하는 거야. 그 여유 있었으면 상품개발 기술개발에 돌리고 경쟁력 길러 내실을 다져놨어야 했다구. 그런데 케케묵은 재벌놀음 흉내 냈으니 안 망하고 어떻게 배겨? 당신 안 겪어봤어? 우리 사놓은 땅 어떻게 됐어? 서해안 야산, 서울근교 농지, 그거 시체라두 건질 거 같애? 이제 세금이라두 왕창 나오면 본전에라두 얼씨구, 하며 팔아야 할 판이라구. 다 마찬가지야. 부동산도 경기가 좋을 때 부동산이야. 그런데 한 몇 년 잘 돌아간다구 해 까닥해 막차 탄 거지. 쓸모도 없는 부동산, 호가만 높으면 뭘 해? 당장 공장 돌릴 돈이 없는데…… 그거 경매에 넘어가 봐. 몇 푼이나 거머쥘지."

내 짐작으로 김왕홍 씨가 한 여사에게 맞대놓고 무식하다는

소리를 해본 건 그게 처음인 듯했다. 한 여사가 그 소리에 발끈
해 맞받아쳤다.

"아이구, 여기 갑자기 유식한 사람 나왔네. 그렇게 잘 아는 사람
이 그런 거래는 왜 했어요?"

"이 여자가 사람 허파를 뒤집어놓으려구 작정을 했나?"

김왕홍 씨가 그렇게 소리치며 주먹을 을러멜 때는 당장 무슨 일
이 날 듯했다. 그러나 한 여사가 문득 사태의 심각성을 깨닫고 알
맞은 선에서 양보를 했다.

"게다가 두두가 벌써 부도로 넘어진 것도 아니잖아요? 잘은 모
르지만 웬만한 업체두 급할 땐 그런 딱지어음 쓸 때가 있다던데요.
만기일 전에 진짜로 바꿔주면 되니까……."

말투에는 아직 가시가 돋쳐 있어도, 뜻은 김왕홍 씨를 위로하
려는 것임에 틀림없었다. 그 뜻이 전해졌는지, 김왕홍 씨가 그새
진정이 되어선지, 문득 화제를 바꾸었다.

"사실 이 액수 이거 작년만 해두 눈 하나 깜짝 안 했을 거야. 하
지만 이젠 심각하다구. 그새 좋을 때 찬 우리 속살두 다 빠져나
간 거야. 한 이태 이래저래 쥐어박히다 보니 여기저기 흩어진 쓸
모없는 부동산 하구 창고에 있는 베자투리에, 절반 이상이 내려
앉아 팔기가 너무 억울한 증권 몇 주가 전부야. 사십억, 오십억 하
던 거 다 거품이었다구. 실은 두두에서 우리 꼴을 보는 것 같아
아주 기분 나빠. 한 몇 해 경기가 반짝했다구 대단한 졸부나 된
듯 흥청거리다가 이 꼴이 난 거야. 작아도 착실한 생산업체라두

하나 키워볼 생각은 않구, 재테크니 뭐니 하는 말에 홀려 증권이다, 부동산이다, 몰려다니며 거품만 키웠지. 거기다가 무슨 큰 재벌이나 된 줄 착각하고 써대기는 또 얼마나 써댔어? 외제에 원한있는 사람처럼 수입품을 처먹고 처바르고 처입고, 이웃집 드나들듯 세계 방방곡곡 돌아다니며 싹쓸이 쇼핑이나 즐기고⋯⋯. 그러다 문득 깨어나 보니 믿을 거라고는 뿌리다 남은 현금 약간이지, 그것도 그동안 늘어난 씀씀이 때문에 무서운 속도로 줄어들고 있는⋯⋯. 거기다가 이번에 또 한 방 먹었다구 생각하면 아뜩하기까지 하다구."

김왕흥 씨가 그렇게 넋두리 조로 바뀌자, 한 여사는 더욱 선선하게 적의를 버리고 남편의 불안에 동참했다.

"여보, 우리 그렇게 심각해요?"

"하긴, 아직은⋯⋯. 그렇지만 여기서 한 발자국만 나가면 두두꼴이 날 수도 있지. 한 일억짜리 정도의 현찰이 필요한 일만 당해도 사실상 빈털터리가 되고 마는 거야. 덩그런 집에 쓸모없는 부동산만 잔뜩 움켜쥐고 굶는 꼴 난다구."

한 여사가 심각하게 자신의 말을 들어주자, 김왕흥 씨는 응석이라두 하는 아이같이 그렇게 자신들의 위기를 과장했다. 여자의 예민한 감수성에선지, 아니면 남편의 과장을 알면서도 넘어가 주는건지 한 여사가 완연히 걱정에 빠진 얼굴로 다시 물었다.

"우리 장사, 그것도 그리 전망이 없어요?"

"이 꼴이 난 건 우리뿐이 아니야. 이 사회가, 아니 이 나라 전체가 모두 우리 꼴이라구. 이게 우리가 겪고 있는 불황의 참모습이지. 당분간은 거기서 뭘 벌어들인다는 생각은 말아야 할걸. 거기다가 우리 장사란 것, 처음부터 정상적인 사업이 아니었잖아? 과도기의 일시적인 허점이 우리 벌이의 성격이었다구. 좋을 때 정상적인 업체로 체질개선을 해뒀어야 하는 건데……."

그렇게 되면 그다음의 진행은 더욱 순조로울 수밖에 없었다. 그 바람에 하마터면 열전으로 치달을 뻔했던 그들 부부의 충돌은 엉뚱하게도 근래 드물게 진진한 방사(房事)로 끝을 맺었다.

이튿날도 김왕홍 씨는 아침부터 두두아동복의 담당자와 접촉을 시도했지만 잘 되지가 않았다. 그 바람에 점심도 걸러가며 찾아나선 곳이 바로 교외에 있는 두두의 공장신축부지였다. 사무실 직원들이 생산현장이라고 한 곳은 문을 닫았는지 통화조차 되지 않아 찾아나선 것이지만, 한편으로는 두두의 부동산에 대한 아내의 평가가 어느 정도 맞는지 알아보려는 속셈도 있었다.

"대단하군. 옷장사 해서도 이 정도로 벌일 수 있다는 게 놀라워."

한 여사가 일러준 대로 현장에 이른 김왕홍 씨는 한 기사에게 하는 소린지, 혼잣말인지 잘 분간이 안 가는 말투로 그렇게 감탄부터 했다.

내가 보기에도 정말 대단했다. 고속도로 인터체인지 멀지 않은 야산을 뭉개어 짓고 있는 건물은 부지만 해도 줄잡아 3만 평은 넘어보였다. 거기다가 층당 건평이 4, 5백 평은 돼 보이는 건물이 5

층으로 올라가고 있었다.

"이만한 자산이면 부도날 염려는 없겠는데요."

줄곧 붙어 다니느라 사장님의 고민을 잘 알게 된 한 기사가 아첨하듯 말했다. 김왕홍 씨가 갑자기 심술궂은 표정이 되어 핀잔하듯 받았다.

"국제그룹이 사옥 작아 망했어? 이렇게 실속 없이 일만 크게 벌이는 놈들이 항상 말썽이라구."

그러자 한 기사는 공연히 아는 체한 게 후회된다는 듯 입을 다물었다. 김왕홍 씨는 〈두두복장㈱ 생산공장, 두두의상연구소, 두두디자인연수원 신축현장〉이란 커다란 입간판이 세워진 곳에서 차를 세우고 신축부지 안으로 들어갔다.

공사장 안은 멀리서 바라볼 때와는 판이하게 황량했다. 함부로 쌓아둔 자잿더미 사이의 공터에는 퍼렇게 잡초가 돋아나고 있었고, 앙상하게 올라간 골조 빔에서 흘러내린 뻘건 녹물은 4층까지선 슬라브 기둥에 흉한 자국을 남겨 금이라도 간 듯한 느낌을 주었다. 공사가 중단된 지 제법 오래된 듯했다.

"개새끼들, 하는 짓이 언제나 이렇다니까. 반짝경기로 돈푼 거 머쥐었다구 이게 뭐야? 베네통사㈳도 이보다 크지 않더라. 배때기에 헛바람만 잔뜩 들어 그저 크게 크게. 그것도 제 돈으로만 시작하면 말도 안해. 이눔저눔 돈 앞뒤도 안 가리구 막 끌어대다가……."

김왕홍 씨가 그렇게 중얼거리며 둘러보는데, 현장관리인인 듯한 중년 하나가 자갯더미 사이로 불쑥 나타나 물었다.

"어떻게 오셨습니까?"

"올 만한 사람이니까 왔지……. 현장책임자 어디 있소?"

김왕홍 씨가 다짜고짜로 그렇게 시비 조로 받았다. 상대가 공연히 주눅이 든 표정으로 사라지더니, 어디선가 이마가 벗겨진 양복차림을 하나 데려왔다. 김왕홍 씨가 다시 시비하듯 물었다.

"당신이 현장책임자요?"

"김 이사님은 본사에 가고 안 계십니다만……."

"흥, 본사? 본사에 가보슈. 거기 이사 꼬랑지라두 하나 남았는가……? 그건 그렇고, 여기 공사 언제부터 중단되었소?"

"이제 한 열흘 됩니다."

"열흘? 열흘 아니라 열 달은 됐겠다. 그래 이 공사는 왜 중단했소?"

무턱대고 처음 보는 사람을 몰아대는 김왕홍 씨나, 공연히 주눅 들어 허둥대는 양복차림이나 내게는 모두가 이상했다.

여러 가지로 미루어 두두의 상태가 심상치 않은 것은 사실이었지만 그렇다고 당장 부도가 난 것도 아니었다. 파산선고를 받은 것도 역시 아니었다. 게다가 김왕홍 씨가 채권자라고 하지만 아직 결제기일이 돌아온 것도 아니고, 더구나 신축현장 관리자에게는 그 거래에 직접 책임이 있는 것도 아니었다.

그런데도 김왕홍 씨는 오래된 빚쟁이를 찾아낸 빚 준 사람처럼 으르딱딱거렸고, 상대는 상대대로 당연한 듯 그걸 받아들였

다. 짐작으로는 이미 여러 번 그런 일을 당해 제풀에 기가 꺾여서
인 듯했다.

하지만 김왕흥 씨가 정작으로 허파 뒤집혀 할 일은 공장 신축
현장을 돌아본 뒤 다시 찾아간 본사에서 일어났다. 그날은 마침
이사 중의 하나가 자리를 지키고 있어 기세 좋게 어음을 내민 것
까지는 좋았으나 그 대답이 기막혔다.

"이 어음 어디서 받았소?"

열을 올리는 김왕흥 씨에 비해 그저 심드렁한 얼굴로 어음을 뒤
적거리던 그 이사가 남의 일 말하듯 물었다. 김왕흥 씨가 버럭 소
리라도 지르듯이 따지고 들었다.

"배서 안 봤어요? 당신네 회사의 배서가 이렇게 버젓이 있는데
무슨 오리발이오?"

"그러니까 어디서 받았는가를 묻지 않소? 까짓 고무도장이야
새겨서 찍으면 되는 거구. 혹시 전에 우리 회사에 있던 최 과장한
테 받지 않았소?"

"전에 있던…… 그럼 그 사람 지금은 이 회사 사람이 아니다,
이 뜻인가요?"

상태는 심상치 않아도 워낙 덩치가 있는 회사라는 점에서 다소
간의 희망을 걸고 있던 김왕흥 씨가 갑자기 후끈 달아 물었다. 이
사가 조금 억양이 든 말투로 받았다.

"내 그럴 줄 알았지. 고 쥐새끼 같은 최가놈, 벌써 지난달에 사
표냈소. 큰 배에 물이 새어들면 쥐새끼가 제일 먼저 알고 날뛴다

더니……."

"그럼 그 최 과장이?"

"안됐소. 사실은 댁뿐만이 아니고 두어 군데 더 해먹은 모양이오?"

"그래두 두두의 직인이 찍혀 배서가 돼 있잖소? 이 어음은 당신들이 책임져야 돼!"

잠시 기가 꺾였던 김왕흥 씨가 무슨 생각에선지 다시 그렇게 목소리를 높였다. 이사가 정말로 측은하다는 눈길이 되어 받았다.

"경리과에 확인해 보시오. 틀림없이 그 도장 모두 가짜일 거요. 좀 전에 이런 어음 들고 온 사람도 그랬으니까."

"뭐야?"

"목소리를 낮추시오. 지금 우리 일만 해도 발등에 불이 떨어진 꼴인데 이미 나간 사람 사기 친 거 뒤치다꺼리까지 할 여유가 없소. 물론 여러 해 이 회사에 몸담고 있던 사람이니 도의적인 책임은 느껴야겠지. 하지만 유감스럽게도 우리가 할 수 있는 건 안됐단 위로밖에 없구려. 지금 댁이 찾아가야 할 곳은 경찰이거나 그 최가 놈일 거요. 하기야 어느 쪽도 별 가망 없어 보이지만."

거기서 김왕흥 씨는 온 몸에서 맥이 쭈욱 빠져버린 사람 같았다. 무어라 할 말을 잊은 사람처럼 멀뚱히 그 이사를 바라보기만 했다.

"우리도 놈을 찾고 있지만 이미 외국으로 튄 것 같소. 이래저래 한 10억 원은 챙긴 듯하니 어디 가도 살만하겠지."

그 이사가 마지막 일격을 앵기듯 그렇게 한마디 덧붙였다.

그로부터 며칠, 김왕흥 씨는 깊은 수렁에 빠진 사람 같았다. 가게는 개점휴업이나 다름없는 상태였고, 그 자신도 어떤 새로운 모색보다는 지난 일에 대한 점검에 더 골똘해 하는 듯 보였다. 가끔씩 무언가 깊은 생각에 잠겼다가 한숨과 함께 주먹을 부르쥐는 게 그의 사고가 미래를 위한 설계보다는 과거에 대한 반성 쪽을 맴돌고 있다는 내 짐작의 근거였다.

김왕흥 씨의 내면이 그러하다 보니 시장패거리들과의 어울림도 전 같지는 못했다. 점심을 떠들썩한 식도락 행차 대신에 사무실에서 자장면으로 때우는 경우가 많아졌고, 퇴폐의 분위기가 물씬 풍기는 밤의 술자리에도 빠질 때가 많았다.

하기는 시장패거리들도 그 몇 달 새 많이 달라졌다. 김왕흥 씨와 동종의 장사를 하는 이 사장 안 사장도 점점 얼굴에 그늘이 늘어갔고 카바레 주인과 기성복 총판은 드러내놓고 죽는 소리를 했다.

"이럴 줄 알았으면 작년 가을 실내장식비라도 줄이는 건데, 어제 어땠는지 알아? 밤 열한 시에 보니 겨우 테이블 다섯이 찼더라구. 그 황금 같은 시간에 테이블 육십 개 중 겨우 다섯 개. 그런데 그 장사 하겠다고 턱도 없는 실내장식에 3억씩 쏟아부었으니……"

카바레 주인은 그렇게 한탄했고,

"그래도 그쪽은 나아. 이제 유명메이커들 시대는 갔다구. 되는 건 남대문 싸구려시장뿐이라지. 아예 안 와. 물건 떼러 오는 놈, 돈 내러 오는 놈은 며칠째 코빼기도 안 뵌다구. 그 대신 오는 놈은 맨 수금원에 되잖은 신제품 떠앵기려는 놈들뿐이야. 마판이 안 되려면 당나귀새끼만 모인다더니."

그게 기성복 총판이 하는 우는 소리였다.

내 상식으로 정치란 뱃가죽에 기름기가 오르고 시간이 밥벌이에 쓰고도 남을 때 일반사람에게도 화제가 되는 걸로 알았다. 그런데 이 나라 사람들에게는 그 상식도 통하는 것 같지가 않았다. 분야마다 자구(自救) 활동에 여념이 없을 만큼 경제가 곤두박질을 쳤는데도 일반의 정치적인 관심은 오히려 더 가열되는 듯했다.

시장패거리들의 모임 중에서 그래도 옛 멤버 대부분이 모이는 것은 오후의 사우나 코스였는데 거시서도 우는 소리 빼면 나머지는 모두 정치 얘기였다. 때가 때인 만큼 아무래도 대통령 선거 얘기가 주종을 이룰 수밖에 없었다. 하지만 그 내용은 대개 신문 정치면 해설기사 재판에 가까워 여기서 새삼 되풀이할 필요는 없을 성싶다.

김왕홍 씨가 두두의 전 자재과장 최(崔) 뭔가를 경찰에 정식으로 고소한 일 외에는 이렇다 할 사건 없이 며칠이 지나갔다. 그러나 그사이에도 구경하고 있는 내가 품고 있는 난파의 예감은 점점 짙어져 갔다. 김왕홍 씨의 집안이건 점포건 겉보기에는 그 며칠 평온했지만 내게는 왠지 그것이 폭풍전야의 고요 같기만 했다.

그러다가 먼저 일이 터진 것은 집안에서부터였다. 한 보름 잘 버틴다 싶던 김왕흥 씨의 딸이 어느 날 갑자기 집에 돌아오지 않았다. 첫날은 그래도 있을 수 있는 일이거니 해서 참고 넘겼으나 이튿날 오후가 돼도 소식이 없자 드디어 집안이 벌컥 뒤집혔다. 한 여사는 딸의 학교와 친구들을 중심으로 수소문에 들어가고 김왕흥 씨는 다시 경찰서를 찾아가 실종신고에 수색의뢰를 했다. 그러나 부부 모두 딸의 안위를 걱정하기보다는 무언가 그보다 다른 종류의 좋지 않은 예감에 속을 끓이고 있는 인상이었다. 아마도 그 건달애인과 관련된 것인 듯했다.

그렇지만 김왕흥 씨 딸의 가출이 가져온 결말로 가기 전에 먼저 얘기해 둘 것이 하나 있다. 딸이 돌아오기 하루 전날 김왕흥 씨는 미스 현을 찾아 한낮을 쉬었는데 그때 미스 현의 태도에서는 멀잖아 닥칠 파국의 서곡에 해당되는 어떤 것이 감지되었기 때문이다.

이놈 저놈에게 시달린 끝이어서인지 그날 김왕흥 씨는 대낮같이 미스 현을 찾아 방사를 서둘렀다. 그러나 그녀는 전에 없이 차갑게 밀어냈고, 한참 만에 겨우 허락해도 표정은 꼭 떼쓰는 아이 젖 물려 달래는 어미처럼 탐탁잖은 것이었다. 김왕흥 씨도 그 눈치를 차렸는지 급한 용무가 끝나기 바쁘게 물었다.

"왜 그래? 무슨 일이야?"

"무슨 일은…… 아무 일 없어요."

미스 현은 그렇게 잡아뗐으나 오래잖아 스스로 운을 떼었다.

"저어…… 집 말예요. 언제까지구 이렇게 셋방에 처박아둘 거예요?"

"아, 그거. 좀 기다려보자구 했잖아."

김왕홍 씨는 그렇게 별거 아니라는 듯 흘려버리려고 애썼다. 그
러나 그녀는 그렇지가 않았다.

"사람들이 그러는데 지금이 집 사기 가장 좋을 때래요. 말은 10
퍼센트 20퍼센트 떨어졌다지만 실제로는 반값으로 살 급한 집들
이 수두룩하대요. 이 집만 해도 전셋값에 3천만 보태면 살 수 있
다고 그러던데요."

"그거야말로 그냥 나도는 소문일 뿐이라구. 사려구 들어봐. 별
루 떨어진 것두 없어."

"아녜요. 부동산 할아버지가 그랬단 말예요. 전세 사는 게 어리
석다구. 이러다가 다시 집값 왕창 오르면……."

"걱정 마. 당분간 그런 일 없을 거야. 여기서 집값 더 오르면 이
나라가 망해. 기다려봐, 더 떨어진다구."

"언제는 뭐 이 나라 잘되라구 집값 올랐어요? 그런 소리 다 못
믿는대요. 부동산 정책이란 거 투기꾼들에게는 효과 있을지 몰라
도 실수요자에게는 소용없다던데요. 어쨌든 집은 모자라구 사람
은 많구, 결국은 오를 수밖에 없는 게 이 나라의 부동산값이라는
거예요."

"그거라면 안심 놓으라 그래. 나 그런 소리 믿고 쓰잘데없는 부
동산 잔뜩 모았다가 멍든 사람이야."

"그래두 이건 제가 살 집이잖아요. 전세는 불안해요. 눈 딱 감

고 한 채 사주세요."

그때였다. 김왕흥 씨의 눈빛이 조금 전 그녀에게 보챌 때와는 전혀 달라졌다. 그 며칠 여기저기서 돈을 뜯긴 뒤라 갑자기 그녀의 요구도 비슷한 종류의 시도로 느껴지는 듯했다.

"나 돈 없어. 이젠 전 같잖아. 쪽박 차고 거리에 나앉을 판이라구."

이윽고 김왕흥 씨가 웃음기 없는 얼굴로 그렇게 말하자 그녀는 잠시 아연한 표정이었다.

"사장님께서요?"

그녀가 아무래도 믿기지 않는다는 듯 김왕흥 씨를 쳐다보았다.

"그래. 이 김왕흥이도 별수 없어. 올해 부도 맞은 게 얼만지 알아? 벌써 2억이 넘어. 게다가 엊그제는 억이 넘는 사기까지 당했다구."

"천하의 김왕흥 사장님이 그걸 갖구…… 해봤자 3억밖에 안 되잖아요? 장사하다 보면 그럴 때두 있고 이럴 때도 있지."

"지금은 그런 소리 할 때가 아니야. 내 더 얘기해 줄까? 묵은 세무장부를 들고 1억을 내놓으라구 공갈치는 놈이 또 있지. 아직까지는 배짱으로 버티고 있지만, 결국 몇천은 뜯겨야 할 거야. 고약한 놈팡이와 붙어먹은 대학졸업반 딸년이 있는데, 벌써 집 나간 지 이틀째라구. 틀림없이 한 뭉치 들어가야 해결될 일을 저지르고 있다는 게 내 예감이야. 그동안 벌어둔 거 다 어쨌냐구 묻겠지만, 그것두 믿을 거 하나 없어. 도둑촌에 있는 고급주택? 호가가 한때

십몇억 했지. 그러나 당장 살아야 할 집이고, 몰려서 팔아치울 때는 내 손에 얼마나 돌아올지 아무도 몰라. 다른 부동산도 다 마찬가지야…… 좋을 때 한껏 부풀어 오른 호가뿐이지. 얼마나 남아 내게 돌아올지는 역시 아무도 예측 못 해. 증권두 꽤 있었지. 하지만 5억이 2억도 안 되게 쫄아들어 손댈 수 없어. 그런 식이야. 모든 게 그 지경이라구……. 그것두 불과 일 년 만에……. 요새 잘 쓰이는 거품이란 말 정말 실감 나는군. 모든 게 거품이었어."

김왕흥 씨가 전에 없이 진지하고 솔직하게 자신의 실상을 털어놓았다. 그는 아마도 며칠 전 아내에게서 거둔 효과를 기대한 듯하지만, 사람을 잘못 본 것임에 틀림없었다. 미스 현에게는 그 모든 것이 정보요, 새로운 설계의 근거자료일 뿐인 듯했다. 듣고 난 그녀의 얼굴에는 한 여사에게서 보이던, 일체감에서 비롯되는 근심이나 연민의 빛은 찾아볼 수 없고, 냉정한 계산만이 어른거렸다.

"사장님, 이젠 절 사랑하지 않으시는군요?"

한참 뒤에 그녀가 낸 결론은 그런 것이었다. 김왕흥 씨가 얼떨떨한 표정으로 물었다.

"엉, 그건 무슨 소리야?"

"아는 언니들에게서 들은 얘긴데, 남자가 자신의 경제적인 궁핍을 여자에게 얘기할 때는 이미 그 여자를 사랑하지 않는 때래요. 사랑하는 여자 앞에서는 한사코 자신의 궁함을 숨기려는 게 남자라던데요……."

자신의 솔직함이 가져온 그 뜻밖의 결과에 대해 김왕흥 씨는 얼른 이해가 가지 않는 얼굴이었다. 멍하니 미스 현을 바라보다가 뻔한 소리를 했다.

"그건 아냐. 오히려 그만큼 더 정신적으로 사랑이 깊어졌다구 봐야지."

하지만 이미 미스 현을 찾아올 때의 기대와 흥은 모두 깨져버린 듯했다. 그 뒤로도 미스 현을 졸라 한 번 더 정사를 가지기는 했으나, 그것도 정사라기보다는 급한 요의(尿意) 같은 걸 해결하는 형국에 가까웠다.

"집 사는 거 너무 조급하게 생각하지 말라구. 적어두 연말까지는 내리면 내렸지 오르지는 않을 거야. 그 사이 형편이 돌아가면 천천히 생각해 보지. 디자인공부나 열심히 하며 기다리라구. 어쩌면 그쪽 가게 차리는 게 더 급하게 될지도 몰라."

저녁 여덟 시쯤 해서 미스 현의 아파트를 나설 때 김왕홍 씨가 그렇게 다독거렸으나 말하는 쪽도, 듣는 쪽도 그리 진지해 보이지는 않았다.

집 나간 딸이 돌아온 것은 그다음 날이었다. 김왕홍 씨가 이제는 현저하게 의욕이 떨어진 출근을 늦추고 있는데 초인종이 딩동, 불안하게 울렸다.

"누굴까?"

왠지 불안한 표정으로 그렇게 중얼거리며 나간 한 여사가 놀란 소리를 내는 걸 보고 김왕홍 씨는 딸이 돌아온 것임을 알았다. 그들 부부의 말 못 하는 짐작대로 그 건달애인과 함께였다.

"아버님 어머님, 안녕하십니까?"

전보다 훨씬 뻔뻔해지고 자신에 찬 사윗감이 활기 있게 인사를 건네고 넙죽 절까지 올렸다. 며칠 사이에 갑자기 어른이 되어버린 듯한 딸이 주뼛거리며 곁에 섰다가 같이 절을 올렸다.

"너 도대체 어떻게 된 거냐?"

김왕흥 씨가 이젠 더 성낼 기력도 없다는 듯 착잡한 눈길로 딸을 보며 물었다.

"일이…… 좀 그렇게 됐심다."

사윗감이 시원시원하게 걷어붙이고 나선 사람처럼 김왕흥 씨의 물음을 받으려 했다. 그제서야 김왕흥 씨가 목소리를 높였다.

"자넨 가만히 있게. 자네에게 묻지 않았어!"

"아, 네. 그럼 저 사람에게 들으시죠."

그래도 별로 기죽는 기색 없이 맘에 없는 사윗감이 받았다. 그때 한 여사가 눈물을 질금거리며 딸에게 물었다.

"이것아, 말을 좀 해봐. 어떻게 됐어? 어떻게 된 거냐구."

여자 특유의 직감으로 이미 일이 갈 데까지 다 가버렸다는 걸 알면서도 물에 빠진 사람이 지푸라기라도 잡는 심경으로 물어보는 것 같았다. 딸도 막상 부모 앞에 서게 되니 자신이 저지른 짓이 새삼 엄청난 모양이었다. 들어올 때만 해도 무언가 단단히 각오를 하고 있는 눈치였으나, 어머니가 그렇게 나오자 기어드는 목소리로 말을 더듬었다.

"엄마, 절…… 안 낳은 셈치세요……. 이젠 어쩔 수 없어요. 이젠……."

"그게 무슨 소리냐? 어쩔 수 없다니……. 넌 저 사람과 헤어지
겠다구 하잖았어?"

"그때는 몰랐죠. 하지만 그렇게 됐어요. 어쩔 수 없게……."

"어쩔 수 없다니 뭐가……?"

"저이, 저이 아기를 가졌어요."

그때는 김왕흥 씨도 흠칫했다. 그러나 당장 어째야 할지를 몰라
한숨만 쉬며 모녀가 하는 양을 보고 있을 뿐이었다. 아무래도 다
급할 때의 순발력은 여자 쪽이 나은 듯했다. 아니면 이미 그 같은
상태를 예견하고 있었던 것일까. 한 여사가 문득 쉿소리를 냈다.

"닥쳐, 이 어수룩한 것아……. 그게 무어 그리 대단한 일이라구.
그래 그 때문에 코가 꿰어 전화도 한 통 못 넣었니? 어쩔 수 없는
일이라구? 어쩔 수 없는 일이긴 뭐가 어쩔 수 없는 일이야? 세상
산부인과 다 문 닫았니?"

"안 됩니다, 제 아입니다……."

건달 사윗감이 참지 못하고 다시 끼어들었다. 한 여사가 새파란
얼굴로 그를 노려보며 한층 목소리를 날카롭게 했다.

"자넨 가만있으란 소리 못 들었나? 아직 애는 내 딸이야. 경찰
에 끌려나가지 않으려거든 국으로 입 닫고 있어!"

그래놓고는 그에게 들으란 듯이 딸을 몰아댔다.

"막말로 요새 세상에 시집 가기 전 한두 번 낙태 안 해 본 사람
누구 있어? 까짓 임신 한 번 했다구 마음에도 없는 날건달에게 일

생을 맡겨? 이게 이조 적 얘기야? 고려 적 얘기야? 너 그렇게 쑥맥이냐? 처녀막재생수술은 뭣땜에 있고, 이쁜이수술은 왜 있어? 미친개한테 한번 물렸다구 그대로 세상 끝나는 거야?"

악에 받치니, 남편 앞이고, 어쩌면 그대로 굳을지 모르는 사윗감 앞이라도 못할 소리가 없는 것 같았다. 일이 그 지경이 되었으면 체념할 만도 하지만, 한 여사는 전에 없이 악담까지도 서슴지 않았다.

하지만 딸도 이번에는 정말로 마음을 굳힌 모양이었다. 오히려 점점 더 차분해지는 목소리로 어머니를 설득하려 들었다.

"엄마, 그만 해요. 나 죽을 곳에 가는 거 아녜요. 저도 이마에 뿔 달린 괴물이 아니구요. 장래사위 앞에 그리 막말하지 마세요."

"뭐 장래사위? 누구 맘대루? 안 된다 안 돼. 잔소리 말고 당장 따라와. 이 밤 안으로 수술부터 받고 보자구!"

"그만 하세요. 조상 되고 손주 보는 거 기뻐해 주지는 못해도 말끝마다 수술 수술…… 배 속의 애 듣겠어요."

"저년 저거 말하는 거 좀 봐. 그게 어찌 내 손주야? 일없어!"

한 여사의 입에서 드디어 상소리까지 나왔다. 평소의 교양과 예절을 존중하던 그녀이고 보면 그 상심의 크기가 어느 정도인지 짐작할 만했다. 그때 겨우 마음을 진정시킨 김왕흥 씨가 오히려 열기를 더해 가는 모녀의 공방을 중단시켰다.

"시끄러워! 이게 서로 소리만 질러댄다구 끝날 일이야? 아무것도 잘한 게 없는 것들이……."

그래놓고 터지려는 속을 꾹꾹 눌러 참고 있는 듯한 목소리로
딸에게 물었다.

"그래, 일이 그리됐다 치자. 우리한테 바라는 게 뭐야?"

"아빠, 정말 죄송해요. 낯 들고 뵐 수가 없을 만큼……. 하지만
태어나는 아이를 위해서도 이대루 있을 수는 없었어요. 식두 정식
으로 올려야 하구……."

"물론 그래야겠지."

김왕흥 씨가 이상스러우리만큼 순순하게 딸의 의견에 동의했
다. 거기에 힘을 얻은 딸이 아마도 집을 찾은 가장 중요한 목적인
듯한 용건을 꺼냈다.

"저희 식구 앞으로 살아갈 일도 의논드려 봐야 하고……."

"그건 원칙으로 이제부터 가장이 되는 저 사람이 알아서 할 일
이다만, 내게 의논을 해서 안 될 것도 없지, 뭐냐?"

"저희 식은 검소하게 치러주세요. 최소한의 경비루다가……. 혼
수도 필요 없어요. 대신 저이를 도와주세요."

"어떻게 도우면 되냐?"

거기서 김왕흥 씨의 말투에는 체념과 아울러 싸늘한 비웃음이
스며있었다. 그러나 제 생각에 열중한 딸은 그런 아버지의 변화를
알아차리지 못했다.

"저이가 전에 말한 대루 음악카페나 하나 차려주세요. 저희 전
공을 살려 잘해 볼게요."

"음악카페라면 가라오케 말이냐?"

"아이 아빠두……. 그런 거 하고는 질이 달라요. 저흰 전공이 있잖아요? 클래식으로 고급한 분위기를 잡으면 장사두 되고 전공두 살리는 셈이 될 거예요!"

"그렇지만 결국 술집 아니냐? 어쨌든 좋다. 내가 얼마나 도우면 되냐?"

"한 일억만 돌려주세요. 제대루 하려면 끝도 없지만, 우선 그 정도면 그럭저럭 아담하게 차릴 수가 있는 모양이에요."

방심한 딸이 눈치 없이 자신의 요구만 쏟아놓았고, 사윗감도 곁에서 거든답시고 거들었다.

"것두 실내장식을 아는 제 친구가 있어 싸게 먹힌 겁니다. 나중에 한번 와보십시오."

"그런데 내가 왜 그 돈을 내야 하나?"

김왕홍 씨가 사윗감의 말은 들은 척도 않고 딸의 얼굴을 멀뚱히 건네보며 그렇게 물었다. 아직도 아버지의 마음속을 제게 유리하게만 이해하고 있는 딸이 오히려 야속하다는 투로 받았다.

"아빠, 그게 무슨 말씀이에요? 아니, 좋아요. 딸은 출가외인이라니까. 하지만 아까 제가 말씀드리지 않았어요? 식은 간소하게 치르고 혼수도 필요 없다구요. 거기서 절약한 돈만 해도 그 돈은 될 거예요. 요새 시집갈 때 키 세 개 갖구 가야 한다는 말 들어보셨죠. 더 정확하게 말씀드리면 전 그걸 우리 카페루 바꾸어 받고 싶단 거예요."

"그렇지, 웬만한 아파트만 해도 일억이 넘으니까. 그럼 나는 싸게 딸을 시집보내는 셈이네."

김왕홍 씨가 여전히 속셈을 드러내지 않은 멀뚱한 얼굴로 말했다. 갈수록 한심해지는 사윗감이 또 나섰다.

"그렇습니다. 장인어른 정도의 살이에서 일억 한 장으로 낙찰을 본 건 싸죠. 전 원래 이왕 신세 지는 거 번듯하게 차리고 싶었으나 전 같지 못하다는 바람에……."

"그래애?"

그때만 해도 김왕홍 씨의 다음 행동을 예측게 하는 수상한 조짐은 아무것도 없었다. 마지못해 승낙하는 것 같은 낮고 느릿하게 뽑는 목소리라 딸도 사윗감도 다음 말을 기다리고만 있는데 김왕홍 씨가 슬그머니 앞에 있는 재떨이에 손을 내밀었다.

그런데 뜻밖의 것은 그다음 행동이었다. 김왕홍 씨는 담배도 재떨이도 놓아두고 재떨이 그 자체를 집어 들었다. 한 여사가 이름있는 백화점에서 사 온 묵직하고 품위 있는 크리스탈 재떨이였다. 그 표면의 매끄러움과 무게 때문에 한 손으로 가볍게 들려던 김왕홍 씨가 툭 하는 소리와 함께 재떨이를 놓쳤다. 그러나 딸과 사윗감은 물론 한 여사까지도 남편이 무얼 하려는지를 전혀 알아차리지 못했다.

"이쌔까!"

이번에는 조심스레 그 재떨이를 집어 든 김왕홍 씨가 돌연 사람이 변한 것처럼 험한 얼굴로 그렇게 소리치며 그때까지도 멍청하게 보고 있는 사윗감을 향해 내던졌다. 처음부터 의도가 그랬는지, 아니면 워낙 크고 무거워서 빗나갔는지 재떨이는 사윗감의 머리 위를 스쳐 그 등 뒤에 있는 삼층장에 흉한 흠집을 남기고 방바닥에 떨어져 요란한 소리를 내며 부서졌다.

"어어, 이거 왜…… 이러십……"

그제서야 사태가 돌변했음을 알아차린 사윗감이 그래도 그 까닭을 알 수 없다는 듯 그렇게 우물거렸다. 미처 그 말이 끝나기 전에 폭탄이라도 터지는 듯한 김왕흥 씨의 고함소리가 집안을 흔들었다.

"너 어디서 부엉이집이라두 찾은 거야? 이 족제비 같은 새끼가 어디 와서 되잖은 수작이야? 여보, 빨리 경찰에 전화해! 저런 새끼는 평생 콩밥에 햇볕구경을 못 하게 만들어봐야 해. 야 이 쌔꺄. 늬 죄가 몇 가진 줄 알기나 알아? 넌 임마 부엉이집을 찾은 게 아니라 벌집을 건든 거라구!"

"아빠."

제일 먼저 일의 진상을 파악한 듯한 딸이 하얗게 질린 얼굴로 김왕흥 씨에게 매달렸다. 그러나 김왕흥 씨는 선불 맞은 짐승 같았다. 그동안 여기저기서 당한 게 한꺼번에 터진 듯 거칠게 딸의 따귀를 후려쳐 떨쳐버린 뒤 다시 아내를 몰아댔다.

"이봐, 빨리 경찰 안 부를 거야? 그리구 이년 이거 머리 깎아. 다리몽뎅이는 내가 분지를 테니……"

그러고는 정말로 딸의 다리를 부러뜨릴 것처럼 딸에게 덤벼들었다. 너무나 갑작스럽고 또 평소의 남편답지 않은 행동이라 한 여사까지도 어떻게 대응해야 할지 얼른 떠오르는 생각이 없는 것 같았다. 본능적으로 딸을 가로막으며 겁먹은 눈으로 남편을 쳐다볼 뿐이었다.

그때 비로소 어떤 판단이 났는지 한심한 사윗감이 처음으로 남자꼴에 남편행세를 흉내 냈다.

"여어, 안 되겠어. 가자구. 우리 애기 다치면 어떡해? 언제는 내가 뭐 할애비 콩죽 얻어먹구 살았나?"

김왕홍 씨의 딸을 싸안듯 하며 그렇게 말해 놓고 다시 김왕홍 씨 쪽을 향해 불량스럽기 그지없이 내뱉었다.

"알았시다. 내 이눔의 집구석에 다시 발 디디지 않으면 될 거 아뇨? 그리구 성질 있다구 아무데나 내지 마슈. 누구는 뭐, 깡다구 없고 힘 모자라 참는 줄 아슈? 그래두 몸 섞구 살 사람 낳아주고 길러준 정을 보아 그냥 가는 거라구요."

아직 성례 안 한 사윗감이 앞날의 장인에게 하는 말뽄새 치고는 고약했지만, 딸과의 관계로 보면 안심되는 구석도 있었다. 그래도 자기 여자라고 보호할 줄 알고 아직 나지도 않은 자식까지 챙기는 게 어느 정도 진정은 있는 사이 같았다. 하지만 그때까지도 물불 못 가리게 화가 나 있던 김왕홍 씨에게는 그런 게 눈에 띄지 않는 듯했다.

"저 자식 저거 말하는 것 좀 봐. 저 새끼 저거 순 양아치 새끼 아냐? 임마, 그래 깡다구 있고 힘 좋으면 어디 한번 덤벼봐라. 뼈다귀를 추려놀라!"

그렇게 새로운 방향으로 시비를 붙여갔다. 그 바람에 난감해 있는 사윗감을 구해준 것은 오히려 그때 천둥벌거숭이처럼 뛰어든 김왕홍 씨의 맏아들이었다. 어디 있다가 돌아왔는지 앞뒤 내막은 모르면서도 아버지가 어떤 낯선 사내와 맞서 있는 형국이 되어 있는 걸 보자, 다짜고짜로 야구방망이를 들고 뛰어든 것이었다.

먼저 그 녀석을 본 한 여사와 그 딸이 각기 걱정하는 상대는 달라도 내용은 비슷한 외마디소리를 내질렀다. 아마도 한 여사는 맏아들이 내용도 모르고 야구방망이를 휘두르다 무슨 일을 낼까 걱정했을 것이고, 딸은 제 남편감이 성질 고약한 동생에게 끔찍한 일을 당할까 봐 걱정했을 것이다.

"이러지 마. 네 자형이야, 너 우리 이이 못 알아보겠니? 아이, 어서 가요. 여기서 긴말할 거 없어요."

딸이 그렇게 동생과 남편감을 아울러 몰아대 일이 잘못되는 걸 막았고, 김왕홍 씨도 아내와 같은 걱정 때문에 치솟는 화를 억누를 수밖에 없었다. 그 엉성한 사윗감도 그만 속은 있었다. 잠깐의 소강상태를 이용해 딸이 옷자락을 끌자, 못 이기는 체 따라 나갔다.

"두 번 다시 이 집 문지방 넘을 생각 마라!"

딸과 사윗감이 나갈 때만 해도 김왕홍 씨는 그렇게 단호하게 소리칠 수 있었다. 그러나 그도 결국은 피와 살로 된 사람이었다. 그로부터 한 시간도 안 돼 양주를 병째 찔끔거리던 그가 어쩔 줄 몰라 하며 곁을 맴도는 한 여사를 향해 울먹였다.

"못된 것, 그래도 눈물 한 방울 안 보이고 우리 앞을 떠날 수 있어? 저를 어떻게 키웠는데……."

한 여사가 잊어버리라고 달랬지만, 김왕흥 씨는 그날 밤 양주 한 병을 안주도 없이 비우고야 잠이 들었다.

그렇게 나의 배를 금세라도 뒤집어놓을 듯한 거센 폭풍우와 험한 파도는 그 뒤로도 며칠이나 이어졌다. 어음사기는 결국 호소할 데도 없이 흐지부지되는 것 같았고, 미스 홍이라는 여자의 남편이란 공갈범은 기어이 일억을 받아내겠다며 수시로 김왕흥 씨의 속을 뒤집었다.

그러다가 마침내 대단원(大團圓)이 왔다. 발단은 그날 오후 늦게 이루어진 공갈범과의 합의였다. 그동안 김왕흥 씨는 여러 갈래로 자신을 방어할 길을 찾아보았다. 먼저 단골세무사를 찾아가 의논해 보았고, 잘 아는 변호사와도 상의해 보았다. 권력기관에 있는 사람을 찾아가 힘으로 눌러볼 궁리도 해보았고, 세무서 창구직원을 만나 그 선에서 어떻게 막아보는 수도 알아보았다.

"마이크로필름까지 있다면 어렵겠는데요. 세무조사반 사람들, 아무 근거 없는 제보만 있어도 귀신같이 찾아내는 게 그 사람들이란 말입니다. 화나시겠지만 그 친구 달래는 수밖에 없겠습니다. 요새는 원체 엄하게 조세범을 다루는 판이라 한번 넘어가면 약이 없어요."

세무사는 그렇게 충고했고,

"맞아요, 공갈범. 지금까지 한 짓만으로도 묶어 넣을 수 있겠지요. 하지만 그를 구속한다 해도 고발까지 막을 수는 없죠. 김 사장도 탈세 몫은 역시 당해야 할 것 같습니다. 화해하세요. 두 사람 선에서 매듭짓는 게 기중 무난할 듯합니다."

변호사는 그렇게 결론지었다.

"옛날얘기야. 우리말 한 마디에 모두가 찔끔하던 시절은 이미 지나갔다구. 더구나 탈세관계라면 더 손대기 어려워. 몇 푼 집어주고 말아. 정히 분하면 어떻게 천천히 손보아줄 수는 있을지 몰라도 이번 일은 안 되겠어……."

권력기관에 있는 친구는 그렇게 몸을 사렸고,

"어림없는 소리 마세요. 그 자식이 내 창구에 와서 고발한다 해도 어쨌든 한번 고발되면 막을 수가 없어요. 그런데 그런 자식이 말단창구에 와서 그저 한번 찔러보구 말 것 같아요? 틀림없이 국세청장실이니 어디니, 거창하게 시작해서 위로부터 지시가 떨어질 건데, 창구에서 어떻게 막아요! 더럽게 걸리신 것 같네요. 아주 그 방면의 전문적인 공갈범 같은데……."

세무서창구에 있는 친척아이는 그러면서 두 손을 홰홰 내저었다.

그 바람에 김왕흥 씨는 아무도 동원하지 못하고 단독으로 협상테이블에 앉아 한나절을 밀고 당긴 끝에 겨우 4천만 원을 깎았다. 그러나 그날 김왕흥 씨를 상심시킨 것은 3개월 만기로 끊어준 6천만 원짜리 은행어음이 아니라, 늦게 그 자리에 끼인 미스 홍의 태도였다. 시종 차갑기 그지없는 얼굴로 앉아 있던 미스 홍은 마침내 합의가 이루어지자 남편을 흘기며 말했다.

"사람이 저래 순해 빠져가지구 뭘 해? 내 말 했잖아? 이거 인정 사정 안 보면 3억도 받아낼 수 있는 거라구. 으이구, 저 배알 없는 순둥이, 정말 걱정된다, 걱정돼."

김왕홍 씨는 그 어려운 협상 중에도 몇 번이나 미스 홍에게 연연한 눈길을 보내 옛정에 은밀히 호소했다. 그러나 눈썹 하나 까딱 않던 그녀가 오히려 그렇게 남편을 나무라자 김왕홍 씨의 얼굴은 보기 안쓰러울 만큼 처참하게 일그러졌다. 그게 참고 참은 복수의 칼을 뽑아 들게 했다.

"나는 괜찮은 로맨슨 줄 알았는데 알고 보니 더럽게 비싼 외상 오입이었군."

"뭐라구요?"

미스 홍이 발끈하며 인조 속눈썹을 곤두세웠다. 머리가 잘 안돌아가 김왕홍 씨의 말을 얼른 알아듣지 못한 그녀의 남편이 그제서야 겨우 감을 잡고 어정쩡하게 아내를 달랬다.

"흘려들으라구. 이만 돈 내놓자면 악도 받치겠지."

"아냐. 말난 김에 확실히 해야겠어. 딸 같은 어린 계집앨 꼬셔 따먹은 드런 새끼가 제 입으루 그런 소릴 할 수 있어? 뭐? 로맨스? 늙은 게 싸가지 없이……."

그 미스 홍이라는 옛 경리는 내가 짐작한 것보다 훨씬 갈 데까지 가버린 여자 같았다. 김왕홍 씨의 얼굴이 한층 더 처참하게 일그러졌다. 그래도 그는 미스 홍의 내면에 대해 한 가닥 환상을 품고 있었음에 틀림없었다. 그게 너무나 무참히 깨어지자 더 말할 기력도 없다는 듯 힘없이 고개를 돌렸다.

김왕흥 씨가 새삼 점검의 기분으로 미스 현을 찾게 된 것은 아마도 그런 미스 홍에게서 받은 자극 탓이었을 것이다. 미스 현의 전화는 며칠째 녹음된 응답을 되풀이하는 중이었다.

"고향에 며칠 다녀오겠어요. 돌아오는 즉시 전화드릴 테니 신호음이 울리거든 용건과 연락처를 말씀해 주세요."

나도 처음에는 몰랐으나 며칠 되풀이 귀 기울여 듣다 보니 대강 그런 내용인 듯했다. 전날까지도 김왕흥 씨는 심상하게 듣는 눈치였는데 그날 미스 홍에게 그 같은 꼴을 당하자 갑자기 미스 현의 오랜 부재가 의심스러워진 듯했다. 전에 없이 빨리 사무실을 닫고, 전화조차 하는 법 없이 곧바로 미스 현의 아파트를 찾아 나섰다.

김왕흥 씨가 미스 현의 아파트에 이르렀을 때는 아직 어둡기 전이었다. 엘리베이터가 있는 현관 쪽으로 들어서던 그가 갑자기 걸음을 멈추고 위를 쳐다보며 놀란 소리를 냈다.

"엉?"

나도 그를 따라 위를 쳐다보았다. 6층인가 7층 베란다에 곤돌라가 걸려 마지막 이삿짐을 부리는 중이었는데 어쩐지 그게 미스 현의 아파트 같았다. 김왕흥 씨가 뛰듯이 엘리베이터로 달려갔으나 엘리베이터는 13층에 있었다. 그가 기다리지 못하고 비상계단을 뛰어오르기 시작했다.

"이거 어떻게 된 거요? 주인 어딨소?"

골프 덕택인지 6층을 단숨에 뛰어올라 간 김왕홍 씨가 이삿짐을 풀고 있는 삼십 대 후반의 남자에게 물었다.

"이 집 주인은 전데요. 지금 이사 중이구요."

선량해 뵈는 얼굴의 젊은 가장이 그렇게 대답했다.

"그럼 미스 현은?"

"미스 현요? 그게 누군데요?"

"이 집 전주인 말요……."

"아, 이 집에 세 들어 살던 그 아가씨? 어제 이사한 것 같습니다."

"어제, 이사한 것…… 같다구요?"

김왕홍 씨가 갑자기 멍청해진 사람처럼 그렇게 되물었다. 제 일에 바쁜 젊은 가장이 그런 김왕홍 씨의 반응에 아랑곳없이 알려 주었다.

"어제 집주인에게 전세금 받아 나갔다구 하더군요. 저희는 전세를 들어온 게 아니라, 사 들어와서 세입자와의 관계는 잘 모릅니다만……."

"그럼 나도 모르게 집이 팔리고, 우리 전세는 해약이 되었단 말이오?"

드디어 사태를 가늠한 김왕홍 씨가 항의하듯 물었다.

이번에는 젊은 가장이 멍청해진 눈길로 김왕홍 씨를 쳐다보았다.

"우리 전세라니요? 실례지만 선생님께서는 그 아가씨와 어떤 사이입니까?"

거기서 김왕홍 씨는 잠시 궁색해졌지만 이내 대들 듯 밝혔다.

"그 사람은 내 집사람이오!"

아마도 김왕홍 씨는 그때 순간적이지만 막가는 기분을 느끼고 있었음에 틀림없었다. 그날 진종일 시달린 것, 아니 이 몇 달 시달려 온 것이 쌓이고 쌓여오다가 그 뜻밖의 일을 당하자 일시에 그의 자제와 경계심을 허물어버린 듯했다. 새로운 집주인이 그래도 얼른 알아듣지 못하고 고개를 갸웃거렸다.

"그럼 어째 제가 한 번도 뵙지 못했을까? 집구경만두 두 번이나 왔는데. 계약할 때두 그 아가씨가 입회했지만 바깥양반이 있다는 소린 못 들었구, 전세 계약두 그 아가씨 명의로 되어 있던 것 같던데……."

그때에야 김왕홍 씨도 자신이 따질 곳이 거기가 아니라는 생각이 퍼뜩 든 모양이었다.

"그건 그렇소만, 어쨌든 소개한 부동산은 어디였소?"

그렇게 질문의 방향을 바꾸었다.

"요 앞, 뉴서울 부동산입니다. 보기에는 이 집 전세 얻어줄 때도 거기서 소개한 것 같던데요."

도대체 당신에게는 숨기고 감추고 할 게 없다는 듯 젊은 가장이 그렇게 아는 대로 말해 주었다. 갑자기 김왕홍 씨의 눈꼬리가 험하게 감겨 올라갔다.

"이 영감쟁이가, 낫살이나 먹어 그만 눈치는 알 텐데, 무슨 일을 이따위로…… 내게 전화 한 통 없이…….”

드디어 따질 만한 데를 찾아냈다는 듯 이까지 악물며 그 아파트를 떠났다.

뉴서울 부동산은 바로 그 아파트 상가에 있는 서너 개의 부동산 중에 하나였다. 김왕흥 씨가 찾고 있는 '그 영감쟁이'도 마침 사무실에 있었다.

파리채를 들고 그야말로 파리를 날리고 있던 그 영감이 시퍼렇게 해서 달려오는 김왕흥 씨를 향해 느릿하게 말을 건네왔다.

“어서 오시오. 아파트 내놓으러 오셨소?”

“영감, 나 모르겠소?”

김왕흥 씨가 다짜고짜 심문 조로 되어 그렇게 따지고 들었다. 시치미를 떼고는 있어도 눈길에 움찔하는 빛이 내비치는 걸로 보아 영감은 틀림없이 김왕흥 씨를 알고 있었다. 그러나 입은 전혀 아니오, 였다.

“뉘시더라아, 벌써 아파트를 내놓으신 분이던가…….”

“정말 날 모르겠소? 12동 607호…….”

김왕흥 씨가 억지로 고함을 눌러 참는 사람의 목소리로 그렇게 단서를 주었다. 그래도 영감은 모르쇠로 나왔다.

“12동 607호라, 12동 607호…….”

“오늘 잔금 치르고 이사 온 집 말요!”

더는 참지 못한 김왕흥 씨가 금세 터질 듯한 얼굴로 그렇게 내뱉었다. 그제서야 영감이 어색한 웃음을 흘리며 변명처럼 말했다.

"아, 그 집. 그게 12동이었나? 늙으니까 도통 숫자에 어두워져서……. 헌데, 그 집하고 어찌 되시더라? 이번에 세 들어온 양반은 아니고오, 그럼 그 전 집줜이시던가. 아주머니가 와서 죄다 일을 보셨는데 뭐가 잘못된 거라두 있소?"

"그 전 집주인이 아니라 전세 들었던 사람이오. 정말 모르시겠습니까?"

"전세 든 건 젊은 아가씨였는데……."

"영감! 정말 이렇게 나오실 거요? 그때 막대금 2천 누가 치렀소?"

김왕흥 씨가 마침내 빽 고함을 질렀다. 영감이 짐짓 놀라는 시늉을 하며 받았다.

"이쿠, 늙은이 귀청 떨어지겠소. 보자 아, 그러구 보니 그 아가씨 아버진가 아저씬가 된다던 사람 같기두 하네. 그런데 무슨 일로?……."

"누구 맘대로 집을 팔구, 도대체 누구에서 널름널름 전세금 빼주는 거요? 그때 내가 명함까지 주었는데 전화는 얻다 쓰는 거요?"

"무슨 소린지 모르겠네. 집이야 주인이 팔겠다고 내놓고 살 사람 생겼으니 팔리는 거지. 그리구 전세금, 그거야 계약한 사람이 찾아가는 거 아뇨? 그 아가씨가 계약 당사자구, 그 계약 당사자가 기한 전에 이사를 동의해 줘 해약됐는데 그게 어쨌다는 거요? 도대체 당신 누구야?"

나 같으면 이미 일이 글러버린 걸 알고 그쯤에서 물러나 욕이나
면했을 것이다. 그러나 제 김에 화가 난 김왕흥 씨는 그렇지가 못
했다. 눈이 뒤집힌 사람처럼 앞뒤 안 살피고 덤비다가 끝내는 욕
을 보고 쫓겨났다.

얼른 보기에 그 부동산에는 늙은이 혼자뿐인 것 같았으나 둘
사이에 언성이 높아지자 어디선가 우락부락한 젊은이 둘이 나타
났다.

"할배, 사무실이 왜 이리 시끄럽소? 무슨 일이오?"

그렇게 끼어들 때부터가 한눈에 선량한 젊은이들은 아니었다.
영감이 기다렸다는 듯 전세계약서 사본까지 꺼내놓고 한껏 목청
을 높였다.

"이것들 보라구. 내가 뭘 잘못했어? 참 별놈의 시비를 다 당하
네……."

그러자 계약서를 대강 훑어본 그들이 이번에는 거꾸로 심문 조
가 되어 김왕흥 씨를 몰아댔다.

"아씨, 이름이 뭐요? 여기 이 현아라 씨하고 무슨 관계요? 그건
그렇고, 아씨는 여기 이 계약서에는 이름 한 자 안 들어간 제 삼자
아뇨? 그런데 나이 드신 분에게 이게 무슨 행패요?"

그러다가 나중에는 숫제 반말로 나왔다.

"이봐, 정신 차리라구. 점잖은 처지에 개망신당하지 말구. 낫살
먹어가지구 꼴같잖게 젊은 계집 밝히다가 오쟁이를 졌으면 국으
로 입 닥치고 있을 것이지…… 어디 와서 행패는 행패야?"

"형씨, 안됐시다. 나두 그 아가씨 봤는데, 삼삼하게 빠진 게 색깨나 쓰게 생겼습다. 첨부터 돈푼만 가지구는 잡아두기 어려울 것 같더라구요. 그만 꿈 깨구 잊으슈. 그간 재미 본 것만으루 참구……."

한동안은 둘을 상대로 제법 허세를 부리며 맞서던 김왕홍 씨도 그들이 그런 이죽거림으로 나오자 비로소 정신이 왁 돌아오는 모양이었다. 문득 침통한 얼굴이 되어 가만히 입술만 깨물고 있다가 힘없이 일어났다.

부동산을 나온 김왕홍 씨는 한동안을 넋 빠진 사람처럼 부근을 헤매었다. 그러다가 문득 생각난 듯 어딘가 두어 군데 전화를 넣더니 드디어 갈 곳을 정한 사람처럼 택시를 잡아탔다.

김왕홍 씨가 택시에서 내린 것은 지하철 강남역 근처였다. 아직 날이 저물지도 않았는데 그는 한두 번 방향을 가늠하느라 머뭇거린 것을 빼고는 똑바로 어떤 룸살롱을 찾아 들어갔다.

실로 대단한 술집이었다.

계단을 내려갈 때만 해도 그렇게까지는 기대하지 않았는데, 지하 바깥 카운터에 이르고 보니 딴 세상에 온 듯한 느낌이 들었다. 보이는 벽은 모두가 수입대리석으로 으리번쩍했고, 바닥은 한치 빈틈없이 카펫으로 덮여 있었다. 거기다가 어떤 설비를 어떻게 했는지 지하실 특유의 습기나 곰팡이냄새는커녕 산뜻한 공기에는 은은한 향내까지 나는 듯했다.

하지만 그곳에서도 이 사회 전반을 짓누르고 있는 불황의 분위기는 느껴졌다. 좁은 통로를 가운데로 하고, 끝이 안 보일 만큼 여러 개의 방이 들어선 걸로 보아 아주 큰 규모의 룸살롱이었는데, 눈에 띄는 종업원들은 터무니없이 모자라 보였다. 아마도 방이 불황으로 다 안 차니까 종업원을 줄인 것 같았다. 종업원들의 유별난 반색도 그만큼 고객이 드물다는 걸 은연중에 내비치고 있었다.

"어서 옵쇼, 어서 옵쇼, 몇 분이십니까?"

바깥 카운터에 나와 섰던 웨이터가 허리를 거의 직각이 되도록 굽히며 인사를 한 뒤 그렇게 물었다. 그들은 김왕흥 씨의 분위기를 살피러 온 선발대쯤으로 본 것 같았다.

"나 혼자야……."

김왕흥 씨가 차악 가라앉은 음성으로 대답하며 안으로 걸어 들어갔다. 그 웨이터가 주뼛주뼛 따라오며 다시 물었다.

"나중에 오실 분은……?"

"그런 사람 없어. 어서 방이나 안내해."

김왕흥 씨가 귀찮은 듯 말을 자르자, 그 웨이터가 카운터에 앉은 아가씨에게 찡긋 뜻 모를 눈짓을 보내고는 통로 안쪽의 한 방으로 안내했다.

방안은 바깥에서 짐작한 것보다 한층 화려했다. 김왕흥 씨 혼자라 작은 방을 준 듯한데도 열 명은 둘러앉을 테이블과 좌석에 한편으로는 밴드가 들어설 공간도 두어 평 있었다. 테이블은 바깥벽의 외장재(外裝材)보다 훨씬 고급한 대리석으로 깎은 붙박이였고, 좌석은 우단을 씌운 고급 소파였다. 거기다가 수정 장식을 줄줄이 늘어뜨린 샹들리에는 그 방을 영화에 나오는 외국 궁전의 한 거실처럼 느껴지게 했다.

"술은 뭘로 준비할까요?"

김왕흥 씨를 안내해 놓고 나갔던 그 웨이터가 물수건과 음료를 받쳐 들고 들어와 물었다. 김왕흥 씨가 물수건으로 손을 닦으면서 역시 귀찮은 듯 받았다.

"위스키루 가져와. 안주는 알아서 두어 개 시키구⋯⋯."

그리고 비로소 생각났다는 듯 물었다.

"주 마담 나왔어? 미스 주 말이야."

"그 언니 아직 안 나왔는데요. 좀 늦으세요."

남자 웨이터가 그렇게 계집아이처럼 대답했다.

"몇 시야? 언제쯤 나와?"

"예약손님 있을 때는 그 시간에 맞춰 일찍 나오시기도 하지만, 보통은 여덟 시나 돼서 나오세요."

"배짱장사군. 그래서 어디 현상유지나 하겠어?"

김왕흥 씨는 그 술집주인이나 된 것처럼 그렇게 핀잔을 줘놓고 다시 한마디 덧붙였다.

"주 마담 오거던 이 방부터 들르라 그래. 방배동 김 사장이라면 알 거야."

주 마담이라는 여자가 그 방으로 들어선 것은 김왕흥 씨가 물 마시듯 작은 양주 한 병을 비운 뒤였다. 마담이라고 했지만 미스 현 또래로 밖에는 보이지 않는 젊은 아가씨였다. 그러나 그녀의 호들갑은 그 바닥에서의 짧지 않은 이력을 잘 나타내고 있었다.

"어머, 김 사장님. 웬일이세요? 저를 다 찾아오시고. 전 아주 잊어버리신 줄 알았는데."

"무슨 소리. 내가 어떻게 주 마담을 잊나? 하룻밤을 자두 만리장성을 쌓는다고, 우리가 어디 그럴 사이야?"

그사이 들이켜댄 양주 덕분인지 제법 여유를 되찾은 김왕흥 씨가 그렇게 너스레로 받았다. 얼굴 하나는 자신 있다는 여자들에게서 흔히 보는 연출된 눈짓콧짓과 함께 그녀가 깔깔거렸다.

"피이. 나이 드시면서 거짓말만 느시는가 봐. 그래, 제가 여기 있는 줄 어떻게 아셨어요?"

"다 아는 수가 있지. 내가 누구야? 초저녁에 코빼기만 비쳐도 그 술집 그날 밤은 노가 난다는 천하의 김왕흥이야. 아직 이 바닥은 내 손바닥 안이지."

하지만 길게는 못 갈 허세였다. 주 마담의 대답이 애써 다독여둔 상처를 건드려 김왕흥 씨를 더 버티기 어렵게 만들었다.

"능청 떨지 마세요. 현 양한테 듣구 왔죠?"

"아냐."

김왕흥 씨는 그렇게 부인했으나 그의 몸은 내가 느낄 만큼 움찔했다. 주 마담도 그런 김왕흥 씨에게 이상한 느낌을 받은 듯했다. 갑자기 무언가를 살피는 눈길이 되어 그를 보며 물었다.

"그 기집애 잘 있어요? 그래. 그리도 원하던 살림 차려보니 어때요? 신접살림 깨가 쏟아져요?"

그러자 김왕흥 씨는 더 참지 못했다. 갑자기 몇 배나 과장된 침통함으로 주 마담을 건너보며 말했다.

　"주 마담. 그러지 마. 다 알면서 남의 아픈 곳을 그렇게 찌르는 거 아냐."

　"네에?"

　내가 보기에 주 마담은 정말로 아무것도 모르는 듯했다. 그러나 김왕흥 씨는 어찌 된 셈인지 그녀가 모든 걸 다 알고 있다고 굳게 믿는 눈치였다. 아니 오히려 그 이상 그녀와 미스 현이 공모하여 자신을 놀리고 있다고까지 생각하는 것 같았다.

　그 바람에 한동안은 제법 거칠게 삐걱거리는 동문서답이 계속되었다. 그러나 주 마담의 참을성에다 김왕흥 씨도 아직 남의 말을 전혀 알아듣지 못할 만큼 취하지는 않아 얘기는 차츰 제대로 풀려갔다.

　"오머어, 그랬었구나. 그 기집애, 기어이 일냈네. 어쩐지 좀……"

　"뭐 짚히는 거라두 있어?"

　"걔, 나하구 같이 이 바닥으로 나왔지만 사장님 생각하시는 것처럼 가깝지는 않아요. 마지막 본 게 언제더라. 그래 지난봄 압구정동에서 우연히 만났어요. 디자인 공부를 한 대나 어쩐대나…… 그런데 서운한 건 나한테까지 사장님과 살림 차린 거 감추려 드는 거예요. 난 벌써 다 알구 있는데. 게다가 더 웃기는 건 뭔지 아세요? 글쎄, 외국으로 유학을 갈 거래요. 내 참 기가 막혀서."

　"그럼 요즘 미스 현은 전혀 모른다는 말이지? 어디 있는지두 알 수 없을까? 그렇다구 저를 잡아 어쩌겠다는 것두 아냐. 그저 한 번 만나 물어보구 싶을 뿐이야. 도대체 무슨 일이 있었는지. 왜 그랬는지……."

김왕홍 씨의 말투는 시간이 갈수록 애조를 띠어갔다. 수 마담이 그런 방향으로 유도하고 있는 듯한 의심이 들긴 했지만, 김왕홍 씨도 미스 현과의 관계에서는 좀 색다른 감정을 품어온 것 같았다. 어쩌면 이제 나이로 보아서도 그 방면의 탈선으로는 마지막이라, 그 대상인 미스 현에게 더욱 집착하게 되는지도 모를 일이었다.

그런데 주 마담의 갑작스러운 상기가, 그렇게 점점 더해 가는 취기와 함께 적당한 크기로 찾아들던 김왕홍 씨의 비감을 다시 광기와도 흡사한 격정으로 바꾸어놓았다.

"가만, 그러고 보니 아라 그 기집앨 잘 아는 애가 있어요. 잠깐 기다려보세요."

김왕홍 씨의 넋두리를 참을성 있게 들어주던 주 마담이 문득 김왕홍 씨의 얘기를 끊고 인터폰을 집어 들었다.

"미스터 강이야? 미스 윤 나왔는가 알아봐. 작은 미스 윤 말이야. 나왔음 어느 룸에 들어갔는지 체크해보구 이 방으로 좀 오라구 해. 여기 룸 Q야."

잠시 후 주 마담에게 불려온 것은 김왕홍 씨에게도 낯이 익은 아가씨 같았다. 방안으로 들어서다 말고 까닭 모르게 흠칫하는 그녀를 보고 김왕홍 씨가 아는 체를 했다.

"우리 전에 어디서 봤더라. 그래, 내가 미스 현과 함께 점심을 사준 적이 있지. 그땐 성이 윤씨가 아니었는데……."

"안녕하세요?"

그 아가씨가 마지못해 김왕홍 씨에게 고개를 까닥하며 인사를 보냈다. 그때 곁에 있던 주 마담이 대뜸 그녀를 몰아대듯 말했다.

"너 요즘 아라 그 기집애하고 친하게 지내지? 바로 말해, 걔 어떻게 된 거니? 어딜 간 거야?"

"이따금 만나긴 해도, 그리…… 그런데 언니, 왜 그래요?"

미스 윤이라는 아가씨는 처음 그렇게 발뺌을 하려 들었다. 그러나 주 마담이 거듭 얼러댄 게 효과가 있어선지 아니면 다른 계산이 있는지 오래 버티지는 않았다.

"걔 지금 우리나라에 없어요."

그녀가 그렇게 대답하자 김왕홍 씨는 물론 주 마담도 뜻밖이라는 얼굴로 그녀를 쳐다보았다.

"뭐?"

"이태리로 유학 갔어요. 디자인은 아무래도 거기가 본판이라나요."

"어제 짐 싸 이사갔다는데?"

"걔들 언니가 뒤치다꺼리를 했을 거예요. 걘 그저께 비행기루 떠났는데요."

"그럼 그 기집애 유학 어쩌구 하는 소리가 생판 쌩은 아니었던가부네."

"지난겨울부터 꽤나 차분하게 준비했을걸요. 원래는 다시 전세 놓구 떠나려 했는데 마침 그 집이 팔려 일이 수월해졌다던가……."

"너 이 기집애. 혹시 아라 그년하구 짜구 거짓말하는 거 아냐? 놈씨 붙어 한탕 치고는 오리발 내미는 거 아니냐구."

이제는 뭣 때문인지 김왕흥 씨보다 주 마담이 훨씬 더 달아 미스 윤을 닦달했다. 그러나 그녀의 말은 사실인 듯했다. 차근차근 경위를 들려준 뒤 김왕흥 씨를 위로하기까지 했다.

"김 사장님, 너무 화내지 마세요. 차라리 걜 축복하며 보내주세요. 그래도 걘 꽤 괴로워하며 떠났다구요."

한동안은 김왕흥 씨도 그 분위기에 넘어가는 듯했다.

"걔보다 훨씬 싸가지없구 못된 애들두 많아요. 젊은 놈팽이 만나 이것저것 다 빨리구 다시 테이블에 앉게 되는 애들도 많다구요. 그런 애들에 비하면 그래두 이쁘잖아요?"

미스 윤이 그렇게 변호하고 나설 때에는 신파 조이긴 해도 제법 호기까지 부렸다.

"그러지. 혹시 연락 닿거든 내 말이라두 전해 줘. 내가 진심으로 축복해 주더라구. 그리고 어려움 있거든 주저 말고 내게 알리라구 해. 힘자라는 대로 돕겠다구 말이야."

하지만 그런 너그러움도 그 술집에서 끝이었다. 그곳을 나온 김왕흥 씨는 바로 집으로 돌아가지 않고 근처 카페를 다시 들렀는데 거기서 함부로 퍼마신 술 때문인지 그 카페를 나설 때는 벌써 웅얼웅얼 미스 현을 욕해 대고 있었다.

"유학을 갔다 이거지. 빌어먹을 좋다 이거야. 하지만 나는 이제 뭐냐 말이다. 니미랄. 점잖기 더럽게 힘드네. 축복을 해주라구? 축복을. X할⋯⋯."

그러다가 술집이 끝나 포장마차에 앉게 되면서부터는 곁에 사람이 불안할 만큼 큰 소리로 욕설을 퍼부어댔다.

"유학, 유학해대더니 정말 별게 다 유학 가네. 돌대가리, 논다니, 바람둥이에 이제는 갈보까지 떠나는구나. 에이 X할, 에이 X 같애⋯⋯."

나의 배는 그렇게 난파해 가고 있었다. 그러다가 결정타가 왔다. 이제는 포장마차도 찾을 길이 없어 드디어 귀가를 결정한 김왕흥 씨가 건들거리며 술집거리 뒷골목을 빠져나오고 있을 때였다. 한군데 불 꺼진 건물 그늘에서 불길하게 느껴지는 그림자 하나가 다가왔다.

"형씨, 불 좀 빌리실까?"

취한 중에도 김왕흥 씨는 그 목소리가 앳됨을 알아차린 듯했다. 갑자기 그는 그때껏 마음속으로 키워오고 있던 대상 모를 분노와 복수심을 한꺼번에 그 그림자를 향해 터뜨렸다.

"뭐라구? 담뱃불? 요런 못된 새끼, 너 이리 와! 요자식, 요거 머리에 소똥도 안 벗어진 게 애비 같은⋯⋯."

그러자 그 그림자가 희게 이빨을 드러냈다. 나는 그가 웃는 줄 알았으나 아니었다. 다가온 그림자가 어딜 어떻게 했는지 김왕흥 씨가 하던 말도 맺지 못하고 윽, 하는 비명과 함께 주저앉았다. 이어 그림자의 주먹질과 발길질이 주저앉은 김왕홍 씨의 몸에 무차별적으로 와 박혔다.

이윽고 김왕홍 씨는 길게 누운 듯이 길바닥에 널브러져 버렸다.

비명조차 제대로 질러보지 못하고 정신을 잃는 게 초저녁부터 엉망으로 퍼마신 술도 한몫을 한 듯했다. 나는 그 그림자가 이른바 '퍽치기'라는 취객 상대의 전문 노상강도인지 아니면 우발적인 범죄를 저지른 청소년인지 알 수가 없다. 그러나 그 그림자가 널브러진 김왕홍 씨의 속주머니를 뒤져가는 것만은 어둠 속이지만 똑똑이 보았다.

김왕홍 씨가 구조를 받은 것은 그로부터 한 시간쯤 뒤 그 골목을 순찰 돌던 방범대원에 의해서였다. 그러나 그가 그 방범대원에게 들쳐 업혀 그 골목을 떠난 뒤의 일은 잘 알 길이 없다. 왜냐하면 그 전의 소동으로 이미 그의 윗도리 주머니에서 반쯤 뽑혀 있던 나는 그 방범대원이 성의 없이 그를 들쳐업는 순간 슬그머니 밖으로 밀려나와 아스팔트 바닥을 뒹구는 신세가 되고 만 까닭이었다.

(1권 끝)

오디세이아 서울 1

신판 1쇄 인쇄 2022년 8월 3일
신판 1쇄 발행 2022년 8월 10일

지은이 이문열

발행인 양원석
책임편집 기획편집2팀
디자인 정세화 **영업마케팅** 양정길, 윤송, 김지현
펴낸 곳 ㈜알에이치코리아
주소 서울시 금천구 가산디지털2로 53, 20층(가산동, 한라시그마밸리)
편집문의 02-6443-8842 **도서문의** 02-6443-8800
홈페이지 http://rhk.co.kr
등록 2004년 1월 15일 제2-3726호

ISBN 978-89-255-7771-5 04810
 978-89-255-7769-2 (세트)

※ 이 책은 ㈜알에이치코리아가 저작권자와의 계약에 따라 발행한 것이므로
 본사의 서면 허락 없이는 어떠한 형태나 수단으로도 이 책의 내용을 이용하지 못합니다.

※ 잘못된 책은 구입하신 서점에서 바꾸어 드립니다.

※ 책값은 뒤표지에 있습니다.